2024年散文随笔选粹 安放

吴佳骏 ◎ 主编

（丛书主编：王朝军）

2024·北岳

中国文学主题年选

《名作欣赏》杂志鼎力推荐

权威遴选　深度集合

山西出版传媒集团

北岳文艺出版社·太原

图书在版编目(CIP)数据

2024年散文随笔选粹：安放 / 吴佳骏主编. --太原：北岳文艺出版社, 2025.5. --（2024·北岳·中国文学主题年选 / 王朝军主编）. -- ISBN 978-7-5378-7087-0

Ⅰ.Ⅰ267

中国国家版本馆CIP数据核字第202586WA57号

2024年散文随笔选粹：安放
2024 NIAN SANWEN SUIBI XUANCUI: ANFANG

吴佳骏 / 主编

//

出品人
董利斌

选题策划
王朝军

责任编辑
赵　婷

书籍设计
张永文

印装监制
郭　勇

出版发行：山西出版传媒集团·北岳文艺出版社
地址：山西省太原市并州南路57号　邮编：030012
电话：0351-5628696（发行部）　0351-5628688（总编室）
传真：0351-5628680
经销商：新华书店
印刷装订：山西万佳印业有限公司

成品尺寸：170 mm × 240 mm
字数：346千　印张：21.75
版次：2025年5月第1版
印次：2025年5月山西第1次印刷
书号：ISBN 978-7-5378-7087-0
定价：68.00元

本书版权为本社独家所有，未经本社同意不得转载、摘编或复制

今以文字搭建安放之巢

/吴佳骏

在媒体融合时代，每个人都被生活的潮水所裹挟，被各种喧嚣的讯息带节奏。处于生存夹缝中的读者，之所以还能挤出时间，愿意拿起书本来阅读，我想除了消遣，恐怕还是希望通过书中的文章，来抚慰心灵，触发幽思，获取某种智慧的力量和精神的养料吧。

如此说来，文学还是自有它的魅力的。但我又不得不说，时下的好散文委实不多。遍览全国各地的文学刊物和报纸，千篇一律的散文俯拾即是，有个性的散文实在太少。倘若将已问世的大量散文置于案头，再将作者的姓名盖住，乍看之下，感觉这些散文均出自同一位作者之手。它们题材重复、主题重复、写法重复、情绪重复……很少有让人眼睛一亮，或心灵一颤的文章。

鉴于此，我将今年的编选主题确定为"安放"。我始终坚信，好的文学作品，不仅仅是供人娱乐和打发光阴的，它应该有安放人的心灵或灵魂的作用。不然，我们就根本没有必要去阅读它。读不好的作品，犹如吃不健康的食品，会败坏人的胃口，从审美、道德和人格层面降低自己。

作家和读者都是分层级的。安静自持的作家，他们不会随波逐流，更不会被名利所诱惑，自始至终秉持文学的理想，远离圈子，选择边沿，且甘于边沿，只默默地耕耘自己的文学沃土，用一颗赤诚之心，精耕细作自己的文学园地。既不阿谀奉承，也不投机钻营，穷毕生精力创作优秀作品，以维护文学的尊严。而那些有品位和鉴赏力的读者，同样不会去盲目跟风，什么书火读什么书，什么书红看什么书。他们有自己的判断，有自己的选择，内心有自己的过滤系统，会主动屏蔽掉拙劣的"文字秀"，让自己的阅读养料变得干净些、纯正些。

我乐意将有操守的作家写出的好作品，从海量的文字堆中遴选出来，推荐给天南海北的优质读者。让我们共同来净化文学的生态，营造良好的阅读环境和氛围。

有心的读者不难看出，今年的选本年轻作者居多，大多数是新面孔，他们虽未被大众所熟识，但他们的作品完成度都较高，文风质朴，内容扎实，真实真诚；既不故弄玄虚，也不生编硬造，无论是表达个体感怀，还是群体经验，都透出一股子生猛之气和新颖之感。

我宁可编选新人的诚意之作，也不编选名家的敷衍之作。

当然，该选本也收录了部分名家作品，诸如余华、阎连科、阿来、高建群、丁帆等。我选他们的文章，不是为了撑门面，而是他们的作品的确深具分量，有立场、有态度、有判断、有光焰，既能给人美学熏陶，又能给人思想启迪。

在选编过程中，我有三点感受，不妨说出来与大家分享。这也是我对当下散文现状的观察和思考。

一、人格始终是作家的立文之本。常言道，散文易学而难攻。难在什么地方，不是难在技巧，而是难在作家人格的提升和个体精神的淬炼上。倘若作家的人格低劣，个体精神不够丰富，不够深刻，不够清澈，纵使他手里握着一支生花妙笔，也写不出令人称赞的散文。故只有人格魅力强大，个体精神丰富的作家，才能做到时时刻刻不背离生活，知晓人情冷暖，体察人间百态，关心民瘼，有忧患意识，而不是去做生存的旁观者。一个冷漠甚至冷酷的人，是不适合从事散文创作的。

二、生存始终是作家的立文之核。文学创作，离不开作家的生存经验。我们可以写别人的故事，但作者在文章中表达的立场、态度和认知，依然与自身的经验息息相关。一个作家的生存状态，直接决定了他文字的走向和呈现的面貌。人生与文学不可分割，二者是一体的。任何挂空式的写作，都是靠不住的，也经不起时间的检验。作家所面对的，始终是个体的人，而不是抽象的人。他们关注的，首先是个人的喜怒哀乐。唯有从个体出发，才有可能抵达群体。因之，作家皆需心态平和，既不怨天尤人，又不自暴自弃，更不耍小聪明，在文章中大喊大叫。他只扮演记录者的角色，以写作为自己的生存作证。也唯有关注生存、生命和人性的散文，才具有持久的生命力。

三、审美始终是作家的立文之魂。有人将散文称为"美文"，当然，所谓的"美"，并非单指形式之美，也指内容之美。唯美是美，悲壮是美；力量是美，平和是美。不管是何种美，审美都是散文的立文之魂。倘若一篇散文缺乏审美元素，无论它的内容多么奇特，思想多么深邃，都是平庸之作。对于散文而言，审美当属第一位的。有不少作家写出的散文，知识不可谓不广博，观点不可谓不独到，视野不可谓不开阔，内涵不可谓不丰富，却为何仍是不受读者青睐？其中一个重要原因，就在于他们的散文彰显出来的审美性不足。或知识大于了文本，或思想大于了文本。写散文，毕竟不是写论文，也不是写调查报告，更不是写学术文章，它需要有独属于散文的审美建构。我曾遇到好些散文作者，他们自信满满地跟我讲自己的文章如何具有现实意义，揭示的社会问题如何深刻，可我看后，感觉他们写的压根儿就不是一篇散文，而是一堆散文素材。论语言，语言不过关；论结构，结构不严密；论视角，视角不独特。如果连这些审美层面的问题都没有解决，不管作者写得多么卖力，掌握的材料多么翔实，也不可能写出为人称道的散文。

以上三点，属一孔之见，也都是文学常识。总之，我期待有更多的好散文面世，尤其是那类能够安放人的灵魂的散文。

2024年12月20日夜

目 录

心迹

3 　命运之轮　　　/ 余华

10　在瞿秋白墓前的遐思　　　/ 丁帆

16　致亡父·1979　　　/ 苍耳

23　致林昭：五十六年薄如纸片　　　/ 傅国涌

26　背街破　　　/ 郭小东

29　父亲的"黄昏"和一个村庄的文学化结尾　　　/ 李瑾

37　知识的危机　　　/ 徐兆寿

人间

55　疼痛手记　　　/ 杨本芬

62 吹　落　　　／李春龙

76 向日葵地里的告别　　　／王澍杨

84 一座精神灯塔　　　／李锦芳

92 等闲秋又来　　　／四四

102 九个月牙儿　　　／南泽仁

115 我们终于分到了土地　　　／包倬

127 交替的底色　　　／宋雨薇

134 天　命　　　／马婷

146 我在流水线上写诗　　　／小海

158 风从高原的峡谷穿过　　　／连金娟

面影

177 一个认不得的艺术家　　　／阎连科

181 往事可追，未来已来　　　／高建群

186 诗人痖弦　　　／李欧梵

192 拜访朱正先生　　　／韩磊

198 与周涛老师有关的一些记忆　　　／李娟

203 母亲的床　　　／耿立

210 悲伤是一条暗河　　　／欧娜

物语

221 抚摸蔚蓝面庞　　　／阿来

229 钓　风　　　／任林举

233 行行复行行　　　／朱以撒

237 雪后严寒　　　／沈书枝

247　遛鸟人　　　　　/ 王晓莉

252　白杨·网事　　　/ 泥马度

262　家　燕　　　　　/ 周齐林

273　房　间　　　　　/ 崔君

280　蓝色火焰　　　　/ 耿凤

289　一棵树　　　　　/ 马鹏

301　珍　珍　　　　　/ 吴浩然

318　生命之树　　　　/ 丁小龙

声音

327　光与线　　　　　/ 韩江

心 迹

命运之轮

/余华

　　2019年5月22日下午4点左右，我父亲从深不可测的麻醉里微微睁开眼睛，面对我们的呼叫声又闭上了眼睛，仿佛在水面上浮现一下又返回水中。脑膜瘤摘除手术顺利，快速切片是良性，只是比预期的晚了两个小时从全麻里苏醒，考虑到他八十八岁的年纪，可以理解是正常，我们家人被乐观的情绪所鼓舞，没有料到他后来会走向另一个方向。如果生死之间是由上往下的楼梯，我父亲当时站立在楼梯的姿态已是往下。

　　然后我走在医院对面的一条小街上，这是杭州，傍晚时分的大街小街上车水马龙，繁华嘈杂。我走在小街的人行道上，与迎面而来的人擦身而过，与并肩行走的人触碰前行，走过一家又一家的服装小店和快餐小店，我在寻找理发店，我差不多两个月没有理发了。

　　我看到前面的一家店铺门前立有闪烁的圆柱体霓虹灯，理发店的标志。我走到门口闻到一股厨房的气味，一位中年女子蹲在理发店墙角的地上炒菜，炒菜的电炉旁放着电饭煲，正在冒着呼呼热气。一个中年男子在给一个顾客理发，两个洗头工姑娘坐在那里与一个年轻理发师聊天，她们中间的一个看见站在门外的我，起身招呼我进去，我摇摇头，转身离开。我是来理发的，不是来吃晚饭的，即使吃晚饭也应该在餐厅里，不应该在厨房里。

我继续往前走,看见第二个圆柱体霓虹灯,走到理发店门口再次闻到饭菜的气味,里面有两个顾客,两个理发师一边理发一边与顾客说话,其他几个端着饭碗吃着说着笑着。我只是往里面看了一眼就向前走去,我的眼睛寻找第三个圆柱体霓虹灯,我已经信心不足,在这个晚饭的时间找到一家没有做饭炒菜的理发店可能是妄想。这条小街上全是小店,我走过去时闻到一连串饭菜气味,仿佛是经过一排使用中的开放式厨房。

　　我在第三个圆柱体霓虹灯的门前依然闻到做饭炒菜的气味,可是我走进去了,不是因为气馁,从而放弃寻找第四个圆柱体霓虹灯,是因为音乐。我沿途经过的小店几乎都在放着流行歌曲,这家理发店,这家夫妻小店里响起的音乐与众不同。不是流行歌曲,不是我儿子上小学时每天听到的《致爱丽丝》这类流行的经典名曲,而是卡尔·奥尔夫的情景康塔塔《布兰诗歌》。

　　我从来没有在这样的场合听过《布兰诗歌》,甚至没有在音乐厅里听过,只是在家里听过几遍,CD机连接功放机连接音响播放出来的《布兰诗歌》。

　　理发店与《布兰诗歌》放在一起似乎很不协调,然而这就是我们的生活,好比我们会在杂乱的场所听到优美的诗歌朗诵,在文雅的场所听到连篇的脏话粗话。

　　挂在墙上的廉价喇叭里播放出来的是序歌"命运,世界的女神"里的第一首合唱"噢,命运女神"。由于音量很高,即使在理发店里听起来也是气势磅礴,合唱和旋律在干脆利落的节奏里响起时沉重又嘹亮,仿佛是众多脚步声整齐走来,倏忽间脚步声在远方了,似乎越来越远时,倏忽间又在眼前,再次气势磅礴,再次沉重又嘹亮。这是不可阻挡的命运的脚步,命运女神的脚步,踩向我们微不足道的人生。

　　奥尔夫准确地表现出命运的变化无常,像月亮盈虚交替。可恶的生活把苦难和幸福交织/无论贫贱与富贵都如冰雪般融化消亡/可怕而虚无的命运之轮/你无情地转动……命运捣毁所有的幸福和美好,摧残所有的健康与意志,击垮最无畏的勇士。序歌的第二首是男低音合唱"命运打击的创伤",低沉有力的歌声继续讲述命运如何残酷地痛击我们。昔日我曾飞黄腾达高踞命运的宝座/也曾头戴五彩的皇冠拥有无穷的财富/享尽荣华与富贵/可如今我栽下高位荣耀尽被剥夺/命运之轮无情地转动/我被抛入深渊/他人登上高位雄踞荣耀的巅峰/得意扬扬的人哪/也难逃命运的劫难/命运的轮轴早已记载一切兴亡……

我洗完头发，坐进转椅，理发剪刀在我耳边发出轻微响声，饭菜的气味扑鼻而来时，《布兰诗歌》已在正歌的第一部分"春天"里了。轻快明亮的旋律，小合唱、男中音、合唱、女声合唱交替出现，中间还有舞蹈（我听到的是舞曲，如果在剧院可以看到舞蹈）。

小合唱带来冬去春来的情景，还有爱情，美丽的花神身披五彩长裙/甜美的赞歌在林间回荡……快让我们相恋/分享这爱的甘醇……姑娘们的歌声是无尽欢乐的开始。男中音继续歌唱春天和爱情，四月归来/向世间展现她的容颜/人们的心中充满了爱的渴望……浪迹天涯我也要与你相伴/真诚的爱情将命运之轮推动。命运之轮一旦出现，不祥之兆就会左右爱情。女声合唱：我的爱人哪/他在何方？合唱：他已骑马远去……女声合唱：如今森林已经苍翠浓密/我的爱人哪为何还没回来呀？合唱：他已骑马远去！

男高音在这部作品里只在一个地方得到表现，全曲第十二首，男高音与男声合唱"我曾在河上四处漫游"，在正歌第二部分"小酒店"里。这部情景康塔塔，男声独唱部分是男中音的地盘，男高音只是昙花一现，可是高音c^3的悠远和抒情出现时，深入人心，感人肺腑。

男高音：我曾住在河上/也曾美丽健康/那时我是一只天鹅。男声合唱：苦啊/如今浑身焦黑/受着无情的炙烤！男高音：铁叉穿身仆人要把我烤熟/柴木焚烧烈火要将我吞噬/侍者候立饕餮要将我分食。男声合唱：苦啊/如今浑身焦黑/受着无情的炙烤！男高音：我已是盘中之餐/再也不能展翅高飞/只看见那森白的牙齿。

这首《布兰诗歌》里唯一有延续歌词的男高音，还不是独唱，中间穿插了男声合唱，另一个歌名是"烤鹅之歌"。嘹亮和尖锐的歌声飞到天鹅飞不到的高空，歌声在云端之上，讲述天鹅在地上的悲惨命运：炙烤之后躺在盘中，看见了人类森白的牙齿。

全曲第二十一首，第三部分"爱的庭院"里的女高音独唱"我心中犹豫不决"，美到令人窒息：我心潮起伏彷徨犹豫/渴望和羞涩/令我无法自主/让命运来安排吧/让爱之轭把我牵引/我服从这甜蜜的爱之轭。

我只要听到《布兰诗歌》里的这首女高音，就会与男高音"我曾在河上四处漫游"对应起来，这是《布兰诗歌》里的两首绝唱。"我心中犹豫不决"是爱情的迷路，"我曾在河上四处漫游"是死亡的所见。

从"序歌"到第一部分"春天"、第二部分"小酒店"、第三部分"爱的庭院"，歌唱的都是在命运之轮滚动里既生机盎然又苟延残喘的人生，即使是爱情，也被命运的绳索套住了脖子，而且还会去感激绳索，爱情一厢情愿地觉得命运的绳索是甜蜜的。

在小酒店里，这些潦倒之人已经习惯命运之轮的碾压，狂饮豪赌，快活自在：要么输个精光……光屁股的套个麻袋接着再赌。他们尽情喝酒，男女老少一起喝。连着唱出十三个干杯——为酒贩、为放荡的朋友们、为囚犯们、为活着的、为基督徒、为忠义的亡灵、为放荡的娘们、为林中的土匪、为四海的兄弟、为云游的和尚、为水手们、为吵架的、为忏悔者、为流浪汉，十三个之后才为教皇和国王干杯，然后又连着唱出二十八个一起喝：太太喝，先生喝/大兵喝，牧师喝/男人喝，女人喝/用人陪着丫头喝/勤快人喝，懒家伙喝/白人喝，黑人喝/成家立业的在喝，漂泊无依的在喝/蠢东西在喝，聪明人在喝/穷鬼同病夫喝/流亡犯和外乡人喝/小孩喝，老头喝/主教随着教士喝/小妹妹喝，大哥哥喝/老太婆喝，老妈子喝/这个喝，那个喝/成百的人在喝，上千个人在喝。

《布兰诗歌》创作于11世纪至13世纪，作品分为宗教和世俗两个类别，作者是一些神职人员、落魄文人和流浪学生，在被称为"黑暗时代"的中世纪，在以基督教文化为中心的时代里，出现歌颂赞美精神上放荡不羁和生活上放浪形骸的诗歌，说明了这样一个事实，人性可以去压制，但是无法去灭绝。

《布兰诗歌》能够流传下来受益于布兰修道院，这所古老的修道院在德国慕尼黑南部阿尔卑斯山谷中上巴伐利亚州的小镇贝内迪克特，由于偏僻和隐秘，很少受到战乱和其他天灾人祸的破坏，《布兰诗歌》得以保存。

1935年，音乐教师奥尔夫读到这部诗集，激发了他的灵感，从中选取二十五首，完成了这部"为独唱者、合唱队、器乐伴奏和魔幻布景而作的世俗歌曲"。奥尔夫称其为情景康塔塔，他要求以舞台作品的方式演出，而不是以声乐作品的方式演出。

我父亲脑膜瘤摘除手术之后，肺炎控制了他的身体，医生对我们说，看看他能不能挺过肺炎这一关。他这个年纪，又是脑部手术，术后引发肺炎应该是正常的。两天后他突发癫痫进入ICU，插上呼吸机。医生告诉我们不用紧张，插上呼吸机不是因为他病情危重，是防止癫痫发作时咬断自己舌头。他在ICU住了三天，病情稳定后转入普通病房，他对我哥哥说，没想到会是这样。

我想那一刻他可能后悔进行手术了。他决定去杭州手术前，海盐医院的几个老同事来家中看望他，都劝他不要动手术，风险太大，况且脑膜瘤是良性的，我母亲也劝他不要动手术。他坚持要动手术，他自己是医生，离休快三十年了，他觉得脑膜瘤逐渐长大后的压迫，可能会让他瘫痪。虽然他八十八岁了，腰椎间盘突出让他走路有些困难，可是身体还不错，他决定和命运下注，赌一把输赢。

我从杭州回北京时，他的情况比较稳定，等我从英国回来，他已是生命垂危，住在海盐医院的ICU里。在杭州住院时，他手术后肺炎没好，开始吃西瓜了，西瓜渣滓掉进肺里，引发吸入性肺炎。后来把他转院到上海瑞金医院ICU，我们才明白，像他这样的年纪，又动了这样的手术，在他自己不能把痰咳出来之前（咳到口腔里就行），只能喝水，不能吃东西，水掉进肺里没有关系。

我和陈虹从北京到达海盐时已是晚上九点多，我哥哥请医生暂时不要给他用安眠药，我们见到他的时候是清醒的，他嘴里插着呼吸机，还有鼻饲管和导尿管，他无助地看着我们，他的眼睛似乎是在说话，能看出来他不想就此输掉与命运的对赌。

我们回到家里，我母亲已在为他准备后事，我哥哥给我和陈虹听了杭州一位专家的会诊录音，专家认为我父亲没有希望了，建议放弃治疗，这样可以减少痛苦。这时的情景如同奥尔夫取自诗集卷首的《命运之轮》里的合唱，我赤裸的背脊/被你无情地碾压/命运摧残着我的健康与意志/无情地打击/残暴地压迫……

然而高深莫测的命运之轮也会把"春天"推过来，上海瑞金医院是我父亲命运里的"春天"，春之笑靥广布大地/严酷的冬天慌忙逃遁。他在生死之间由上往下的楼梯走到最后两级台阶时停住了，慢慢转过身来，开始一步一步往上走来。在瑞金医院两个多月的成功治疗，先后拔掉了他的气切插管和鼻饲管，回到海盐康复医院几天后又拔掉了导尿管。我父亲的几个老同事分别来看望他，他见到一个就会大声喊叫一次：我差点死掉。

1993年，我离开嘉兴调往北京，前去派出所办理户口迁出证明时，民警把我的出生地浙江杭州和籍贯山东高唐写反了，写成了出生地山东高唐，籍贯浙江杭州。我当时没有注意，到北京办理户口迁入手续才发现这个错误，只能将错就错，一直错到现在，我现在护照首页上的出生地仍然是SHANDONG。

高唐是我父亲的故乡，他出生成长的地方。淮海战役期间，他跟随爷爷流离转徙于各处亲戚家中，他父母已经去世，继母和同父异母的妹妹不知去向，他和爷爷相依为命，之后他和爷爷也走散了。他独自一人在战火纷飞的日子里风餐露宿，饥肠辘辘时遇到了一个国民党军队的后勤营长，这位营长看到一个机灵的少年，问我父亲识字吗。我父亲点头。他念过三年私塾，他拿一根树枝在泥地上写几个字给营长看，营长很高兴，让他做勤务兵。虽然打仗随时会丢掉性命，可是他能够吃饱肚子。没过多久，对他很好的营长被一颗流弹打死，他离开了这个后勤营，去了一个炮兵连，然后被解放军包围了。

我在《活着》里写到的战争场景是我父亲的亲身经历。炮兵阵地在后方，他在战壕里看着伤员一个个被担架抬过来，抬担架的喊着一二三，担架一翻，把伤员扔到地上，伤员疼得哇哇大叫，抬担架的看都不看，跑去抬新的伤员。我父亲所在的炮兵阵地前躺着一千多名伤员，喊叫声呻吟声不绝于耳，有天晚上下了一场大雪，第二天早晨寂静无声了，一千多名伤员全部冻死。

我父亲他们是主动向解放军投降的，他们举着双手向解放军阵地走去，解放军战士热情地向他们招手，我父亲跳进解放军的一个战壕里，一个班十二个人都把自己的馒头递给他，他当时就哭了，他已经忍饥挨饿了两个月。这是他决定加入解放军的主要原因，另外的原因是他不知道爷爷在哪里，不知道继母和妹妹在哪里。与他一起投降的人里面有的选择回家，解放军给了他们回去的盘缠。

因为我父亲识字，他进入了解放军的卫生队，淮海战役胜利后，他参加了渡江战役，一直打到福建，全国解放后他所在的部队在杭州整编制转业。我父亲勤奋好学，打仗期间在缴获的战利品里找到一本《康熙字典》，行军路上每天自学二十个生字，一直坚持到转业。认识我母亲后，向我母亲学习数理化，然后考上了浙江医科大学的大专班。他一辈子只上过六年学，三年私塾，三年大专。

我父亲在杭州转业后给他爷爷写了一封信，他不知道爷爷是否还活着。我的曾祖父与他失散后一直在找他，找到全国解放了也没有找到他，以为他死了，突然收到我父亲的信喜出望外，拿着信在村里走过去走过来，告诉所有人，他的孙子没有死，是一名解放军战士了，还是共产党的党员。我曾祖父福过灾生，那天晚上喝醉酒回家时踩进一个水塘淹死了，这是后来我父亲的妹妹告诉他的。

在我成长的过程中，我父亲很少说起这段经历，偶尔说起也是寥寥数语。直到我写作《活着》，询问关于淮海战役时的战场情况，他打开了话匣子，滔滔不绝地说了起来，同时告诉我他躲过命运之轮碾压的一个经历。

他所在的三野部队解放温州后继续前进，伤员需要运到后方的战地医院，他们租了一条船运送伤员。团卫生队的队长觉得我父亲年龄最小，父亲当时十七岁，背着药品连日行军已是疲惫不堪，就把护送伤员的差事交给他，让他和伤员一起坐船回到后方。卫生队的其他人羡慕我父亲可以坐船回去，不用没完没了地走路。当时国民党军队仍然占领着舟山，经常有飞机过来轰炸。我父亲多了一个心眼，他看看山谷底下的瓯江，觉得有飞机过来轰炸的话，在山路上可以跑开去藏身，瓯江里的船只无法躲避。他告诉卫生队的队长，不要照顾他，他可以继续走，走到全国解放为止。卫生队的队长因此表扬了他，派出另外一个卫生员坐船护送伤员。结果那条船被舟山飞过来的国民党军队的飞机炸沉在瓯江里，船上无人生还。

如果我父亲十七岁时选择坐船的话，我就没有机会写下这篇文章，我一步一个脚印过来的六十四年也会被命运的橡皮擦得干干净净，干净到从未有过。谢谢我父亲没有为了让身体舒服坐上那条船，而是让身体在极度疲劳里继续行走，我才能用铅笔记下自己的经历。我要说的是，所有的人生经历都是用铅笔记录的，这是为了方便涂改。

选自《作家》2024年第11期

在瞿秋白墓前的遐思

/丁帆

几十年来，去福建许多次，唯独没有去过闽西，只因当年交通不便，20世纪80年代，去厦门大学开会，坐火车从鹰厦铁路转站，须得两天多。闽西离厦门的直线距离虽然只有一两百公里，但山路行，难于上青天。如今交通便利，总算圆了半个世纪前的一个梦想。

青年时代有一个梦想，就是想去长汀看一下瞿秋白就义的地方。为什么呢？这个情结完全缘于大学读书时，偷看到了这个铮铮铁骨的"叛徒"文人政治家那本薄薄的"禁书"《多余的话》。

今天，我站在瞿秋白墓前高大的塑像下，缅怀斯人对我诉说的"多余的话"，尤其是读到最后一段的时候，不觉潸然泪下，俄而，又不觉如他那样，便大义凛然起来。

告别了，这世界的一切！

最后……

俄国高尔基的《四十年》《克里摩·萨摩京的生活》、屠格涅夫的《罗亭》、托尔斯泰的《安娜·卡里宁娜》，中国鲁迅的《阿Q正传》、茅盾的《动摇》、曹雪芹的《红楼梦》，都可以再读一读。

中国的豆腐也是很好吃的东西，世界第一。

永别了！

一个政治领袖倒下了，一个现代知识分子的灵魂屹立起来了。这是幸，还是不幸呢？共产党人"砍头只当风吹帽"，岂止是匹夫之勇？只有具备了知识分子的良知，才有超越生死，敢于直面惨淡人生、说出真心话的勇气。

显然，那最后一句话，是借用他邻县老乡苏州人金圣叹遗书中"豆干与花生同食，有火腿滋味"句，充分彰显出江南文人调侃玩味人生的诡异深沉气魄。

半个世纪前，作为中国现代文学这门课的课代表，我当然要把瞿秋白的作品也列入阅读范围之内，因为他不仅仅做过中国共产党的领袖人物，办过《新青年》，而且也是五四新文化运动中革命浪漫主义和写实主义文学思潮中的"马前卒"，他与鲁迅、茅盾的私交甚笃，评价作家作品的眼光也很独特。然而，读了他在三十六岁的最后遗言《多余的话》后，便颠覆了我先前对现代文学中许许多多作家作品的看法；同时，也改变了自己对世事肤浅的认知；更有甚者，他对我的人格重塑，以及人生轨迹的取向都有了重大影响。

虽然，那个时代把瞿秋白作为一个反面人物来批判，但是，图书馆里，他的《海上述林》《赤都心史》《饿乡纪程》还是可以借阅的，我以为那是报告文学作品，就是今天所说的"非虚构作品"，是写实的，但也充满着复杂的矛盾心理，从中可以看出他敢于说出真相的勇气。

作为《国际歌》的第一个中文译者，可以看出年轻时的瞿秋白，对推翻旧制度、建立一个美好新世界的满腔激情，这是一种信仰的力量。鲁迅说："瞿若不死，译这种书（《死魂灵》）是极相宜的，即此一端，即是判杀人者为罪大恶极。"于是，一个中国现代俄罗斯翻译和研究"创始人"的瞿秋白，便猝然倒下了。

而他在倒下去的那一刻，说出了真心话，是忏悔？是反思？是对未来社会知识分子的瞭望和预判？这短短的两万多字文章，我读了半个世纪，至今还没有读透。然而，我却从其字缝里，读懂了一条真谛——哪个现代知识分子不为任何力量左右，有敢于说出真话的勇气，那才是"真的猛士"的魂魄！反省自己的一生，我能够像秋白先生那样去面对这个世界吗？能够在诀别这个世界时，放下自己的一切吗？

我曾经羡慕那个创造了"知识分子"单词的法国，那里是"知识分子为王的国度"，因左拉为"德雷福斯事件"控诉，他的声誉甚至超过了他不朽的作品；当然，他们还有伏尔泰和雨果那样可以进入先贤祠的公共知识分子；我也赞叹过当代美国理论家爱德华·萨义德鼓吹的那种公共知识分子永远站在"业余立场"说出真话的勇气。但是，一想到瞿秋白，以及百年来许许多多中国现代知识分子的悲惨命运，我就不太羡慕和赞叹两个世纪前左拉们的伟大了，尽管左拉、雨果们也会遭到流放的迫害，但其生存的语境毕竟比起瞿秋白们要宽松得多。

20世纪以后，西方知识分子的生存环境处于一种极度的宽松状态，"公共知识分子"的出现，似乎是给敢于说出真理的人戴上了一顶社会良知的桂冠。然而，不幸的是，由于动荡的世界大变局，瞬间，"造假的知识分子"占领了世界各国的舞台，你只需读一读法国学者巴斯卡尔·博尼法斯的那本《造假的知识分子——谎言专家们的媒体胜利》（[法]巴斯卡尔·博尼法斯著，河清译，商务印书馆，2013年），你就可以看出在这个紊乱的世界语境下，又给那些无耻的知识分子创造了多少制造谎言的机缘和场域，博尼法斯们指控这种行径为"文人的背叛"。所有这些，又让我想起了近二十年前我读到的那本《知识分子都到哪里去了》（[英]弗兰克·富里迪著，戴从容译，江苏人民出版社，2007年），于是，我这些年就一直在寻找"知识分子的幽灵"，思考知识分子为什么贬值的问题。

站在瞿秋白墓前，我在想。

西方的现代知识分子在如此宽松的语境中，其所掌控的话语权，足以让他们可以随心所欲地去言说，但还是制造出了许多"垃圾知识分子"，说到底，这都是利益的驱使，让他们成为当下"精致的利己主义者"，他们是一群懦夫，因为他们放弃了对真理的追求。

而瞿秋白，他可以为信仰牺牲肉体，但绝不为放弃真言、真情和真理而闭上自己的嘴巴。也许他是他自我反省的"叛徒"，然而，他却是真言、真情和真理的"烈士"。他道出了自己发自肺腑的心声："我只不过想把我的真情，在死之前，说出来罢了。"

瞿秋白自以为自己是"一只羸弱的马拖着几千斤的辎重车,走上了险峻的山坡,一步步地向上爬,要往后退是不可能的"一介读书人。他自诩是一个有绅士情结的文人,但他却又诟病那种"寄生虫式的隐士思想",他就是一个既充满着五四时期知识分子激情与活力,却又对革命产生了矛盾与怀疑的"混合体",这就是茅盾在1927年大革命失败后,写在《从牯岭到东京》里的知识分子真实心理状态,这个心理阴影一直影响到最后瞿秋白写下了《多余的话》,它终结和解答了知识分子这一段心路历程的方程式,也是对茅盾多年追求、动摇、幻灭主题的权威阐释。

于是,它又让我想起了当年瞿秋白曾经在和茅盾讨论《子夜》主题表现时,对革命和知识分子个性中双重人格的犹疑和彷徨心态的分析。如果说这个问题在20世纪30年代初,瞿秋白以党的领袖身份在指导"左联"文学创作时,还没有清醒地认识到政治化的主题先行对作品的戕害的话,那么,直到他临终前,这个问题他是想清楚了,不然,他就不会把自己定性为一个"脆弱的二元人物",我以为,他就是茅盾《动摇》中的方罗兰,这就是他临死前道出喜欢《动摇》的缘故。

1984年,我在人民文学出版社参加《茅盾全集》的编辑工作时,看到了一些关于瞿秋白与茅盾交往的资料,我就开始思考茅盾与瞿秋白这样的五四先驱者为什么会在革命与文学两者之间彷徨的问题,并且想写一篇文章,因为在《多余的话》里,瞿秋白说他想当一个文人去写作,"是不是太迟了呢?太迟了!陡然抱着对文艺的爱好和怀念,起先是自己的头脑,和身体被'外物'所占领了。后来是非常的疲乏笼罩了我三四年,始终没有在文艺方面认真地用力。书是乱七八糟地看了一些;我相信,也许走进了现代文艺的水平线以上的境界,不至于辨别不出兴趣的高低。我曾经发表的一些文艺方面的意见,都驳杂得很,也是一知半解的"。

正是在这个节点上,我当时就想将瞿秋白以一个无产阶级革命家指导茅盾在《子夜》改写中,如何把民族资本家形象吴荪甫进行改造的细节,以及对工人运动描写的意见为突破口,阐释一个充满着悖论的疑问:为什么瞿秋白最终还是念念不忘自己对文艺方面的意见呢?虽然,他在《多余的话》里,并没有深入谈下去,且没有涉及具体作品的分析,但是,从他最后对茅盾作品的钟情中,我猜想,在他诀别这个世界时,脑海中一定会闪现出当年与茅盾讨论《子夜》时的场景，并反思自己当年的浅薄和孟浪，因为他想做一个"现代文艺水平线以上境界"的文人。

这篇文章的构想在我的大脑里储存了整整四十年，一直没有成文的原因，一是当年的环境不允许；二是当年瞿秋白的侄儿也调往"茅编室"了，我们是同事，似乎有些尴尬与不便，其实不然，瞿勃先生是一个异常开朗大度的人，只是我当时已惘然；三是后来我的主要精力放在了其他领域的研究去了。

站在瞿秋白墓前，我在想。

瞿秋白乃一介耿直书生，加上常州人"说话不转弯"的直爽性格，显然是不适宜从政的，尤其是不适宜做那种在政治斗争中杀伐决断的领袖人物。这场"历史的误会"，让中国政坛多了一个"多余的人"，却让中国现代文学文坛上少了一个"不可或缺的领袖"。

"我自己忖度着，像我这样的性格、才能、学识，当中国共产党的领袖确实是一个'历史的误会'。我本是一个半吊子的'文人'而已，直到最后还是'文人积习未除'的。"其实，他像许许多多的小资产阶级的文人一样，在1927年的大革命失败以后，便产生了"幻灭"情绪。瞿秋白之所以喜欢老朋友茅盾《蚀》三部曲中的《动摇》，不正是他从灵魂深处发出的共鸣吗？

一百多年前的五四新文化运动前夕，这个因母亲自杀，家庭离散的落魄青年，奔着文艺而去的"读书种子"，误打误撞地专修了俄文，1918年开始形成的人生观对他终生性格的定位是致命的，但也是最真诚的："所形成的与其说是革命思想，毋宁说是厌世主义的理智化。"于是，他像当时许多作家一样，成为"一个近于托尔斯泰派的无政府主义者"。

然而，一个天生就不喜欢政治的青年，却被推举为北大学生会谁都不愿干的"政治领袖"，从而被推上了历史舞台。我想，倘若那时不是去专修俄文，而由此对俄国革命的社会主义产生了研究的兴趣，不是1920年去了莫斯科，就没有后来从政的历史。即便是去了苏联，奔着研究俄国文学的初衷，也就会是另一种结局。因为一开始他"并没有想到要加入共产党，更没有心思要自己来做中国共产党的'创始人'"，却出于翻译职务的缘故，读了马克思主义的理论著作，被其同乡张太雷介绍入了党。

我无意为瞿秋白的革命动机做分析与回顾，这一点他已经说得非常清楚了，是不是"叛徒"已经不重要了："你们去算账罢，你们在斗争中勇猛精进着，我可以羡慕你们，祝贺你们，但是已经不能跟随你们了。我不觉得可惜，同样，我也不觉得后悔，虽然我枉费了一生心力在我所不感兴味的政治上。"这个"我的自白书"勇气来自何方呢？

毕竟是书生！当一个临刑前的共产党领袖人物，竟然放弃了生前身后之节烈名声，说出了只想当一个文人的夙愿时，真让人大跌眼镜，也让许许多多革命知识分子感到惋惜和失望。

这就是一个真实的瞿秋白，《多余的话》在许多知识分子的眼里，的确是"多余的话"，是糟蹋自己的话，是亵渎革命的话，然而在他死后的近九十年里，他的"多余的话"却烛照出了林林总总知识分子的幽灵，我们从"多余的话"中读出了作为现代知识分子的人生况味。

中国共产党宽容了"多余的话"，仍然将瞿秋白追认为革命先烈。

站在瞿秋白墓前，我想起了一部叫作《绝命后卫师》的电视剧，那是描写红五军团第三十四师在第五次反"围剿"中，为掩护中央红军撤退，全军覆没，壮烈牺牲在闽西松毛岭的非虚构文学作品。没有"绝命后卫师"的掩护，就没有红军后来的战略大转移，也就没有共产党和新中国。

中央红军决定长征之后，博古以养病为由，决定把瞿秋白留在敌后，不让他随红军北上，显然，这是以他饲虎，将他置于国民党的虎口之中。充满着文人风骨的瞿秋白，没有丝毫用媚骨博取生的希望意念，毅然留了下来，在根据地坚持斗争。从这个意义上说，何尝不是"绝命后卫师"呢？

我招呼老朋友Z君给我在瞿秋白墓前巨大的丰碑下照一张相留作纪念，解说员立马摆手制止，说这不吉利。而我要追寻的正是瞿秋白那种有着独立人格的精神，随其灵魂，融化在这蓝天白云里。

站在瞿秋白墓前，我在想。

我说出的是不是另一番重复的"多余的话"呢？

选自《随笔》2024年第4期

致亡父·1979

/苍耳

父亲：

　　阔别十八载寒暑，第一次去十里铺给你上坟。无法想象坟头草岁枯岁荣都成了什么模样，墓碑在风刀霜剑下是否漫漶得无法辨认。儿今年六十又九，早已活过你病殁时的六十三岁。父亲，你比儿子年轻呵。你还能登上高冈振臂一呼吗？还能在南京审判庭高声为自己辩护吗？还能在"世无朋友更凄凉"的江津种土豆吗？掐指一算，自打1961年起，整整十八个年头，我没去过你的坟头烧过一刀纸磕过一个响头！荒唐呵，真忘了清明吗，还是被清明所忘？老父呵，我是你四个儿子中最没出息的老三松年——那年在南京老虎桥监狱头一回见你，泪水汪汪，被你大声斥骂：没出息！

　　父亲，我讨厌这没完没了的、老巫婆一样絮絮叨叨的淫雨。我之所以讨厌它，只因我一生中的几个节点都充斥着它。它纠缠我，好像前生欠了它一笔还不清的债务。淫雨临近尾声时，相濡以沫的老妻走了，走得竟那样匆忙。死神的黑杖敲醒了久已麻木的神经。那压在青石板下面、被时间沤烂的往事呵，突然间从任家坡两间陋屋的角落发出细芽来！老妻的死让我重获一种久违的勇气，并对不可知的阴间有了更多想象。你和母亲住在阴间瓦檐下会和好如初吗？你的媳妇窦珩光捎带这几十年人间的烟火消息，会让你眉头紧锁，还是放声大笑？

大地开始缓慢解冻了，暖风吹得人彻夜难眠。那个疾走在十里铺折向西的一条土道上的迟暮者就是我。那个在荒冈野地寻索老坟的落魄者也是我。天哪，谁晓得我是怎样挨过这十八年，并在昏睡中把历史抱成了植物人？出无门的北门后，我和老李在站牌下等了很久。开往集贤关的1路公交车慢腾腾驶来。这条通往皖北的马路自民国以来一直坑坑洼洼，西北风未曾消停，窗缝恍若钻入光绪年间的成群蝙蝠。无法回首。实乃不能回首、不敢回首、不堪回首。倘一回首，十八载野草便疯魔而起，一层层恣肆、围蔽，封杀一个苟活者的去路和呼吸。亡父，我是你四个儿子中一事无成、只能为你送终迁葬的老三松年。跟大哥、二哥的壮烈相比，我活得简直跟蝼蚁差不多。民国十六年夏，我姐带着我去沪上料理大哥后事，母亲因小脚无法远行。其时姐二十七岁，我十七岁。姐在招商局轮船上一路哭到上海，哭到龙华刑场，几经交涉却见不到大哥遗体。据知情人透露：刽子手要他跪下，他说革命者决不下跪，站着死！刀斧手一拥而上，拼力往地上按，他怒跃而起，如是者三，结果遭一阵乱刀砍死。少不更事的我，至此初尝了凄风惨雨的苦味。玉莹姐整日以泪洗面，悲痛欲绝，结果一病不起，住进上海一家医院竟玉殒于此！父亲呵，在长兄的骨头里铆着你的铁。在你的命运里深埋着长子的凛然与惨烈。而炎凉世间何以如此疯狂，只因混淆了站着、跪着、蹲着、卧着的伦理底线。可是谁又计量过献祭台上无辜者和无语者的无尽哀伤？

公交车往北行进，光线复又昏暗不清，仿佛驶入江底隧道那样的低晦空间。父亲，今年是你百年冥诞。除了我，不知这世间还有谁记得此日。一百年前你呱呱出生于安庆北门后营，一百年后我在北门以北找寻荒芜了十八年的孤坟。亡父呵，在生地与葬地之间，我看见你六十三年往返奔走于巨河上的滔滔步履，惊涛裂岸，沉雷滚动，直至系泊于江津如独木舟，于民国三十一年孤愤地撒手西去。从那以后，你一生的行迹被雨雪湮没，被风暴吹散，被秃鹫改写。这片风雨苍黄的亚细亚大陆浇薄如纸，却渊深似海，该收藏的必定收藏，该埋汰的终将埋汰。然而今年惊蛰，还是令我吃了一惊——比起"十七年蝉"，我的冬眠竟多出一年，一瞬间竟老得认不出自己。暮色降临后，我从任家坡独自来到江边漫步，在涡流险恶的水塔之岸发呆，看天上的流云、塔尖、孤鹤，听风涛声里是否隐藏了半个世纪的秘密。而江水告诉我，闪电不会总是瞎的。雷声不会永远哑下去。

又逢己未之年，历史历经一甲子后再度临近节点。上个节点——1919年——在风急浪恶中改变了巨河的流向，成为后来诸多波澜的前浪、涡漩和迷礁，绝非一言可尽也。而你晚年从不提及此事，似乎早遗忘了。作为过来人，你的内心陷入自否的痛苦思索。那是另一个江津。唯有你摸索到巨河迷津的关口——那意味着另一种可能，以及可能中的另一条道路。倘不能从根子上思索改造中国之路径，那只能照抄苏俄版本！哦，父亲。今日晨起即一派浓雾弥天，似与你晚年的迷惘与思境对应。公交车仿佛史前巨兽在浓雾中行进。在清明将至的日子里，雾气竟如此黏稠、寒凉、幽忽，不可思议地缠裹这个带"九"的年份。到站后，我发现雾气已化作细雨淅沥。我和老李没带伞，冒雨往回走一程，再拐向西边一条稀里巴烂的土路。想想看，这细雨像不像大雾的变种？当大雾被撞裂，被撕碎，便类似鱼死网破——那弥天巨网早已破败得无法再修补了。

然而，迎头撞见的竟是尘霾滚滚的水泥厂。我和老李怔住了。这怪异的地标足以篡改泛黄的记忆版图。直到将信将疑穿过它，弄得灰头灰脑，旷野才呈现一副青黄驳杂的暧昧表情。过冬植物的苍郁气息、农家柴草的微辛焦味，掺杂着淤泥和畜粪的沉滞气味，在昏暝、湿重的风中低低飘荡。父亲，你看草黄黄的皖河湿了，石嶙嶙的独秀山也湿了。重临己未，你是否感到一丁点清寒的春气？在继续向西的草间道上，你看见那个十八年未上坟的凄惶者吗？他丢了魂似的，深一脚浅一脚，总迈不稳步子。白翅的鸟、黑翅的鸟不时从枯草丛中簌簌惊起，尖喙着朝集贤关方向飞去——那被开山炮炸得面目全非的赤岗岭，在忽闪的双翼下颤延着白骨似的棱线。

从生地到葬地不过二十里路，却恍若百年那样迢遥，那样风云万变。步行两华里，我意识到这片似曾相识的旷野必是叶家冲了。记忆的指针指向那片桃林，却一无所获。旷野除了柴垛、粪缸、灰堆、土屋，以及从旧草中长出新草，尚有一小片绿杉林。我对老李说，感觉不对，莫不是跑错了地方？老李说，没错，刚才路人指的就是这块。我说这儿原来有个看坟山的，名叫胡聋子。

然而一打听，胡聋子家早搬走了。看来只能辨认墓碑了。只要墓碑在，老坟自然可以确认。儿记得清楚，墓碑高一米、宽半米，上刻"先考陈公乾生之墓",下书"子:延、乔、松、鹤年泣立"。然而搜索了半天,仍一无所获。桃林确乎不在了,墓碑也遍寻不见。我蹲在草埂上不停叹气,呆望着这片暌违十八年的迷暗旷野,眼前浮现将亡者临终前的情形——你啜嚅着:要回家,回……家……一颗老泪滚出眼角。可是你知道吗,安庆的"家"还剩下什么呢?南水关那座大宅子早已易主,家人不是阴阳悬隔,便是风流云散。临终前,你甚至不知道子美和鹤年这对儿女在战乱中是死是活,流落何方。守灵夜成群的老鼠照样乱窜,窗外鸱鸮声声令人惊心;残烛几度被风刮灭,幽光照见角落里没吃完的土豆。次日入殓你裹着银丝绸,看上去像伤折翅膀的白鹳静静躺着。盖棺的刹那似有一道玄光嗖地闪击而去。那死神带不走之物,仿佛巨河上的风留在大陆——这个令你爱恨交加的薄情世间。

此时,一老农扛着锄头从土冈后走了过来。我和老李忙上前打听:胡聋子搬哪去了?老农六十多岁,身形干瘪,土蓝布单褂套着又破又脏的黑夹袄,下身穿磨得发光的不成形的卫生裤。他说,聋子早搬走啦,找他什么事?我掏出东海牌香烟,敬上一支说,师傅可晓得聋子当年看管的陈家老坟在哪儿。老农接过烟,收紧额上皱纹说,莫不是解放前从四川运回来,厝在太平寺又从那儿抬到这儿?老农喷口烟说,那口棺材又小又重,用石膏抹缝。我说对,楠木棺,江津名绅邓氏叔侄捐赠,墓地也是。老农放下锄头说,俺就是当年的抬棺杠夫,八人抬也吃力呀。老农猛吸一口烟说,坟也是俺葬的。老李问那会儿师傅多大。老农笑了,毛头小伙,二十刚出头哟。

一眨眼工夫,三十二年坠逝而去。1947年6月,灵柩从江津几经辗转抵达安庆,暂厝于万松山麓的太平寺。自癸丑讨袁那年逃离安庆后,父亲你再也没有重返故土。太平寺已破败得仅存几椽残殿,只因八十年间不太平竟遭两次兵燹——太平天国战乱和日本侵华战争。江风一大,梁柱发出坼裂声,如何让亡灵获得幽宁并得以超度?哦你说的,我懂了:所谓"历史",其实就是早点干掉见证者,或者剜掉双目。归葬那天风很大,树上的叶子吹撒得像冥钱。懒悟法师一身红袈裟,手摩佛珠静立山门,吟诵着:"萧寺行春望下方,城中云物变凄凉。野人篱落通潜口,贾客帆樯出汉阳。多难渐平堪对酒,一樽未尽更焚香。凭将使者阳春曲,消尽征人鬓上霜。"

此诗为元末安庆太守余阙所作。八百年过去了，人间凄景竟如此相像，而内心悲凉可堪倾诉？向谁倾诉？堂兄遐年请好八个杠夫。抬棺的灵队沿护城河边的土道缓缓而行，在童山瘦水间折向北，再折回西，直至踏上通向集贤关的官马大道。父亲你躺在楠木棺回家时，灰蒙蒙的古城如同悬挂在巨河上的空洞鸟巢，枯寂得有点瘆人。

老李问：你老贵姓？老农说俺叫朱亚圣，就在叶家冲。我说当年坟边有桃林呀。朱亚圣的嘴角耷拉下来，指着杉林说，哎，桃林早砍掉了，栽了杉树。朱于是在前面引路，走到杉林边上，横逸的枝条厚如篱墙几乎无法进入。他停下来说，就在里面。他不打算再进去了。我和老李执意要钻进去看看。朱亚圣瞪着我，半晌才说，为什么这多年不上坟！他用手拨开杉树恣肆的底枝，弯着腰，艰难地钻进林子。走不过十来步，眼前现一小土包，上面覆满积年杂草。朱亚圣回过头，一口断定：就在这，碑没了。

一阵锥心的刺痛。十八年的无主坟！荒坟野鬼！上苍的报复终于降临。

四围的杉林猛地扫过一阵宿雨，枯叶萧萧零落。老李问谁挖走了碑。朱亚圣说，哪里呵，八成挖去修路了。老李问谁挖的。朱亚圣说，林业队不修路谁挖这个，不吉利呵。朱犹疑地望着我，质问：要是你们常来，老祖坟咋会搞成这样！我支吾着：1961年闹饥荒，从那以后就没上过坟。

我沉默难言。老李欲语，我制止了他。朱亚圣叹口气说：人死了，不管善恶，他都死了；这块地啥也不缺，照单全收。活人呢，就该给他抔抔土，烧烧纸，不然在阴间太寂寞。你们文化人，比俺这个泥腿子懂得多哟！

朱亚圣走了。我和老李在坟包边待了很久。若不是有人指认，谁知道这儿有坟？谁知道这宿草丛生的小土堆下面有长眠者？冥者睡得很静很静，静得能听见旷野的脉跳。这是逝者被世界彻底遗忘而被大地记住的最好方式吗？当年父亲你被捕后从上海押往南京，在沪宁线的列车厢里打着鼾声睡得好香。

绵厚的坟草里隐隐有虫子在叫——那是冥者打的鼾声吗？阔叶草有点泛青了，扒根草吐出芽头；矮矮的马鞭草和细细的鼠尾草贴紧泥土，从它们中间窜出了陈葛——一种很厉害的、特立独行的野草。我取出两叠黄表纸，跪下来，擦三根火柴才点着。清明前的火舌是湿重的，纸灰化作许多黑蝴蝶微颤着，迟迟不肯散去。儿连磕了几个响头，额头碰到硬戳戳的枯草梗子。老李点响一挂炸鞭，一团青烟像草书那样升腾而起，悬挂在浓荫蔽天的绿杉林上。

父亲，当初将你从江津迁葬故土，墓碑上刻的名字是"陈乾生"。儿知道如此藏着，掖着，扭曲着，显然违逆了你火烈磊落的气格。要是你自撰墓碑，必疾书"陈独秀在此耳"！但儿子也有难言苦衷：避却政治纠缠、家族株连以及世间纷扰，让毕生苦斗、死不瞑目的你安息于斯，与母亲和好如初。"陈乾生"确乎起到了掩蔽作用，得以躲过历次风潮而不被掘墓抛尸，乃不幸中之万幸！尽管我质疑自己，痛责自己，活得一点不像两个刚猛的兄长，但我有时也扪心自问：生性胆怯是过错吗？在飓风中表现得弱不禁风，是不可饶恕的人格污点吗？

父亲，我想和你单独待一会儿，拉拉家常。枯草根下开着星星点点的小兰花儿，莫不是你发出的微笑？至于这几株苍黄的刺儿棵，也许是你在向我提问？你问吧，问吧，积压了十八年的问，想问就问吧。你说什么，儿这几十年干了什么事？告诉你吧，四十一岁那年，我进了城北窑厂，名义上做技师，其实什么事都干，从土法抟砖到机械烧窑，样样在行，连数十米高的大烟囱上写标语也归我干，工友戏称我是"老博士"。其实每次攀爬这么高的烟囱，都感觉它在倾斜，似乎立马要倒。一晃几十年，生命中的其他部分看不见了，隐没了，只有红漆书写的那部分固定在半空的烟囱壁上，见证我的红色窑厂的青灰岁月。这么多年，我尽量待在晦暗处，在别人看不到的低处活着。然而在梦中我仍屡屡爬上烟囱的顶端，大气不敢出，像黑蜘蛛悬吊下来，用巨刷书写永远写不完的大标语。有几回烟囱真的倒下来了，伴随着我的惊叫。老伴推醒我，以为梦魇。我出了一身冷汗，听见比我更低的江风呜呜地吹着。

还是低处好。这些年我得了恐高症。记得1913年你遭通缉，倪嗣冲派军警踹开家门，三岁的我被家人托举到后院墙头，跌入邻家澡盆里。那真是一次"幸运"的跌落——没跌断腿，还捡了条小命。从那以后，你就没回过家。后来你身处高位，母亲不敢仰视，我哪敢相信那是我的生父？当一个人被巨河之力带往高处，如同云空中移动的尘马，必然会重回灰沉沉的旷原！感念巨河吧。很长时间"父亲"于我仍不过缥缈的幻影，直到你跌落至低暗处，第一次在囚牢见到你，才敢相信你是我的至亲。如今，在这片低得不能再低的旷野，几乎所有生者都看不到你。你像水银一样消失了，连坟包也没了，墓碑没了。这时你最接近辽远的地平线。你其实就是地平线——黝黑无尽处显现出微蓝的波状山脊。

父亲，我感觉此刻才真正走向你，比过去任何时候更近地走近你。

离开叶家冲前，老李叫我在杉树上刻上记号。一个月后我又去那儿，找了半天也找不到那棵杉树。我确信方位没错。然而就是找不到。显然那棵杉树被砍掉了！这意味着我与你接头的暗号被抹掉了。当然，你不需要这些。你作为符号已融入历史的震裂带——那儿有地火运行，也有鸥鹗尖唳！但此刻，父亲想必你也听见了：炸山炮像肺痨剧烈咳嗽，北边赤岗岭一带升起白菇状的尘柱，与东边魔兽般的水泥厂的灰霾遥相呼应。失魄者据此找到了寻索的方位。而一旦与亡灵接上暗号，便意味着彼此又置身于特定的坐标系。

这也许是大地解冻所连带的表征之一。己未的江风刮到叶家冲已经很弱了，恍同老人皲裂的手掌抚过草野。天空依然昏蒙着，风色黯冽，似雨非雨；旷野里麦草皆油然，沟埂上有卧牛反嚼，流水暗响。

"无尽灯者，譬如一灯燃百千灯，冥者皆明，明终不尽。"说实话，父亲你惯于漂泊的亡灵是否上岸归来，无人知道。我仅知道巨河必洞悉这一切，还要远远超出。它包容了源泉和险滩，幸运和困厄，仇怨和宽恕，以及真相和假面，歧道和礁岩。当死者和来者同时被它揽入莽阔的怀抱，唯生者须紧紧抓住桨橹，在巨涛之中拼命去划，划呀，我的同舟兄弟！

父亲，今秋我要来为你重新立碑。

选自《万松浦》2024年第4期

致林昭：五十六年薄如纸片

/傅国涌

五十六年前，公元1968年4月29日，你的生命被折断，上海街头的电线杆上贴出的那一张纸片，在时代的水深浪阔之中，很少有人留意，你妹妹打着手电读完那一页夺去你生命的纸，默默地背下来。在这张刑事判决书的前面有一段语录，其中说："至死不变，愿意带着花岗岩头脑去见上帝的人，肯定有的，那也无关大局。"

你确实有着花岗石一样的头脑，自1957年下半年以来，你从来没有屈服过，你不肯下跪，以显出刽子手的高大。你只能站着被子弹击中。

你并不畏惧死亡，你曾写下："今日之下林昭除以牢狱为家园，只望以刑场为归宿！"你要"将自己的赤子之心青春之血化成自由人类斗争史诗中的一个惊叹号"！

当联合国宣布1968年是"国际人权年"，不仅在提篮桥高墙内被剥夺了所有人权的你不可能知道，举国滔滔，你的同胞又有几个人知道这一消息。

但你早就认定自己的所作所为"正是世界自由人类保卫生活、保卫自由、保卫基本人权之总体战役的一个组成部分"，因此你曾一次次写下给联合国的上诉书。在铁幕之下，自由、人权这些词语早已消失得无影无踪，在你心中却是如此清晰。

在你被杀的1968年，1月5日，在遥远的捷克斯洛伐克，身高一米九三米的杜布切克接任领导人，开始酝酿变革，试图推行"有着一张人性面孔的共产主义"，"布拉格之春"即将拉开帷幕。

这年年初，被称为苏联"氢弹之父"的核物理学家萨哈罗夫已在着手起草《对进步、和平共处和思想自由的思考》。

这个世界上正在发生或将要发生的一切，你在提篮桥的森森高墙内并不知道。在你被杀之后，萨哈罗夫的小册子《对进步、和平共处和思想自由的思考》开始在苏联大范围分发，并刊登在美国的《纽约时报》。萨哈罗夫强调思想自由的珍贵："对人类社会来说，思想自由是必不可少的，这包括获取和传播信息的自由，敞开思想、没有顾虑地辩论的自由，以及摆脱官僚作风和偏见的压力的自由。"

对思想自由的肯定和向往，也是你在提篮桥一而再再而三地表达过的。

萨哈罗夫，或者捷克剧作家哈维尔，都是你的同时代人，虽然你们彼此一无所知，却是精神上的同道。你在提篮桥用血书写的正是"无权者的权力"。与世隔绝的你，却一再将自己归属于"自由人类"，你在《各国民权运动史》中汲取了灵感，这本薄薄的仅有一百五十六页的小册子，只不过讲述了不同民族追求民权的简单史实，却给了你思考的起点，让你在铁窗长夜中提出了石破天惊的天问。在整个民族几乎停止了思考的时刻，你开始追问："我们反对什么那是很清楚的，可是我们到底要建立什么呢？要把自由的概念化为蓝图而具体地按着它去建设生活，可不是一件简单轻易的事情，特别是要在这样一个广大分散痼疾深沉的国家里来建设它，就更其复杂艰巨！"对于"不流血"的"较为文明的形式"的思考，对于自由和奴役的理解，"只要生活中还有人被奴役着，则除了被奴役者不得自由，那奴役他人者同样地不得自由！"你都说出来了，虽然当时没有人听到，要在很久以后，才能在我们的心中激起回响。

从1960年第一次入狱，尤其1962年11月再次被囚以后，你没有任何外来的精神资源可以凭借，只是凭着一股子劲，一种感性的力量，独自苦撑了五年半，耗尽了精、气、神。当你被枪杀时，除了亲人、同学，世界上几乎无人留意你的存亡。你的生命真正在历史中展开，还要等待漫长的时光。但你一直确信，有一天，人们会记住你，记住你的血。你以血为墨写下的那些文字，将成为历史的证词。

　　一年又一年，4月29日这一天，有许多人都会想起你。五十六年薄如一张纸，就是那一张夺去你生命的纸，昏黄的夜色中，你妹妹看到了"那打印不清的字，文理欠通的语句"。五十六年后，我重读你的诗句："人血不是水，滴滴流成河……"你探索不流血地追求公义的方式，却只能流自己的血。你说：

　　　　个人的力量诚然是微不足道的，然而公义——那庄严、神圣、巍峨、浩大、永存不灭而更不可摧毁的必胜的公义呢！

生而为人，你想要的公义何在？你想要的自由何在？
在《普洛米修士受难的一日》这首诗中，你曾呼唤——

　　　　人啊！我喜欢呼唤你，响亮的
　　　　高贵的名字，大地的子民，
　　　　作为一个弟兄，我深情地
　　　　呼唤：人啊，我多么爱你们！

五十六年了，你的呼唤，有多少人听到了？

选自"国语书塾"公众号2024年8月25日

背街破

/郭小东

　　江先生家开的棺材铺所在那条路，抗战时是一条很著名的主街，随着城市的不断扩大，主街变成背街，人丁也随之减少了许多，变得有些冷落。

　　其实，一座城市，最安适的去处在背街，在矮楼，在没有强烈阳光的陋巷。在那里行走，心是自由的，有一点古典情怀。如果有红杏出墙，有桃花倚门，有幽帘卷起，有拐角洞天……那就晃晃悠悠，不能自已。所有的老旧，都有故事和历史，都有动人的歌声……

　　它的凋零，只是形式而已。

　　在这里生存，至少可以安妥，城管不会来，老人不至于车撞，窃贼无意光临。因为残破但是整洁，因为萧条而不得不冷落繁华，一切都将在古旧中老去，但这有什么关系呢？谁不向死而生？

　　在慢慢的时光中，看见了许多岁月里，踽踽独行的背影。他们无奈，平淡，干净，单纯，因为寡欲而清新。

　　我曾见过毫无生活来源的民国弃妇，一粒豆豉，半碗白粥，咀嚼一天的光阴。无血苍白的脸上，依旧有一丝羞涩的浅笑。老旧的华服，素朴浑成着工整与刻意，完美无缺地显示着一袭女性的雅致，过去时代的静雅。

　　她是背街陋巷里，一纸飘逸的行书。她无风无浪的心境里，早已埋葬风云突变的青春，连同海枯石烂的爱情，孑然在阴影里。不知她是不是江先生的至亲，但看得出肯定有些关系，既然她的祖屋在这条街上。

所以，她无须回眸。

背街的枯瘦和宁静，一无所有的清癯，反而令她的眉宇间，丰盈着无尽风情。她的自我释怀与宽解，举世无双。

那年，同学去"破四旧"，拥入她鸟窝一般的屋厝，一间八尺（潮汕传统民居天井两旁的小房，充作厨房的叫"八尺房"，充作柴草房的叫"厝手房"）而已。她清冽温和的目光里，恍如有母亲或情人的顾盼，即使面对着的是——一群莽撞的孩子。她分明有些惊惶，但知道必须面对，已经不是第一回了。

她就那样倚在门边，像一根正在委顿的葱，勉强贴紧门框，眼睛迷蒙地望着别处。

正值青春期的男孩子们，下得了手吗？孩子们无言地退出，退出她一贫如洗的八尺。她无告的惊艳，吓退了少不更事的孩子们无端的蛮野，至少于我如此。

那时的杂咸铺，两分钱一小撮豆豉，用竹丝纸包起，每包三十粒左右，那是她一个月的菜肴。耀华牌火柴，一盒也是两分钱。只有这种比较，方能将卑贱提升到高贵。想起了"卖火柴的女孩"。

背街里的孩子，长大了都往外走，只留下孤寡，连同无处可去的彷徨。走不出去的，只能在背街里慢慢变老，让记忆和心情一起，沉淀在暗淡的时间中。

潮汕人有保存老厝的习惯，开枝散叶也快，一座小小的老屋，三四代人下来，可能就拥有了上百人的产权。虽然只有一块砖的权利，却是祖宗血脉，这也是强权不敢强拆的缘故，除非有人愿意自绝运程。

潮汕有许多这样的背街。背街有背街的行政和风习。悠闲，安静，空旷，凉风袭人。看得见旧时的风物，有一份故人的暖和，连墙脚的青苔也会敞开了笑。

有时，偶尔会遇见蹲在挡门石边，卖几根青菜，几尾苦初（一种小鱼）的阿婆。旧时是几分几角，现在是几元几十元。

好多年未见苦初了，这种小鱼加酒塞进窄瓶发酵，专治孩子疳积肚痛……

练江水好，苦初也活过来了。

早先那位豆豉美人的八尺，应该有一瓶苦初和酒才好，不知有无？通常太矜持又妖娆的女人，大多会有孩子式的疳积，常有捂腹吟痛的样子。

背街的时间，几乎是静止停顿的。它有它的流动。早晨和傍晚，并没有太大的差别，只是阳光投射在相反的角度而已，全是懒洋洋的。

珠三角的背街，或曾是自梳女的世界；而潮汕老厝的背街，也大多是形单影只的女人。过去，是男人们去了南洋，留下侍奉一家老小的女人们。现在，是独守空屋，儿女远去的老母亲。男人一般总是先死的。

由是，背街一定是女人的街。

年轻人喜欢住高楼，现代且气派。其实，没有天井或小院的房子，暗淡了中国人的涵养和体质。正如说去"林下小酌"，和去"酒楼喝酒"，是两回事。当然，说的是心境意绪。

喜欢周作人《自己的园地》的原因，也很简单，人在小品中，背街最是恰如其分。许多人，一生总活在大话里，总想中流砥柱，总是开顶风船的角色，就是没想到躺到病床上，全身插满管子，无人看望的那一天。

宁可在背街的暗淡里，读几页老书，看日影慢慢西斜，想象年轻时，爬上无人的树顶，去风中眺望……

刚读过《华夷变态》，乃知清灭大明时，发诏：留发不留头，所谓金钱鼠尾也。即头顶仅留铜钱大一绺头发，分三股编成鼠尾一般。这种滑天下之大稽的小丑形貌，是对纶巾皂衣、大汉风度的污辱。等同戏谑的金钱鼠尾，清宫戏里也一无所见。那些演绎历史的戏人，一直在以无知蒙骗国人。

他们不知道推动历史前进的，不是宫斗，而是与金钱鼠尾的战斗。君不见，辛亥从去发与中山装，开局社会革命风尚。

在背街的冷寂中，读热闹着的陈情书，阳光从破裂的墙缝穿过来，听见她懒懒地说：你好啊！

选自《随笔》2024年第4期

父亲的"黄昏"和一个村庄的文学化结尾

/李瑾

2023年春,父亲请辞李村支部书记。打理村务二十余载,他说过最多的话就是:"他们不懂农村。"这给我留下了很大的"阴影",以致《地衣——李村寻人启事》(以下简称《地衣》)出版六年都未将它呈送父亲面前。尽管我跟踪其中一些人数十载,犹惶恐"他们"之中包括轻率为文的自己。之后父亲不再染发,乍睹满头霜白,我心里咯噔一下,确切地察觉他来到了自己的黄昏时刻。事实上,一同面对晚景的还有偌大的村庄。互联网已经将地球端到饭桌上面,但鸿沟仍在,"不懂"似乎仍是日益老去的村庄和日渐稀疏的村民不得不面对的宿命。

一

我曾打算将李村作为一个聚落空间或个体单位进行观察,构建一部纯属"私人性质"的村志,且不说囿于水平无法达成费孝通、林耀华、黄树民、杨懋春、杨庆堃对开弦弓村、黄村、林村、台头村、鹭江村的书写效果,即便勉强接继前贤,仍不免将李村视作一个历时性和共时性兼有的"整体"——这依然是一种抽象化、概念化的精英视角,脱离不了萧公权批评的"乡村居民……的日常生活和所作所为通常不会引起那些能读能写的知识分子的注意,因而大部分未被记录下来。官员和学者经常提到的'民间疾苦'，可能只是重述一般性的说法，而不是展示乡村生活的真实情况"。由是，《地衣》采取画像的形式给五十二个村民立传，如实记录时代背景下固守农村生活的个人侧影，试图让个体的存在有了雪泥鸿爪的印记和灵光一闪的片段。

甫一出版，《地衣》就遭遇是小说还是散文的疑问，表面上看是对体裁的探讨，似乎散文拒绝虚构，小说崇尚杜撰，实则是对文学本质的追问，亦即这些人物形象是否属于选择或提炼的典型。尽管鲍姆嘉通说："个别的事物都是完全确定的，所以个别事物的观念最能见出诗的性质。"歌德说："理会个别，描写个别是艺术的真正生命。"不过典型始终是艺术包括文学创作的生命，亚里士多德晚年的《修辞学》就把重点从个别性与普遍性的统一，转移到重视普遍性的类型，黑格尔则把典型和"理想"等同起来。典型人物这个概念最早来自恩格斯《致玛·哈克奈斯的信》："现实主义的意思是，除细节的真实外，还要真实地再现典型环境中的典型人物。"这意味着典型是共名的，即便强调个性特征也是类、型、属基础上的个性。如此一来，文学中的人物还是一种名或相，是"重述"的"一般性的说法"而非"真实情况"，以之反观实际，指导实践，就不免遭受"他们不懂"的评判。

说作家"不懂"农民、农村是否过于轻浮？毕竟经典理论断定文学源自生活，何况文学以自己的方式参与到社会变革的宏大叙事之中。我们知道，人和土地的关系是传统社会的一对根本性范畴，土地的命运即人的命运，故费孝通说"中国社会是乡土性的"。而文学则是中国现代化焦虑的衍生之物，或者说系知识分子打量中国现代化问题的话语实践。无论如何界定，文学总归是不断变化的社会机制和实践同掌握叙事规范的人"合谋"或"谈判"的结果，其中浸润着时代的文化语境和因人而异的价值取向。比如，鲁迅揭橥国民性批判以后，王鲁彦、蹇先艾以及韩少功、高晓生等人笔下，农民、农村代表了传统文化的背面，作家则是启蒙思想家和代言人；而出于对现代化的警惕，农民、农村被当作自然/人性的代名词而怀乡回望，成为沈从文、废名以及汪曾祺等人笔下同城市对应的诗性文明；不同于上述"悲歌""牧歌"曲调，主流亦即官方性质的文学表达是丁玲、周立波、柳青式的"战歌"，他们笔下的整个农村洋溢着革命/斗争的荷尔蒙。

二

对同一阶层/农民或同一场域/农村的不同反映并无实际差别,而是本自意识形态意义上的"现代发现",亦即费孝通说的"近百年来更是在东西方接触边缘上发生了一种很特殊的社会"这种西方现代文明对传统中国的冲击引发的自我审视和定位。在此目光下,心理秩序和现实秩序都被颠覆,一方面农业中国表现出了顽强的停滞性,此谓超稳定结构;一方面人和土地的命运出现了新的可能性,此谓革命性因素。当我们以愚昧、贫穷、保守、凋敝等词无差别地指代农民/农村时,背后总闪烁着"城市"这个对立面,对农民、农村之认知、书写纵有千百种,其实皆统摄在"先进—落后"二元框架之下。以此观之,阿Q、翠翠、赵玉林和孙少平这些不同阶段典型人物身上,都蕴含着"过去—现代"冲突的革命质地。

显然,梁启超"今日欲改良群治,必自小说界革命始!欲新民,必自新小说始"非是无的放矢。以文学作为现代化的开端,意味着文学中的理性可以为传统祛魅,通过介入现实,实现人的解放。"新民"思想是否受马克思启发不得而知,却同其承担重大历史使命需要"一种全新的人"的观点是一致的。由此出发,作家都积极拥抱社会改造者这个角色,并秉持新民/新人这个"一贯的态度"。不过,农民、农村依旧是被发现被揭示的对象,其没有自我言说的权利,似乎只要被代言、被教育就可以——即便被当作精神家园或诗意栖居的地方,其总归是城市的对立面。如此一来,S城、呼兰河、湘西乃至高密、商州包括李村不再是单向度的空间,生于斯长于斯的农民也不再是纯粹的群体,而是被综述为一种预设了种种落差的观念、价值。一般意义上说,现代化是一个未完成或者永远在路上的概念,一些文学形象之所以经典,就在于它们是以文明参照物的方式存在着。这也提醒我们,只要现代化还在继续,农民、农村一定还会赓续其叙事价值,因为即便不再出于构建"新人"的需要,现代化的诸种弊端将驱使我们以抒情者的身份去获取主体的自我认同。"先进—落后"二元框架中内含的革命主义和理想主义是相互依附的,哪怕"先进"部分地表现出缺憾,"落后"都将以道德这种形象站出来(沈从文名之曰"希腊小庙")。这似乎意味着,无论采取何类体裁、流派书写农民、农村,都无法实现对二元格局的超克，恰如路遥在《人生》中表达的："这山，这水，这土地，一代一代养活了我们，没有这土地，世界上就什么也不会有。"

继续分析会发现，即便双方打成一片，作家/作者和农民、农村之间都无法构成平等的对话关系，至少互为格格不入的他者——农民、农村是表达某种观念、价值的载体。这固然因为作家本身即是某种视角规训的结果，还在于农民、农村被当作一种话语实践，其被高度抽象化、概念化、符号化，借以工具性地表达相关意识形态或生活逻辑。由此导致的问题是，农民、农村是主角但没有主体性，作品包括人物形象繁多却趋于同质性，总是由先在的问题意识召唤人物形象，而人物形象包括承载其命运的农村总在戴帽、摘帽之间显示出典型意义。这意味着，典型化的过程既是去差异化的过程，也是去本位化的过程，即离问题内核和本来形象越来越远。作家自认为得自调查、蹲点和"同吃同住"，表现的是民族传统、现实生活，群众却觉得陌生而遥远，以至于认为"他们不懂"。问题在于，这些形象和生活并不是虚构的，而是实在的甚至有对应的，至少如本尼迪克特·安德森说的："指涉的不是虚假意识的产物，而是一种社会心理学上的社会事实。"之所以会给群众造成上述印象，就在于作家和作品承担着中国想象的重任，即齐格蒙特·鲍曼描述的"一个用相互的、共同的关系编织起来的共同体"，其比真实形象更饱满、更具体但也更疏远、更失真。费孝通曾坚称："通过类型比较法是有可能从个别逐步接近整体的。"晚年却检视说："回顾我这六十年的研究成果，总起来看还是没有摆脱'只见社会不见人'的缺点……""我的注意力还是在社会变化而忽视了相应的人的变化。"这表明他已经认识到"在人文世界中所说的'整体'并不是数学上一个一个加起来的'总数'"，"在人文世界里不必去应用'典型'这个概念，道理是在人文世界有它的特点"。如若不然，杰弗里·利奇的警告就会成为现实，他说："他们的眼光看来已被私人而不是公众的经验所产生的偏见所歪曲了。"

三

父亲李彦祥出生于1948年，高小文化程度，硬笔书法龙蛇游走，算是同龄村民中最有墨水的少数，但迄今为止并未接触过真正意义上的文学，同辈人亦莫不如此。故单就李村而论，似乎文学介入现实只停留在主张和宣传材料中。事实上，并不这么简单。自父亲年少起，风起云涌的各种运动将典型人物带入到日常生活中来，载体有民谣、戏曲、电影和样式繁多的口号、标语等，绝大多数改编自文学作品，其远承鲁迅"为人生"、钱杏邨"宣传论"、瞿秋白"留声机"，特别是左联"大众化"的主张，近法延安文艺座谈会上的"人民文艺"思想，将"不断革命""组织起来"内化为一套显性的叙事话语，配合"正史"讲述着中国—社会自身的伦理和逻辑。也就是说，文学作为意识形态的一个重要组成部分，时时刻刻给不知文学为何物的普通群众提供着精神给养。父亲和身边人一样既是被描写、被构建的对象，也是社会激励、动员的主角，当然都是时代主题内共名化的配角，一体化于革命政治规约中。需要指出的是，文学对农民、农村的覆盖是在关于新中国的想象中（改革开放前后虽各为一段但宏观历史任务一致）借助国家权力下沉实现的。这意味着，即便接触不到真正意义上的文学，文学对信仰的书写和未来图景的描述也深刻地改变着普通大众的日常行为，因为毫无疑问，其作为一种观念、价值会悄无声息地影响国家对农民、农村问题及社会发展形势的判断，进而渗透进政治决策和政策举措中。

显而易见，父亲会觉得那些"供应"而来的形象熟悉而又陌生，只在戏里而不在戏外，或者说只是表演罢了。这一点容易理解，因为革命是20世纪以降理解中国社会的关键词语，而其也是历史进程中一种合乎规律和目的的手段，革命改写了历史，改写了个人命运——个体早已被革命或宏观史同一化了，农民、农村是以整体概念或对象化形象存在的，故典型描述的是群体共性而非鲜明个性，个体并不具备社会学意义，落实到政治生活或政策措施上不允许例外，这就导致群众虽然投入火热的社会潮流，却表现出盲从、搭便车甚至疏离、逆反等情绪。某种意义上说，"他们不懂"或许并非真的不懂，而是囿于莫可名状的因由不去触碰真切的一面，只愿满足于"田园想象""胜利叙事"，提供一种顺应潮流的大团圆式精神餐饮罢了。显然，这一文学态势下的农民、农村是发展的想象/幻象的附属品。

如果说通过和革命合拍或云借助权力下乡获得了对农民、农村生活的介入，文学需要做出的让步是提供统一的、标准化的典型人物这种政治性"产品"而不是纯艺术性书写，导致相关形象扁平化、单一性让人觉得似是实非，当商品特别是信息时代来临，农民教育水平提高和闲暇时间增多，国家权力有选择性地自农村退出和有节制地向群众让渡，文学能否因"松绑"获得自主修辞的空间进而取得农民的认同呢？答案是否定的。伴随权力运转的自上而下的文艺输送一旦收缩阵线或者名不副实，其空白就会被更轻松、更低俗的形式填补。农民给出的形象而令人气馁的概括是"多少宣传片比不上一个段子"。一则数据表明，李村所在的市常住人口近一千一百万，当下最火的两款短视频社区分别有八百六十多万和六百多万注册用户，但无一和阅读相关。委托所做的一个调查显示，两千一百名户籍人口中书籍年阅读量为零，对文学的记忆则停留在校园时代或回溯到武侠、言情小说阅读体验上。而且，由于文艺下乡活动早就绝迹，电视开机率直线下降，尽管碎片化、大众化、泛娱乐化的数字信息铺天盖地，高端文化已直接或间接失去农村这个巨大的受众/市场。令人惊讶的是，文学却热闹非凡，相关图书栉比鳞次，无论内容表达还是表现手法，都呈现出日益复杂多变的美学样貌。但若仔细考量就会发现，农民、农村"故事"的创作者仅仅是凭借生活记忆以旁观者的身份书写着进城与返乡，他们如鲁迅所言"多寄寓在都市，沐浴着现代都市的文明"，尽情想象着山乡巨变给农民、农村带来的生活方式的翻覆变化，但与革命时代的问题意识一脉相承，方向仍是主旋律式的，主角仍是集体式的，农业形态的艰难重构和农民生命的个体体验依旧缺位，呈现出对现实生活的一种新的误解和遮蔽——文学日益精英化、圈子化和自言自语。

四

　　李村坐落在一个革命老区，属于没有区位、资源优势也非穷山恶水的村子。父亲打理村务之始恰和新世纪同步，一个最大的变化令他始料未及，这就是他时常说的："我们这一代人是最后一代农民。"事实上，这个变化也让我感到惊讶。出土物件证实，中国是世界上最古老的农业国，一万年前先民即开始种植作物、饲养动物，农业生产方式已具雏形，仰韶、龙山、良渚文化以及剑川海门口、成都十二桥、大地湾遗址均印证了这一点。"聚"是文献记载中最早的村落形态，唐代开始北方的聚落称"村"，南方的曰"沟""洲""渚"等。明永乐年间，李村在此建制。上述回溯想表明，上万年的生产方式和六百年的物理空间，几十年后将不复存在。就农村而言，以市场化和信息化为主要形态的现代化呈现出润物无声又摧枯拉朽的力量，这一巨变不是包括作家在内的"他们不懂"，而是远没有身处其中的农民感受深切。

　　黄宗智曾批评舒尔茨"在市场化的传统农业中不可能存在劳动力过剩"这一观点，认为人口众多、就业不足的问题是中国最基本的国情之一。一项统计表明，目前李村所在的乡镇户籍人口九点二八万，其中常住人口五点二万，基本是五十岁以上的中老年，十八到三十岁的年轻人不足四千。这意味着，经由包产到户将过剩劳动力均匀地"分摊"到土地上的"勤勉的革命"，城镇对农村实现了进一步吸收和挤压，该镇自发进行了"隐性农业革命"和"大分流"，四万青壮劳动力离地不离户进入城市，五万中老年劳动力以"两植+一殖"（粮食、蔬菜种植和禽畜养殖）的半农半商方式从事农业生产。短时段来看，黄氏的判断是合理的，但从长时段来看市场确实能够调节劳动力分布。而且，上述约四千人已不再从事农业生产，而是就地打工或工作在城里、家在乡下，他们更像是新一代侨寓者。这意味着，父亲他们的确是最后一代以土地为生为命的人，但即便如此，粮食种植因入不敷出或收支平衡而沦为副业，蔬菜种植和禽畜养殖才是主要谋生手段——农民之所以不计劳动力成本种植粮食，固然出于国家号召/激励和生活惯常，还在于方便糊口、流通资金需要，和贬值也存钱的道理如出一辙。这直接带来了国家政策的调整。对李村及其村民来说，现代化的最直观感受固然是统一市场带来的物质交换、信息交流方面的极大便利，但城乡仍因其差别构成了念念不忘的美梦，也就是说，城镇化才是农村的终点和归宿。和之前轰轰烈烈的并村进社区这样的造城活动不同，基层政府逐渐意识到城镇化是一个自然过程，需要将决定权交给时间而非"手段"，他们开始停止赶农民上楼，并通过建设新型青年社区引导分流、聚集。同时，城镇人口统计不再以户籍为限制，而是以是否购房居住为标准，放弃指标式改变身份属性的方式制造"城里人"。这样算来，李村所在乡镇常住人口之外的四万人已不再是"农民"。不得不说，时间还会解决另外一个问题即农业生产方式。父亲曾顶住了强求搞合作社和规模化经营的"命令"，这倒不是他同意小农经济将会长期存在的观点，而是信奉农民也是经济人，强制不如引导，引导不如内生。和土地关系最紧密的人不在了，先是由种粮大户或种粮公司托管经营，继而实现经典作家想象的"合作社的生产和占有"（雇工经营的大农场）理想模式，是顺理成章的。这个意义上，承包地到期再延三十年政策的伟大之处就是把问题交给了时间。

  这意味着，时间会吞噬/解决一切难题。李村和所有非城镇化农村一样都表现出越来越重的空心化、老龄化趋势，日渐衰老的农民和日薄西山的农村尽管正被现代化千篇一律地笼罩着，但依然保持着千百年来日出而作日落而息、路边坐望街角拉呱的生活习惯。这种自然和常态显然不是流于表面化、走过场的行政指令包括文化输送所能理解和改变的——李村所在的市相关决策层曾公开反思说"文化下乡化农民有余而农民化不足"，"为农民、接地气的文化产品稀缺"，这一反思至今还是一纸文字，农民看不到改变实际上也无须改变，因为"他们不懂"，因为农民有自己的生活也有自己的黄昏。我也不懂，我能做的就是抛弃抽象的历史和宏大的叙事，以文学性语言记录他们每个人的自然状态，记录"和地衣一样，被生育他们的大地吞噬但又不可能再回来"的个人独特而凄然的命运。《地衣》最后一句说："时间面前，人不是动物，而是植物。愿所有被时间吞噬的地衣，都能在另外一个宇宙苏醒、沉睡、苏醒。"恐怕，面对父亲和村庄正在赶来的"黄昏"，我给出的结尾固然有文学色彩，但终是一句空话。

选自《读书》2024年第10期

知识的危机

/徐兆寿

一

大约十三年前的一天，一个神秘老人的出现改变了我写作与研究的历程，且改变了我的人生。

那天，我给学生讲孔子六经中的《春秋》，讲完后准备离开。一个老人从教室后面来到了我面前，他满面笑容，看着我说，徐教授，我能请教几个问题吗？他六十多岁，我惊讶地问他，您一直在后面听课吗？

他笑着说，我都听了您的六节课了。

我更为惊讶。这是一门大课，学生很多，有很多根本就不是选这门课的同学，听课的人五花八门，社会上的人也很多。我便看着他，微笑着等待他的提问。

他说，孔子为什么认为麒麟没了，他也停止了《春秋》的整理？

我笑着说，因为他觉得自己是圣人一类的人，文王以来的学问在他身上，遇到任何困难他都无所动，因为他相信天不会让他灭亡的，可是麒麟是瑞象之物，麒麟死，意味着圣人也要死了。所以他准备死亡。

他继续笑着说，丽天垂象，您的意思是他听到了天的启示，那么，他认为的天是什么呢？

我犹豫地呢喃着，天，天是……一句话说不清楚。因为我后面还有事情，要想在这么短的时间内给他说清楚我对天的认识实在太难了。

他看着我的表现，试图捕捉我的内心，最后大概他看出了我的无奈，便说，您第一讲讲的是《诗经》，虽然只是大概，但我觉得很好，关键是我特别赞成您说《论语》只是了解孔子的一扇窗口，孔子真正的思想分散在六经之中。这是近百年以来我听到关于孔子的一个很好的回答。不过，我在听您第五讲《周易》时发现，您可能对《周易》并不是太熟悉，尤其是术数不熟悉，所以您可能对自然规律不了解，那么讲《周易》大多都是理性的分析，与西方哲学差不多。因为这些原因，我听了您讲《礼记》部分的时候，也有些……不好意思啊，我就直说了，有些照本宣科的意思……您千万别生气啊。

我的脸色一定很难看，但我强压着不满的情绪，低着头说，是的，术数我不会，那都是迷信。2005年我给学生们讲中国传统文化时，我还没有把《周易》归入到孔子的思想体系中，只是觉得它是群经之首，中国所有的思想都源自它，不能不研究，但学生一个问题就把我撂倒了。他问，老师，您会打卦吗？我当时的回答很粗暴，我说那是迷信。现在我不这样想了，因为我开始接触这些方法了，但并不熟悉，所以想法慢慢变了。一阴一阳之谓道，知识也一样，有阳知，就有阴知。阳的知识是能讲出来且能用科学证明或观测到的，是关于物质规律的，可以在实验室里进行测量的；可是阴的知识只能意会，无法言说，更难以证明，存之而不论。这大概就是孔子敬鬼神而远之的原因。

他听了后更加谦卑地说，不是不是，徐教授，我明白您的意思，但不管怎么说，您还是把《周易》当成无法言说的东西了。如果您有时间，我倒是可以给您推荐一些书。您有很高的天赋，肯定一学就会。

我的心里还多少有一些骄傲，我怎么能看他给我推荐的书呢？我看的都是经典，他们这类人看的肯定都是地摊书什么的。所以我嘴里嘟囔着，有些不置可否。

他大概看出了我的骄傲，便不好意思地笑道，不好意思，徐教授，在您这样的大教授面前，我肯定是乱说话了。我的意思是要讲礼法，得首先学会易。

我有些不高兴地说，礼与易有什么关系？礼不就是圣人制定的吗？

他谦卑地说，对，圣人制礼，但也得有方法论啊，他们又凭什么制定礼仪呢？为什么是男左女右？为什么周公要设置三百六十个官职？等等。

我一时语塞。他抱歉地笑着说，不好意思，我比您大十多岁吧？嗯，差不多。我就以岁数卖老了。我是开书店的，我的父亲就是开书店的，我从十岁左右就常常去书店打工，后来没考上大学就和父亲一起开书店了。五十多年来，就爱读书，我翻过很多书，后来尤其爱读与易相关的书。为什么呢？因为其他国家和地区的知识没有来路，不牢固，只有中国人的知识是确定的，但现在乱了。知识已经散乱了，知识的危机已然来临。

二

我点点头，说道，是的，早在2004年，我读到了雅斯贝尔斯的《大哲学家》一书，其中讲到释迦牟尼时他认为，释迦牟尼当时认为整个国家和地区的知识乱了，知识产生了巨大的危机，人们不相信了，所以他要揭示根本性的知识和彻底的真理。

他笑道，哇，我和您一样都看过这本书，不过我看得更早一些。在我看来，整个轴心时代的知识都产生了危机，需要重新创立知识思想体系，所以世界各地出现了一批圣人。

我不得不抬头认真地看一下这位老人，只见他六十多快七十岁的样子，一双大眼睛很深邃，一直在谦卑地微笑着，有些瘦，但不弱。他的身板有些弯曲，手里提着一个白色的布袋。他弯曲着身子，更加谦卑地说，我没上过大学，但读了不少的书，我很羡慕您这样的大学教授，可以讲授自己的思想，影响青年一代。

我笑了笑，已经不那么反感他了。他笑着说，我的书店就在宝石花路上，去年搬到这里来的。您有空可去我书店看看。

我吃惊地看着他。自从有了网络以来，我基本上不怎么买书了。书店里也不大愿意去转，因为一进去就看见两类书：一类是时下最时髦的书，成功学、网络小说、通俗文学、流行书；另一类则是中外经典。前一类书我看不上，从不看一眼，而后一类书，永远都是那些人，我看着有些生气，总觉得此生就这样结束了，但却挤不进他们中间。所以我已经有好多年不逛书店了，他的书店是什么时候搬来的？在哪里？一年多了我竟然没有注意到。

我点了点头，说，好的好的。

他见我在打发他走，便谦卑地说，可以留一下您的手机号吗？有不懂的地方可以请教您一下。您放心，我不会经常打扰您的。

我以为他会很快给我打电话，但没有。整个一学期很忙，我不停地飞天南海北，不停地参加各类学术会议。很快暑假了，我也准备要写作了。爱人带着孩子回了老家，我一个人静静地在写一部小说。傍晚的时候，我散步去科教城西门外宝石花路上的一家牛肉面馆吃饭，那家的牛肉面不怎么样，但烩面和炒面片享誉安宁区。吃饭的人很多，所以我总是在七点半后才去，那时基本上不排队了。

这一天，我要了一碗烩面，又要了二两牛肉，吃得有点饱，便闲逛。突然就想起那个老人。我一边走一边努力想着他当时给我说的书店的名字，半条街都走完了，还想不起来，突然看见在眼镜店旁边有一家名为"不世斋"的店，确定就是这个名字，但它半掩着门，不像是书店。记得以前这里是一个卖仿奢侈品的小店，很多年轻人都曾到这里来买他们买不到的好东西。我们家也买过一些小东西。那么火的店什么时候没了呢？事物的生灭真的是难以捉摸。

我推门进去，店里空无一人。屋子的两面墙边放着两排书架，中间又立了两排书架。看看书架上，都是些成功学方面的书籍，还有就是古今中外的社科经典和科学著作，没有流行文学类和少儿类的东西。怪不得没人来，都是些冷门的东西。再往里面，书的内容都是些与《周易》、风水、装饰一类相关的书。我咳嗽了一声，也没人搭理，便再往里走。在屋子的最深处，有一间屋子，半掩着门。我敲了敲门，里面有人说，请进。我推门一看，那位老人在里面，对面坐着一位中年人。

他见我来，高兴地说，您终于来了，来，坐坐坐。我一看，屋子虽不大，但有办公室，也有茶台。我坐在茶台前，他递过一杯茶来说，我知道今晚要来一位贵客，所以一直等着，这是新沏的红茶，您尝尝。

我笑笑，贵客肯定不是我。

他笑着说，也许吧，我们一边聊，一边再等等。

我喝了一口，笑道，您怎么会知道今晚会来一位贵客？

他说，我店里有一只猫，平时我六点关门前，它一定会来，日日都是，只有今天，它还没来，告诉我不能关门。我又担心它会不会出问题，打了一卦，它很安全，但卦中出现了一位官鬼，显示戌时出现。本来官鬼出现，小猫会有问题，但既然现在它很旺相，没事，那么，就一定会有一个贵人要来。只是我不知是谁。

我听不懂他在说什么，便笑道，我肯定不是。咱俩又没什么事要做，相互也没什么所求，岂为贵人？难道不是您面前的这位客人？

他笑道，这是我的朋友，他的确是从西宁来的，但他是申时就到，现在该去坐高铁了。那位朋友笑道，是啊，既然有贵客来临，那我就先走了。

说完，他就走了。我们继续喝茶。这时，小猫忽然来了。

他怜爱地叫它，吉祥。只见"吉祥"依偎在他的腿前，喵喵地叫着。他叫它并抱在怀里，又跟我说话。

这只猫是我开书店时来的，嘴里叼着一张纸，可能是某个朋友给我送的花篮上的祝福语。它把那张纸叼着，一直对着我叫，我便从它嘴里取了来看，上面写着两个字，吉祥。下午下班准备关门时，它又来了，跳到书架上面不下来。我就收留了它，与它为伴。我基本上也不给它吃的，这条街上吃的东西太多，不用我给。但它天天来，在我关门前准时来，从未有一天错过。我觉得这是上天给我送来的，也不知道它有没有名字，便按那张纸条上的字叫它吉祥。

晚上它怎么办？我也养猫，夜里很为它担心。

他说，我开着窗户呢，它其实可随便出去，不用每天六点前来。

我奇怪地笑笑，看着吉祥道，真是奇怪。

他又把一张纸条给我，上面画着一个卦象。他指着上面的东西说道，您看这是子孙持世，日子合适，偏偏有官鬼出现。

我笑道，我不懂这些。

他看了看我，犹豫地说道，您如果想学习一下的话，我可给您简单地说一下。您这样聪明的人肯定一学即会，只是不知是否有这样的缘分。

我心里一动，说道，您那天告诉我说不玩打卦，就不懂阴阳五行的运行，更不懂天道运转，自然也就不知圣人为何制礼作乐。我在新世纪初写过一篇文章，题目是《假设和悖论中的世界》。在我看来，一切礼法、制度都是人们约定俗成的，是为了某个目的而约定的，大概没有多少真正的道理，或者说，时过境迁就会有新的约定，原来的约定就废除了。您看摩西与上帝约定的十条，不就是为统治当时的希伯来人而定下的规矩吗？我们的中庸之道不也是谋求一个中和的状态吗？难道有不可违背的天理存在？天理在哪里？即使有，它是不是也是一些人制定的？

老人看着我，不住地点头，是的，您知道这是为什么吗。

我并不去回答他。我想这个问题难道他知道，不就是向来如此吗？

他似乎听到了我的心声，笑道，是不是您觉得向来如此？

我惊讶地看了看他的脸，他并不看我，而是摸着吉祥说道，是人们不知道天道的结果，是人们不信天道的结果。没有了永恒不变的天道，人道当然就由人说了算。

我更为惊讶，说道，人人都说这样的话，可是谁能说清楚天道是什么。

他一边给我倒茶，一边缓缓地说，您啊。

我差点跳起来，问道，您说什么？我？我怎么能知道？又怎么给人讲清楚？

他说，因为您在寻找。

我突然无语。是啊，我在寻找，但怎么可能是他这样的人告诉我真理。我摇着头，又点着头。

他说，我送您两本书。这一本是学习打卦的。要真正了解自然之道和道法自然的原理，得从日常生活中了解，那么这个方法是最有效的。不过，有一点，不要给他人打卦，只给自己或家人打卦，用于了解天道，不用于其他，也以免给您带来祸端。孔子晚年经常读《易》，就是这个道理。还有一点，学习得深了，熟了，就不用老是打卦了。天地的消息您自然就能知道。再送您另一本书，是介绍时间和空间的，这个作者我们都不熟悉，但他把我们的天干地支的时空法与今天的科学对应了起来，使其成为科学方法，当然，这也只是入门书籍，等您学会运用这些时，可能觉得它还是浅了，就当现在用的方便法门吧。

我接过两本书，一本已经没有封面了，不知书名，也不知作者，但上面密密麻麻写满了批注。他看了看说道，都是我几十年写的，您刚开始不用看的，后面等您学会后可看一下，我说的也不一定对。

另一本书有封面，作者名字也在，但没听说过。

他又从桌子上拿起刚刚与他朋友打卦用的三个铜钱，说道，这三个铜钱也一并送您，挺灵的。

我不想要，但也不好拒绝，就拿来了。

那时我正在写小说，怎么可能去读他给我的书，所以把两本书和三个铜钱放在书架最上边。后来我去复旦大学读博士，一去两年，中途虽回来过，暑假也在兰州住，但未曾想过去看他。我一直在修改我的小说《荒原问道》，沉浸在其中不能自拔。第三年时，我回到了兰州。在这期间也常常去看老人给我留下的两本书，我还从网上买来很多相关的书籍，其中有一本南怀瑾的《易经杂说》，浅显易懂，晚上睡觉前开始读，读完竟然早上六点多了，但那一夜对我影响极大，因为一夜间对《易经》的很多东西有了顿悟。有所悟便开了门，然后就算是入门了。

写《荒原问道》那几年，说是读博士，其实一心写小说，中间有很多时间我去了武威、白银、天水一带看朋友，中间说起《易经》的事，热心的朋友曾经多次给我找来当地通《易经》的朋友，给我教习打卦。我没有太多要问的事，只有一个要求，就是要用它去理解日常、理解万事万物。他们又送了我一些书，其中有一本《增删卜易》对我后来影响极大。还有人送我《梅花易数》，使我知道了邵康节。还有人送我很多风水方面的书，我一时看不懂，但也收了来。自从南怀瑾的那本书带我入门，这些书里面的道理多少是明白了，但打卦后如何解卦，六神和五行以及时间之间的关系，总是无法明了。不过，总算是窥到了一些天机，便明白过去学习的那一系列的知识太简单了。如果说过去从小学到大学甚至读博士期间学的东西都算是为了吃饭用，那么，现在这些玄之又玄的东西是在让我明道。它们让我知道在事理之外，有我们人类无法预料的东西，所谓"阴阳不测之谓神"大概指的就是这个意思吧。这对我这个过去很信任西方文化的学者来讲，实在是太震撼了。它们为我开启了一扇智慧的大门，这份智慧，不是简单地指我们个人所得的智慧，而是能通天地之大智慧之后的会意，不可言传。但是，这些东西学习起来并不是那么容易，所以常常摆弄几下后就放下了。

有一天傍晚，我和家人去宝石花路吃饭，吃得有些饱，便散步回去，途经老人的书店时，忽然发现改成了一家卖茶叶的店。便问旁边的人，却不知老人的去向。

回到家里，我看到书架上仍然放着老人给我的两本书和三枚铜钱。又是两年后，我去曲阜拜谒孔子，回来后发誓光大孔子学问。不承想，后来又写作《鸠摩罗什》，进入佛学的学习之中。匆匆数年竟这样过去。当年的很多疑问仍然在心头萦绕，而且在研究完佛学的一些基本原理后就更是浓重，不断地困扰着我。

过年的时候，家里人说要打扫打扫卫生，于是我们洗东西、擦门窗、擦家具、擦书架。我的书桌一向很乱，此时正好整理一下。当我把一本书往上面放时，立刻便看到了老人送我的两本书。我此前没怎么打开过它们，那天随便一翻，便在一页的空白处看见他写的很大的一行字：知识的危机终于到来了，圣人要重现于世上了。

三

2018年，五十岁。

那年初夏，我决定去一趟崆峒山，去"谒见"黄帝见广成子的圣境。黄帝一直住在兵营里，年年如是跟着北斗七星在四方巡视，哪里有不信仰天地者，便以兵戈使其服之。五十岁时，天下皆定，他也可以垂衣而治了，但他的身体也因为遭受了辛劳，感到了疲惫。他觉得此时个人肉体的治理已经非常重要，他还感到治理肉体不比治理天下容易多少。根据伏羲传下来的心法，他知道天下怎么治理。他用天道来治理天下，可是身体呢？怎么办？

他没有了办法。那时，他常常在子午岭上观天象。有人告诉他，在西边，有一座山，名叫崆峒山，山上有一位圣人，名为广成子，有长生之法。于是，他去见广成子。广成子告诉了他修身的方法。

他又向玄女求法，玄女也告诉了他一些修身的方法。

他又与岐山上的岐伯共同讨论，终于形成了一套天人合一的修身治病之法，名为《黄帝内经》。黄帝的方法论值得我学习。

那一年，我也感觉，知识真的乱了，且乱得可怕。流行于中国五千年的知识在百年前一夜间便被定义为落后、保守、专制、迷信的东西，它们成了伪知识，不再被信任。接着，我们源源不断地接受来自西方的知识、思想，接受西方的世界观与方法论。

问题还在于，我们原来信仰的"天"一夜间死了。于是，我们便信人间，人间便是人治人。在人间，谁才值得信任？皇帝？过去他们自称天之子，把自己命名为天子，但不行天道，只是满足个人的私欲，这样的人已经不值得信任了。圣人？圣人也死了。当五四新文化运动被确立后，圣人之道便死了，圣人不存在了。知识精英？过去鲁迅、胡适等一类人就是这样的精英，他们也在自觉地承担社会之大任，但在一系列的社会思潮变迁中也已然面目模糊，无法信了。民主？在民间有信仰时，民主就是善的，民主是值得信任的，可是，当民间无信时，民主就是乌合之众的苟且。美国精神原来就是一群信仰者建立起来的，是值得人们去信任的，是值得各国去借鉴的，可是，当后来的枪杀事件、选举中的各种丑闻出现时，资本就捆绑了民主，民主就成了乌合之众的苟且。这不是我讲的，而是法国社会心理学家古斯塔夫·勒庞创作的社会心理学著作《乌合之众》中的意思，这本书首次出版于1895年，那时他就预言了社会大众的心理趋势。如果这些都无法相信，还有什么？法律？法律是社会最后的底线，可是，在中国几千年的实践中，法律必须是在有基本的道德信仰的前提下运行才是善的，不然，它就成了无法执行的一纸空文，因为在这样的社会，法律会被权力、资本、暴力所控制。那还有什么可信呢？

此时此刻，我想起《易经》中的一句话：刚柔交错，天文也。没有任何道德力量的自我约束后，人都变得非常任性，也妄言妄为，不可思议。但这样的时刻，人们能看到自己的所谓的本性，也叫天性，只是这天性善恶参半，更多时候会表现出恶来。这就是文明社会之前人类社会的状况。那么，怎么办呢？《易经》里还有一句话：文明以止，人文也。文明是什么？经天纬地曰文，照临四方曰明。人们要按照天的启示对自己的行为进行约束，天是永恒的参照系，这就有了文明。文明有了，人内心就有了对天的崇拜，对自己的行为和语言就有了约束，所以前面讲的那种混乱的局面就停止了，人就不仅仅为欲望而活着。这就是文明以止。知道什么该做，什么不该做，正所谓君子有所为有所不为。

所以，天是什么？天道是什么？人如何才能依照天道来生活呢？这就是黄帝要回答的千古之问。

  我气喘吁吁地爬到了人们说的黄帝问道处，这是一处非常陡峭的台阶。我在想，这只不过是他走过的一段崎岖的道路罢了，哪里是广成子和黄帝交流的地方。越过那段路，就能到达一处开阔地。那里正是历代有道之士修行的地方。

  我相信，这里，可能是他们的论道之处。

  在那片开阔地，我坐下，闭上眼睛，"观看"黄帝与广成子的对话场景。

  什么是天？

  什么是地？

  什么是人？

  天如何首先运行，大地如何跟随运动，人又如何在天地的运行中发现那看不见的法则，然后确立自己说话、行为、交流、劳作的规则。

  人如何才能法地？十二地支分别代表的是什么？

  地如何法天？十天干讲的是什么秘密？

  天又如何法道？道在哪里？

  道又如何法自然？自然是什么？是我们眼见的这个色界？还是某种无为之为？

  在那里，我第一次感受到自己五十年来接受的一切知识与思想都充满了疑问，它们一点也不牢固，顷刻间就觉得它们是那么轻佻。什么科学，什么主义，什么哲学，什么思想，统统都烟消云散。摆在我面前的是空旷、寂寥、永恒不变的天地，人是渺小的，人的一切行为都是短暂的。《金刚经》里的一句话就马上闪现出来：一切贤圣皆以无为法而有差别。

  是啊，在我面前的是无为法，根本不是有为法。

  许久之后，当我下山的时候，就有一个念头渐渐出现：一切知识都需要在这种无为法中重新去解释，一切有为法需要在这样的永恒面前重新定义自己的价值。

四

  那一年，远在香港的饶宗颐先生去世了。

他的去世在社会上引起了很大的反响。有个学者对我说，中国传统文化，内地学者儒释道皆通者少之又少，你看看某某某只是梳理了一下哲学，且是按西方哲学的思路进行了重释，再看看某某某只懂一些儒家的东西，佛教和道教的东西基本没有著述，活着的某某某只懂一些佛教的皮毛，对《易经》等基本不涉及，而台湾的南怀瑾、曾仕强都对《易经》有研究，南怀瑾还对儒道两家经典进行过通解，佛教方面讲的就更多了。他还说，奇怪的是被称为文化沙漠的香港居然出现了一个饶宗颐，儒释道皆有修养。我也在不同的地方听到过相同的观点。

人们开始怀念中国传统文化了。这是好事，但也来到了荒野里。我们还有真正的传人吗？

有一位记者采访饶宗颐的文章引起了我的注意。饶先生可谓儒释道皆通的大家，但看上去对道家更为钟情。他说自己六十岁以后就基本进入真正的修身阶段了，他每天晚上九点睡觉，早上五点起床，开始练书法，写点东西。大约七八点时吃早餐，九点时要打坐休息一下，然后再工作一阵。十一点多时去固定的餐馆吃饭，回来后午休。下午起床后就坐在太阳下晒太阳，补阳气，看着楼下的风景，会会朋友。晚餐后稍休息一下，然后睡觉。

我想我六十岁以后也要像饶先生那样完全修身，但还有十年才能退休。这十年，便是研究道家的修身方法，学修身的道术，学中医。

而最为重要的则是重新认识知识。

五

有一天，自然科学研究者康德在读休谟的一本书时，令他十分震惊。休谟说，时间是什么？时间是谁设定的？时间准确吗？

有人说，康德的一生分为两个阶段，四十岁以前和四十岁以后。但我查看了一下他的著作，发现他真正的分野是1770年，即他四十六岁那年。在此之前，他一直在仰观浩瀚的天体。他认为，这是人们能够认识到的世界。

这种实证的方法，中国人称之为格物。当我们不知道何为格物时，其实也是丢了自然科学这把尺子。至于何时丢的，可能仁者见仁，智者见智。

我读过一本隋代学者萧吉的著作《五行大义》，他开篇就讲，东晋衣冠南渡之后，就失去了五行方法，也就是说失去了认识自然的基本方法，所谓道法自然是徒有其名，而无其实了。若是读完他的一本《五行大义》，便对自然的运行规律有了基本的理解，便知道他说的是什么意思了。可惜我们现在很难理解这种观点。

当四十六岁的康德，这个科学家在读了休谟的文章后，他立刻也意识到，整个西方世界失去了认识时间的能力，知识混乱了，失真了。所以他便开始研究哲学。在他的著作里，他极力去解释什么是时间。后来，我在黑格尔、萨特、海德格尔的著作里，也发现他们对时间都产生过很大的兴趣，也曾解释过时间，但都解释得很勉强。

讨论时间，就是讨论存在本身，现在，时间这个基本的问题都变得异常模糊，存在也就成了问题。时间这个基础出了问题，于是，所有的知识便都不可靠了。

达尔文的《物种起源》和《人类的由来及性选择》表面上在寻找人类与物种的产生这个问题，其实讨论的依然是时间问题。爱因斯坦、牛顿、霍金等无数的科学家，包括那些研究浩瀚星空的天文学家，他们穷其一生都想弄清楚时间是怎么发生的，又是怎样运行的。显然，他们都无法回答这个问题。宗教表面上是解决了这个问题，但在时间这个层面上依然难以准确地描述，于是，宗教与科学之间便产生了无穷无尽的争论，甚至战争。

那么，时间到底是怎样发生的？哪里有真正的解释呢？

六

在去渭源考察大禹文化时，一行很多人，没有导游，当地的文人也对大禹的事情一知半解，我便当起了导游。

我在讲解的过程中提出一个疑问，华夏的西界在哪里？

按《史记》的记载就在渭水之畔。渭源有一座首阳山，山上有座庙，里面供奉着伯夷和叔齐。这可以证明周之边地就是这里。因为两个人以为这就到了非周之地，吃的也不是周粟了。

渭源还有一座山，名鸟鼠山。《山海经》中有记载，大禹在这里导渭入河。可为什么把这里确定为华夏的西界？

在渭水以西，还有很多山水，最重要的是有昆仑与河源。昆仑是中华民族神话起源之地，河源与昆仑相互依存。伏羲在昆仑山上作八卦，确定伦理；女娲在那里补天，抟土造人。如果说渭水这里是西界，那么，华夏之源为何不在华夏之内，而在华夏之外？

这是一个巨大的问号。

知识早已出现了危机，早在汉代就出现了。张骞出使西域的一个目的就是解决这个知识的难题。他回来后告诉汉武帝，于阗南山就是传说中的昆仑山，而于阗南山生出的河流以及西边丛岭中向东流出的河流一起汇入盐泽，盐滩的水"潜行地下"，在积石山喷涌而出，这便是黄河，流经中国后便叫中国河。在那里，西王母国已经不在了，他们西迁到了今天我们所知道的两河流域的条支国了。汉武帝后来又派出很多人去探究，终于确定于阗南山为昆仑山，张骞所说的河流为河源。

原来黄河的源头不在今天的青海，而在新疆。那么，为何长久以来非要把西部地区排除在华夏之外？

七

我就是从这些疑问开始踏上一个人的探源之路的。

八

在探访渭源的第二天，当地宣传部门给我安排了一场报告会，要我谈谈渭源文化以及如何去进一步研究和传播。在讲座的时候，我告诉他们，那一天是公历什么时候，但还有一个农历的时间，最重要的是还有一个干支历时间。当我说出那八个天干和地支时，大家都有些茫然。我说，这是中国人真正的时间观，早在伏羲氏时就已经有了，不过，那些名称我们现在已经无法解释清楚了，到黄帝时才改名为现在的干支历的。黄帝的史官仓颉创立了文字，首先创立的大概就是十天干和十二地支以及"天""地""人"这些字，用单词对其命名，至今已经有五千年左右的历史。我们用了五千年，却在这百年来将其废除。

在那个干支历中，每十二个时辰之后就要轮回一次，开始新的一天，正如我们每天起来看见新的太阳一样。每十二天又是一个小的轮回，五个轮回就是六十天，这是一个稍大一点的轮回。每十二个月之后又要轮回一次，新的一年便开始了。每十二年也是一次小的轮回，但五个这样的轮回便是六十年，即一个甲子。新的时间又重新开始。这与我们对道法自然的日常认识是一致的，它里面藏着我们对天地的认识，包含着天地消息。

现在，我们不知道时间代表的是什么，仿佛是永不回头的未来，但如果那样，我们为什么会老去？孙中山先生在引进这个西洋历的时候说得很清楚，耶稣历是便于计算，但农历和干支历便于中国人劳作和日用。但现在，我们只记得耶稣历，而不记得我们自己的历法。我们便只记得耶稣，而不见天地。

时间，这个基本的知识出现了问题。

现在这一切还要继续下去吗？

九

2020年，我开始学习古人的方法打坐、静心，并读《黄帝内经》。在一个寂静的夜里，我忽然想起那位老人给我留下的两本书。我取下那本没封面的书，打开了第一页。这不仅仅是一本书，我发现它是好几本书的合集。

于是，我进一步发现，这些书的根本要义就是首先了解大自然的习性，了解春夏秋冬的气候，了解它们之间的相生相克之法。时间就是春夏秋冬，但现在我们所理解的时间没有气候，没有空间，它被人抽取出来，仅仅作为一种量表而存在，失去了本来的意义。西方人的哲学不也如此吗？他们追求形而上的追问与思考，认为可以不与实践结合起来，这是他们的本来面目，还是后人强加于他们的假象？在我研究赫拉克利特、苏格拉底、柏拉图、亚里士多德等人的著作与思想时，我没有看到他们一味地脱离生活和生命本身而去讨论一些无意义的东西，恰恰相反，他们讨论的东西都很实际，如道德、灵魂、存在。

我还发现，不仅仅是中国人，几乎上古人类的思想都来自星空。对星空的探索一直是中国古人的学问之路，而后来终止于我们的自满。西方人对星空的探索则终止于宗教的流行。于是，我开始疯狂地学习天文学，试图用现代天文学来证明古人的天文学，毕竟，那些天上的星群保持了永久的存在。

我还开始学习地理学、生物学、冰川学等，并且用它们来进行新的考古。

那些古老的奥义在向我一点点吐露真理，但有太多的知识和规律无法洞悉。我开始怀念那位老人。那年夏天，我去那家茶叶店，询问老人的情况。店铺老板说，当时有个手机号码，我找一下。他找了很久，才找到。我一打，是个女人。再问旁边几家店铺，也已经是新人，都不知道过去那个老人到哪里去了。

我只好自学。一场关于时间、空间、数、人、文明等知识的探源工程，就这样悄然开始了。我此后的诸多学问，大多是通过那位老人送的书启示的。我不知如何称呼他，就以他的书店店名而勉强称其为不世斋老人吧。

写下这些文字，是想记住他和这段思想的日子。

选自《天涯》2024年第4期

人间

疼痛手记

/杨本芬

2016年，膝盖内有烧灼感，火烧火燎的感觉让人烦躁不安。看着外表完好无损的膝盖，不知里面出了什么问题，看又看不到，摸又摸不着。逐渐地，烧灼感伴随着疼痛，日子越来越难熬，尤其是冬天。自此冬天来临之前我都要在心中暗暗祈祷：要是这个冬天膝盖莫痛我就好哦！

2018年过完年不久，楼上邻居两夫妻来我家坐坐，男的是医学院老师，我便说起我的脚疼："余老师，我本来身体还好，只是这两年膝盖的不舒服快把我打败了。"

余老师热情地说："不急不急，能治得好。做过检查吗？"

"核磁共振前前后后做了三次，结论是半月板损伤破裂，还有少许积液。"

"我有个同学是骨科医生，专治膝盖，隔天你带上片片子，我带你找他。"

第二天余老师就来找我，说已经和同学打好招呼了，他陪我去。余老师开着车，大女儿陪着我，那是2018年2月25日，天气晴和，风中带着暖意。

二十多分钟后到医院，余老师带着我们熟门熟路地到了他同学——主任医师华医生的办公室，推门进去。华医生正坐在办公桌前，五十来岁，头发掉光了。余老师做过介绍，我们彼此打过招呼，女儿递上核磁共振片子。华医生看过片子后又仔细看了膝盖，说，应该是关节炎和半月板引起的烧灼与疼痛，先住下来，做保守治疗。

所谓的保守治疗，就是打点滴消炎以及热敷和冷敷。第三天女儿来看我，问我感觉怎样。我说，没有半点改善。女儿说："那就出院吧，到别的医院去看。"

就在这时，走来一个四十多岁白白胖胖的女医生，据说是个副主任医师，她问清了我的病况，对我们说："何不做个半月板清除术？微创手术，在膝盖上打两个小洞洞，内窥镜探进去，膝盖里有什么毛病便能看得清清楚楚。做完就不痛了，三天就能下地走路。"

一个病人盼望自己的病好，往往会失去理智，她的胸有成竹，急于为病人解除痛苦的言辞使你无法不相信她，我和女儿听了，就像灌了迷魂汤，丝毫没怀疑她的建议是否有医疗之外的因素。我根本没多想，就让她给我安排手术，越快越好。

手术那天，华主任和我女儿、儿子都来了，那个胖胖的的女医生和华主任同时站在我的病床旁，我原以为是那个胖胖的女医生给我做手术。我对她说："两只脚同时做。""两只脚都做？"女医生有点惊讶，但脸上又有难以觉察的惊喜一闪。的确，我看到了。就在这时，余老师笑嘻嘻地对他身旁的华主任说："老同学，这手术就要麻烦你了。"

华主任说："放心好了。"那女医生一愣，脸红了一下很快消失了，这一瞬间的变化又被我捕捉到了。因为刚和她接触，我对她是有好感的，她对我讲话面带微笑，看得出她很想给我做手术，而且是两只脚都做，等于两台手术，是很难碰到的事。没有给我做成手术她很失落，大概直接影响了她的收入。

人，只要心中有希望，很自然地会快活起来。我异想天开，满以为就此能脱离膝盖烧灼疼痛的困扰，万万没想到后面数年的噩运正在等待我。

我躺在四个轮子的病床上，被飞快地推往手术室。手术室里穿着绿色工作服的助手，个个严肃，各人做着自己该做的事。麻醉师很快给我在背上打了麻药，我的腿很快就失去了知觉，如两根木桩一般连接着我的身体，动弹不得。

手术结束后，真的只住了三天院。这三天中身上安了镇痛棒，还打着点滴，也许有止疼的药水，第二天我就能下地上卫生间，不疼。那一刻我心里不知有多高兴，满以为就此能脱离膝盖疼痛的苦恼，过上健康人的生活了。

第四天出院，那位胖胖的女医生来了，递给我一张表，交代我回去务必要按表上的要求做。表上说明要卧床三个月，每天做五百下抬腿。

我说："手术前怎么没告诉我，要卧床三个月，抬腿五百下？一只刚做了手术受了伤的膝盖，连动都不敢动，怎么做得到抬腿五百下哦。"

事实上，不要说每天五百下，我连五十下都坚持不了。那痛，真是痛彻心扉。

去复查，那个女医生让护士解开纱布，摸了摸，说："恢复得不错，要坚持抬腿。"我问她："你说做完就不痛了，现在这么痛怎么办？"她答非所问，边往外走边问每天做了多少下抬腿。

我卧床三个月，只是抬腿做不到。因为但凡抬腿就会引发生不如死的痛苦。

那痛是无法诉诸笔端的，任何语言也无法恰如其分地形容它。再去找女医生，两次都没碰上。其实明知找她也没用，只是想问问她当初为何讲"一做手术就会好"的话。

盼啊！盼啊！满以为三个月后会好些，可是三个月后依然没有丝毫好转，去找华主任，华主任说我恢复得好，至于痛他也搞不清是怎么一回事。

女婿经熟人的帮助，把手术前后的片子寄给上海某大医院的骨科专家，得来的回复是膝盖内没太大问题，这手术可做可不做，建议我吃普瑞巴林和西乐葆，每天各两颗。一开始这还能止住一些疼，到后来也不起作用了。

这一痛迄今便是六年。六年里，女儿把术前术后拍过的片子寄往各个大医院，到处求医问药。这六年里，去过上海的复旦大学附属华山医院、北京协和医院以及香港的医院，基本上，给出的建议都是再次做膝盖置换手术。然而上次手术已经让我经年承受疼痛的酷刑，我没有勇气再来一次。

痛的时间太长了，看不到希望，让我有些抑郁了。二女儿提供了几本书，要我看看书也许能分散注意力。儿子花了三千多块钱给我买了台苹果平板电脑，要我在床上看看电视连续剧，分散注意力来减轻疼痛。

可是我疼得电视剧都看不下去，更别说看书。躺着痛，坐着痛，站着痛，走也痛，这痛让我满脑子想的就是如何快点死去，早日解脱，不想在这人世间苦苦挣扎。我每天都想着怎样个死法体面些，还想顾及死后的模样，不能吓着孩子们。

最先想到的是去象湖淹死。象湖离家两三里路，有好几平方千米的水面，湖水澄清，波光粼粼，两边垂柳如丝，野鸭子在水上嬉戏。早上和傍晚人流如织，曾经，我也和老爷子、孩子们时不时光顾那里。可是现在，我的脚根本走不了那么远呀！

也想到了绝食饿死。那天实在疼得厉害，满脑子都被死字萦绕着。想着父亲就是饿死的。饿死应该容易点，也不会太难看。

"阿姨，来吃饭哦。"钟点工小段喊我。一听有人叫我吃饭，小狗毛毛就跑到我床边汪汪叫，它也是在喊我去吃饭。我苦笑一下，说："我没有胃口，不想吃，你们吃吧。"

桌子上的菜香飘进了房间，香气通过鼻孔，进入肺部，在肺下面的胃里引起骚动。胃开始抽搐，肠子在蠕动，发出咕咕的响声。

这咕咕声是提醒我，肚子饿了，要吃饭了。

饿肚子太难受了，有人说饿肚子等于活埋。这个死法坚持不了，看样子我不是个意志坚强的人。

各种死法都不行，那就只能活。有时我对着天说："老天爷，我是个好人，你救救我吧。减轻一些我的疼痛吧。"有时我又说："爸爸、妈妈、哥哥，我的脚好疼啊，你们显显灵，保佑我的脚不那么疼吧！"我泪眼婆娑，谁能救救我啊！

白天嫌日子太长，只想赶紧到晚上，睡着就好了。可是晚上睡不着。一天二十四小时不可能因为脚疼而减少一分钟。大女儿说，睡不着妈妈你就不停地念阿弥陀佛，我便开始不停地念阿弥陀佛、阿弥陀佛、阿弥陀佛……可是我并不信佛，念着念着念不下去了。我开始念我小时候的"一二三四五六七，马兰开花二十一……"通常也不管用，还是要吃安眠药才能睡着。

实在疼得受不了，最终还是想到去象湖。一个将死的人，依然想着孩子们，想着他们如何能容易地找到自己。我看过野夫写在长江上寻找他母亲的过程，实在太惨了。我想在象湖找一处偏僻之地，用一根绳子一头系在树上，一头系在自己手上，然后再下水。我是个旱鸭子，会很容易沉下去。别人碰到绳子也容易发现我。

可是问题还是，怎么去象湖呢？不能走路，爬都要爬着去，可是我连爬都不行，跪不下去呀。

还是只有活下去一条路。

家人不知我这些心理活动，但知道我痛，一直在替我想办法。孙女和湖南的中南大学湘雅医院取得联系，在众多专家中我们联系上了一个年轻博士主任医师，通过电话问诊。我先将手术前后拍的片子寄过去，收到片子后，他联系上我。

他告诉我看过片子，膝盖里看不出什么大问题，只是这手术不宜做，年纪大了不易恢复。他声音温婉，有一种亲切感。我说，我真的痛不欲生了，到了求生不得，求死不能的地步。还有办法能让我不这么痛吗？医生说："我没亲自看到病人，也无法下诊断，就止痛效果来说，两颗普瑞巴林和两颗西乐葆同时吃，疗效可能会好些。"他安慰我调整好心态，慢慢来，急不得。

我照着医生说的，早饭后四颗药一口吃下。还真管用，膝盖没那么痛了，我大喜过望。

可是好景不长，膝盖又开始痛了。时间到了2019年下半年，我还在痛，当然也有稍微好一点的时候。一年里，在南京的二女儿和女婿三次回家看我，看到平时虽上了年纪依然开朗有朝气的我，因这次手术真的废了，像变了个人似的。看到我如此痛苦他们又无能为力，十分难过，只有百般劝慰："手术做都做了，后悔也没有用。只有自己好好调整心态，接受事实，等待恢复。"

回家时二女儿把片子带走了，到南京鼓楼医院骨科挂了号。看片子的骨科医生说我的膝盖里一塌糊涂，一定是从前使用得太狠，损伤甚至超过运动员的膝盖。他说我一定是个停不下来的人，应该把我绑在床上两个月不要下床。

女儿说，可是做手术的医生叮嘱一定要做康复运动。如果躺在床上不动，肌肉会不会萎缩？

那位医生的观点是，就算付出肌肉萎缩的代价，也要先让膝盖得到休养。各个医生观点不一样，家人和我都是无所适从。

疼痛在继续，绵绵不断。大女儿只得把我送到南昌大学第一附属医院的疼痛科。先看门诊，递过片子，医生草草地瞄了一眼，我卷起裤腿想让他看看摁摁，并说我这膝盖手术后三年多了还疼。他只瞄了一眼，说："我也不晓得你的膝盖怎么会这样疼。你们这些人不到疼得要死就不记得疼痛科的。"他对身边的实习医生吩咐道："带到九楼陈医生那里住院。能不能好我也不晓得。"本想再问问，他已叫下一位病人了。我和大女儿只得跟着那实习医生去九楼住院部。

到了疼痛科，我才发现身犯疼痛的人多了去，腰疼、背痛、脚痛、耳朵痛等各式各样的痛都有。那天见到一个三十多岁的年轻人，在走廊里抱着大腿呼天喊地，眼泪在脸上肆意横流，惨不忍睹。我住的病房共四个床位。一个耳朵痛的，晚上睡觉鼾声如雷，碰上这样的人也毫无办法；一个腰痛的便每天坐四站路回去睡。我和另一个病友只好就近到宾馆开房。五天后耳朵痛的出院了，他告诉我们住了半个月的院，耳朵还是痛，不治了。

住院期间每天两瓶点滴，给神经补充营养和消炎，还有一种叫丁丙诺啡透皮贴剂的膏药贴在胳膊上，贴一次能管一个星期。我住了半个月，出院了。脚依然痛，但比刚开始那种痛不欲生还是好些，再没想着去死，不想害孩子们在人前抬不起头——他们的妈妈是自杀死的。

我把脚痛分为四等：巨痛、中痛、微痛或不痛。一起床，就来感觉今天的脚是哪一个等级状况。如果逢到巨痛，便痛得生不如死，像一个疯子，躺着又爬起来，爬起来又躺着，热敷不起作用，小段轻轻帮我抚摸。痛得实在受不了又补吃两颗普瑞巴林、两颗西乐葆。早晨痛到下午四点才能缓解些。这一天的日子特别长。

微痛已经习惯了，根本不算疼。如果哪一天不痛，我便又会开始异想天开：我的脚会好，今天不痛，明天也会不痛。

微痛或不痛的日子我坐在桌前写故事，一边想着：脚不痛的话日子真好过。有人想活都活不了，我又何必急于想死呢？八十有四了，你以为你还能活多久？就算活到一百岁也只有十多年，真是弹指间。八十几年都那么快过去了，还怕这剩下的日子？我在心里和自己对话。

这期间我哥哥因中风去世了。我和哥哥的感情很深，可以和母亲相提并论。女儿一直担心大舅舅去世，对我来说这一关会很难熬，真没想到，听到消息我一滴眼泪都没流，只觉得心被掏空了。人伤心到极致反而不会哭了，我在心里不断地对自己说，哥哥走了好，哥哥走了好，总算脱离了苦海。不知自己何时才能解脱。

哥哥生得英俊儒雅，善解人意，我生活中遇到的困惑都可以向他倾诉。从前我们每天通一到两次电话。他第一次中风留下的后遗症是双脚无力，走路比较困难，要拄拐杖。手没问题，便每天坚持写字、画画，写了四个大字贴在墙上——努力活着。

日复一日，年复一年，疼痛依然在进行，持续而绵长。也仍然继续寻求治疗，住过院，看过医生，总是满怀希望而去，最后失望而归。挫败感一次比一次地加重，只有接受事实。自从自己的脚坏了，走在外面，我的眼睛哪里都不看，专看别人的脚走路好不好。看到别人走路稳当且快，我内心羡慕死了，要是我还能这样走路就好了。

我成了个老小孩，周而复始地给大女儿报告痛和不痛。

痛起来我就打电话给大女儿，带着哭腔喊："南南，我好痛啊！""妈妈，不怕，你捏一捏、摸一摸，热敷一下，想办法减轻。明天会不痛的。我等会儿过去帮你捏捏。"

等第二天真的不痛了，我又打电话告诉女儿，南南，今天脚没痛。声音是欢快的。

"妈妈，今天不痛你就开开心心过，不要想明天的事。"

"南南，明天又会痛吗？我，我真的痛怕了。"

"明天也不会痛，你不要怕。"

人变得越发脆弱，动不动就伤感。每次打了电话后，又来反省自己，暗下决心，不能频繁打电话，痛苦要自己承受，快乐倒是可以分享。

想归想，但我还是给大女儿打电话，因为她每次都说，妈妈你忍耐一下，今天痛了明天就不会痛了。这句话对我是那么重要，我常在心里默念，今天痛就痛，明天不会痛了，我盼望明天。

选自《天涯》2024年第4期

吹 落

/李春龙

一

2001年，对姐姐来讲，毫无征兆地，成了一个不平凡的年份。

中午眯了一下，姐姐一边肩膀掮铁耙，一边肩膀掮木耙，去对门刘家院子娘家牵了牛，到了庙山后的水田边。田里的水已经淹平禾蔸，可以开犁了。花黄牯在长长的田塍上吃青草和稻草，吃得肚子都胀起来了，还没看到掮犁的老四爷的影子。长长短短，总共半亩。下午要过三道犁耙，明天清早好把晚稻秧插了。急人。要是自己奈得何，姐姐早就扶犁下田了。

太阳已经向西偏得有点多，姐姐又扯了一大堆猪草，再也忍不住了，气冲冲地往家里赶。还在门外，就听到鼾声震天。困尸哩——姐姐一声大吼，就去床上拖老四爷。老四爷在迷迷糊糊中一推，就把姐姐推倒在地，头撞到柜子上，立马肿起一坨。

这下麻烦了。老四爷是个好裁缝师傅，做手艺活，一点不愁，做农家活，就不那么积极了。现在田没有犁，还打了人，还搞个鬼。老四爷自知理亏，掮起犁就到庙山后去了。姐姐并没有大吵大闹，而是到另一间屋里也倒头就睡，脚上还有半干的湿泥巴。

小丘田整起来手脚多，天快黑了，老四爷才用铁耙耙完，最后一道木耙，只能明天清早来了。一身酸痛回到家，冷火熄灶。老四爷心想，一个人累死累活半天，亏的理又不是故意的，也应该补好了，饭都不煮，走了。于是就到村里的三个好酒友中的一个家里去了，天光天黑由你。

老四爷在酒友家喝得酣畅痛快，像头顶的月光一样尽情挥洒，高一脚低一脚回到家时，已经很晚了。看到这张床上的蚊帐里没什么动静，便到另一张床上倒头就睡。心想过一夜，肯定就什么事都没有了。第二天一早起来，没看见人，仍旧冷火熄灶的。没办法，老四爷只好又自己下了一大碗面吃了，再去老丈人家牵了牛。到了庙山后，还是没看到人。耙完了田，还是没看到人来。老四爷发火了，骂了两句朝天娘。当然也只有在田埂上吃草的花黄牯听到，犁耙、稻草还有平整后的四丘水田没长耳朵，是听不到的。田埂有点窄，花黄牯一脚踩浑，田里原本搅浑了的水也就更浑了。

老四爷完全是站在自己的角度看问题，与真相的距离差得有一个筋斗云那么远。天蒙蒙亮提着行李袋出门，从大兴村走一个小时路赶到双凤乡政府，再坐早班车到邵东汽车站，此时，姐姐已经蹲在垃圾桶旁，翻江倒海一阵干呕，好像要把那些委屈、不满、愤怒统统从心底最深处吐出来，就是不晕车，也要统统吐出来。

是的，姐姐太委屈了，太不满了，太愤怒了。从二十一岁嫁给老四爷，事事当先，处处争强，把一个四面漏风的家总算糊得像点样子了。老四爷除了做好裁缝活，其他活是能溜就溜，最终留给谁？就是裁缝活，姐姐也是要打下手的，锁边，钉扣子，熨烫，哪样少得了。要把两个崽拉扯大，还把三间土砖屋换成了四间半红砖屋，更是脱了几层皮。20世纪90年代开始，到处有成衣卖了，乡里就没有了裁缝活。姐姐又跟老四爷一起去县城打工，老四爷裁布料，姐姐做衣服，挣得也是一样多。几十年了，功劳都是老四爷的，好酒好菜都是老四爷的。姐姐对吃无所谓，从来没有听到一句好话也算了，现在上天了，搞个"双抢"，做事偷懒放一边，还打起人来了！可是，这些委屈、不满、愤怒又向谁说呢？向父母，父母七十岁了，自身难保。向两个老弟，两个人活得可能更艰难。向两个崽，大崽在双凤中学教书，丢崽的脸面，小崽在广东打工，天远地远。何况要崽女来评父母的好坏，也不太好评。向姐姐，是可以，姐姐大四岁，一起长大，关系亲密，可是1980年，三十岁，因为与婆婆怄气，想不开，丢下两个嫩崽走了，骨头早就可以打鼓了。向妹妹，想来想去，只有向妹妹了。

妹妹比姐姐小十多岁，1989年仙槎桥十一中高中毕业，没考上。小老弟考上了邵东一中，考大学明显更有希望。但妹妹不甘心，想复读。姐姐和已经成家了的大老弟都支持。老母亲于是还到三十多里远的小南岳烧了高香。遗憾的是，在县城图书馆改的昭阳中学复读一年，好不容易熬过，又没考上。老母亲说，在菩萨面前烧高香时，额头都磕肿了，看来实在是没得读大学的命。妹妹还是不认命，号啕大哭，不愿意嫁人。老父亲也坚决不送了，说一身老骨头再如何熬也熬不出油了。妹妹死不甘心的样子，姐姐和大老弟看不下去了。姐姐杀了头猪，卖了一百多块，大老弟也尽力凑了些，一共两百块。妹妹把长头发咔嚓剪了，以明心志。于是，一个偏远山区的穷家女有些悲壮的复读路再次起程。

昨晚就吃了一捧生落花生，今早就吃了一根生黄瓜。姐姐呕了很久，其实并没有呕出什么，最多的是黄胆水。姐姐用手擦擦嘴，打起精神，爬上了去火车站的公交车。下了车，就寻到一家诊所，试着问里面一个老医生，晕车有办法治吗？没想到问对人了。老医生说，那怎么会没办法咯，简单得很，一块钱解决问题。买盒伤湿止痛膏，一块钱，一盒两张，一张两片，一片贴在右手腕脉搏上，一片贴在小腹上，随你什么车，随你坐到哪里，都不晕车。姐姐简直不敢相信自己的耳朵，困扰自己出门这么多年的大老虎，竟然这么容易就能打倒，不太可能吧？但也没有其他更好的办法，就当是遇到神医了。姐姐掏两块钱，买了两盒，算是加了双保险。老医生明显看出了姐姐的不信任，又说，话讲多了没用，哪天你回来就晓得了。如果不见效，我赔你二十块，诊所就在这里，还飞得走？真是像极了江湖骗子的那一套。死马当作活马医，姐姐匆匆忙忙又跑去了售票窗口。

二

妹妹再次复读，是到县城四新桥边的振华中学，一所由废弃的养猪场改成的民办学校。读书与喂猪，就这样跨越时空同在了一个低矮的屋檐下。从那些堆积如山的课本里，总能泛出一丝丝隐隐约约挥之不去的猪粪气。妹妹肯定完全没有心思去顾及这些，她这个书，可以说已经是提升到用命在读的高度了。如果还没考上，妹妹不敢想象会有什么样的后果。但三十年前考大学，谈何容易，与现在根本不是一个概念。

姐姐问一下售票窗口，得知并没有直接到济南的火车，要先到株洲火车站，然后再转。连邵阳城都没去过的姐姐，果断地买好了去株洲的票，义无反顾地为自己有些疯狂的想法踏出了坚定的一步。姐姐按照老医生的指点，贴好了伤湿止痛膏，又买了几个馒头，打算坐一段路，如果真的有那么神，不晕车，就吃一个，确实有点饿了。姐姐并不知道，坐火车一般是不会晕车的，就算晕车的人也不会。

火车发动了。姐姐没想到火车上的人这么多，简直像一头扎进了密密麻麻的黄花秆子地，短途根本没座位坐。只好学着样，也一屁股坐在地上。不辞而别离家出走，老四爷几天找不到人会怎么办？晚稻秧还插不插？收的几千斤谷会不会发芽？十几只鸡会不会饿死？姐姐都不管了。姐姐就想出一口窝在心里几十年的气，就想去一个全新的地方散散心。

株洲很快就到了。姐姐随着人潮下了火车，发现没有一点晕车的感觉，心情顿时大为好转。就买了瓶水，吃了个冷馒头，力气慢慢回来了不少。一问，到济南的火车要半夜才发车，现在太阳还没落山，那还要等好久。

姐姐是读过高中的。那时双凤乡就有高中，与初中在一起，学制各两年。就是条件有点差，教室有点少。所以，姐姐两年初中，两年高中，主要是在为学校搬砖修房子，是真的搬砖。次要也是读了书的，正式文凭可以为证。想到自己一个高中生，嫁给了一个只读了三年书的半个文盲，还要受这窝囊气，姐姐就明显感觉到牙齿发痒了，像有虫子在爬。

株洲火车站的飞蛾子好多啊！好像是全株洲的飞蛾子都聚拢来了，还不止，应该是全湖南的飞蛾子都集中到株洲火车站这里来开会了。候车室的每一个大灯泡周围聚满了飞蛾子，密不透风，凡是光能照到的地方，飞蛾子无处不在，直往人脸上横冲直撞，往鼻孔眼睛耳朵里钻。有好些人发现木长椅上根本坐不自在，就想钻到椅子下面躺一躺，眯一眯眼。很快发现纯属想当然。椅子下面光是暗一些，飞蛾子或许是少一些，但少的程度，完全可以忽略不计。等那半夜车，真是比吃半年药还难熬啊！姐姐现在说起仍心有余悸，也有点令人将信将疑，总感觉姐姐运用了夸张的修辞手法，以渲染那次出走的不同凡响。如果真如姐姐所描绘的那样，那还不如把所有的灯都熄了，天上不是还有半边月亮吗？

每一声长长的汽笛声响起，一部分人就逃命一样出了候车室。姐姐终于等到了属于自己的那声半夜的汽笛,仓皇上了火车,费了好大的劲找到了自己的座位,迷迷糊糊就睡着了。

妹妹也有迷迷糊糊趴在课桌上的书堆里睡着了的时候,但老班主任不会叫醒她,因为妹妹不到眼睛实在睁不开的境地,是不可能睡的。妹妹读书太发狠了,发狠到让人可怜甚至心碎。但现实太残酷了,妹妹学的是理科,她逻辑思维能力强,语文与政治却把书翻烂了,转身就又忘得差不多了。两门从不及格的分数,分明是两把尖刀,已经连续两年狠狠扎在妹妹的心窝子上。那又怎样?妹妹有时用头一下一下撞课桌,把课桌都撞晕了,那又能怎样?

成功总是属于永不放弃的人。这种毒鸡汤,有时特定的人喝了,还真灵了。1991年,湖南、海南、云南三省进行史称"三南方案"的高考改革,将原本的文科六门、理科七门改为"四组四门"。这真是苍天有眼,妹妹喜极而泣地选了第三组:数学、化学、生物、外语。完美避开语文、政治,全是妹妹的强项。妹妹铆足了劲,定要一雪前两耻。妹妹怎么可能会不发狠读书呢?老班主任怎么忍心叫醒这淡淡猪粪香气中的好梦呢?

姐姐在火车上摇了半夜加一天,吃了一个冷馒头,喝了点水,还真的神了,除了没睡好,有点不太清醒,并没有任何晕车的迹象。姐姐抬手看了看腕上的白色伤湿止痛膏,想老医生真的不是骗子,心情顿时大好起来。谁料没过十分钟,一打听,又蒙了。坐过了好远,从株洲到济宁,根本不需要到济南,全是她自作聪明,下意识以为要先到省城,再到市里。姐姐后悔在株洲时怎么不多问一句,落得个劳命又伤财。后悔归后悔,回转济宁的票还得买。济南火车站的飞蛾子没有株洲火车站的多,但人比株洲火车站的要多得多,再加上坐过了站,本来下午就到了济宁,结果晚上还在济南。姐姐的郁闷,攥在手里出了汗的火车票都能感受得到,自然又是一个不眠之夜。

昨天下午过来时没注意,上午清醒了,一过了兖州,铁路两边就到处是山东鲁抗的广告牌子,可见那是一家好大的厂子。一看到就高兴,就觉得蛮亲,姐姐现在还不停地赞叹。没有人去纠正姐姐读的别字,哪个又会糊涂到要去跟一个已经七十岁的老太太普及汉字的程度,一般会跟着连连帮腔,山东鲁抗现在也还是大厂,是老早就上市的大厂。

经过两天一夜的奔波，出了济宁火车站，面对一个完全陌生的城市，姐姐有一种不知所措的茫然感，更有一种一身轻松的愉悦感。有三轮摩托车来拉客，姐姐说到鲁抗制药厂，师傅说十块钱包送到。姐姐说没送到不得数钱，师傅说放心放心。

　　三轮摩托车转了好一阵，终于到了制药厂大门口。大门却紧闭，传达室的门都没开，冷冷清清，根本就不像个大厂的样子。姐姐下了车，先不数钱，找人问了一下才明白，这是个老厂，人都搬到新厂去了，还要往前面开一段路。师傅不愿意走了，说要加五块钱。姐姐说你早就讲了十块钱包送到，现在没送到，如果不走了，要减半，只给五块钱。师傅想了想，应该是觉得自己也有不对，姐姐说的也有道理，便又载着姐姐往新厂走。姐姐后来以点代面地高度评价说，山东人不欺生，蛮厚道。

三

　　录取通知书是先寄到振华中学的。老班主任一刻也不愿意耽搁，立马去禾尚桥搭班车去双凤，然后走六里多路到大兴村。老班主任是振华中学请的退休的优秀教师，带过很多届高三，最能理解学生。

　　家里沸腾了。午饭正吃到一半，齐刷刷放下筷子。老父亲去代销店买了酒，家里的米酒不足以表达喜悦之情。老母亲去杀鸡，姐姐赶过来烧水，还带来了一碗坛子肉。大老弟又自作主张，杀了一只鸭。老四爷与妹妹、小老弟陪老班主任拉家常。两个外甥两个侄子浩浩荡荡一起去砍甜高粱给老班主任吃。遗憾的是，老班主任啃了一小节，就万分感谢不要了。他们四个只得把剩下的十几根分了，分得大致均匀，也没有起任何争执。

　　四门总分六百分，妹妹考了五百四十分，毫无悬念地被第一志愿山东大学微生物系录取。妹妹是大兴村有史以来第一个女大学生，而且念的是名牌大学，村民们一下子都知道了。这让老父亲老母亲大大长脸，仿佛这个家的历史从这一刻起，就将改写。

　　吃好喝好后，妹妹带在邵东一中读书的小老弟一起送老班主任去双凤搭班车，一路上又是说不完的话题。妹妹后来说，那时候的老师真是要多好有多好啊！给四十个鸡蛋都不要，最后打架一样，差点掉在地上一口吃了，才勉强收下。

姐姐说出妹妹的名字，传达室不知道。说出妹夫的名字，传达室马上通报了。妹妹、妹夫赶到大门口，说不出的意外与惊喜，尤其是妹妹，一把抱住姐姐，都忘了问姐姐怎么不先打个电话过来，好让她到火车站去接。妹妹来厂里工作六年了，住在一个从中间断开的通间里，厕所是一层楼公用的。姐姐大老远来了，妹妹、妹夫没有觉得任何不便，在外间沙发上给姐姐摊了一张床，餐餐鸡鸭鱼肉，洗脚水端到姐姐面前。姐姐发自内心感到，自己说起来有点冒失地来找妹妹，是来对了。心里的那些委屈不满愤怒好像也随着那些洗脚水一盆一盆倒掉了。接下来的几天，妹妹、妹夫轮流陪着姐姐厂里厂外四处走走逛逛，让姐姐大开眼界，不时发出哪里是一个天咯，外面的世界真精彩啊，还是读书好嘞之类的半洋半土的慨叹。话自然说了几箩筐，但姐姐有个小心思没说，之所以没事先打电话，是因为姐姐担心妹妹说这段忙或者其他什么理由，让她过段时间再来。事实证明，姐姐完全多虑了。妹妹、妹夫那种发自内心的热情，是装不出来的，足以温暖姐姐好久好久。妹妹读大一放寒假，从食堂里买了一大袋馒头带回来，山东的馒头就是不一样，其中肯定有姐姐的一份；妹妹说起济南的泉数不清，萝卜蒜苗辣椒在山东都可以生吃，她也可以生吃一点了；妹妹还说起她还不是室友里最穷的，困难总是暂时的……这些都是让姐姐感到温暖的记忆。

老四爷花了两天工夫，才把四丘田的晚稻秧插完，差点腰都直不起来，才隐隐想起姐姐的好来。姐姐还是没有回来，也没有任何音信。一个大活人，就这样空气一样没了踪影。老四爷问了自己在县城打工的老板，老板说没看到姐姐来做事。跑去双凤中学问大崽。正放暑假，大崽和朋友在打麻将。放下麻将，大崽起身说，你们又吵架了？要你们别种田了，偏要种，快五十岁的人了，还不消停，有意思吗？把老四爷气得一鼓，又无可奈何。大崽可能觉得话太重了点，又说，这么大一个人，不可能丢了，是受了气，到哪里散心去了。气消了，自然就回来了，现在找也是白找。看着眼前的大崽，老四爷只得悻悻回到了大兴村。

1995年大学毕业，已经大多不包分配了。不过，山东大学微生物系毕业的妹妹，找工作肯定不成问题。妹妹去了有很多同系学长学姐的山东鲁抗医药集团。在这里工作，一切都比较顺利，妹妹很快就度过了最基础的操作工阶段，进入了管理层。也认识了早来几年、四川大学毕业的妹夫。妹夫是湖北天门人，对妹妹很好，可以用百依百顺来形容。除了工作上的事，妹妹过的是接近于衣来伸手饭来张口的生活。这种闭上眼都能看得见的幸福，让姐姐无比放心，也有些许苦涩。妹妹此时已怀孕三个多月，妹夫变着法子弄好吃的给妹妹进补，还不忘问姐姐，是不是太清淡了，要不要再加点辣椒。姐姐本来就吃得清淡，刚好。

大崽说是那么说，但还是有些担心姐姐的。对于老四爷与姐姐的吵吵闹闹，大崽从记事起就印象深刻，并且感到悲伤无助。从懂事起，大崽发现，要老四爷与姐姐不吵不闹和平共处是不可能的，便慢慢有了自己的态度：不论对错，抑强扶弱。以免一方被另一方彻底压制，抑郁成疾，两个都是至亲，不可偏废。因为这两个人并没有明显的强弱之分，总是你不服我、我不让你，这次这个道高一尺，下次那个魔高一丈，所以只能从具体的某一次看输赢。这次姐姐都气得离家出走了，明显是落了下风，大崽当然没有好脸色给老四爷。大崽凭自己的分析判断，估计姐姐是到妹妹那里疗伤去了。打电话一问，果然。大崽并没有埋怨姐姐，反而对姐姐此举大加赞赏。说姐姐敢作敢为，英武果断，毫不拖泥带水，开启了一段别人做梦都想的说走就走的旅行，必将成为人生少有的高光时刻。说得姐姐、妹妹在电话那头都忍不住笑了。笑完，姐姐又叮嘱大崽不要跟别人说她在哪里。放心，大崽肯定不会说的。

四

妹妹一般是一年回大兴村一次，先是一个人，然后是两个人，再是三个人。尤其是三个人回时，在平常的日子多，主要是暑假，两个人要把假期凑到一起，还要就小孩子的时间，他们极少过年回。回来一次，给老父亲老母亲的孝敬肯定是到位的，也不会忘了给姐姐与大老弟表示心意。姐姐只要妹妹回来，就很高兴，完全能体会妹妹远在千里之外的不容易。大老弟会忍不住抱怨妹妹回来少了，附带也会抱怨小老弟回来少了，把老父亲老母亲全压在他这个没读过书的哥哥身上。把屋里读空了的都飞了，年头到年尾影子都看不到，那几百块钱能解决什么问题。老四爷只会跟姐姐絮叨，当初没得我们屋里那头猪，不晓得现在是什么结果哩。姐姐说，当初你屋里半升米都没得,我不是也嫁过来了。老四爷一听,更来气,你嫁过来,还不是你屋里两个老家伙看到我有门手艺,好把崽送来当学徒。那你不收就是,哪个压到你收哩?姐姐也提高了嗓门。一场毫无新意的争吵就此拉开序幕,最后胜负要看各自的临场发挥。好在,这些不愉快妹妹是看不到的,但也许能感受到那么一点点,毕竟大老弟与老四爷都不是影帝,不可能不流露任何蛛丝马迹。妹妹每次来去匆匆,就算感受到了,也只会放在心里,随风而过。

同吃同住几天,姐姐是完全看明白了,妹妹漂泊在外,真的不容易。那种考上大学,就是鲤鱼跳了龙门的想法,多半是受封建社会秀才中状元从此飞黄腾达这种观念的影响,显得天真又可爱。妹妹一个月的工资也就千把块,妹夫也高不到哪里去。住得简陋不说,平时吃的也完全不是这几天的样子,穿的也是简单朴素。都是寒微之家苦读出来的,有多少双眼睛在巴巴地望着。世上最难还是什么?是人情。重新建个家,妹妹妹夫不会得到任何帮衬的。

闲谈时妹妹说起,等宝宝生下来,能上幼儿园了,她有可能会到私企去。国企的日子,差不多能一眼看穿,私企有挑战,更有机遇。把想跳槽说得这么高大上,作为农村妇女的姐姐,真不太懂。但姐姐相信,妹妹读了那么多书,做什么决定自然有她的道理。而自己是注定拴在老四爷这棵歪脖子树上,老死在大兴村了。

2005年,妹妹一家真的从山东济宁搬到了四川彭州。写起来是一句话,搬起来个中滋味只有当事人自己最清楚。联邦制药在彭州建厂,妹妹、妹夫是第一批员工,都得到了重用,成了中层领导,收入也随之以肉眼可见的速度上涨。很快买了商品房,把家安排得是像模像样了。妹妹热情邀请大家来彭州,彭州离成都近得很,可以好好到成都玩玩。说是这么说,真的要成行,其实是很难的,总有这样那样的事绊脚。小老弟常德高专毕业,工作一直不如意,又刚在邵阳成家不久,一地鸡毛,不可能去。老父亲老母亲倒是想去得很,奈何力不从心。姐姐去过济宁了,提议要老四爷和大老弟搭伴去。老四爷说人生地不熟,从未出过远门,难操心。大老弟说,去一趟要浪费好多钱,还不如把钱寄回来。

老母亲首先挺不住了,在2008年阴历八月撒手而去,与1933年生的大部分普通人一样，过完了艰苦的一生。老母亲不到四十岁，一口牙就掉光了，然后过了将近四十年无牙的日子。难以想象，生活中那些无处不在的硬块，老母亲是如何用软的牙床磨碎，再咽下去的。妹妹一家三口从彭州火急火燎赶回，但飞机再快也赶不上老母亲最后一口气。因为远在他乡，妹妹的伤感自然要比其他亲人更深一些。好在有妹夫陪着，有儿子跟着，抽泣不止的妹妹，还不至于太凄凉。

姐姐在妹妹家住了五天，想看的看了，想吃的吃了，该叙的旧叙了，心里憋的气也消得差不多了，妹妹、妹夫一再挽留，她还是要回去了。回去就简单多了，从济宁直接坐到株洲，妹夫买好了火车票。妹妹准备好了火车上吃的面包、苹果，还硬往姐姐裤袋里塞了钱。再从株洲一下坐到邵东，出了火车站，姐姐又到老医生那里买了两盒伤湿止痛膏，千恩万谢，好像这里买的与别处买的就是不一样。老医生也很高兴，说这是家传秘方，骗得了初一还骗得了十五？

回到大兴村，原想到与老四爷又有一场大战，姐姐已经满血复活，做好了充分的思想准备。没想到老四爷一看到姐姐，就说你回来了，那我出去了，就出去喝酒去了。随后姐姐看到谷也晒干了，晚稻秧也插好了，头上的坨也不知什么时候消了，也就算了。只是没想到老四爷这么平静，是不是大崽走漏了风声？一问，大崽说没有，绝对没有。也不好去找老四爷对质，只能不了了之。

五

回大兴村看母亲，听说我8月初要去成都，母亲一再叮嘱我，要去彭州一趟。母亲与父亲一辈子的战争，最终以母亲完胜收场，父亲已于今年正月躺平到高石头岭去了。失去对手的这半年多来，向来要强的母亲温和了很多，也多了些落寞。哪用得上母亲叮嘱，我自会去的。去成都参加这个文学活动，主要目的，就是见一见姨。活动行程安排也很合理，有半天的自由活动时间。

我一到成都，就与姨联系。姨很高兴，说她周一到周五在简阳上班，不如她来成都，她熟悉些。于是我们就约了星期三下午两点，在锦里见面。

近十年来，只与姨见过两次面。

第一次见姨是2015年暑假，我与几个朋友一起进行陕甘宁云贵川自驾游，我特意绕道彭州。姨很开心地请我们几个吃了火锅。我说姨父要值班，姨做代表。吃完后我又一个人去了姨家里一趟。姨说她真的很开心，刚签了一个保险大单，我又来了，真是双喜临门。表弟已经十四岁了，很听话，课余在学拉二胡，已经会拉《二泉映月》了。表弟于是就在姨的要求下乖巧地拉了起来，如泣如诉的旋律在有些空荡的房间流淌。我听了一段，便不忍再听下去，就问表弟会不会拉《赛马》。肯定会啊！姨和表弟几乎是异口同声。欢快奔放的旋律立刻响起，客厅也变得像草原一样辽阔起来。我心情也随之好了不少，一再表扬表弟，给了他一个事先准备好的红包做奖励，并希望他成长为一个坚强的有出息的男子汉，好做妈妈的保护神。朋友打电话来催，我只好双手抓着姨瘦弱的双肩，要姨多多保重。姨头上的黑已经无法盖住肆意的白了。

　　上午集体参观了宽窄巷子，在盘飨市春熙路店吃了午饭，大巴车把二十几个人送到锦里，大家就自由活动。有的去了武侯祠，有的去了杜甫草堂，有的兴致勃勃地进了锦里。我在牌楼下等姨，扫视川流而过的一张张陌生脸孔，多少有些恍惚。姨也提前几分钟到了，看起来精神状态还不错，只是好像更瘦一些了。从简阳大巴高铁地铁一路赶过来，怕姨累了，我提议到里面找个茶馆喝喝茶、说说话。姨也觉得不错，说这就是成都特色，不急不忙，优哉游哉。

　　我们选了一家叫锦里书屋的茶馆。茶馆在书屋旁边用绿植围了一块地，原生态的泥巴地，黑褐色，与大兴村的泥巴地一样，这让我们备感亲切。一张简易藤条玻璃面小方桌，两把藤椅，我们自在地坐下，点了一个套餐，有一壶红茶、一碟水果、几样小吃。清风不时拂过头顶的细长叶片，似有好多话要说。

　　姨现在在简阳的一家医药公司上班，负责监管药品质量，工作量不大，待遇也不错。我深感欣慰。到这一步不容易呢，人生真是有过不完的坎。姨话锋一转，但相当平静。2011年离婚，是到了不得不离的地步。表弟才九岁，姨从此一个人带。2013年底企业要搬到内蒙古去，姨不愿意跟去，便被以不到十万块钱买断工龄，下了岗。四十好几的人了，要重新找工作。去戴氏教育上过课，毕竟从未当过老师，只上了不到三个月。去几家药厂应聘，都只能干最底层的检验员，一个月三千块钱不到。姨一下蒙了，自己可是干过两个大型药企中层管理的人，居然落到了这步田地。姨不去找了，下狠心在家边带表弟边读书，考执业药师证。二十多年前考上山东大学的姨又回来了，四本厚厚的书，姨以海量刷题为主，八个月就全部看完并过关，这可是一般人要花三年五年甚至十年才能做到的。有了证，挂靠在药店每月有一笔收入，跟之前完全不一样了。为了时间自由，方便照顾表弟到初中毕业，姨又兼职卖了三年保险，其间签了几个大单，现在还有提成。表弟读高中了，吃饭学习都在学校，只是回家睡觉，姨就安心到医药公司去上班了。有文凭有证又有丰富的管理经验，姨工作起来得心应手。

　　我专心给姨续茶。姨说，万事最后真的只能靠自己。如果我当时没有咬牙挺过来，现在真不知是人是鬼了。我这样的出身，就算考上大学，走出来了，要想一直活得稍微体面点，只能时刻咬紧牙关。你妈现在怎样了，身体还好吧？我说老娘住在大兴村，不愿到邵东街上来住，太吵了住不惯。身体还好，还能种菜喂鸡，屋里种的时令小菜样样有，我们两兄弟每次回去都拖满满一尾箱，根本吃不完，大半用来喂鸡了。我这次来，老娘还特意说起二十多年前的济宁之行，再三回味，念你的好。姨沉默了一下，说当初如果不来彭州，就不会离婚，那完全是另一种活法了。我不知道怎么接话，就喊服务员送壶开水来。姨又说，"三南方案"只实行了一年，就神奇地取消了。如果那年没有这个方案，我大概率还是考不上，那又会是一种怎样的活法？姨显然沉浸在了一种世事无常的情绪里没出来。我岔开话题，说老娘要你退休了回大兴村养老，两姊妹好有个伴。姨说那怕是做不到，每年回去住几个月还差不多，我也喜欢种菜喂鸡。姨主要牵挂的是，明年表弟就从内蒙古财经大学毕业了，看在哪里工作安家。

　　四周的几张小桌子除了一桌四个打牌的人没动，其他人不时起身，汇入人流中，又不时从人流中，分出几个到小桌子边。锦里的好，可能要到了一定年龄，坐下来才能慢慢体会到。从来没与姨在一起说过这么多话，我问姨小时候带过我没有。姨说，那不是经常带吗？你经常穿个红背心，挺着个大肚子，到处寻吃的，吧唧吧唧，嘴巴好吃得很。我说不可能吧，我怎么一点印象都没有。姨说现在每天要打两个小时太极，一个人爱上一种运动后，就不会东想西想，日子也好打发了。还翻出自己打太极的视频给我看，一招一式，有板有眼的。

　　与姨的第二次见面，是2019年7月。外公去世，守大夜那天下午，姨才从彭州一个人赶回来。后半夜，最后告别仪式结束，要闭殓了，姐姐与妹妹互相搀扶，哽咽着从堂屋门口出来。忽然一阵强冷风袭来，把妹妹的一头乌黑短发吹落，禾场坪巨大的白炽灯下，妹妹的光头赫然在目。妹妹只觉头皮一凉，慌忙捡起，狠狈扣上。忙中出乱，短发戴偏了，姐姐连忙双手帮妹妹理正，又抱住有些趔趄的妹妹。妹妹在华西医院做了乳腺癌手术不久，放疗化疗十几次，身体还没有恢复，又熬了夜，已站不太稳当。

　　不知不觉，将近四个小时了。其间来了几个推销的，一个俯下身就要给我们擦鞋，推销去污喷剂的大学生模样的小姑娘，打动了我们，一百块钱买了两支。但凡出身好一点，谁会来做这种又苦又难的事。姨带总结意味地说，生活真的要少抱怨，无论出现了什么状况，都要坦然面对。看着姨一头染成酒红色的短发，我不想去辨真假。对于姨的积极乐观，我除了赞赏认同，也有难言的酸楚。活动组织方在喊集合吃晚餐了，我便邀请姨一起，去龙抄手食府浣花北路店。

　　晚餐后，大巴车把大家送到了住地合江亭翰文大酒店，我又步行送姨到了最近的地铁2号线东门大桥站A口。姨瘦削的身子慢慢沉了下去，不知会在哪一个出口浮上来。

　　活动有任务，我回到酒店，连夜写了一首诗：

一个锦里的下午

　　初秋的成都
　　芙蓉花在街头巷尾次第开放
　　锦里的繁华
　　在武侯祠的隔壁
　　在一张张闪过的陌生脸孔上

　　大巴高铁地铁从上班地简阳过来
　　锦里的牌楼下

已四年未见亦不知何年再见
你脸上只有喜悦毫无倦色
让我倍感温暖和欣慰

十年一个人的彭州生活
于锦里书屋的一壶红茶里起伏
最惊涛骇浪处此刻你也平静无比
我也顺道带来了邵东大兴村的消息
不时一丁半点盐一样放进你的漂泊

壶口缓缓倒出一整个下午
锦里的好宽窄的好成都的好要慢慢体会
其间情不自禁说起四十多年前
小姨带着小八岁的外甥在大兴村到处跑
那时又何曾想过这个锦里的下午

  诗写得不算好，但大致说出了我在锦里的这个下午的所见所感所思。这是我与姨十年来的第三次见面，下次见面会在什么时候，确实不知道。
  中秋节回大兴村，七十岁的姐姐再次忍不住说起此生中唯一的远行。年纪大了，难免有时糊涂，时间、地点也就难免有所出入，而人物与事情的起因、经过大抵是不会错的，对一个人孤零零在外漂泊的妹妹的挂念也是真真切切的，至于结果，来日是长是短，谁又说得清楚呢？十五的月光，虽然从80年代的木门木窗进了老屋，怕是也无能为力吧。

选自《芙蓉》2024年第5期

向日葵地里的告别

/王澍杨

　　飞机落地后先奔泡馍馆，西安娃的人和胃才算都到家。个头像小土豆似的老妈挤在人堆里取完号、付完款、取完馍，把一杯冰镇酸梅汤推到我面前，一边掰馍，一边埋怨我，嫌我就不能早点儿回来，嫌我回来了也不知道先去医院，光知道吃。这老太太向来如此，馍掰得碎，嘴也碎。天热得发黏，我站起身扯住短袖领口对着挂满厚油渍的摇头风扇一顿吹，猛灌酸梅汤。酸梅汤眼看见底，老太太的话还没停，又是在讲姥爷的病情，这些话她在电话里已不知同我讲过多少回，现在又从头讲起，车轱辘似的。我断定同样的话她还跟许多人讲过，因为她对病情的描述如今简直一气呵成，夹叙夹议，有形容有修饰，炉火纯青。这样也好，总比憋在心里好。等手里的馍掰完，车轱辘话终于停下时，老妈长长地叹息一声，就怕我还感受不到她的无奈，拍净手上的馍渣，把垂下的波浪刘海儿往耳后捋，发根间，黑一截白一截。

　　大夏天里谁接得住这般黑白的忧伤，可我犹豫再三，决定还是不把话说透。在我看来，姥爷已八十二岁高龄，本就一身慢性病，结肠癌发现的时候又是晚期，根本不具备做这场手术的资格，硬推老头上手术台无疑是白让他遭罪，得不偿失，就像我刚换掉的车子，行驶寿命就是那么十几年，发动机一坏，就只能报废。可我明白不能把自己悲观的理性强加在他们做儿女的身上，而且现在手术做都做完了，说出来也只是马后炮。我这趟请假回来，与其说是看姥爷，不如说是想多陪陪眼前这位碎嘴子老太太，相比之下，我更心疼她，怕她整天陪在医院里吃不好睡不好。而跟我的姥爷，说实话，就算我见到他，也不知道要跟他说些什么。

　　我和姥爷之间一直有一层厚油布般无法戳透的隔阂，我从小见到他就紧张，谁叫我学习成绩不好，而他偏偏又是个人民教师呢。他在学校里啥样，回到家还啥样，粗眉毛、圆眼睛、大鼻孔，全长在一张方脸上，他又不爱笑，搞得我一看见他，就不由自主地想垂手靠墙站好。至于他看到我时，说不定也是类似的紧张？因为我也常看到他一张方脸憋得通红，得咳嗽两声，才开得了口，一开口便是问我学习，一问学习又是一堂课时长，数不清的少壮努力、老大成才之类的大道理，车轱辘话的鼻祖。每每此时，我便将自己跟墙面贴得更紧，有种自己爬进蜘蛛网里的感觉，手上脚上缠满棉花絮一般的细丝。

　　好在退休后的姥爷成天待在自己的书房里，把订阅的报纸一字不落地读完，再把它们拿来练书法，正面写完写背面，写完唐诗宋词再写他的大道理，一笔一画，日积月累，把背写成大弯钩。他练书法，也画水墨，山上是孤松，水下是暗涌，自打他听力退化后，他的画便越沉默，画卷上一只飞鸟也不见。他不再要求家人食不言寝不语，反正他也听不清，听不清，话就更少，他静静地端着手里的碗夹着眼前的菜，连咀嚼声也变小了，愈发不爱往人跟前凑。我后来才懂得，姥爷是怕人老了会成为其他人的负担，而在家当了一辈子顶梁柱的他，越老越心虚。他越来越安静，越来越像一只老猫，有一次我半夜醒来上厕所，顺着客厅电视机里发出的蓝光，发现了独自坐在沙发上看欧洲足球联赛的姥爷，我端了杯水放在他面前的茶几上，发现不光电视机是静音的，他的表情也是，直勾勾地盯着屏幕半天没反应，直到进入点球时刻，才看到他鼻翼一圈的扩张，等球进了，嘴里吐出一口长气。小时候家里人多房子小，我和姥爷这样单独相处的机会并不多，除了寒暑假时他骑单车去长途车站接送我，爷孙俩一前一后坐在单车上，路有多长，他编成了套的大道理就有多少，当然全是关于学习的，他轻咳一声后便是一句新的鞭策，算了，算了，他还是别开口的好。

　　老妈不提醒我还没发现，我竟已有两三年没回去看望过姥爷，我大学毕业后一直在上海上班，作为一只打工社畜，把假期看得弥足珍贵，我得去三亚赶海啊，得去云南看花，一花一季，一点不敢辜负。我理所当然地认为姥爷会永远待在他那间并不比杂物室大许多的书房里，好像我随时想见他，随时回家就行。可如今我的姥爷不在家中，他躺在肛肠专科医院的病床上进行术后康复。离医院越近，我心里感受到的柔软便越往下陷，除了见姥爷时总会有的紧张，现在竟多了份不曾有过的想念。

医院不大，几乎一眼望穿，不过里面几座20世纪80年代起的小楼修得相当漂亮，琉璃的瓦，红漆的柱，在耀眼的阳光下波光粼粼，房檐下灯笼的长须子，跟随着天空中的流云一起飘舞，因为天足够蓝，甚至能看到远处的大明宫土墙若隐若现。院子里种了不少雪松，枝细但杆高，直愣愣猛地往天上蹿，越往深处走树种得越密，蝉叫得越响，味道越清新，烈日渗过枝叶留下一地斑驳，更显时光清幽，实在不像家闹市里的医院，更像是深山里的疗养院。景深处立着一块巨大的花岗岩石，上面漆了大大的"马应龙"三个字，朱红色，这家肛肠科医院的名字，我一看见就想笑，可别问我为什么。几只黑脸褐黄脑袋的麻雀等在前方，停停走走，好像知道我要去哪，一蹦一跳一回头，生怕我走错了路。

住院部楼道里有病人扭着屁股在走路，扶着墙，可没人敢碰他们，推着艾灸盒和酒精灯的护士把车头躲得远远的，满楼浓郁的中药味，人走进来鼻子先得适应老半天。病人大多刚午觉醒来，吃水果的，聊天的，只要房门开着，我都忍不住想往里偷瞄，但凡护士们已经去过的病房，每个人都绑着两只艾灸木盒，没有一条光腿。护士认得我妈，不认得我，难免多打量几眼，我一想到姥爷住院这么久自己才第一次过来，着实心虚，我下意识地将眼神避开，盯着墙上的宣传图看起来，图片里都是肛肠科里那些不好与外人说的病。

姥爷的病房在走廊尽头，午后最明亮的光从窗格子里撒下一大片，我准备了半天的开场白，却全被憋在推开门后直冲脑门的艾灸味道里。病床上的老人暗黄肿大的眼球在凹陷的眼眶里转动，他抬起肥大的条纹病服里枯槁得像柴火棒似的胳膊，指挥护工帮他侧身，拨开挡住视线的吊瓶软管，将我介绍给邻床的病友，说这是他的外孙女，在大城市里上班。我眼眶一酸，才记得放下手中的水果，笑迎上去。

搬椅子、倒茶、递水果，护工晃荡着她肥硕的臀部，满面红光地进进出出，她冲病床上的姥爷挤挤眼，又冲我笑，她的热情质朴却有点儿过分，总让我担心下一秒钟她就会贴过来抓紧我的手。我的身子离她远远的，脸上用礼貌的笑去回应她源源不断的话，她说孙女一来，当姥爷的就开心了，她说孙女来喂姥爷，姥爷吃得比啥时候都好，她说孙女一来，看姥爷脸立马鲜亮了。真的假的？这女人中气太足，在我几乎快要全信了她的话时，她又悄悄追上去水房打水的我，告诉我姥爷术后的伤口一直无法愈合，至今不能正常进食，对这个年纪的老人来说不是好事，让我心里先做个准备。不过我的姥爷是她见过最坚强的老人，根据她的护理经验，她知道这种病有多遭罪，可姥爷不管再怎么疼，也不乱喊乱讲乱找医生开止痛药，就算是疼出一脑门子汗，也就是咬咬牙，皱皱眉。我这才反应过来，从进门到现在，姥爷的眉头确实一直对绞着。

　　老妈让护工赶紧回去休息，她一走，整个病房迅速安静下来，纱窗格下细密的空气颗粒再次恢复均匀运动。我学老妈的样子把椅子挪到姥爷床边，我俩一边一个，分别给姥爷按摩身子，从肩膀一路揉按到指尖，像极了两个搓澡工。姥爷的肌肉已流失殆尽，松弛蜡黄的皮肤下脂肪稀得像水，手臂细得像女人，突起的腕关节和指关节还是男人该有的嶙峋，手掌上老年斑和针眼遍布，两根暴起的青筋向上延伸，指尖冰凉。他的手低垂在我的膝盖上，老态尽现，看着这只手，稀薄的记忆慢慢浮现，那时的我还在上小学，我正是被同一只手环在胸前，当时它握着我的手在描红本上提下的弯钩，是多么苍劲有力、威风凌厉，可现在只怕它连握笔都困难。老妈打个哈欠，随后将椅子移至床尾，我则移至床头，老妈开始捏脚，我去按头。姥爷的两颊因为凹陷，下巴如今显得很长，很不好看，头发花白却还茂密，打着结倒向一侧，低头的瞬间，我闻到一股南方黄梅天厨房里湿抹布一般的老人味，我将手指插进他油得发腻的发根间，拽着他的头发轻拉他的头皮再放下，然后手指伸到他的眉心处再向两侧太阳穴来回推，在我的指肚抚过时，我看见他的眉心舒展开来，然后他逐渐发出细微的鼾声。

　　姥爷以为自己睡了很久，可实际上电视台里播的电影才刚开了个头。他扭动着刚刚睁开的眼睛，避开我的视线，找到老妈。老妈会意后喊我搭手一起把姥爷扶起，我将双臂叉进姥爷腰窝间，十指交叉托起他的后脑勺，感受到与预期落差极大的体重，这就是将近一米八的大个子的姥爷？他的骨头轻得仿佛一个六七岁的小孩。我突然理解为什么老人家都希望生儿子了，让这么一个傲气的男人在女儿和外孙女的帮扶下坐上马桶，换作是我，也会想骂人的。我赶忙躲出去，等了一会儿，马桶里才落下断断续续的淅淅沥沥声。

吃饭、睡觉、上厕所，人在婴儿时期无非就这三件事，原来老了也一样。等姥爷缓过劲来，他主动提出要起床走走，装有滑轮的健步车看上去跟婴儿的学步车真没多大区别，只是尺码更大，轮子更粗。走廊狭窄，姥爷把手肘架在健步车上在前面走，步伐迟缓却努力，我小心翼翼地在一旁推着吊瓶架，路过的病友扶着臀侧身让道，眼里流露出些许悲悯。细细长长几字形的长廊，我们来来回回走，先把我这个平时疏于锻炼的年轻人给走累了。看着姥爷逐渐走出充满血色和细汗珠的脸，我心中不禁暗喜。等姥爷回屋再次躺平后，我接过病友递来的遥控器，把电视调到体育频道上，我得趴在姥爷还没全聋的右耳边，大声描述电视里的情况。我选播了去年足球世界杯的决赛集锦，由于主办方卡塔尔夏季过于炎热的原因，这届赛事被推迟到冬天才举行，而姥爷正是那时查出癌症第一次住进医院。我早已知道比赛的结果，可当看见梅西在第二次加时赛尾声时再次站在点球位上，我依旧忍不住泪目，旁边听着我汇报的姥爷鼻孔再次扩张。看见姥爷此刻的紧张，我心里平生第一次涌出一股非理智的冲动，开始对天命膜拜，迷信的力量在我心中产生，我脑中迸出一种臆想，只要梅西能踢进这一关键球，我的姥爷就能再次健康地走出这家医院。

我哪知道这一整天下来老妈和病友对姥爷的夸赞只是他们一贯的鼓励伎俩，我还得意忘形，硬给自己身上堆功劳，临走前还不忘给姥爷提出明天继续锻炼的任务。可第二天再来到病房，盛满脓血的引流袋和姥爷苍白的脸，狠狠地抽打着我的眼睛，姥爷昨天分明是被我累坏了，这会儿倒变成了当年考试不及格时的我，把脸别在一旁，我也变成那个不善表达的他，若无其事地端来椅子坐在床尾，把安慰的话语捂在手心里。

我实在不该在朋友圈里发布我回家的信息，现在朋友来医院里找我，我不得不下楼去陪，几个人坐在楼下的石磙圆凳上，麻雀又得意地跟过来，跳到石刻的象棋盘面上，拿尖嘴去啄上面星星点点的白色斑驳，行了，行了，烦死了，知道这些都是你们的杰作。我开始嫌弃朋友不识趣，哪来那么多说不完的话，坐着不嫌热吗？还不走？我在应付他们的同时开始后悔自己假请得少了，请得晚了，就回来这么几天，到底能替姥爷做点儿什么。

等我回到病房时，看到姥爷盖着碎花薄被，一只手压在眉上，闭着眼，看不出来睡没睡着，趴在他枕边的老妈倒是睡得挺香，敦实的手掌仍握在他挂着点滴的手腕处，我不敢大声呼吸，去打扰这片祥和。印象中我也很少看见这对父女如此亲近，之前听老妈讲过，姥爷在她出生不久后就被调到临县的中学去工作，当时他和姥姥被安排在一间楼梯下隔出来的杂物间里，只能勉强卧下，于是把她和我的舅舅小姨留在老家。等到学校终于给姥爷分配了教工宿舍后，老妈早已去到体操队里集训，之后便考上省城的大学，工作，结婚，生我。虽然生有二子，但并没有参与他们的成长，这使得生性内敛的姥爷没机会学习如何跟孩子们沟通，在老妈的记忆里姥爷的话并不多，他时常骑着他的二八大驴跑十几公里到她的集训队给她送书，翻来覆去总是一句好好学习，后来骑几十公里到她大学的宿舍楼下给她送生活费，仍旧一句好好学习，直到有了我，驮着大米蛋肉的姥爷话才多起来，尤其是我刚生下来的时候，他关于给我挑选名字的各种说法足足像开个人演讲，之后每次到家里来都会带我到门柱子上量一遍身高，再拿粉笔画一条横线。老妈也曾有过跟我一样的感受，他们父女之间，也有如我们爷孙俩一般的客气。我看着床前的他俩，又开始胡思乱想，如果能有下辈子，让老妈去给姥爷做母亲，会怎样。

衣柜里传出震动的闷响，我赶紧取出姥爷的手机，打开一看，微信里是满满的未读信息，全是对他病情真挚的问候，有来自他老年大学同学的，有来自他青委会同事的，有来自他学生的，密密麻麻，仿佛在姥姥去世后，他一个人留在县城里过得并不孤单一样。他的三个孩子早已进城定居多年，可不管谁请，他都不肯搬进城，他说舍不得县里的老朋友，可谁都知道他是怕拖累孩子们，他这个人，这辈子，最怕麻烦别人，把谁都当成别人。从这些消息里，我看到在最后一次住院前，姥爷还在应承帮人作画，依旧在组织县里少年足球队的比赛，他除了去老年大学，这两年又拾起电子琴，练起了太极拳，他的几个老朋友里有人得了重孙，有人刚进病房。一股莫名其妙的嫉妒油然而生，我羡慕他们字里行间跟姥爷的亲近，我甚至也开始羡慕给姥爷请的这个活力旺盛的护工，她每次给姥爷喂饭的时候，就仿佛在哄自家的小孩，她还敢拿手指去刮姥爷的鼻尖。

　　我坐在墙边的小马扎上，腰也酸，腿也酸，眼睛盯着吊瓶里的点滴，平衡着我的嫉妒心，组织着我再不开口就来不及的话。埋藏在我心底这次回来的最大动机愈发明显，我想好好跟我的姥爷聊一回天，我想他亲自给我讲一回他的人生故事，从小到大的，事无巨细的，我这次一定认认真真地听。或者，他是不是该留几句话给我，这个念头一出现，我把自己吓了一大跳，那算了，他还是开口再给我讲一回大道理更好。姥爷咳了两声，一旁的老妈跟着坐起身擦了擦蒙眬的睡眼。姥爷这一觉醒来，精神头却十足，他饿了，他说他梦见了老杨爷爷约他一起去县里美食街吃辣子疙瘩。我不理解老妈的迟钝，紧一步凑上前，跟姥爷说，这还不是碎碎个事。

　　病房光秃秃的白墙上只有一台小屏的液晶电视，也没个钟，窗帘被护士卷起，白了黑了，时光就由着日头。可随便是早一点还是晚一点，我当晚就得回上海。越是着急，时光就越是飞驰，像被火烧了似的，我急得不行，因为我还没想好跟姥爷告别的台词。倒是姥爷先开了口，他心里像有只闹钟似的，他问我是几点的飞机，像小时候每次要坐大巴车回城前一样，他让我早点出发，赶早不赶晚。那道别的话呢？我决定不说，就不说，只要不说出口，我们就还有必须再见的借口。我临出门前，给了姥爷一个故作欢快的笑，我说等我国庆再回来看他，回家里看他，他并不接我的话，眼睛望向空洞的白墙，瞳孔里交杂着看懂了生死后的不甘和无奈，他只告诉我，这趟回来，就算是我尽孝了。这是什么话，太不吉利了，我在心里狠狠地敲了三下木头。我让老妈不要出来送我，她还是陪我走到了医院门口，她告诉我老杨爷爷两年前已经过世了，她怕老杨爷爷要来接姥爷走。说话时两眼通红。

　　返程途中飞机遇到了剧烈颠簸，要不是有安全带，我的心差点要从嗓子眼里迸出来，随之是一阵想要呕吐般的眩晕。极度的心慌后，我在疲乏之中沉睡过去，两小时后被机长提醒降落的广播吵醒。似乎每次被外界声音打断时的梦境都会残留，适才的梦逐渐清晰，姥爷把幼儿园里小小的我载在自行车横梁上接出汽车站，然后把小学时在后座上脑袋已经齐他肩高的我驮送进站，沿途是一片金灿灿盛开的向日葵，车轮所经之处，绿草被碾歪，向日葵们歪着脑袋让出一条花径小道，我的红领巾被和煦的微风扶起，姥爷的脸上尽是灿烂的笑容。

　　落地后手机屏上弹来母亲的一条短信，"我再也没有父亲了"。我忘记了我是怎么随着众人走下飞机，什么时候取的行李，等我意识逐渐清醒时，已靠着行李箱坐在航站楼外面的台阶上。蒙蒙的细雨斜刮过来，衣服湿漉漉地贴在我的身上，我手机的页面最后停留在跟姥爷的对话框上。自打姥爷有微信后，我跟姥爷的对话寥寥数页，大多是逢年过节我给他从别人那里复制粘贴过来的祝福，他也大半是以表情回复，其中夹着一条简短的语音："阳阳娃，我想去上海转转。"这条语音我不是没看见，只是我一直在想，等我什么时候有了自己的房子或者不用跟人合租了，什么时候工作不那么忙了，再接他过来。我不知道我到底说了什么，只记得我发了一条又一条的长语音到和姥爷的对话框里。深夜的浦东机场依旧灯火璀璨，细密的雨珠持续地落在我的手机屏上，集结成为一整片潮湿。

选自《广西文学》2024年第11期

一座精神灯塔

/李锦芳

父亲走了，在农历二月初五。这天是阳历3月14日，西方的白色情人节。有人说，女儿是爸爸上辈子的情人。生活有时如此玄乎，竟暗暗书写着这样难以辨明的苦涩的隐喻。

在此之前，父亲已经病了整整十三个月零两天。他突发脑出血的那天，对我们全家人来说，无异于晴天霹雳。连续两天，他做了两次脑部大手术。手术后，他在神经外科的重症监护室里躺了四十一天，才勉强保住了一条命。转到普通病房后，术后的并发症依然堪忧。他的肺已经白了一大部分，早在重症监护室里的第七天就做了气切手术。此后长达半年的时间里，他都没办法说话。等到医生终于把那个外置的帮助他呼吸和咳痰的气管拔出他的身体之后，他最先说的话是问，他什么时候才能够回家。而我们作为他最亲近的家人，是多么想满足他的这个愿望啊！可是，那之后的半年多时间里，他大多数时候还是只能住在医院里继续接受治疗。只在中秋节、国庆节和春节回家了，几趟在家的时间加起来还不到一个月。

在医院治疗了一年多时间之后，父亲终究敌不过病痛的折磨，因肺炎再次病危。"世上总有些无可奈何的事。"在医生对我们家属说了这句劝慰的话之后，父亲终于回家了。

对我来说这次回家的归程，似乎格外漫长。那天晚上，瘦削的父亲躺在医院安排的救护车里。一路上，我们陪伴在侧。家里的长辈们总说，依我们当地的风俗，人不能在外面走掉，一定要让父亲最终能够在家里咽气。于是，当时救护车上的呼吸机便一直开着。父亲的鼻子里还插着气管，无法说话。他的脸色发青，眼窝深陷，虚弱得连手脚也不大动弹，只有他那还在转动的眼珠聊以安慰我们。

不知过了多久，车子抵达了我们村子路口。司机不熟悉村里路况，示意我们带路指明方向。我从有些恍惚的意识里回过神来，透过车窗看到了村口的那棵榕树。春寒料峭的夜晚，夜风吹起它的一根根树须，周身的枝叶也跟着震颤。我也忍不住打了一个寒战，便下意识地再次望向父亲。我看到他的眼珠还在转动着，才稍微镇定了些。不知是不是因为他感应到了什么，这时，比起先前，我发觉他的眼神似乎倒是有点光彩了。

村口的那棵榕树很快从我们身后疾驰而过，接着，车子驶入了一条笔直的街道。这是进入村里新街区的一条必经之路。此时，已是正月底，沿街挂着的一个个红灯笼依然刺眼地亮着。红色的光晕透过车窗照进来，让父亲的脸色显得更加莫名的异样。

这条路只有百来米，不一会儿，就到了新街区的丁字路口。我家就在路口拐弯处。只是，我们这次要回的家，是在旧街区的老房子。父亲在那里出生，他一辈子的大部分时间也都住在那里。

九年前，父亲向我吐露，他想在老家盖新房。他说，从他爷爷到他父亲，再到他自己，三代都没盖新房，一直都住在旧街的那栋老房子里。当时，我们兄弟姐妹都已生活在外。爸妈也到了福州，帮忙照看我哥的小孩。但是，我们都知道，父亲素来不喜欢在城里待着。他时不时地就找理由，自己一个人回到老家。父亲有时固执得很，他要是真较起劲来，谁也拿他没办法。我知道，他对于在老家盖新房的事很执着。要不然，五年前，妈妈让我回老家帮忙盖新房，他是不会轻易答应的。可是，那次他却默许了。他是多要强的一个人啊，尤其作为父亲，作为家里的顶梁柱，他在内心深处坚守着一种威严。在他看来，像家里盖房这样的大事，必须由他一个人来操持，而我也是在那时意识到父母已经老了。尤其父亲，他一向性格温和、沉默寡言，前些年却因为无法盖新房而变得格外焦躁，后来突然又变得安静，而且比之前更加沉默了。

其实，我知道父亲想在老家建新房的想法已经很久了。早在二十多年前，爸妈就已经买了村里新街区的那块地。可是，这一计划却因为各种原因一再延宕。这其中的缘由，包括养育孩子，孩子大了要在城里买房等等。说到底，父亲想在老家盖新房，也是想给后代留下点东西。大概十年前，政府在我们村子附近开发工业区。一些外地工人渐渐选择在我们村子里租房落脚。人流的增加让我们村里的新街区慢慢热闹起来，村民们的租金收入也随之渐渐涨起来。那时，村子里兴起了一阵建房热潮。父亲看在眼里，自然更是觉得在老家盖房是理所当然。何况我家在二十多年前买的那块地，还位于如今人潮涌动的新街区。

建房期间，尽管艰辛，父亲却格外兴奋，也格外忙碌。他总喜欢冲在前头，每天和那些建房的工人一样穿上略旧的、耐脏的衣服，在工人们没到之前就早早开始忙活了。等到工人们回家了，他还在到处收拾、摆弄。我们家人看在眼里，常常劝他，不要当自己现在还是年轻人。那样使劲地干活，要是累坏了身体，划不来。每当听到这样的话，父亲就不高兴。他总说自己心里有数，叫我们少啰唆。接着，他依旧我行我素地在新房工地上干活。

父亲对于在老家盖新房的热情，直到去年他大病我才真正体会到。父亲脑出血之后，神智已经不大清明。他的记忆常常是混乱的。所幸的是，家里的人，他都认得。有时，他也会主动开口找我们。为了唤醒他的记忆，在医院陪护时，我常常打开他的手机短视频软件，给他播放他以前爱看的视频。我发现，他平时最爱看的视频有三类：关于农村盖房子的视频、烹饪的视频，以及赶海的直播。

父亲生病前，已经有些年不再外出干活了。近些年来，绝大多数时候，我们家里都是他掌厨。妈妈有时会在我们面前抱怨，父亲总是喜欢往外跑。可是，即使他有时候在外已经有了饭局，也几乎每次都会为家人做好了饭菜才出门。我们小时候，父亲经常外出干活。他跑过船，做过水产养殖。他常常一两个月才能回家一趟。每当父亲回家，我们便多了一些吃平时馋嘴的水果和小零食的机会。

父亲在"吃"这件事上，似乎格外上心。这种上心，是朴实的。父亲吃饭总是津津有味，总喜欢把一些鲜脆的菜，比如黄瓜、萝卜等咬得咯咯作响。有好几次我给他水果吃，他都会跟我说，也留一些给我妈妈吃，或是给他疼爱的小孙女吃。这样窝心的话，放在以前，以父亲矜持的性格，是不大会用言语表达出来的。更多的时候，他只是用行动表达爱意。

或许是与过去的经历有关，长期离家，在外奔波，父亲素喜自由。但是，他在生活上却很自律，把自己打理得十分像样。他身上并没有太多农村里常见的大男子主义习气，经常把自己的衣物扔给另一半洗。到晚年，他的衣服总是自己洗。他很在意形象，总是把自己收拾得很干净。每隔一个月，他就要去一趟理发店。在穿着上，他很节俭。他不让我们为他多买衣服，他平时就爱穿那么几件衣服。但是，他在穿衣方面是很挑剔的。他不喜欢的衣服，我们再怎么劝他穿，他也不穿。父亲的相貌不俗。他那端正的脸庞、俊秀的眉目和高挺的鼻梁，都相当亮眼。作为一个普通的农民，父亲平时总喜欢穿衬衫，这也让他在人群里显得有些出挑。

妈妈常常对我们说，要是父亲小时候能多读些书，我们家里的日子肯定能过得更好一些。实际上，父亲自己也重视教育。过去，他不让我们儿女在家里多干农活，而是期望我们能把书念好。在他看来，对孩子们来说，读书最重要。就连三年前，我姐姐的孩子，也就是他的外甥高考那天，他一早就打电话过去关切和叮咛。但是，他却并不把我们的功课和学习成绩追得太紧，而是让我们自觉。在我看来，不仅仅是学业上，父亲的教育观念在许多方面都相当开明。在很多时候，他都让我们体会到身教重于言传。关于这一点，妈妈偶尔会埋怨，父亲在对儿女的管教方面几乎撒手不管，而让她成了家里啰唆而讨人厌的"红脸"角色。有时候，妈妈很生气时，会忍不住向我们发牢骚说，父亲十三岁时就没了他的父亲，难怪不懂得如何做一个好父亲。但是，妈妈还是有分寸的，她不会当着父亲的面说这样的话。

父亲成长于艰难年代。在他九岁时，碰上了闹饥荒。那时，家里几乎已经揭不开锅了，孩子又多，便只能把他送到住在山区的姨丈家里寄养。两年之后，等到好不容易挨过了大饥荒，他的父亲终于再次来到他姨丈家，打算把他领回家。可是，当时他姨姨、姨父结婚好几年了，膝下仍无子，又看父亲十分乖巧、懂事，干活还麻利，便想留下他当自己的儿子。我爷爷碍于欠着他们夫妇养育自己儿子两年的恩情，便只能再次黯然离开。

那个年代，有许多和父亲一样因逃荒而被送养的孩子。父亲那时有好几个那样的小伙伴，他们一起上山赶羊，一起下地干农活。当小伙伴问起父亲，为何不随自己的爹爹回家时，父亲失落地回答道，姨丈他们不想让他回家。孩子们大多简单、直接，何况，相同的处境自然让他们更加理解彼此的心情。他的两个小伙伴对他说，山区的日子也不好过，还是回家好。其中一个小伙伴还对他说："你多好啊！你看我们到现在还没等到我们爹爹来领我们回家呢！你啊，还是趁你爹爹没走远，赶紧去追，肯定能追上。放羊的东西你就放心交给我们，我们下山后会替你还到你姨家里。我们也会帮你跟他们说，你回家了。"

在小伙伴们的一再鼓动下，父亲终于鼓起勇气，辞别了他们，立即一路跑着去追赶他的爹爹。终于，跋涉过几个山头之后，在正午时分，他在一个半山坡上追上了他的爹爹。接着，父子俩便欣慰地一起回家。

这段童年的经历，给父亲留下了深刻的记忆。妈妈说，父亲过去常常对她提起那个回家的午后。他到晚年都记得，当他追上他的爹爹之后，爹爹给了他一块光饼。父子俩就着一点水，啃着一块光饼，就是一顿午餐。尽管如此，那样的一顿午餐在父亲的描述里，却是格外鲜美的。而那次回家仅仅两年之后，他的爹爹就因病过世了。这样的一种境遇，更加深了他对那段经历的记忆。

在父亲最后一次回家的归途里，在救护车上，我心里不时在想，如今父亲的神智如何，他是否还记得我们，他的记忆里是否还有那些他过往印象深刻的片段，他是否还记得那个和他爹爹一起回家的午后呢？还没等我找到这些答案，不久之后，穿过村里旧街区的一条条蜿蜒的小路，车子就抵达了我们家的老房子。

那天晚上，父亲被安顿在了他最初出生时的那间卧室——位于老房子后厅的一侧。为了让父亲在弥留之际好受一点，家里人商量了一番之后，决定在救护车的随行人员离开之前，让他们把父亲鼻子里的气管拔出来。那根管子被拔出来之后，父亲因为虚弱还是只能嘤嘤嗡嗡地说几个单字，并且说得含糊不清。我们不想让他太受累，并没有让他多说话。

第二天早上，父亲看上去比前一天精神了点。在妈妈表示父亲已经对她说了几句稍微清晰的话之后，我也凑近了父亲。我握住了他的手，他呆呆地看着我，叫着我的名字，却问我到哪里去了。那一刻，我只能微抬起头，强忍着不让快要夺眶而出的眼泪流下来，然后故作镇静地对他说了两句含糊的安慰话，就黯然走开了。我只能暗自安慰，至少父亲的记忆里还有我。

父亲回家之后，撑了十天，终是离开了我们。

灵堂设在了老房子的前厅，父亲被安放在后厅中央。本家的亲戚们很快就用黑纱、白布把整个老房子布置了一番。纸糊的奠字白灯被高挂在了大门外。

这栋百年老宅如今真是陈旧了，青砖黛瓦间满是修修补补的痕迹。门匾上，"恩承北阙"的斑驳题字，镌刻着昔日熹微的家门荣光。只是，从我爷爷那辈起，家门就已败落。如今，本家的几十号人丁基本都从这栋老宅搬离出去了，只有两个年逾八十的老伯母还住在这里。我突然又想起，前年，父亲尚未生病时，还曾在我们面前念叨，他想找本家的亲戚们商量，来年大家一起集资再把这栋老房子好好翻修一下。可是，他来不及办这件事就走了。

灵堂布置好之后，亲友们陆陆续续前来吊唁。

与晚年的父亲玩得最好的玉伦哥，望着父亲的遗照不由得感叹："叔怎么这么快就走了？自从他生病后，我就少了一个伴，真是不习惯啊！"

父亲生平一向乐于交友，且待人没有区别。他身边有好几个像玉伦哥那样比他辈分低的年轻好友。晚年的父亲总喜欢在饭后到村委会楼前或村口的榕树下，跟一帮老伙伴唠唠家常，议论一些村里的公共事务和电视里的时事新闻。他也会跟他们分享一些从手机短视频里看到的趣闻。

灵堂上，又一个亲戚感慨道："平时看着挺精神的一个人，怎么突然就病得那么重，又这么快地就走了？"实际上，我也常常暗自在心里这样诘问。在我的记忆里，父亲的形象是那样坚强。我爷爷在他十三岁时就过世了。他是长子，下面还有好几个弟弟妹妹。他必须早早干活养家。他不能去上学，只能靠我奶奶在家有限地教他识点字。他小小的肩膀，撑起了一个家。再后来，他自己成家了，成了我们眼中顽强的父亲。他沉默的个性更加深了那种印象，最终却猝不及防地倒下了。

为了成为家里牢固的顶梁柱，父亲一辈子总是那么隐忍，从不轻易把自己的伤痛表露出来。他又是那样正直。他生活里好几次遭遇他人的背刺，却从不与人斤斤计较，更不会以牙还牙，总是一再忍让。现实生活的不适感折磨着他，慢慢刺痛和啃噬着他那敏感的神经和血管，直至最终被刺破了，鲜血淋漓。他脑出血之后，我常常在想，如果他不活得那么隐忍，或许会比现在好得多。

在守灵的最后一日，本家的亲戚们基本都已前来吊唁。外出多日的玉峰哥赶在那天下午，也来到了灵堂。他久久地望着父亲的遗照，若有所思地默哀着。

我也忍不住又一次望向那里。只见，父亲正襟危坐，穿着他喜欢的白色衬衫和深蓝色西服，还打上了领带。他那双莹亮又有些忧郁的眼睛也直直地看着我们。父亲生前，拍照不多。这张照片拍摄于大约十年前。那时，有支摄影工作队专门到我们村里给老人拍照。父亲拍了一张，并郑重地选好了相框，放在抽屉里，交代妈妈日后把这张照片作为遗照。

守灵时，我哥正好站在玉峰哥跟前，顺势递给他一根烟。玉峰哥连忙摆手推却："不用了，我已经戒烟了！"

"什么时候戒了？"我哥说着，继续礼貌性地把烟往前递。

"你爸之前一直劝我戒烟。"玉峰哥停顿了一会儿，又语气低沉地感慨道，"我应该更早一些听叔的话。"

玉峰哥过去烟瘾很大。后来，我从妈妈口中得知，他去年得了肺结节。这两三年来，我们本家已经有两位亲戚患了严重的肺病。还有一个怀满叔，听说在福州做了好几次化疗，终究还是回天乏术。很可能，父亲的丧事后不久，他也要回到这栋老宅来了。

已经沉寂许久的老宅怎么一下子就要迎来这样密集的丧事？此时，老宅院子墙角边的几棵树在阳光下依然明晃晃地绿着，鸟儿在树梢间叽叽喳喳地忙碌着。生机盎然的春天尚未走远，而父亲却已经先走了。

父亲生病前，曾在老宅院子左侧的一块空地上种着好几种蔬菜。如今，那里已经荒草丛生。此情此景让我不禁想起，两年前，秋日的一个傍晚，父亲与我在新房天台上收拾他晒的菜干。那时，家里的新房已经盖了三层。那天落日下的晚霞，红得格外绚丽。得空后，父亲难得与我一起驻足观赏。然而，他当时的脸上却依然是一副浓雾未散的表情，似乎再灿烂的风景也无法在他眼中停留太久。不一会儿，他就注目于村子不远处的工厂，那里过去曾是一片茂密的田地。突然，他以一种低沉的语气对我感慨道："这村庄，早晚是要破败的。"

那一刻，我很惊讶，我从他的那句话里读出了感伤的诗意。与同代的许多农民一样，父亲无法用笔杆子对着田园抒情。他们用锄头，用铁锹，俯身劳作，挥洒汗水，他们与脚下的土地同呼吸，共命运。这是他们书写田园诗的方式。我们这一代，在他们的期待下，终于拥有了运用笔杆子的能力，却反而无力写出真正的田园牧歌式的诗。恐怕，我们往后的一代代人，都再也无法写出了。

"这村庄，早晚是要破败的。"当时，他就说了这么一句，再没有第二句话。而我也失语了，不知如何回应是好。我们都在昏黄的夕阳下沉默着，各自静静看着，沉思着，直至日落而下，天色渐渐暗淡。父亲走后，他当初说的这句话，时常回响在我耳边，持续地震颤、共鸣。

父亲在这世上活了七十三个年头，他一生的大部分时间都生活在这个村庄。晚年因帮扶儿孙而短暂迁居城市，但仍眷恋故土。这个世界变化太快。一辈子沉默寡言的父亲，在他生命的许多时刻，都让我感到他对此欲言又止，最终也只能沉默地躺倒在这片故土。

父亲，您离开了我们，去往一个我们所未知的世界。在这世上，我再也寻不到您的身影了。对我来说，唯有让您化作故乡的一座精神灯塔。但愿，此后无论我身在何处，都能够靠着这灯塔找到回家的方向。

选自《红岩》2024 年第 5 期

等闲秋又来

/四四

一

上午，九点一刻，断断续续下了两天两夜的雨暂时停了下来，远处的高楼清晰可见，而更远处的太行山则隐藏在浓雾之中。

那处年久的、破败的、卑微的院落也隐藏在浓雾之中。虽然，它像一盏明灯，像我身体内的某个重要的器官一直陪伴着我，使我获得许多慰藉和勇气。多年以来，即使走在凶险又孤独的道路上，我也毫不气馁和颓丧。因为，那所院落之中还住着两个与生活这个无情的怪物对抗并战斗着的老人，他们刚刚迈过"七十三"那个不吉利的坎儿。两年前，老年男人患上比较凶险的鳞状食道癌，他笃定活不了了，因为他的母亲和大姐都是被这个恶魔掳走的。得到消息的那一刻，他淡定得像一块石头，嘴角微扬，眉眼舒展，脸上居然呈现出少有的慈祥温和的笑容。显然，他认命了，并且做好了随时和人世告别的准备。比他小一岁的老年女人属虎，长年累月的繁重劳作使她看起来比实际年龄更加衰老。稀疏的头发荒草般覆盖着头皮，荒草下的污浊的头皮清晰可见；她的眼睛并未深陷，但目光浑浊，空洞黯然；廉价的劣质假牙使得她的下颚变了形，并且唾液增多，吐字也不太顺当。

他们是我的父亲和母亲，是与我咫尺相近，却又与我天涯遥远的亲人。

苍灰色的天穹不疾不徐地向四面八方铺展，安静、肃穆、典雅，既象征着诚恳、沉稳、考究等哲学意味，也预示着深沉、颓丧、消极等晦暗情结。我的父母的一生都将以这种颜色示人。或许，我的论断太过偏狭，在他们各自的童年和青少年时期，他们短暂地呈现过红绿橙黄等明媚一些的颜色。那时，他们还没领略过生活这个无情怪物的獠牙和利爪，也没失去对未来的信心和热望。

站在阳台上，我紧紧盯着楼后的一个有着绿色铁丝网护栏的小院子，住在院子的两户人家来自附近的拆迁户，为了省钱，他们暂时落脚于此。小院子被分成了许多区域，最西边有个长条状的隔离区，我经常能够看到两条体型壮大的金毛犬在里面快活地奔跑，交合。余下足有三亩地的区域则种植着玉米、谷子、黄瓜、番茄、豆角、大葱、土豆等各种应季作物和蔬菜。北边简易房里住着一个秃头的中年男人，他经常蹲在菜地里劳动，有时像在锄草，有时像在给蔬菜们捉虫，有时则提着一小桶食物朝两只狗走去。从背影看，像极了我的父亲。

我知道他不是我的父亲，毕竟，他要比我父亲年轻得多，并且他过着恬静、安逸、悠闲、自在的生活。但是，我多么渴望他就是我的父亲，他和我母亲——两个饱尝了辛酸、苦难、屈辱，并且在人生的暮年仍然不能摆脱桎梏的老人住在我的目之所及之处。这样，我们之间就会多一些照应和理解，而不至于造成太多爱而不得、见而不得的遗憾。

雨又开始下了，急遽而迅猛，如磐如注。树木在风的摇撼下剧烈地抖动着，也许是雨的力量太大了，它们敲击树叶的"哒哒"声使我感觉紧张，进而恐惧。或许，它们也积攒了太多的悲苦和愤怒，以及山一样沉重的负担和委屈。我暗笑自己近乎荒谬的联想和矫情。雨就是雨，对于这个世界，它们既不因为参与而煞费心机，也不因为旁观而沾沾自喜；既不因为施恩而居功自傲，也不因为破坏而卑陬失色。不像人的一生都被各种情绪所困囿，所戕害，所征服。

窗外，苍灰的天穹静默，遥远的山峦静默，密集的楼群静默……室内，酣睡在沙发上的美短猫静默，老榆木书架上那些覆盖了细尘的文学、哲学、社会学、心理学等书籍静默，植物和家具静默……

在这浩大的天然的静默里，我本应该继续之前的阅读；或者，像真正的歌迷那样沉浸于刀郎的《山歌寥哉》；或者，铺上毡子和宣纸，临摹一张颜真卿的《多宝塔碑》。然而，我不能——心间莫名翻滚着无法言说的喧嚣，是一种纠结着落寞、忧愁、悲伤、愧疚、沮丧、焦虑等消极情绪的混合体——像个燃烧的火球，在我的体内疯狂地乱窜。我不能平静，也不能心安理得地享受当前这份粗鄙清简的安逸，是因为那赐予我生命之人还在受苦。倘若，只是那些没完没了的农活折磨他们老病衰颓的肉体，也就罢了，毕竟，一夜的休憩之后，那些疲累就算不会完全消失，也终归不会幸存太多。然而，他们遭遇并承受着比肉身之苦深重千百倍的精神之苦。这是一种慢性的、长期的、顽固的痛苦，既来自他们自身性格的局限，也来自他们曾寄予美好愿望，并试图获得活着的勇气和尊严的孩子们所赐。

我曾以"死生有命，富贵在天""命里有时终须有，命里无时莫强求""万事不由人计较，一生都是命安排"等"宿命论"的观点解劝他们，诱导他们接受已然降临于他们的不幸。在我的蛊惑下，他们短暂地认了命，并且坦言要放下心上磁铁般的重负，善待自己，善待时光，像村子里大多数老年人那样度过望得到尽头的余生。

然而，苦役恒在，没有尽头。

短暂地认命似乎亵渎了他们作为父母、作为农民、作为独立又拥有思考能力的个体的身份。更为愁苦，更为不安，更为焦虑……他们沉陷于更黑的暗夜、更深的泥潭、更迷惘的荒野，在那不能安放心灵的更为深艰巨重的绝望之处，他们一次次找回自己，毫不犹豫地把那生命中不能承受之重欢欣喜悦地背负于肩，是的，欢欣喜悦地，就像是获得了某种闪耀着璀璨光芒的宝物。

在这场一时不会停止的苦雨中，在年代久远、光线暗淡、散发着腐浊气味的老屋里，两个被恶狠狠的时光踩躏得面目颓丧、神情呆滞的老人坐在长条木桌的两端，桌子上放着一瓶白酒、两个杯子、三个小菜。父亲频频举杯，朝着相濡以沫五十年的妻子、空荡破败如他一样沉闷坚硬的房屋、"山河破碎""包修忍辱"的自己。母亲呢，她一改往日低眉下意的"附庸"面目，一杯又一杯地回敬着眼前这个使自己爱恨交织、百感交集的男人。

"我最是对不住你。"父亲的眼神满含着歉疚，语气也温软下来。他素来凛严威憯，不苟言笑，既像冷硬的石头，也像倔强的老牛。也许是体内的酒精助长了他的勇气；也许是他一直存有向眼前这个不离不弃、见证并分担着他所有苦难的女人忏悔的念头；也许是他担忧自己时日无多，不能赶在踏进那最后的死亡之门以前获得谅解。

母亲并不言语，也没有眼泪从那两个浑浊、干枯的深渊里流出来，那是镶嵌在瘦削、枯黄、褶皱横生的老脸上的深渊，大而无神，无神而空荡，空荡而哀伤——它们曾经是翻涌着浓烈爱意和明媚希望的泉眼。如今，泉眼干涸，死一样归于沉寂，正如母亲那颗千疮百孔几近碎裂的心。她勉为其难地笑了笑，端起杯子一饮而尽。她喝下过多少比白酒更为烈性的毒汁啊，那些掺杂着羞辱、沮丧、懊恼、绝望的暗黑的液体从生活的缝隙汩汩溢出，不声不响，不止不休……她在死亡的边缘徘徊良久，她试图走上那条永恒的获救之途，以得到拯救和解脱。然而，像眼前朝她频频举杯的老年男人一样，她总是于心不忍，并不是由于懦弱和对人世的留恋，而是逃跑的时机还未到来，因为未竟的使命仍然像不灭的群星照耀着她，引诱着她。

父亲和母亲坐在长条木桌的两端，像是两个非常相爱的幸福的人，他们一杯接一杯地喝酒，就好像喝下的是水或稀饭，直到被酒精麻痹了脑神经和中枢神经，俨然烂醉如泥的人。他们相互搀扶着站起身，然而不受控制的身体径直趔趄着倒在炕上。一会儿，父亲那仍然粗狂沉闷的鼾声便响彻了整个屋子，而母亲则蜷缩着小小的身体，紧挨着父亲，她总是那么隐忍、卑微，就好像一个不存在的人，一个可以忽略的微不足道的斑点，一个被抽走了思想和思考能力的躯壳。他们几乎要抱在一起了……一些美好的梦落花般流星雨般纷纷降落在他们身上——两栋装修一新的楼房从地面缓缓长出，是他们喜欢的现代简约风格。两栋楼紧挨着，他们的两个儿子、两个儿媳，及孙男嫡女们住在里面。他们生活富足，快乐美满，相亲相爱……

遗憾的是，这个场景仅仅是我的凭空想象，是的，我渴望父亲和母亲日日酗酒，喝醉了就依偎着躺倒在大炕上睡觉。那样，他们便能够什么也不想，什么也不做，也便能够彻底摆脱精神和身体不得不遭受的煎熬和折磨。

真实情况是父亲嗜烟如命，但从不饮酒。而母亲则烟酒不沾。父亲在四十多岁的时候遭遇过一场车祸，导致肺部破裂，断掉四五根肋骨；五十到七十岁之间，他曾被焦虑症缠身，患过三次脑梗。然而，以顽强、刚直等品质获得认可的父亲脑袋灵光，思维活跃，逻辑清晰，并且语言功能丝毫不受损害。或许是因为上辈子积德太多，而这辈子做人又太过仁慈和善、隐忍奉献，母亲一直也没被疾病眷顾，虽然瘦削，但体质绝好，干起活来心手相应，游刃有余。由此，两个人间清醒不得不清醒地活着，熬着一年又一年、一天又一天的苦日子，经受着生活的戏弄，以及儿子们所赐予的动荡不安、担惊受怕，以及那些仿佛没有尽头的羞耻。

二

等闲秋又来。

虽然毫无迹象，但是再过三天就立秋了。然而，眼前的这场雨意味着什么呢？收获吗？然而，收获又意味着什么呢？尊严吗？然而，尊严是真实存在的吗？像雕刻着精美或朴拙花纹的瓷器，像一本书、一棵树、一幅画、一盏灯等实物那样真实存在着吗？

"只有干活才能安心"。这是父亲的座右铭，我在残雪的《赤脚医生》里看见过它。想必作家残雪是深谙农民心理的，正如我作为家里最小的女儿——一个生错了性别的不合时宜的孩子，是深谙父亲心理的。自然，我也过早地洞察并领略了这句话的奥义。

父亲对于劳动的热爱既出自农民的本能，也迫于艰难的生计。他把一个男人全部的热情、耐心、智慧、力量都献给了它，甘愿被这极具重复性，且充斥着不确定因素的苦役所束缚。不仅如此，他还把年轻的妻子、年幼的孩子、壮硕的牲畜一并献给它。

如今，年轻的妻子已经变老，但他仍然手执马鞭催促着她，也催促着他自己，把他们赶向等待耕种、浇水、除草、施肥、收获的田野。那座种满板栗树的山坡太高了，也太过陡峭，并且没有像样的平坦些的路可供行走。但是，他们毫不畏惧，脚踩碎石，手抓藤蔓或荆条，艰难地把自己运到每一棵板栗树下，每走一步都冒着风险。但他们不能后退呀，不能眼睁睁地看着亲手栽种的板栗树由于得不到管理而荒芜。在春天树液还尚未充分流通之时为它们嫁接；在夏天雨季期间整地改土、刨树盘以促进栗树生长、坐果和果实的发育；在秋天用长竹竿把成熟的板栗蓬打下来，再把四散到草丛或沟涧里的它们捡到荆篮或编织袋里，再肩背胳膊抗地运到山脚下的电动三轮车上，最后为它们去蓬，等待卖出一个好价钱；在冬天看似农闲的时节，为了有益来年坐果，他们要将板栗树基部的萌蘖枝及下脚枝剪除，清除干枯、死亡、过密过长、病虫害枝条。一年四季，除了吃饭和睡觉，他们几乎"长"在田野和山坡。仿佛，家只是暂时安顿身体的避风挡雨之处，而田野和山坡才是永恒地收纳并安抚灵魂的理想家园。

"只要不干死，就往死里干！"年轻时，为了养活儿女，为了在亲朋好友和乡亲们面前挣得面子，他们凭着健壮的骡马耕牛般的身体以及坚硬的铁山玉石般的意志践行着这个时代普天下农民坚守并信仰的话。总算年轻，疲累的身体经过一夜的休憩便又能重新焕发出勃勃生机。然而，现在，他们俨然两个古稀过半的老人，黄土埋过了脖颈，甚至，那些吞噬人的黄土洪水般一刻不停地朝着他们的头顶漫延……可是他们仍然摆出一副"只要不干死，就往死里干"的赖皮样子。或许，他们和几十年如一日的劳动建立了太过亲密的关系；或许，他们之间形成了某种契约，在相互的给予和回馈之间，他们获得了尊重和满足；或许，他们以此抵抗岁月的流逝、人生的虚无，以及必然来临的死亡……

其实，我清楚地知道答案，他们无非试图积累更多的钱财，既为了某一天自行解决躺在医院的病床上时所必然产生的昂贵花费，也为了能够帮衬已过而立之年依然浪荡漂泊的儿子们的生活。更为直接一点的说法是，他们为了有朝一日能够有面子、有尊严、有荣耀地去面见长眠于老坟里的列祖列宗。这显然充满了悲哀的戏谑意味！然而，事实的确如此。眼见着依靠他们费尽心机，甚至由于违反政策被罚得几近倾家荡产才得到的儿子们安度晚年已然不太现实。因为儿子们尚身无立锥，过着攻苦茹酸、艰难竭蹶的生活。他们无论如何都不忍心往儿子们的生活中扔下巨石，更不忍心往他们的伤口上撒盐。

他们只得重新披挂上阵。

多么耿直、顽强、坚韧的人呐！多么迂腐、愚昧、可怜的人呐！

写到这里，我不得不停下来，因为胸腔内又在翻滚着一团火。其实，这团火一直存在，并且永远也不会熄灭。即使作为火种的父母百年之后，而作为添柴加油的儿女们也在这人世间化为灰烬，这团火也将在大地深处默默祭奠，并发出深沉的悲戚之音。

我并不喜欢秋天，虽然秋天的确是个凉爽宜人、色彩斑斓的季节，它象征着成熟和收获，让所有从土里刨食掘金的人获得继续活下去的粮食，以及慰藉，以及希望，以及尊严。然而，它又来了，像在以往的岁月中那样，它迈着坚硬的步伐，脸上布满狡黠诡异的讪笑，也或者是嘲笑、奸笑、狞笑等使人恐慌的恶意。

父亲老了，母亲也老了。并且，他们的儿女各自成家，四散在别处——儿女们有了自己的伴侣和儿女，他们属于自己的家庭和生活。父亲对此心知肚明，不再试图以父亲的权威召唤昔日恭敬顺从的儿女回到身边，辅助他们完成对秋天的敬畏和献礼。是的，在没有人辅助的情况下，两个年老且有病的人万不能把那些成熟的玉米和板栗带回家的。然而，他们并不畏惧，甚至做好了和秋天同归于尽的准备。

事实上，在以往的十几年里，我和姐姐们并没有对父母的秋天无动于衷——他们老了，而他们的秋天仍然如以往那样年轻蓬勃，似乎张着血盆大口要展开一场杀戮。我们总会在自己生活的罅隙一次次返回到那个年久的、破败的、卑微的院落，延续从懵懂的幼年期就开始的艰苦卓绝的劳动。就好像，我们也像他们一样深沉地热爱着田野和山坡，也坚定地信奉着是向它们贡献苦力是活着的最生动有力的证明。

20世纪八九十年代，父亲以男人的权威统治着他的女人和孩子们。他是一个冷酷、暴戾的人，武断专横、说一不二的人。为此，我们无辜遭受了很多不必要的责难和恐惧。他不能容忍地里长草，哪怕极少量的草都会使他寝食不安，无端恼怒，于是，小小的孩子们就要冒着烈日去田地里薅草，哪怕玉米叶子割破了脸和胳膊，哪怕麦茬子刺入脚底板。他不能容忍旱季带给庄稼的致命威胁，于是，十几岁的姑娘们就要到深井边摇辘轳，毕竟是女孩子，她们力气小，也没有狠劲，眼一黑，就可能掉下去殒了命。他没有多余的钱买肥料，在获得校领导的同意之后，派遣三个未成年的女儿从学校的公厕把粪便掏到桶里，再挑到地里。他决定开采矿石以贴补逐渐膨胀起来的家用，还是那几个看起来柔弱实则刚强的女孩子们为他扶钎，打锤。父亲把柔弱的女孩们当作强壮的儿子来使唤，至于她们身体能否吃得消，心灵能否承受，他则完全不会考虑。他从不知道母亲和女孩子们是需要心疼和呵护的，他把她们当作可以分担他苦累的劳力。或许，从"支配"与"统率"的家长权威中得到隐秘的成就感和满足感，父亲执拗地信奉"家有千口，主事一人"的古老说法，并且将它践行得惟妙惟肖，一丝不苟，甚至颇有些胶柱鼓瑟的意味。

　　然而，和我们姐妹同龄的女孩子们则过着相对闲逸安恬的生活。她们也参与家庭生活，只是象征性干一些清扫屋院、饲喂猪狗、割草拾柴等相对轻巧，且具有娱乐性质的零碎小活儿。而诸如刨地收割、扶钎打锤、担粪锄草之类消耗重体力的活儿，她们是万万不会被允许尝试的。她们的父亲普遍有着慈爱和善的面目，心软意活，性情恬淡，对于晦昧不清的未来也没有不切实际的追求和向往。为此，她们得到了我们艳羡的思而不得的生活。现在看来，父亲是英明的，是果敢的，是智慧的。而在他的驱使和监督下，我们在小小年纪就拥有了不菲的财富，从而使我们过早地领略了生活的真相。而在当时，我们的心上日日覆压着巨石，对父亲也怀着隐秘的厌恶，甚至诅咒。

　　"老群家的女儿们真能干！"每当我们姐妹干完活，携带着一身脏污和疲累回家时，总会听到在街里歇凉的乡亲们赐予的善意夸赞。当时，我们内心或许产生过稀薄的满足感和自豪感。但比那稀薄的满足感和自豪感更为清晰更为深刻的感受则是难过和羞耻，以及对于没有尽头的劳动的憎恶、恐惧。这些负面情愫并不来自身体上的负累，确切地说，它们来自心灵或精神上的折磨。

　　我们几乎认定我们姐妹天生都是有罪之人，活该被漠视，被责难，被呵斥，被驱使，而两个年纪更小的弟弟才是父母的心头肉、掌上珠。他们圆了父亲十一年思而不得的美梦，结束了他可能被乡亲们耻笑为"绝户头"的风险，让无疾而终的祖父瞑目而去，母亲的腰杆也得以硬挺起来。如果不出意外，他们将是这个家庭未来的顶梁之柱，即使不能出人头地，光耀门楣，至少，能够成为他们晚年的安慰和依傍。因为他们抱定了"养儿防老，积谷防饥"的传统观念。然而，意外并不体恤他们的殷切期盼和良苦用心，而是像个冷血、野蛮的暴徒掳掠并伤害着他们。

　　我的两个弟弟曾经也是踏实肯干的好少年，他们并没有因为"儿子"

的身份受到特殊的优待，甚至，父亲对他们更为严苛。他们稚嫩的肩膀和手掌也过早地品尝了劳动的苦楚。既不抱怨，也不憎恶，他们完美地继承了父亲热爱劳动的品性。

直到现在，他们仍然以贩卖苦力为生，大弟弟在内蒙古一个煤矿的深井下苦熬青春，采煤、掘进、爆破、喷浆，由于换过好几家煤矿，他几乎对所有的工种都很精通。他不仅要忍受高温、潮湿、阴暗，还要忍受粉尘和一氧化碳，更要忍受单身在外的萧索、悲凉、伤感，那是深入骨髓、痛彻心扉的孤独。小弟弟则过得行尸走肉般萎靡颓丧，俨然一个吊儿郎当的浑噩之徒。已过而立之年，他仍然孑然一身，赤条条来去无牵挂。对于前一段婚姻中的女儿不闻不问，就好像那个孩子并不存在，而他也丝毫不为曾经的过错产生过悔意。大概三年前，我试图斡旋他和孩子的关系，但他不为所动，摆出一副拒人于千里的姿态。就是从那时起，我对他彻底失去信心——一个抛弃亲生孩子的男人不算男人，不配得到原谅。为此，从那时起，我切断了与他的一切联系。表面上是为"眼不见，心不烦"的宁静，实际上则抱着向他施压，而他能够被我的决绝所震慑的不切实际的幻想。他仍然在北京、西安、天津等大城市的地铁工地上辗转；仍然撒谎，吹大话；仍然游走于各色女人之间，像个没有牵绊和梦想的流浪儿，过着无所依傍、无所希冀、无所作为的自由自在的生活。如果我乐观地揣测，或许我的小弟弟过早地看清了世界的真相和活着的本质——不断流逝的时间之河中的一场幻象。所以，他大义凛然、勇敢无畏地主动选择了一条异乎寻常人按部就班、循规蹈矩的道路，即使触犯众怒而被千夫所指，而生养自己的父母在乡亲们面前颜面尽失，日不能食，夜不能寐，他也要铁了心按照自己的意愿走下去，哪怕走上危崖，死无葬身。

想象到此，我不禁哑然失笑，一丝丝稀薄冷冽的寒气从脚底板氤氲而起，源源不断，无声无息。它们郁积在我胸中，紊乱的脑神经一般缠绕，纠结，我感到憋胀、刺痛、乏力……静静地燃烧吧，最好砰的一声……肉体、精神，以及它们所创造的一切顷刻间灰飞烟灭。从而，永恒的终结诞生了！

稍晚些时候，风停雨住，天际黯黯，刚刚经受了濯洗的树木散发着幽润的光亮，麻雀、燕子、灰椋等鸟儿们一边轻快地鸣叫，一边风驰般来回穿梭。那个有着绿色铁丝网护栏的小院子静默着，其间的蔬菜看起来没受到损伤，然而那些废旧轮胎围成的椭圆形花坛中的太阳花则没有那么幸运，它们七倒八歪地匍匐在地，但那些妃红、稼红、大红、深红、紫红、雪青、淡黄、深黄、象白、肉粉的花朵则呈现出昂扬向上的姿态。是的，昂扬向上！它有很多别名，半枝莲、马齿苋、午时花、松叶牡丹、金丝杜鹃，而我最喜欢人们赋予它的另一个美名——死不了。正如我的父亲和母亲，他们也死不了，即使某一天终归逃不掉那生命内在规律性指向的必然归宿，而他们饱受蹂躏的肉体也已终结，他们的一切努力以及未完成的任务被迫归零——他们也死不了！因为他们早就化作一粒种子，以生命的另一种形式在我体内萌芽、生长……

选自《四川文学》2024年第10期

九个月牙儿

/南泽仁

一

几只藏雀在窗外的老杏树上啁啾。

我从睡梦里睁开眼,一束金色的阳光照在我的氆氇毯子上,我的脚动了动,阳光也动了动,恍如一只抖动耳壳和丛毛起身的山猫被自己的影子惊了一惊。

我赤脚走出房间,锅庄屋静悄悄的。火塘里,几截干柴根上的火苗已经熄灭,一层灰烬在无声脱落,柴心里徐徐升起了一缕蓝幽幽的烟纹。火塘四方铺展着毡垫,我在上面走了一圈,又走了一圈,也没有走到牧场后方那片青草地。走第七圈的时候,我听到一阵脚步声,很快,楼口上冒出来一个盘着绛红头绳、体态微胖的妇人。一抬头,看见从沉睡中醒来的孩子,她先是睁大了眼睛,继而欣喜地朝我呼唤:

"布赤叶叶——"

她的唤声温情甜腻,吃奶的牛犊听到也会松开奶头发出"哞哞"的声音回应。她提起裙袍大步朝我走来,还没有到我面前,风就已经掠起了她脚踩泥土和青草穿过玉米林而来的消息。她张开手臂把我抱进怀中,她的胸脯温暖厚实,内里响着轻叩的回音。她情绪平稳下来时,卷起了袖口去擦亮被热泪蒙蔽的眼睛,然后细细端详我。她的眼睛大而清净,我在那眼眸里发着微微的光。

她就那样看着我，是在等待什么。她唤我名字的时候，我就记起了她是我的曼曼，但我的喉咙熟悉了呼唤牧场上牛犊的名字、飞禽的名字、草药的名字，一时间不能唤出其他的称呼。曼曼等待的眼神在逐渐黯淡，我伸出手贴放在她柔软的脸颊上，她又重新生动了起来。

出乎意料，曼曼从怀中取出一包用大叶子包裹的东西，在我眼前打开，是一捧黑刺莓，散发着香甜的气味。我就把嘴埋在那片大叶子上捡刺莓吃，吃完用舌头舔舐上面的果渍，叶脉比雨水清洗过的还要清晰。

楼口的光线里忽闪过几道影子，还有几声脆亮的嬉笑。我噔噔地奔向楼口，又快速地下了楼梯。两户人家共有的一个土院坝里没有人，一小群马鸡在院角啄火绒草吃，它们不时昂头敏锐地看着院中的动静，我抬头就望见了它们晚上栖息的几棵大树，响着和风的声音。我领着自己的影子悄默地经过了院坝，到院墙底下的时候，影子倏忽不见了。

"玛达叶！"我慌忙呼唤着我的影子，这是我为它起的遇温暖就会融化的名字。

走出院子，玛达叶跟着我到了一个宽敞明亮的大场坝，边缘延伸出几条道路通向村庄的十几户人家，一层层薄石板盖顶的青石墩子房掩映在高大茂密的核桃林里，一切看上去是土地里生长出来的那样自然而然。我站在坝子中间闻到太阳晒热土地、羊粪、庄稼散发的气味，微风使它们混淆着朝远处散去。

"阿咋热！"

一个硬实而冰凉的东西击中了我的后脑勺，我喊了一声，并用手捂在灼痛处朝四方张望，几声尖笑从一个简陋的羊圈里迸发出来。我从地上拾起击中我的那颗半生不熟的杏子，送到嘴边，我的舌底就浸出了一洼清水。

"哎哟哟！"

那个羊圈里跑出三个男孩，他们奔向最近的一条村道上消失不见了。随之，一个穿蓝布绣花衣服的女孩从羊圈门口走出来，眉间带着一点狠劲，手中紧握的一根细枝条还在微微跳跃。她走近我，影子重合在玛达叶上，好似一棵树在使劲地抽芽。我抬头看女孩，她正用一双弯弯的眼睛凝望我，眼神里充满了新奇。那也是我想对她表达的。一阵风起，她额上绕成圈状的头发开始摇动起来，比一只鹿子听到了五颜六色、七彩玲珑的铃铛声还要雀跃。她细致地打量我，用手触摸我颈脖上一串用细皮绳串起的四对獐牙，它们是阿普为我收集的所有月光。女孩轻声赞叹：九个月牙儿呀！她说得那么明确，使得我忙仰头望东山顶，那里并没有另一个月牙儿升起。她的手继续在触摸我的氆氇裙袍、氆氇腰带，又蹲下身看我结茧的赤脚丫。之后，她半蹲在地上脱掉了自己的一双花布鞋，赤着脚站立，她比我还要深切地感受到脚下的土地是温暖而厚重的。

她牵住我的手，领我朝那几个男孩消失的村道走去。我回头看，那双花布鞋齐整地摆放在坝子中间，确信它没有跟来。我们的脚底踩着羊粪蛋，还有圆润的小石子，一路朝上坡路走去。我们来到后山下，一湾溪水顺着山脚缓缓淌过。女孩捡起几块石头围住一股水流，瞬间就形成了一个小水塘。我蹲在水塘边，水面上映现出一个穿白氆氇藏袍的女孩，嘴上糊着黑乎乎的果渍。水沿上垂下来一蓬藤树开着一簇簇青白的碎花，女孩扯下几朵花在手中揉搓，那些花生发出了丰富的泡沫，她把那泛着清香的泡沫抹在我的嘴巴上，又捧起一些清水为我洗去果渍，最后用袖口揩擦干净，她的手娴熟地做着一个大人的事情。我就从那水面上重新看到了一个干净整齐的女孩，名字叫布赤。是的，布赤就是我。那么，我们重新认识一下吧。

我出生在大雁子牧场，从小跟着阿普过着放牧生活，曼曼在七日村庄耕种。阿沃在远地教书，寒暑期，他就会走向一个又一个村寨采集民情风俗，写出一本又一本书。我和阿普从许多座大山顶上眺望阿沃的归期，只见打满皱褶的大山和平原上分布着星星那样多的村落。阿妈也是站在山头上眺望过，知道等不回阿沃，才在我奶娃时候改嫁的？这我也不知道。阿普说，月亮都会有阴晴圆缺，更不用说我们这些平常人了，圆满就成了我们与月亮共同的愿望。

每两年冬天，阿普会散放一次牦牛，把我驮在马背上下河谷越冬。这次是初夏的清早，我以为自己还会回到牧场，就没有同牛群、雪猪和岩羊子道一声再见。途中，我们穿过一片响着水声的塔黄林，马儿干渴了，把头埋在叶片硕大的林中饮清水，塔黄生涩的气味呛着马儿打了一个又一个响鼻，我在马背上经受着一个又一个冷噤，一长串清亮的马铃的声波随之在林中传送。阿普在这铃声中没有任何征兆地开口说："布赤到了学龄，这趟下河谷就要去镇上读书了。"铃声停住，水声比先前还要清越灵动。我从一树塔黄叶中看阿普，他打开了一双粗糙的大手去擦拭眼睛，那双湿润的眼睛仿佛在一瞬间就经历了一场很大的变故那样深邃。

如今，我以仰望的视角保存这段轻盈的、隐喻的、发着微光的记忆，才觉知到读书的意义，是以另一种更加自由的方式重新与牧场、村庄在一起，这令我喜悦。我和阿普到达七日村庄的时候，看见繁星闪耀下绿森森的村庄，以为是走入了令人沉迷的梦地，就在马背上睡了过去，直到清晨醒来……

二

眼前的这个女孩，是我在村庄里认识的第一个玩伴。

她那么欢喜，显然是把我当成了一只来自高山上的乖觉小兽。女孩在水沿边捡起一颗光滑的白石子"扑通"一声投进水塘，接着，她趴在水塘边，将脸深埋进水里，噢地，她从水里抬起头，嘴里含着那颗白石子。阳光照在她的红脸颊、大眼睛和皓白的牙齿上，闪动的水珠使她更加耀着光芒。她取下嘴里的石头再次投进水塘里，并扬了扬下巴示意该我了。

我没有一点犹豫地闭上眼睛，一头猛扎进小水塘里，水流从我的面颊流过，响着清清亮亮的声音。我透过明亮的光线，轻轻睁开眼，见水底的黑白石子须臾间就复活了，它们在泛着轻微的颤动。我想对它们说话，却吐出了一串水泡，我看到玛达叶也在水底动荡，水流使它变得那样轻薄，就快流走了。我感到有人在拍我的后背，又拉拽我的衣领子。我一口咬住那块白石子仰起头，水珠溅到了女孩的脸上，她用手背揩拭，像落下了又惊又喜的眼泪。

这时，我们看到水流很急，并浑浊了起来，水面上漂过来一些青草木叶，还有新鲜的羊粪蛋。我和女孩一起去望水源，果然响起了羊叫，伴着一阵密集的蹄声，一群草羊排着队沿溪水走来。走在最前面的羊，头上盘着一对粗壮的角，下巴上长着胡子，它陡然看到两个女孩跪在溪水边，以为是在祈祷，便好奇地停下脚步歪着头来观望我们，羊群随之停止下来。有两头羔羊挤上来，朝我们叫唤，其中一头花脸羔羊走上前来嗅闻我握在手中的白石子，笃信是一把粮食。我打开手掌让它看明白，而后将白石丢进溪水里。花脸就去对着溪水叫唤，它亲眼看到白石子游进了水中，它的鼻子在水中嗅闻。看情形，花脸早就知道石头在水里是有生命的。

一阵牧哨从羊群后方响起，头羊把它当作了鞭打，抖动周身的毛发继续沿着河水流向前行，羊群随之从我们身后滴滴答答地经过，留下了燥热、辛辣的牧草味。我们身后凉快下来的时候，羊群已转过了一棵高大茂盛的古柏树下。接着，一个身披白色擦尔瓦的少年从水源头走来，他剃着光头，只在额头上留了一绺刘海儿。他的口中衔着一根狗尾草，看到我们，他也像那头羊一样很意外地停下来望我们。女孩拾起一个大一点的石头朝他脚边的水沟里投掷，少年跳到路边避让，但激起的水花还是打湿了他的裤脚，还有黄胶鞋。女孩又拾起了一块石头，少年取下口中的狗尾草丢进水中，快步经过我们追赶羊群去了。

"尼克尔古子——"

女孩带着紧张而不愉快的情绪朝少年身后吼了一声他的全名，他像没听到一样转入古柏树下不见了。女孩这才转身用双手刨开围住水塘的石头，羊粪蛋打着旋儿地顺着水流去追赶尔古子和羊群去了。

我们听着溪水的流向，经过了古柏树下。仰头望去，这是一棵带着大地期望去触摸蓝天的大树。溪水的声音在树荫下神秘莫测地藏进了一片深草丛，一些藤条缠绕其中，开出了紫色、粉色的勤娘子。微风吹动青草的时候，勤娘子在跳动，青草那么葱翠，认为是自己开出了花朵。

女孩把手伸向草丛，摘下一朵粉红的勤娘子，咬下花托就噘嘴吹了起来，勤娘子振动着奏出了音乐。女孩的脸迎着鲜艳的日光，她眯缝着眼睛，是在思忖更加婉转的曲子，她乌亮的睫毛在抖动，比一只张合翅膀的蝴蝶还要活泼。我低下头看着我的脚指头紧抠着潮湿的路面，抬脚，路面上留下了几个安静的脚趾印子。女孩忽然停止吹奏，她在静听，几声对话从松柏树下的一个院落里传出。

我们随声朝着院落走去，脚踩在松软的巴地草上。到了院墙下，说话声停住了，传出一阵嘻嘻的笑。女孩踮脚也看不到，她就去搬来一块石头垫在脚下，她的头略高出围墙，她的手紧抠在院墙上。女孩就这样看着院中的动静，不时地又腾出一只手蒙住自己的眼睛，似有一道强烈的光线晃到了她。她再去看院中时，低头看到了院墙下的我，她跳下石头，搬来同样大的一块垫脚石放在边上，让我站上去，我们一起去看院中。

　　院心放着一个热气弥漫的大木桶，桶里盘坐着一位赤裸上身的老人。一个男孩正提着一壶热水，壶嘴对着老人的后背倾斜，一股热水就顺着他消瘦露骨的身体往下淌。倒完，那男孩很快又去提来热水注入木桶，几个来回，水就没过了老人的脖颈，只露出头在水面上。老人在热气中慢慢闭上双眼，他的肌肤如一棵枯树的皮在无声绽开，他轻蹙眉头，水面也受了感染随之起了层层波纹。那男孩和茶壶都累了，他们靠在木桶边上休憩。一只树鼠在院角的老核桃树上跳动，看到院中没有声音，它就跳到了向阳的树枝上，竖起绒毛尾巴晒太阳。它打开了一只爪，里面是一颗破壳的新核桃，它准备享用的时候，木桶里的一道日光映射在核桃树枝上，树鼠忙用那爪去遮挡眼睛，核桃"咚"的一声落进了木桶里。老人听到水面的响动，他蓦地睁开眼睛，像枯树又裂开了一道缝隙。老人看到一只新核桃在水面上浮动，他仰起头看树枝，它在反复振动，他微微一笑，是已经知道了整棵树的秘密。

　　老人从木桶里抬起一只枯瘦的大手，朝着木桶边缘探索，那只手的影子比一顶黑色的毡帽还要妥帖地盖在了男孩的头上。男孩转头望老人，老人指了指后背，男孩就起身来，用一只黑小手为他挠背。有几次，男孩伸出食指头，在口中呵气，那只指头就具有了神奇的力量，他迅速地将指头伸进老人的胳肢窝下挠动，老人没有感应到那是男孩对他发出的一次快乐邀请，他又闭上了眼睛。这让我想到了牧场上一头衰老的母牦牛，它毛发稀疏，露着斑驳的牛皮，它走路缓慢，我的牧鞭抽打在它的背脊骨上，它也感不到痛。只有阿普一声严厉的呵斥，才会使它加快牧归的步子。前方奔跑的牦牛中，总有几头牦牛会不时放慢脚步扭头关切地望一眼母牦牛，那是它所生的已经茁壮长成的孩子。最小的牛犊随在它旁侧，用刚刚露出的一对小角摩挲它的肚皮表达亲昵，一撮毛发又会从它身上凋落，被风吹远。我看着母牦牛，感知到它的生命在一点点从我们眼前消亡。几天后的一个黄昏，我肩扛着牧鞭走在牛群后面，那头母牦牛走着走着轰然倒在了路边上。它的孩子们感应到了一座山一般的倒塌，它们奔向它，朝它呼唤，用嘴帮它起身。母牦牛的四蹄在奋力弹动，它的鼻孔和嘴喘着粗气，一些透明的黏液随之不断地流出来。它感到再也无力找到支撑的时候，一双大而惶恐的眼眸缓慢地平静下来，里面映着它的孩子们。它的眼睛在那刻落下了一汪眼泪，我的阿普也落下了眼泪。小牛犊舔舐着母牦牛的泪水，母牦牛慢慢闭上了眼睛，把整个世界都留给了它的孩子们。

此刻的男孩显然不知道老人正在慢慢往世界深处去，所以他并不失望，他为自己探寻乐趣的心持续发出了羊叫般的欢笑。我们听到那笑声迅速传到了院墙外，确切到一丛青草里。我和女孩回头去看，只见一只羔羊在我们不远处的墙根下吃嫩草，一边吃一边吐出舌头发出咩咩的叫声，我们从那叫声里听出了一种无所知的孤独感。

我们离开围墙，女孩去抱起羔羊，问它："小花脸，你是不是被尔古子弄丢了。"

羔羊抬嘴对着前方核桃林里的小路发出了更加响亮的叫唤。女孩回头去看那两块垫脚石，是想把它们搬回原处，但它们看上去已经长在了墙根处，一些流浪的虫蚁会相继在较低的地方安顿下来。

三

我们跟着羔羊提示的方向走，土路印满了深深浅浅的羊蹄印。经过一个干涸的沟谷，没有阳光照耀。越过一段湿地的时候，见路下方长满了葱茏的野仁丹草，散发着我最熟悉的独特味道。每年，曼曼都会割一些野仁丹草晒干，揉成碎末捎带给我和阿普。很长一段时间，我们吃的土豆泥、烤麦饼里都充满了这清凉幽香的味道，它会使我的胸口飞出一只湛蓝色的鸟，令我短暂地忘记木屋外的风雨，还有大雪天里走失的犏牛，它是阿普送给我的放生牛，它的尾巴上有我用绿绒线编织的许多小辫……

走出沟谷，我们眼前豁然展开了一大片荞麦地，开满了雪白的荞麦花。我们挨着地边走，路伸向了一个隆起的青草坡，一群草羊在坡上停停走走地吃草。我们停下来看羊群，它们身后是绵延的山脉和蔚蓝广阔的天空。女孩用脚尖踢动一块石片，让我拾起来丢到羊群中间。我拾起石片，倾斜身子，把山坡当作湖面投去，几头羊似乎听到了有坚硬锐利的东西划破微风层层递进。它们停止吃草，很突然地抬头朝我们张望。它们看到女孩抱着一只羔羊，故意发出了吃惊的叫声，引起整体羊群的注意。那声音中，有一个人影顿然站起身来，他高过了远处巧妙起伏的山脉。他就是我们早上遇见的牧羊少年尔古子,他不动声色地看着我们,那感觉是一座山在关怀着三头丢失的生灵。

我们朝着草坡走去,羔羊在女孩怀抱里挣扎着,女孩把她放进了羊群里。我们端端地站在尔古子面前,他看看母羊亲吻着那头带着女孩热气的羔羊,又看我们,他的眼睛闪过了一丝高兴。他脱下白色擦尔瓦铺展在青草上请我们落座,他的落落大方让我们觉得整个青草坡都是他的部落。可是,他拿不出甜酒和果子招待我们,就在草坡上翻起了跟斗,天地在随他的手脚颠倒旋转,直到他一脚骑在了一只羊身上。羊受到了惊吓,驮着他跑了好长一段,我和女孩在擦尔瓦上发出笑声,我们用手掩住口笑,像两个端庄大方、张弛有度的美丽女子一样。青草坡在这时显出了生命力。尔古子跳下羊背,大步朝我们走来。他坐在我们不远处,我听到他喘着细小的声息,洁净而明亮。

我们就坐在草坡上晒太阳,吹细风,不说一句话。尔古子低头用手去拨弄脚边的青草,他是在为山坡梳理打扮。羊群在逐渐走远,尔古子就用牧哨声命令它们稍微回转。羊群听到牧哨立即转头来,他的哨声比一颗石子还要坚定有力,可是他的手一次次穿过青草的时候比风还要温柔。有一阵,尔古子走出草坡,又从另一个山谷草坡朝我们走来,带着些许忧郁、洒脱不羁的姿态。女孩望着尔古子,对远处的他说着话:在梦里,我看到你的头发全白了,你蹲守在羊群中间,就像一头坚强又孤独的头羊。我穿着彝族女人的衣裙,走路却没有发出勤娘子打开的声音,风紧紧地把它包裹在我的身上,我一着急就对着羊群喊了一声,尔古子。你抖了抖白头起身,一层雪就从你头上纷纷落下来,显现出一张黝黑清俊的面容。你没有答应,但我知道,那就是长大后的你。但是,我的妈妈早已为我准备了出嫁的刺绣衣裙和银子首饰。所以,尔古子,我的梦可能是你的梦。

女孩说完,尔古子已经走到了我们面前,霞光照红了女孩的脸庞,照亮了尔古子身后的草坡,为他披上了一件金色的披毡。霞光从羊群身上滑落的时候,它们感知到了凉意,一起向着尔古子归来,发出阵阵清甜的叫唤。尔古子看着快落坡的太阳,显露出失去寄托的神情,他的手随意地握在一只羊角上,他垂头看羊的时候,神色一振,一头钻进了羊群。羊群陷入了一阵躁动不安,短而快地,他双手握紧一头母羊的羊角,把它从羊群中拽了出来，它的身边紧随来了女孩抱过的花脸羔羊，一声声地呼唤着它的阿妈。

尔古子把母羊拉到我们面前，母羊用力抵抗着，花脸预感到了什么，它一嘴顶向母羊身下饱满的奶子吮吸起来，母羊就安静了。我们蹲在母羊身后看着花脸仰头咬住母羊的奶头，发出吱吱的吮吸声，粉嫩的嘴角不时溢出甜蜜的乳汁。女孩在我们边上发出了一声吞咽，又呛出了几声咳嗽。尔古子抿嘴一笑，他一只手拽住羊脚，一只手去试探母羊的另一只奶头，他用拇指和食指握住奶头，用很巧的力量一挤，一股奶汁就洒在了青草上。

"快把手当作碗接住。"

尔古子悄声说出这句话，似担心母羊听懂。话落口，女孩就捧起双手接在了那奶头下面。尔古子一下又一下地去握住奶头一挤，松开又去握住一挤，他的手熟练地模拟着另一头羔羊的嘴唇。一股股白净的奶汁就注入了女孩的手心里，她还没有吃到奶，嘴唇就已经发着亮，眼睛也发着亮，她是体验到了奶汁挤进手心时的暖和以及快乐。她想发出笑声，或是打个喷嚏来表达这异样的感觉，但又怕惊动母羊，她就一直保持着那样的光亮。挤满一捧奶汁的时候，女孩就把嘴埋进手里喝羊奶。

"该你了。"

尔古子歇了歇那只挤奶的手，让我去接住奶汁。再后来，尔古子就把头也伸进羊肚子下，吮吸起羊奶。花脸的嘴放开了那只奶头，它看着安静的母羊，又去看尔古子，它对自己本是一头羔羊产生了怀疑。尔古子的喉咙发着咕咚咕咚的吞咽，母羊受到了疼痛，它抬起后蹄子反击吃奶的人，尔古子"哎哟"一声松手，母羊和花脸羔羊就跑进了羊群里。尔古子回头望着我们，两个酒窝卷得深深的，他的嘴唇随之渗出了一颗很大的血滴。我和女孩同时伸手，想要帮他揩拭，他用舌头一舔嘴唇，那颗血滴就被他吃进了嘴巴里。我们有些讶异地看着他，他脸上露出了满足的表情，以为那是一滴乳白的奶汁。

尔古子抖落膝上的草叶站起身来，他看到被晚霞浸染的天边，那么像一个慢慢长大的阿惹妞摆动起了火红的百褶裙。这唤起了他心中的调子，从衣兜里取出来一颗打着小孔的杏核，将它含在嘴里，用很少的力量吹奏起来，他的气息在杏核中回转后发出了悠长的鸣响。天边的云霞随声漫卷舒展，羊群散漫地围拢来，它们朝着尔古子发出了高高低低的齐鸣……

四

微风渐次吹动着坡下的荞麦花，一些花瓣雪片子一样飘飞起来。

我们赶着羊群朝坡下走去，经过荞麦地边，花香袭人。这花香我在母胎里就闻到过，后来，它流淌在阿妈的奶汁里。

昨夜，我又梦到了这个梦境：下过雨的清早，阿妈牵着我的手送别她到村口。我的手被越握越紧，我没有小鸟般挣扎，是渴望重新长进她的身体里。我们的眼前一霎明亮时，初升的太阳端照着平石板，它那么安宁，是在请将要离去的人留下来。阿妈牵着我走向平石板，阳光和煦地照着我们。我们双双低头，看着大手牵住小手放在阿妈的裙袍里，我们的默然十分庄重，像是在一起答谢太阳。阿妈在这时放开我，她的手不自觉地伸进了斜襟口，并往深处探了探，她什么也没有寻到。那只被自己温暖了却没有着落的手就要退出襟口的时候，倏忽停顿了。很急促地，阿妈解开了斜襟里面那件绿色藏衫的盘扣，小心地露出一颗粉红的奶头，它那么精巧，像一颗熟透的羊奶果长在她的胸前。阿妈把我抱进怀抱里，我的嘴唇就触碰到了那颗暖和柔软的果子。阿妈低头看着我，她的脸颊绯红，眼神温和而明媚。那刻，阿妈像一棵花树在悄然盛放，我几乎能听到花瓣层层打开的声音。我感到了害羞，我闭上眼睛，温软的果子再次轻触我的嘴唇，一股奶汁就流进了我的嘴巴里，甘美而芬芳。我就在那个清早，咽下满口的甜蜜看着阿妈没有回头地经过了磨坊沟，穿过小草坪，逐步消失在我的眼睛里。

我记不清这是阿妈改嫁后第几次通过我的梦境回到村庄看望我，我为此险些落下了泪水，我像并不难过一样低头看着莹亮亮的獐牙在心底哼唱起了一首《月光颂》：

　　新月初生
　　狼牙清明
　　弦月奇巧
　　满月欢喜

每天日落前，阿普都会坐在我们的木屋门口对着深山莽林轻轻吟唱这首歌，月亮就会从东山顶上缓缓升起。我见过它在这首歌里八次变幻重生的过程：新月、狼牙月、上弦月、盈月、望月……我在阿普的吟唱中对着夜空伸手"嚓"一声摘下月牙儿放在胸口，然后提起裙袍转一个圈儿，我通体都发出了月亮般的光辉。我的光没有照亮阿普的眼睛，我就去屈膝在他面前，并拢一双手指头，轻轻打开，又并拢。阿普看着充满想象的孩子，嘴角流露微笑，眼睛里泛起了隐约的光。又一个夜晚，我在阿普的吟唱中伸手摘下月牙儿的时候，他从怀中取出了一串打磨得光滑温润的獐牙，佩戴在我的颈脖上。我欢喜地接连转圈儿，獐牙拍打着我薄薄的胸脯发出了万物生长的节奏，阿普不停地唱着歌，天上的月牙儿在我们的和声里逐渐呈现盈满。

我轻轻地叹出了一口气息，女孩偏着头看我，她的眼睛里早已噙满了晶莹的泪水，对我一笑，那泪水就挂在了眼毛上。

多年后，我和女孩也都长成了花树一样的女人，才明白，我们在荞麦花地触发那样的感情，是因为我们的心灵并不能承受起过于繁盛的事物。

我们走出荞麦地，草羊散发着青草、石头和苔藓的热气扑面而来。尔古子披着擦尔瓦，赶着草羊走进了古柏树下。我和女孩站在路口望着尔古子的背影，忽地，他转身从古柏树下走出来，朝我们一展手臂，打开了整张擦尔瓦。他清瘦强劲，像鹰为天空展开了一次飞翔。

山岩边，细水缓流的声音源自尔古子和羊群的归处。我和阿普下河谷越冬时，经过那里，看见收割后的大片土地里奔跑着一群赤脚的孩子。他们身后有七八九间紧凑的竹笆房、几块元根地，不远处是长满岩斑竹的山林。

阿普说："你看，他们的脚掌能让大地刮起一场龙卷风。"

我从马背上看去，那群孩子的脚下极速地沸腾着尘土，像他们没有停息地从古羌跑到了七日村庄。尔古子可能就是他们当中一个能刮起龙卷风的孩子。有一个老人，听到马铃声，早早地打开竹笆门等在路边邀请阿普去家里歇脚吃茶。走近才认出他是我阿普的朋侪，他时常会牵着一对撵山狗，肩上褡裢着两个羊皮口袋来到大雁子牧场上小住。白天，他和狗都会消失不见。夜晚，他才回到小木屋，从羊皮口袋里取出散酒与阿普一起啜饮，微醺的时候会说起他带着一小支族人，一夜间就离开了家乡俄舞的黑夜山头，悄无声息地、不留一点痕迹地迁徙到七日村庄的往事。有时，他说着说着就轻声吟哦起了家乡的谚语：

   心中装着故乡的人
   走到哪里
   哪里就是故乡
   心中没有故乡的人
   埋在故乡
   也是孤魂野鬼

  阿普拍打着鸟翅一样宽大的手掌，那谚语就有了平稳的音律。阿普醉了，他就把头深藏在那双发热的大手里深沉睡去……

  阿普把马缰系在路边的一块石包上，从怀中取出一把熟青稞反手喂进马嘴里，然后牵着我去老人的家吃茶。我经过那块石包，分明看见它是一只被阿普降服在地的鸟兽，马儿啃嚼着粮食摇动马缰的时候，感觉那块石包想要挣脱束缚，满山的石包都在安安静静地谛视着它。老人从火塘里掏出一窝烤洋芋，一边用鹰爪般的指甲刮去烤焦的皮轻吹后递给我，一边向阿普打听着一群野猪和几只毛色漂亮的土拨鼠的下落。

  阿普像占卜师那样深入思考后，隐秘地回答：“一切要等天降一场大雪。”

  老人用手拍响腿杆，表示豁然。老人的脚上缠裹着与阿普一样的绑腿，是随时随地都在为翻越大山做着准备。阿普吃了茶，从搭在马背上的皮口袋里取出一坨奶酪送给老人。老人看着阿普手中的奶酪发出了稀罕又欣悦的感谢，才双手接住，那新鲜的分量使他的手往下沉了沉。我们走出不远的地方，听到身后有人在呼唤，回头去看，只见那老人握着一把干草叶朝我们追赶来，他把干草叶献进阿普怀中。阿普露出了与他同样的喜悦，那是他断了一个多月的兰花烟叶。阿普喜爱兰花烟叶，每次点燃一斗烟叶，吸上一口的时候，他眉头舒放，眼光悠远，是烟叶一点点驱散了他身体里的清寒。

  我和女孩向场坝走去，隐没在核桃林中的农家亮起了依稀灯火。我们走到坝子中间，女孩取出揣在衣兜里的双手，她以为垂手就能拾起那双花棉鞋。可是我们没有看见她的花棉鞋，女孩握紧拳头朝着一家高墙大院喊了一声："四眼子，把我的布鞋吐出来。"那院中猛然就响起了一只藏獒雄浑的回应，并快速向着周边几户石板房顶传布开了。我凭着放牧的本领听出了那声音里的指引，转头一望，场坝边上有一个用石墙围砌起来的果园，一棵棵果树结满了密实的果子，有一枝出了院墙，枝梢上挂着一双花棉鞋。不细看，想着是一对成熟很深的果实呢。女孩顺着我的目光取下花棉鞋穿上，然后走到我身后，对着我的耳朵轻声说：

  "我叫满秀。"

  说完，她踩着轻快的步子跑进了核桃林里的一条小路。

  我又开始寻找玛达叶，围住自己找了一圈也没有找到。于是，我轻唤着玛达叶离开了场坝，就要迈进家门口时，院子后方的几棵大树上陡然响起了一对藏马鸡的啼叫，鸣声洪亮短促，整个村庄亦可听见。曼曼召唤我的声音从楼口传来，玛达叶随声出现在了我前面，并做出了急于爬上楼梯的样子。我回头想看清是谁把玛达叶送还给我的，只见东山顶上升起了一个轻灵灵的月牙儿。

选自《四川文学》2024年第9期

我们终于分到了土地

/包倬

1981年,土地再次回到了百姓手里。年末,我父母带我从会东县境内一个叫沟口的村寨搬到了阿尼卡。阿尼卡地广人稀,海拔较低,有雷响田。我们暂住在爷爷的新家里。十五年前,我奶奶死于哮喘。我爷爷像一颗晃荡的螺丝钉,随着动荡的时代机器转了十年,终于落户阿尼卡。没有永远的故乡。这是我们家族一百年内的第三次搬迁。

低人一等的外来户,脸上挂着卑微的笑。谁家有婚丧嫁娶,忙种抢收,外来户总是第一个赶到。为的就是能在入籍大会上得到一张赞同票。1983年,像胡安·鲁尔福所写的那样,"我们终于分到了土地",虽然是田边地角,但总算入籍成了当地人。但要想在阿尼卡盖几间房子,无疑比登天还难。

我的记忆始于厕所隔壁的牛圈。那是三岁时的某个夏日清晨。我在床上听见咚咚之声,像是谁在从墙壁里掏东西。可事实也差不多。我父亲脚踩牛粪,正在用钢钎往土墙上凿洞。他要开一个窗子,好让我们在今后能够看清并记住那些贫穷的日子。我母亲在挑土。她的表情愉悦,甚至是兴奋。她一遍遍从院外挑来潮土,倒在牛圈里。屋里的潮土越来越多,粪草的气味越来越弱。中午时分,窗子凿出来了,潮土全面铺开,牛圈变成了我们的新家。委屈的黄牛被拴在屋檐下,不时仰天长哞。它在我们屋外站了一个夏天，在那里吃草、拉屎、撒尿，造出一个露天牛圈。秋天，我爷爷说草枯了，牛的膘快跌了，将它卖给了一个来自云南的牛贩子。

那是一个充满味道的夏天。屋外，牛屎牛尿在发酵；隔壁是粪坑。所谓的窗子其实是个洞，既没窗框也无玻璃。窗台上放着盐缸和剩菜。剩饭在锅里。我母亲特别想要一个橱柜，但暂时还不能实现。"等木匠来吧。"父亲说，"他们说，冬天匠人都会来。"我们来到了一个新的地方，就像一个客人，一切都得听他们说。阿尼卡距离我们的上一个故乡几十公里，但似乎是另一个世界。口音不同，习惯不同，连农具都长得不太一样。我们的床靠墙，墙上糊着几张报纸，但没过多久就被我撕下来了。母亲的衣物放在床下的红木箱里，每当打开时就散发出一股樟脑味。如今算来，那时我母亲只有二十岁。可在我心里，她一直是母亲的样子，像今天的样子。只有在床上，她才是一个女人。下了床，她是长辫子的男人，甚至，比男人还能负重。

在我们的院子外面，是一个晒场。我一天中的大多数时间在那里度过。如果你在1983年经过我家门前，一定会看见一个流鼻涕的小孩，他钻进草堆、爬上草堆、躺在地上、坐在地上、玩随手抓到的任何一样东西：一条虫、一根木棍、一片树叶、一个石子……它们被我塞进嘴里，啃得兴致勃勃。晒场边站立着一棵大树。我们至今不知道这是什么树。因为四季常青，我们叫它万年青。它遮阳避雨，是我童年的巨伞。

某个黄昏，我外出帮人干活儿的父亲喝醉了。他走到万年青树下，看见我在玩泥巴，便在我身边坐下。即使坐着，他也在摇晃，他的屁股像是锥形的。没坚持几分钟，他轰然躺下，呼呼大睡。后来，我和母亲把他扶进屋里，他吐了一地。那是我第一次见父亲喝酒，也是最后一次。在我生活的凉山地区，酒风彪悍，酒名远扬，人们有无数个喝酒的理由。路上经常能遇见喝醉的人。可我父亲，那年六十五岁，自那以后再没有喝过一滴酒。

我家门前有一棵桃树，是爷爷刚到阿尼卡时栽下的。桃三李四核十年，说的是果树从栽种到结果需要的时间。如此算来，那棵桃树的年龄和我差不多。阿尼卡的春天从那棵桃树开始。我看见花苞挤满枝头，伸手招下几个，放进嘴里嚼，苦，吐掉，从此断了吃掉花苞的想法。某天它突然开花了，花瓣有我指头那么大。我又摘了花瓣放进嘴里嚼，苦，吐掉。后来花谢了，小小的桃子玉米粒那般大。我没有去摘，因为前两次的苦味仍在记忆里。我每天去看一遍毛桃，看着看着，它们就长到了我的小拳头那般大。母亲告诉我："还不能吃，要等红呢。"于是我又等它们变红。某天，爷爷从外面回来，手里端着一个撮箕，里面装满又红又亮的桃子。他说："大家都来吃，攒劲吃，今天吃了就没有了。"众人只听进去前半句话，吃着桃子纷纷夸赞桃树。殊不知那棵桃树，已经倒在爷爷的刀斧之下。他砍树的理由是，树越长越大，挡住了庄稼的阳光，影响了收成。我哭了起来，说我要吃桃子。而大人们却没有异议。刚得到土地的人们，对土地的爱惜胜过自己的身体，任何有损收成的事，都应该制止。

我们的土地离家十里。而外来户没有嫌弃偏远之地的理由。那是一片陡坡，四周长满芒草。每天清晨，父母带我下地干活儿。父亲背着吊锅和土豆，肩扛农具；母亲背着我，牵着仅有的一头黄牛。我们看起来不像是要下地干活，而像是又要搬迁了。别人家的屋顶冒着炊烟，我们家的灶在山坡上。是的，为了方便做饭，我父亲在地边用三块石头搭了灶。除了灶，那里还有我父母漫山遍野找来的石桌子和石凳子。我们的午饭通常是煮土豆或烧土豆，就着青辣椒蘸盐吃。土豆、人和土地在那一刻的关系是：人种土地结土豆，吃了土豆又种地，这看似一场无用功，但换来的是活着。

万物因土地而生。我是万物之一。"孩子在土里洗澡；爸爸在土里流汗；爷爷在土里埋葬"（臧克家《三代》）。我那时当然不会知道，四十年前就有人为我写下了童年。我不光在土里洗澡，还学会了拔草。不是因为热爱劳动，而是除了拔草，我无事可干。拔草、拔豆苗，但拔不动玉米，因为夏天的玉米秆已经有我父母那么高了。如果一只蚂蚱从草丛里飞出，我会追着它直到消失不见。我从未捉住一只蚂蚱，它们太聪明了，不等我走近就振翅飞走。我至今仍不知道，蚂蚱凭什么感知那些靠近它们的危险的小手。

但地里的癞蛤蟆则不一样了。它们蹲在雨天的玉米地里，随时准备一声不吭地死在某个人的脚下。我不敢踩癞蛤蟆，只能学着它们的样子，鼓着腮帮，喘着粗气，和它们对视。我从来没有赢过癞蛤蟆，因为它们太懒了。

大人们或许不知道，在地里玩耍的小孩也很辛苦。所以，我每天中午都要睡上一觉。这是件麻烦事。在地上睡觉，一是担心潮气会让人感冒，二是怕蛇。我们都听到过一个恐怖故事：有个小孩在地上睡觉，蛇从他的肛门里钻进去，死了。于是我父母想到了一个办法，用一副绣花背带把我挂在树上睡觉。长大后，读到《树上的男爵》，不禁会心一笑：我虽不是男爵，但上树的时间比柯希莫还要早。绣花背带是婴儿用品，出自我的外婆之手。那上面绣了某种并不具体的花，鲜艳欲滴。我在树上看不到正在干活的父母，只能听见锄头碰到地里石头叮当作响。父母不时喊我，喊一声，应一声，某一次喊不应，他们便知道，我睡着了。

秋天，玉米棒子从十里外的地里掰回来，填满了屋子。火塘边、床下、饭桌下，全都是。我的父母喜忧参半。我们急需一院房子，而不是一个由牛圈改造的单间。而眼下呢，我们只能再去求爷爷。我们挑灯夜战，撕下玉米棒子的外衣，露出金黄的颗粒，把它们编成蜈蚣辫，挂在屋檐下。接下来的日子饿不着了。尽管如此，我们仍然践行着那套节省粮食的方法：碗里的饭要扒干净，掉在桌上的食物要捡起来吃掉，饭后要少运动、家里来人如果到饭点了仍不离开要表现出不耐烦的样子……

庄稼收完后，我父亲离开了家。问及，我妈说："爸爸找副业去了。"经她再三解释，我听懂了，找副业就是外出赚钱。我见过几次毛票。如果将我们的生活分层次，从下往上数的次序是粮食、蔬菜、油盐、肉和金钱。钱在哪里？我想，它们应该是在山林或草丛里，像树叶或蘑菇，只等那些早起的人去拾起。我也想去找副业，但是山里有狼，某天我们亲眼见到一只灰狼叼走了爷爷养的猪崽。那狼像一只瘦狗，在人们的吼叫声中大大咧咧地叼着猪崽消失于山冈。我母亲吓坏了。她恨不能找根绳子将我拴起来，另一头系在自己腰上。

夜晚我们坐在火塘边。母亲纳鞋底。麻线穿过鞋底的声音听起来像是在喘息。那是一只非常小的鞋底，小到让我觉得它甚至经不住穿针引线。我们总得说点儿什么。可我年轻的母亲实在是涉世未深。她上过两年学，认识的汉字在劳作中像指间的沙子，早已漏光。一株生长在瘦地的苦荞，天可怜见，要长得聪明健康真不容易。她过早做了母亲，但她觉得这一切正常。她努力像一个母亲，开始了对我的教育。

"从前有个小孩,在他妈妈的饭里撒沙子,结果天突然暗下来,狂风暴雨,一道火闪(雷电)劈下来,把他烧死了。"

"如果你在夜晚听见有人叫你名字,可千万别答应。一应,你就回不来了。""金沙江里住着龙,每过一段时间它就要换地方住。为了不让人看见它的样子,它便让天上下大雨,并且架起彩虹。彩虹是龙的桥。"

……

我从小生活在恐怖故事里。但这并非母亲有意为之。她的世界里除此之外,别无其他。我们生活的阿尼卡,是个毫无来由的村寨。所有人都是外来户,无非是时间迟早而已。据最早搬来的老人讲,这里曾经是原始森林,豺狼虎豹横行,路边长满迷魂草。在这个世界里,人是最弱小的物种。所以,我们只能敬天地万物。一棵树、一块石头、一只鸟、一头麂子,都被赋予了超越人类的能力。而人是什么?世间万物的兄弟姐妹。

农历十月十六的夜晚,我被婴儿的哭啼声惊醒。月光从窗外斜照进来,将我们的床分成了明暗两半。明亮处,躺着一个红通通的婴儿,握拳蹬腿,不管不顾地哭;我的母亲坐在暗处,她像是被这突如其来的小生命吓坏了,披头散发,尚未反应过来。我也哭了起来。

"这是你的弟弟啊,傻瓜。"母亲说。

她用一块布片擦那个脏兮兮的小孩。而我那晚对母亲讲出的第一句话是:"我要告诉爸爸,你把床弄脏了。"母亲扑哧一声笑出来。父亲离家已数月,我们都不知道他去了哪里。我那时并不知道,我们家族成员的身体里有流浪的血液。

我此前甚至忽略了母亲的肚子。她从什么时候开始揣着一个弟弟?我并没有见到她的肚子大起来,或者有任何不便。我想起她放在红木箱底的小鞋子和小帽子,又想哭。但这是无法更改的事实。我的弟弟来到这个世界,他取代我,占据了母亲温暖的怀抱。我在当天夜里被送到了外婆身边,揪着她干瘪的乳房,哭累了才睡去。无数个夜晚,弟弟在母亲的怀里哭,我在母亲的母亲怀里哭。最后,哄我们睡去的都是乳房。外婆说,吮吸瘪奶的人,长大后会说谎话。这话如神谕——长大后,我靠虚构故事为生。

从此,那间由牛圈改造而成的屋里不时回荡着弟弟的哭声。"红碗——红碗",我仿佛听见了那哭啼声的实质内容。他想在人世间有一个自己的饭碗。长大后，我很多次听婴儿哭，并且一次次坚信，人类的初啼是讨要吃的。

冬日的某个早晨。阳光刺破云层，寒霜凝结在草尖。我伸手去试探那被霜覆盖的草叶，它们像刀刃一般锋利。冷啊。我已经穿上了所有的衣服。晒场上没有人。我打量着周遭的世界，四面青山，缕缕炊烟。勤劳的人们上山了，懒汉还赖在床上。我需要打开耳朵，屏息宁神才能捕捉到阿尼卡的响动。叮咚叮咚——林里有人在砍树。哗——一棵树倒下，压断了旁边树的枝丫。叮当叮当——一个老人赶着一匹瘦马，走在山路上。锄头碰到了地里的石块，火花四溅。一阵风从村东刮过，到了村西渐渐散去。一只鹰盘旋在天空，草丛里的母鸡毫无察觉。在万年青树一侧，山路转弯处，有人声传来。越来越近。先是混沌，嗡嗡嗡，继而明晰，有人在笑。那是父亲的笑声。我朝他跑过去，在山路转弯处抱住了他的腿。多日不见，他还是穿着走时那身衣服，而且比之前更脏了。他抱起我，凑近我的脸时，嘴里有浓烈的烟草味。而当我看向站在父亲身边的陌生人时，惊声尖叫。那是一个留着络腮胡的男人，胸前挂着一条蛇。那蛇在我的尖叫声中昂起头，看了看我，又将它的头伸进主人的上衣兜里，仿佛那里是个蛇窝。

"别怕，"父亲说，"这是憨蛇，不咬人的。"

那耍蛇人像是为了证明我父亲所言非虚，微笑着将蛇从脖子上取下，在手掌上绾了几圈，然后让蛇头从虎口处伸出，并捏住。他甚至想将蛇和右手揣进裤兜里，但那裤兜小了点儿。他想了想，从背包里拿出一个黑布袋，把蛇装进去，拉紧了袋口的细绳。

第二天下午，阿尼卡人都聚到了我家屋外的晒场上。他们自发给晒场中央留出八仙桌那么大的一块位置，然后从四面包围了那个耍蛇人。那条蛇挂在主人的脖子上，耷拉着头，像是死了或者睡着了。

"这不是一条死蛇，也不是一条塑料蛇，"我父亲说，"它只是睡着了。你们买票，它就醒过来啦。"

这大概是阿尼卡人第一次买票看表演。有人撇嘴，表示不信，但有人已经开始掏钱了。最后，也没等所有人都买票，表演就开始了。我骑在父亲的肩头。那耍蛇人开始有节奏地拍手。起初，观众以为是在唤醒蛇。渐渐地，他们意识到自己才是需要被唤醒的对象。我家门外的晒场上响起了有史以来的第一次掌声。

那蛇醒过来，顺着主人的肩膀往上爬，爬上右脸，像翻一座小山似的越过头顶，从左脸下来。耍蛇人张着嘴，舌头颤动，喉咙里发出怪音。然后，我们看见蛇从他嘴里钻了进去。这时，轮到观众张大嘴，并且发出阵阵惊叫。那耍蛇人闭了眼，身子向后仰，与地面呈四十五度角，同时双手握拳，做出痛苦万分状。观众已经惊讶到不知所措。这时，我父亲将我举过头顶，然后轻轻放在地上。他在众目睽睽之下走向那个看起来就要倒地的耍蛇人，伸手捉住蛇尾，试探着往后拽。就这样，蛇的身子从人嘴里一点点退出来，耍蛇人的身子也站直了。这个刚刚差点儿吞下一条蛇的家伙朝众人拱拱手，重新将蛇挂回了脖子上。

"还有什么绝活儿吗？"有人问。

"明晚再来吧。"我父亲说，"到时你们就知道了。"

这个耍蛇人在阿尼卡待了五天。这五天，他表演了一场蛇入口，弹了一晚上弦子，剩下的时间，他没有绝活儿表演了，就在晒场上讲他见过的稀奇古怪的事。

"我1979年就离开家了。我所有的财产就是这把弦子和这条蛇。有这两样东西，我走遍天下都饿不着。我走过的地方，都记在心里。我会一直走下去，直到老死。

"你们见过两个脑袋的人吗？两个脑袋长得一模一样。两个脑袋使用同一副神经，一起哭，一起笑。说出的话，吃下的饭，拉出的屎，都是双份。而且是个女的。我让她跟我走，她同意了，但她父母不愿意。真遗憾啊，如果她在，今晚就没我什么事了。

"有一次我走进一片原始森林，走了整整七天。困了就睡在树上，渴了就喝山泉水，饿了就吃野果。有一天晚上，月亮很好，我在树上睡不着，听见山林里一阵响动，像风刮过。我仔细一看，好家伙啊，你们猜怎么着？我看到狐狸全部出动，聚在一块平地上。你们猜它们在干什么？它们在跳舞啊。真的，你们别不信。你们不信是因为你们见识少。领头的是一只白狐狸，比世间的很多女人还要漂亮。"

人群一阵哄笑。但那个络腮胡不以为意，他继续讲。他走出了原始森林，去了一个只有女人的村庄。马上就有人说，这故事是假的，是《西游记》。

"如果世间没有，那书里怎么会有？"

月光昏沉，但我似乎看到络腮胡在反驳时脸上闪过一道寒光。质疑者哑口无言。他继续讲，继续讲。但后面的故事我忘记了。

我话痨的毛病正是始于那时。搜肠刮肚、无话找话，起初，他们说我口齿伶俐，渐渐地嫌我烦。通常，我说得正起劲，被人一声断喝——闭嘴，耳朵都起茧啦。没有人知道，那些被扼杀在喉咙里的话语多么可怜。它们像一群欢快的小鸡，迎着朝阳和花香，排队出去找虫子，结果天空突然降下一只老鹰。话语四处溃逃处，留下面红耳赤的我。有时候，直接就哭出声来，有时候连哭泣也一同咽进肚里。但即便如此，还是没能治好我的话痨。只有我知道，自己话痨的毛病正是受耍蛇人的影响。

耍蛇人走后，我仍然会想起他在晒场上被人们围着的情景。我父亲也因为从他那里分到了一杯羹经常念他。我记忆中的第一个冬天，颇不平静，紧随耍蛇人来到阿尼卡的，是候鸟般的匠人。

某天，我听到村里传来声音——"补哦，补哦"。循声望去，山路上走来一个矮个子老头儿，头戴蓝帽子，脚穿露出脚趾头的破胶鞋，背箩里装着一个灰扑扑的怪东西。我母亲将他请进屋，找出夏天时打坏的锅，倒扣在地上。那补锅匠的灰东西是风箱，呼哧呼哧拉着，火星四溅。黑色的铁块熔化成红色的浆，倒在旧铁锅的裂缝或破洞处，粗陋地打上补丁，使用时锅铲要避开那个疤痕。

骟匠敲着小锣，声音不大，但牛羊猪鸡闻风丧胆。孩子们追着骟匠跑，因为如果运气好，能混到一两只雄性动物的睾丸烧了吃。

篾匠来自金沙江对岸的高寒山区。据说那里距离终年堆积的皑皑白雪只有一步之遥。雪山下的村庄，只生长苦荞和蔓菁，还有无以计数的竹子。"我们那里，连十八岁的姑娘都会编织"，篾匠的眼里闪过一丝无奈，"如果谁家有好小伙儿，还望能牵线搭桥。"篾匠工价低，几乎仅能混饱肚子。为了尽量让肚子有着落，篾匠就拖延时间，一把筛子编三天。但如此一来，这篾匠就臭名远扬了。

木匠地位最高。甫一进村，就争相有人请。张家打桌子，李家打床，赵家还有待嫁的姑娘，早已望穿秋水。我母亲想要一个衣柜，隔三岔五跑去木匠那里，一是打听他啥时才有空，二是看他的手艺。终于轮到我家时，时间已是深冬。那木匠一边干活儿一边念叨着家里的妻儿，搞得我们不得不尽力把伙食弄得好一点儿。其实，所谓的好伙食，不过就是菜里多放一点儿油，辣椒面多一点儿，三天让他喝二两白酒。白酒装在透明塑料壶里，到了喝酒之日，桌上自然会多出一只玻璃酒杯。他喝酒下口很猛，像喝水一般。喝完杯中酒，又一次次拿起空杯，吸出吱吱声，那样子像是他的杯中有两只老鼠在打架。但我父母装作看不见这个动作。白酒壶在床下，主人不动，客人也不好意思动。木匠的习惯是，喝了酒就唱各地的民间小调。我们坐在火塘边，听他唱起那些哀伤的、欢乐的歌谣，顿时觉得，这世界大了起来。

某天早上外婆起床，嘎吱开门，惊呼一声：老天爷，又下雪了，快起来看雪。世界一片白茫茫。那是我在人间遇见的第二场雪。大地一夜之间铺上白雪，这让我再度惊恐。外婆遇到某些惊讶之事便直呼老天爷。于是，我真的觉得天是个老大爷。这老大爷家里应有尽有，有风雨雷电，还有祸福悲喜。雪是老天爷在昨夜送给人间的一个礼物。我坚信不疑。

木匠做好了衣柜，只等雪化后去镇上买来油漆上色。在闲下来的时间，他用边角废料给我做了一只木马。木马的肚子呈半圆形，骑上去，虽不能前进，但会前后晃动。为了感谢他，我父亲让他喝了半斤白酒。

冬天的阿尼卡，人们并没有闲下来。小麦、豌豆、胡豆，这些被叫作小春的庄稼，深秋种下后，一切看天意。如果天气足够暖和，小春有发芽和生长的机会，那我们来年就能吃上馒头和豌豆凉粉。如果霜雪来得早，那些刚刚破土的嫩苗被霜冻后，蔫蔫的，像我被父母责骂后的样子。又过了一段时间，那嫩苗糊了，被风吹散，乌鸦和喜鹊从天而降，刨食那些死不瞑目的种子。而那些没有种植小春的土地，需要犁过来，晾晒一个冬天，来年耙细，才有好的收成。

那时我家没有耕牛。一头单犁独耙的耕牛要三四百元。我父亲去有牛之家干活儿，两天人力换一天牛力。尽管如此，我父母还是满心欢喜。这对他们来说，完全就是额外的馈赠。他们边干活儿边回忆我们的上一个故乡沟口，并以此证明迁徙是件多么英明的事。我从他们嘴里了解到了沟口的冬天：人们无所事事，蜷缩在墙角晒太阳；寒风顺地而来，空旷的土地呜呜哭。"水冷草枯啊，"我父亲说，"有力也没处使。"

像是为了证明父亲此言非虚。没过多久，就有人从沟口来到了阿尼卡。这是一对父子，我们在沟口时的邻居，他们披着羊毛擀制的披毡，脸蛋黑里透红，言语极尽谦卑，像是我父母逃离了那个苦寒之地，从糠箩跳进了米箩。他们到来，我父母自然是高兴的。离开沟口的这几年，他们已经攒下了太多的话要讲。旧邻讲沟口的生老病死，以及毫无指望的生活，语气低缓，意在博取同情；我父母则争相讲着阿尼卡的好，土地多，人烟稀，海拔低，或许能够出产甘蔗（事实证明不能）。旧邻频频点头，并顺势讲出了此行的目的——想来阿尼卡找点儿过年钱。这可让我父母犯了难，两人对望一眼，瞬间没了先前的底气。

"我们今天没从大路上来，"那个父亲悄声说，"我们是从山林里来的。"

"山林里站着的，哪里是树，分明就是钱啊。"那个年轻人激动得脸色通红，忍不住道出了更大的秘密，"我们的锯子已经藏在山里了。"

我父母又对望一眼，让我去找外婆玩。

那时应该是当月中旬。我起身走出院外，看见一轮大月亮。如果将天空倒挂过来，就是一个蓝色大海，如果这样，月亮就会变成一个漂浮在海上的金盆子。夜风吹来，松涛阵阵，像一场巨大的风暴正在赶来。

此后的几个夜晚，月亮一点点将自己埋进天空，最后变成了一根黄香蕉。想到香蕉，我又想到了耍蛇人。正是他给我吃的香蕉。我不知道我们是否还会再见。

那对来自沟口的父子有点奇怪。他们白天用披毡裹了身子，睡在我家火塘边，到了下午的某个时刻，一骨碌爬起来，不洗脸，不说话，哈欠连天，只等天黑。我父亲的情形也差不多，萎靡不振，沉默不语。那间由牛圈改成的屋子像个大瓮，只有我弟弟哭泣时能够泛起回响。他们的样子让我想起山林里的猫头鹰。

这样的日子持续了半个月。天气越来越冷，似乎另一场雪就要到来。"要过年了啊，"外婆说，"过完年，你就四岁了。"那时我还不知道啥是过年，但凭空觉得那应该是个好玩的日子。

"要过年了哦，"我学着外婆的样子对母亲说，"过完年，我就四岁了。"

我看了看屋里，发现我父亲和沟口邻居都不见了。我问母亲，她说他们去江边了。金沙江流淌在距离阿尼卡几十公里外的两山之间，江边人种甘蔗，养蚕，那里是阿尼卡心中的天堂。姑娘们嫁到江边，就能长年吃上大米饭。

"他们去江边干啥？"

"小孩子家别多嘴多舌。"

我只能闭嘴。惹恼了母亲，她会动手的。我独自走到晒场上，站在那里能看到金沙江的上空。那时我太小了，还无法想象那个世界。但我相信，某天会有个人沿着山那边的红土路走来，从一个黑色小点变成高大的父亲。

这一天并不遥远，仅仅是两天以后。

当我父亲穿着一身新衣服，背着一个大麻袋出现在我们面前时，昏黄的太阳正一步步跌向夜的黑窟窿。我们在一天的最后一缕阳光中看见麻袋里的东西：衣服、鞋子、鞭炮、对联、红糖、花生、麦乳精……它们被掏出来，摆放在晒场上，围观的人全都瞪大了眼。爷爷的棉袄、外婆的湖绉帕子、母亲的衣服裤子白网鞋、我和弟弟从头换到脚再加两只玩具小青蛙、舅舅的整条香烟、小姨的雪花糕……一眨眼工夫，这些东西便到了它们的主人手上。接下来是迫不及待的试穿试用场景，变魔术一般，每个人都不一样了。

"你哪里来的钱啊？"我问父亲。

此言一出，欢乐的场面渐渐变味了。就像我们近距离看某样东西，看着看着就觉得不对劲了。我爷爷的脸前一秒还咧嘴笑着，当我突然问出这话，他慢慢收起笑意并把目光投向我父亲。所以在我看来，那一瞬间的爷爷像是蜡做的，被火烤了，脸上的笑容稀了。

我的脚步比母亲的巴掌晚一秒，她拍到了我的屁股上。不疼。我内心窃喜，比蚊子叮到还轻。而骂声却听得清楚："你再多话把你舌头割了。"我伸了伸舌头，并且想象一下没有舌头的生活。没有舌头就不能说话吗？那阿尼卡的哑巴明明有舌头呀。看来，大人们的话也不一定都对。

确实如此。我母亲前一秒还在愤怒，后一秒就将东西搬进屋。大人们的脸上再次露出欣喜之色，我很高兴他们这么快就忘了我的无心之问。"要过年了，不高兴的事情别说。"爷爷以长者姿态一锤定音，让欢乐的气氛名正言顺地延续下去。

"过了年,我就四岁了。"

我又想起外婆的话,但绞尽脑汁也无法想象四岁会是什么样的日子。出生并不意味着内心明亮,记事才是。像是行走在一个隧道里,我在三岁那年走到洞口,看见了世界。那个世界叫阿尼卡。

选自《广州文艺》2023年第12期

交替的底色

/宋雨薇

泗渡的心事

在一笔一画书写的一生里，可以概括的似乎只有两笔。一笔写前半生，一笔写后半生。前半生，我们为工作、为生活、为子女，每个人都用尽各种挣扎。试图通过自己的努力，可以通往自己想要的生活。后半生，我们每一天却又过得身不由己。更多的时候，还会活得心不由己。

清晨，天刚微微亮，柳婶生活的细节，就从"吱呀"一声打开的院门开始了。危房改造后在旧址新建的屋舍，里里外外都传递着干净人家的气息。新居靠近村路北侧的工艺铁栅栏，墙体外壁的底部，还残留着几天前大雨过后潮湿的痕迹。墨绿的青苔在太阳的烘烤下，早已失去了水分，缓慢地成为墙体的一部分。远远望去，竟仿佛捕捉到了一丝江南水乡的气息。

房屋的后窗敞开着，干净的农家屋舍里，浓缩着乡村生活共同特质的烟火气息。灶膛里的柴火烧得正旺，已上了年纪的柳婶，怀里正抱着一抱劈好的木柴，从门外走进厨房。走近灶火旁，她放下木柴，顺势坐在了灶火旁的小马扎上，动作麻利地拍打着沾在衣袖上的木屑。

清凉的风一阵阵刮来，柳婶一连串干净、朴素的动作，就像是漏在盛夏的指缝儿里那一串生命的音符。

从时光之外重新走回来的柳婶，仿佛像一截名副其实的木桩，将自己根深蒂固地深植在了这片黑土地上。

顺着时间向下走，柳婶是从城市走回来的"老漂族"之一。在剩下来的光阴里，她安静地坐在属于自己的时间和空间里，随着渐沉的时光，等待着自己所剩不多的时间一点一点被时光收割。

如果说，日常生活是一条轨道，行走在异域便是脱轨。将记忆的磁带倒回2013年那个夏天的傍晚。指尖落在这里，一切还是不可避免地进入了倒叙。

六月的傍晚，薄暮里的凉风一阵阵地吹过，白天里的热意在凉风里渐渐地消失。在田地里忙碌了一天，刚刚吃过晚饭的柳婶，麻利地将家里的卫生井井有条地收拾妥当。她刚要坐下歇一口气的时候，一个从省城打来的电话，将柳婶的生活重心在顷刻间就转移到了三百公里之外的省城。这一切让原本略显满足的生活，瞬间有如凉风吹过。

小儿子海岩大学毕业后，就留在了省城工作。在省城艰难打拼了六年后，他与在省城工作的女友一起贷款，在省城买了房子正式安家落户。

大城市的无限向好空间，吸引着越来越多的年轻人，源源不断地涌入其中。可是，机会与困扰这两个同时空的互维镜像，在不同的时态里同步生长时，却映射出了彼此之间的虚线关系。它们让生活以液态的形式，变得兵荒马乱。

快节奏的城市生活，让人望而却步的高房价，某个节点意料之外的高成本生活，以及彻底打乱了正常生活节奏的工作时长，一系列的困境，都在深深地瓦解着那些像海岩一样，放下了尊严，却换不来柴米油盐的城市漂泊一族。这一切都不可规避地预示着，从城市的某种入口切入时，很多人根本没有足够的平衡能力，去找到抵达某种出口的最佳路径。

在中国，帮助儿女照看孙辈，早已形成了约定俗成的生活体系。这种捆绑式的生存方式，不仅是朴实人家的亲情标配，更是善良的品格使然。

很多像海岩一样在大城市生活的年轻人，孩子出生后，被工作和生活内外交困的他们，在情非得已时，会求助父母帮他们一起承担起照顾孩子的责任。

换作以往，不管多难，海岩在父母面前也从来都是报喜不报忧。他比任何人都清楚自家的情况，每次回乡下父母家的时候，也总是羞于启齿自己的窘境和困境。只是偶尔会在给爸妈打电话的时候，有些失意会像一块光溜溜的石头，掩饰不住地裸露在命运的苍白之中，一次次地出卖着他的焦虑。面对父母担忧的询问，海岩也总是一次次地选择避而不谈。

类似这样的情形反反复复。次数多了以后，善良纯朴的柳叔和柳婶没有太多的犹豫，就在最短的时间里做出了决定。为了让孩子过得更好，成长得更顺利，老两口商量过后，柳婶便将家里的里里外外，正式交接给了柳叔一个人打理。

六点钟的清晨，柳婶背上背着一个沉甸甸的大行李包，背包里装着柳婶的四季。她搭上了开往省城的长途客车，像一枚剥离了叶脉的叶子一样，背井离乡去了省城照看孙女，正式成了城市"老漂族"中的一员。

走错路的秩序

从农村来到城里，千里迢迢从老家来到一个陌生的城市，对于柳婶这样的老漂族来说，是一种实实在在的煎熬。他们在帮助子女照看孙辈之余，往往对新的生活一时难以适应，这已成为城市"老漂族"中普遍存在的现象。

无论是出于无奈，还是自愿去省城给予儿孙辈代际支持，这些"老漂族"每一天都在努力地适应着异乡的生活。生活节奏的错位，以及与现居住地的社会融合难等问题，每一天都在他们的生活里无处不在。

在这座快节奏的省会城市里，柳婶是叫醒这个城市的那一批人中的一员。

每天早上四点钟，柳婶就起床了。她快速地洗漱完毕后，将头一天晚上准备好的食材，从冰箱里取出来，条理清晰地开始着手准备早餐。记性越来越不好的她，需要记清楚，孙女不喜欢吃大米粥，儿媳不爱吃姜和香菜。每一次，她都在做饭之前，翻看一眼自己潦草记录的备忘录，生怕一疏忽遗漏了细节，给全家人带去扫兴。

为了避开早晨上班的高峰期，儿子和儿媳每天早晨六点半，准时从家开车朝单位出发。每一次送走儿子儿媳后，柳婶再将孙女从睡梦中喊醒。紧接着再给她洗漱、喂饭，然后再迅速整理好这个九十平方米的室内卫生。早上八点半之前，她必须得把孙女送到幼儿园。

送完了孙女，柳婶在几个小时紧张的忙碌后，才可以稍稍地缓口气。回来的路上，她可以放慢加速度的行走步伐，步行去距小区来回六公里路程的菜市场，购买新鲜的蔬菜和食材。

下午四点钟，紧张的加速度再一次弥漫在柳婶的生活秩序里。提前将晚饭的食材准备妥当后，她一路小跑去幼儿园把孙女接回家。然后，再开始做全家人的晚餐。这是柳婶在这个城市里每天的固定日程，忙碌且有秩序。

当新鲜感过后，剩下的时间便是熟悉一个陌生的城市和环境了。首先让柳婶感到不适应的就是巨大的孤独。在这个小区里，崭新的十多栋住宅楼里，虽然住了八九百人，但对于柳婶来说却都是陌生人。家家户户都住在高楼里，邻里之间彼此客气而又疏远，并没有什么深入的交流，人际关系比较淡漠。所以无论住多少年，也谈不上有多么熟悉。

在城里，柳婶就像是这个小区里的隐形人一样，每一天的节奏都在忙碌的家务中，围着孩子们转，极少出户。时间一久，她心里也感觉有些憋屈。回想着村庄里邻里之间的真诚与互助，巨大的心理落差让她越来越感到失落。她渴望自己能在孩子们的关注里，得到一些行动上的理解，以及话语上的关怀。

白天的快节奏，以及永远都忙不完的家务，还有寸步不能离开视线的奶娃儿，让柳婶每一天都忙得焦头烂额。好不容易熬到夜晚，盼到儿子、儿媳回到家。吃过晚饭，他们要么是看电视、玩手机、逗孩子，要么就是加班加点赶材料忙工作。家里除了电视和孩子牙牙学语的声音，热闹的语言交流氛围，在这个家里似乎已成了一种奢望。

天长日久，这样的生活令性情爽朗的柳婶备受煎熬。有时候，她觉得自己像被判了"有期徒刑"，不知道什么时候才能"刑满释放"得以回家。偶尔闲暇时，她会拿出手机给柳叔打个电话，把家里所有能够想到的事情都过问一遍，甚至连村庄里那个二十多岁的傻宝，都忘不了顺带着问上几句。

其实，这样的电话交流，在一个月当中也只有那么几次。电话打多了，过惯了苦日子的柳婶又会心疼电话费。在她的心里，精神层面的需求，远不如物质层面的衣食住行消受起来那样务实。

很多时候，她一个人哄着孙女玩耍的时候，看着孙女甜甜的笑脸，听着她奶声奶气的声音，内心里患得患失的感觉，才会稍稍得到些许抚慰。在这个偌大的城市里，自己的存在虚无缥缈。只有在面对幼小的孙女时，柳婶才感觉自己有被需要的一种满足。

很多次，郁郁寡欢的柳婶，脑子里会闪过想带着孙女回到村庄的念头。可是，每一次在面对儿子儿媳的时候，她却又说不出口了。

悄然换位的属性

在省城生活的七年，柳婶每天都太忙了。每一天的时间，都是在照顾孩子和做不完的家务里复制，基本没什么属于自己的休闲时间。进城七年，柳婶依然没有交到什么朋友。

渐渐地，柳婶的内心一片苍白。她在白昼与黑夜中重复往返，感受着城市文明的冷漠带给她的习以为常。时间久了，柳婶内心那份久违的期待，也渐渐地变成了同生命一样的呼吸，回应着时代的一种节奏了。

在约定俗成的生活体系里，随着柳婶他们这一代人的渐渐老去，村庄似乎也越来越老了。

很多像柳婶一样的那一代人，他们在中国人口处在流动、分离和聚合的巨大变动中，就像一叶漂泊的浮萍，无力改变被"连根拔起"的宿命。在无力掌控的命运里，他们被作为"从属人口"，卷入迁徙人口的大潮中。人口分离的城乡二元结构和户籍区隔特点，在村庄里也越来越趋向明显。

据国家卫健委统计，中国现有随迁老人近1800万，占全国2.47亿流动人口的7.2%，其中专程来照顾晚辈的比例高达43%。这些"老漂族"作为儿女的免费保姆，他们背井离乡，专门漂到儿女工作和生活的城市，帮儿女们带娃儿。

一边是心甘情愿，一边也是迫不得已。他们既不放心自己的孙辈给别人带，也想竭尽全力帮助儿女减轻生活压力。面对远离家乡，在一个陌生城市生活的艰难，他们又属实迫不得已。

孙女上小学以后，每天早上七点半上学，一直到晚上五点半，把所有的作业都做完了，才从学校的托管班被接回家。

脚不着地地忙了七年，直到现在，柳婶才稍稍有了喘口气的时间。每天在接送孩子、忙家务之余，她唯一的爱好就是打麻将。天气好的时候，小区楼下的凉亭里，总会有一些三五成群的老人，坐在那里或是打麻将，或是聊天。看得久了，相互熟悉以后，柳婶每天也会偶尔加入他们的阵营玩上几把。

同属于知识分子的儿子儿媳，他们却不喜欢柳婶搓麻将的休闲方式。一听到柳婶打麻将，就会在言语和表情上，表现出强烈的反对，认为母亲应该加入一些健康的阵营来打发时间。久而久之，为了避免言行不和导致的不快，柳婶也就不再去玩麻将了。无处可去的柳婶在闲暇时，只能坐在家里发呆。用剩下来的时间，以反刍往事来排遣孤独。

遥远的人和事在思念里不停地回放，仿佛就站在自己的眼前。柳婶越发想念乡下自己的家了，她惦记老伴儿的一日三餐能否正常。老伴儿的胃不好，如果不按时吃饭，胃疼的老毛病犯了，想喝热水都没有人为他递上一杯。她还担心柳叔去田地干活的时候，家里的大黄狗渴了饿了怎么办。当初柳婶离开家的时候，大黄狗还只是一只小奶狗。现在算起来，大黄狗也老了，给它做的饭食，需要再精细一些了。

柳婶的内心没有建筑，却与乡愁隔着几道打不开的门。在那个城市里居住了六七年，她的内心却始终有一种异域感。觉得自己是居住在别人的城市里，一个无根的异乡人。

一个人安静地独处时，她的惦念会一直在沉甸甸的思念里打转，始终让一颗心悬浮在半空中，期期艾艾没有着落。每一个不眠的夜晚，柳婶会透过时间，隔着遥远的乡愁，一遍一遍地复制着自己不变的牵挂和忧伤。

后来，儿子一家的生活已进入了正常生活轨道。孙女的姥姥和姥爷也举家搬到了这个城市，将房子买在了附近的小区毗邻而居，相互照应起来也相对方便了许多。

柳婶几次想开口提出回到乡下自己的家，可又担心自己走了以后，儿子儿媳生活的压力强度会加大。她不知道当下的日子还要持续多久，回家的路明明一直就在那里，可是却也只能远远地望着。

想到这些的时候，她的目光充满了黯淡。无论忙还是不忙，都同样无法让柳婶摆脱内心的苦闷。

越是夜深人静的后半夜，越是柳婶辗转反侧难眠之际。每一个夜晚，她都希望黑夜能够永远静止。只有这样，她才有时间完全属于自己。她可以就那样躺着，就待在回忆的温度里，轻松而又美好。

记忆的脚仿佛伸进了时间的河流，每一步都无法平静。"回不去的家"和"放不下的儿女"，这两个亘古不变的主题，困扰着中国的"老漂族"。

调查数据显示，没有朋友，精神上缺乏慰藉，想家和放心不下孩子，忙碌也填补不了的内心苦闷，是这些"老漂族"最大的烦恼。

当最好的年华逝去，主宰和被主宰在不言不语里，已不由柳婶的意念为转移而发生了悄然换位。当幸福价值这些词被重新定义后，它们像是一个不速之客，把柳婶枯竭但平静的生活，硬生生地撕开了一道口子，压灭了她每一点快乐的念头。

多年后的今天，柳婶回忆起那段家有儿女却又异常孤独的老漂族的日子，仍会摇头叹息。倘若生活需要她再去重新过一遍的话，她不知道，自己还有没有足够的勇气，再去尝试一遍了。

在相对主义的属性里，我们每一个人都渴望一个没有束缚的自己。可是，在叠加的时空里，谁又能知道，向惯性说一声再见，到底需要多长时间呢？

选自《四川文学》2024年第8期

天　命

/马婷

一

  清晨，舅父与他的牛一起在鸟鸣声中醒来。初秋的阳光早已殷切地洒向园中的果木，继而被树叶与枝条分割成一缕一缕斑驳的光晕落在花草之上，整个空气中浮动着一股泥土与芳草的清香。舅父推开木门，被关在门外等着急了的晨曦立即挤进来，将他矮矮胖胖的身体照亮，舅父于是与他的牛一道听果树的叶子在风中舞动碰触的沙沙声，又一道对着天空怅然起来。

  这是村庄南边的一片租来的果园，园里的果子即将成熟了。舅父选择将牛圈养在这里，像个隐士一般居于此。当然，他不懂得什么是"隐"，不知晓什么"魏晋名士"，什么"嵇康阮籍"。他从西北边疆被找回来，半辈子一事无成，又弄散了家，没有孝敬过父母也没有抚育过孩子。许是脸上挂不住，不好在村庄里生活，于是租了这片离庄子有些距离的果园，圈起一个围栏，寻了件不需要与人过多交流的差事——养牛。

  这事业可在村里十多年都少见了，若不是舅父，我甚至没在村庄见过老黄牛。舅父原想靠着这些牛，给自己的老年生活换一些保障，弥补一些年轻时的碌碌无为，再攒下一些棺材本来。或许也想帮衬孩子，虽然嘴里不说，嘴里总是骂着那个儿子，但总归是自己的骨血，总归这一生是亏欠着儿女的。

可是养牛的舅父却病倒了。这两日，他日日觉得胸口疼痛，呼吸也时时不顺，为此，自己在网上查了又查，大致给自己判了。

这天，他醒得早，便是要早早喂了牛去县城的医院做个检查。他的牛，没意识到主人沉郁的心情，依旧对着他哞哞叫着，像嗷嗷待哺的婴儿，张嘴就要吃的。它们很瘦弱，有的刚生了牛犊，虽说不能像人一般瞧出气色，总归是需要养一阵子的。一只狗在旁边守护着这些比自己大好几倍的动物，旁边的小破屋，是舅父平日里住着看护牛的。

他和这些牛为伴，每日割草、拌料、喂水、冲洗、说话……把心事都讲予这些牛。牛总是会在他滔滔不绝讲述辛酸之时，抬起头，给他一个回应的眼神。现在，它们吃着草，不知道他正在为身体发着愁，看不穿他皮囊之下悄然改变的器官。

舅父对着牛叹气，买的时候牛价正高，养了这几年，眼见着那价格噌噌地落下来。他舍不得牛，它们像他的孩子。他的一双儿女早就不认他了，唯有这些牛，把他当最亲密的人。

现在，他将它们早起的吃食安顿好，便叫上自己的兄长，一起去医院。走时还不忘回头看几眼他的那些牛，它们用尾巴甩着苍蝇，有的呆望着远方，有的不时摇动着头，有的还在咀嚼着什么……

舅父看看它们，一副放心不下的神情，终于，转过身走了。

舅父在医院变成了一堆肉，这堆肉被安放在这个仪器上照照，那个机器上探探，最后如他所料，得出的结果不太好。医生拿着那些仪器照出来的结果跟他说："要么是肺癌，要么是肺结核，还得做进一步检查。"

这结果与舅父在网上查到的一模一样。舅父于是从村庄南边的小土屋，睡到了医院的病床上。他睡得很不舒坦，医院尽管干净凉爽，但是和许多人住一起，他总觉得不畅快。他想起他的牛了，于是打发兄长回去替他照看。

但他也知道，他的这些牛留不住了。他是按着最坏的结果打算了的，那么这些牛，便要立即折了现。想到这里，他特意嘱咐兄长，千万瞒住自己生病的消息，不能让牛贩子知道他着急卖而故意压低了价钱。所以卖牛之事，只能悄悄地、隐秘地进行，连这些牛自己也不知，他如此盘算着。

当然，事实也确是如此。尽管他的兄长先他知晓了结果，却一直瞒着他。可医生后来还是将治疗方案说给了他。医生数落他的兄长，嫌弃他让自己帮着隐瞒。他说隐瞒了怎么治疗呢。

舅父倒是一颗心落了下来，早就猜到了的。他在医院住了两天，把内心已经猜到的病情落实了。几个医生拿着单子跟他讲着"先手术后放疗"或者"先放疗后手术"的治疗方案。他看着他们嘴里蹦出一个个字，他们的嘴一闭一合，偶尔有唾沫星子从嘴角溅出来，他却一个字也听不清。只觉得眼前发黑，双耳嗡嗡地鸣叫，不一会儿就头晕恶心起来……待缓过劲儿来，他还是决定先回到家里，解决了那些牛。

不管放疗还是手术，都得有钱，都得有人看护。他得把他的兄长腾出来看护他而不是看护他的牛，他得把牛换成钱，钱再换成药，换成针剂，换成病床，换成医院仪器的使用权和医生的诊疗费……

十五万买的牛，养了三年，下了几头牛崽，后来和牛崽一起卖了十万。三年的时光，三年的草料，三年的悉心喂养，抵不过行情的转变。买牛的时候是天价，卖的时候，那牛价，早已一落千丈。他怅然着，望了望天空，像是要找到那么一双操控牛价的手，最终只能哀叹几声。

我是没有亲眼看见他卖牛，只是听母亲说，他吃不下去一口饭了，不知是为了牛，还是为了病。

我的眼前继而浮现出那个土房子，那张炕。他躺在炕上蜷曲着，他的这个人，这副身躯，和他这个破旧房子，房子内黑乎乎的环境一样，沉下去，再沉下去。

空气永远是逼仄的，光线永远昏昏暗暗，灰尘一刻不停地在空中舞动着。只有开了门，门框中间挤进来一束光时，才能顺着那光看到它们的身影，沾了光，倒闪闪亮亮的。各种虫儿安家在看不见的角落，过着它们各自的生活。舅父将自己像他的牛一样圈养在一个小空间里。这环境，倒像是个能让人生病的环境。

他是看着牛贩子一个一个将那些牛拉走的，牛不断地回头、哞叫、乱踢乱跳着。许是内疚，舅父不敢看向牛的眼，他觉得那眼神有点可怕，似乎有股哀怨，有股疑惑，有股不可思议以及一种说不出的瘆人。那眼神可真像一把寒气逼人的刀子，能刺穿人的胸膛……舅父于是将头转向一边，刻意回避那些落在他身上的眼神。那些牛的力气真大，比它们的主人强多了，许多人才摁得住。牛愤怒了，再愤怒也抵不过人多，再愤怒也得认命，做那案板上的肉。哎呀呀，这都是命，怎么办呢？他顾不得这些牛了，他养它们，本就为了换钱，为了生活呀！

母亲说，世人劝生病之人，只一句"不要多想，把心放宽"。说者轻巧，遇事之人却茫然若魂魄离身，内心早已乱麻一团了。我便忆起一先生讲过的故事。先生在长安城颇有名望，某次去拜访，他提起一老家亲戚，说是查出来什么癌，当下就不能吃饭了，后来被告知是误诊，这食欲一下子又恢复了，连吃两碗泡馍。后又得知不是误诊，即刻便又失了食欲，没多久人便也去了。所以这事，放在任何人身上，也不能云淡风轻。想我自己曾被关进电梯一次，短短几分钟即已心慌、紧张、呼吸不畅起来。可见人是控制不住思绪，理智又是控制不住心情的。

舅父那略显沧桑的身影，虽说留下的印象不是特别深。但也能让我想起我的那些忘年交来。他们与他同样的年纪，平日里一贯是干净笔挺的衣服，开各种会议，出入各种高端场所，品酒、饮茶、红袖在旁……真正是过着天上地下的生活。

可见人呀，亦被一双看不见的大手，早早就操控好了来路。我也不禁抬头看了会儿天，仿佛那手真就能看到似的。

二

"人的命，倘若能换……"我和母亲面面相觑，都想起八十岁的外公，眼睛看不见的他，活在人间受罪的他，定是愿意换这个失踪了二十多年的儿子的命的。

"倒不如没找到，一直没寻到，还存个念想，不致受这二次苦楚。"我们一同说，不知道舅父这到底是个什么命。

原本，他便认了的，这些牛便是他奔波了半辈子回到土地后的"认命"。他辗转一生，找寻离开土地的其他什么出路，最终认了命，还是回到了这片生养他的土地。他是认了，认了老天爷，可老天爷没认他。似乎是惩罚他不好好遵守宿命，不好好种地，非要折腾，便给了他这当头一棒。可这，难不成也是注定好了的？

舅父此生，大半辈子都是和家人失去联系的，水里的浮萍、空中的孤鸟一般独自窝在远离家乡的大西北的某个角落。如今，当他安分地回归土地，回归家，想要觅得这缺失半生的温暖时，却被上天大手一挥，降下个绝症来。

他的父亲八十岁了，老物件一般整日被安放在房中的土炕边，一坐就是一天，过着不见天日、浑浑噩噩的生活。他的双目只能看见一丝微弱的光，耳朵也早已不中用，故而只能输出，无法与人做对等的交流。整日里，便只活在自己脑海中的世界。

他们家似乎有着不安分的基因。都降生在周原这片土地上，却都不愿意一辈子与土地为伴，总想要折腾些什么，也都真的折腾了。农业社时，我的这个外公便在家中悄悄养蜂，直至被以割资本主义尾巴的名义拉去批斗，但他内心那股热忱并未降温。农业社解散后，硬是将鸽子、兔子、蜜蜂养了一屋，却偏偏对种庄稼提不起兴趣。他的身心也便附在这些昆虫鸟兽身上，整日与蜜蜂或者鸽子交流，又加上喜欢秦腔，后半生的日常琐事便又多了个自乐班，或者红白喜事吹拉弹唱的活儿。总之是不想一心在土地上的，于是就这么不远不近地看着，农忙时，也虽面朝黄土背朝天地耕耘，秋日里也要收割玉米、播种小麦；夏日里也要碾场收种，只是内心并无多少喜爱。就像娶了个不喜欢的媳妇，虽也圆了房，生儿育女，相敬如宾地守着，但就是没有激情。庄稼便是他要恭恭敬敬守着的媳妇，得尽到义务，得让全家人有的吃，得不荒废土地，得做好农人的主业。蜜蜂和鸽子才是他心头所爱，一日日守着，对着笑，对着说，悉心照顾，疼爱，任谁也不能伤害他这些宝贝。

他的脑子里是有很多英雄故事的，毕竟是地主家的孙儿，书倒是读了一些，也因而知理，讲理，但这知理讲理也养得他一身正气，这一身正气又使得他总爱替他人出头。一来二回，倒得罪了许多人。所以这世间万物，当真在哪儿也都是双刃剑呐。

他这一身正气，是连鬼神都不怕的，遇着捕风捉影之邪说，嚷嚷着竟要去坟地里捉鬼。遇事又宽容大度，整日里乐呵呵，我更是自小便听他拿死亡之事开玩笑。戏说着自己不在了，如何吹拉弹唱，如今虽老物件一般坐在那，焉知不是一尊佛？那长寿眉，大脸盘，正是古人讲的好面相。唯一处，便是我那外婆一辈子厉害，在气势上压他一头，脾气吓得几个儿女不敢高声语，外公更是一辈子不敢与之争吵。儿女教育之事，便鲜少掺和了。

现在外公每日盘坐在门口的炕上，低着头沉思。倒不是喜欢沉思，实在是无人能扯着嗓子与他交流。好多天，母亲从城里回去了，将他搀扶下来，换洗一番床单衣物。他的眼睛原本也是在省城做过手术的，如今依旧只能看到一抹暗暗的影子。他便用棍子摸索着去上厕所，有次拉肚子，弄脏了裤子，被外婆一阵训斥，提着那裤子便直接扔了。如今，他是真的没有气力再帮着别人去出头了。

他的儿女都遗传了他的那股不甘平庸的、爱折腾的劲儿。他的女儿年轻时曾逃出家去戏校学艺，后来因为实在没钱，加上同伴嚷嚷着回家，便只得灰溜溜回来。这样的事后来还重复过一次，总之，她两次瞒着家人跑出村庄，只有庄里的那棵老槐树、那一缕缕炊烟、那一个个破旧的土房子看到她悄悄离开的身影。她是多么想走上唱戏的道路，自此离开那黄土地，她又是多么有天赋呀。可她，亦似被一双无形的大手掌控着，虽然与命运也做了浅浅的抗争，终于还是回到村庄，拿起针线、锄头与面盆……最后在同样的黄土地上，找了户人家嫁了，做了农妇。

如果说母亲于命运只是微弱地扭着头颅摇了摇，倔强地淌下两行泪来，双眼憋得通红，嘴巴里有些微词，终于还是低下了头。那么舅父，便是直接甩开了无形束缚着他的身体，头也不回地冲出枷锁了。在与命运抗争，逃离土地这件事上，他可是青出于蓝而胜于蓝的。

早早地，刚成家，刚刚从孩童的身份转变至大人。刚刚养了一身气力，便背起行囊，向城市涌去。先是在市里寻了个离工地近的小街道，开了个馍店。城里人，不像村庄的农人那般什么都自己做，从米面油到馒头果子，大都是从街面上买来的。舅父看清了这点儿，将目光瞅向城里人的餐桌，寻了个最简单易做又必不可少的食物来卖。他的馒头于是进入那些筒子楼、单身公寓、城中村打工夫妇的餐桌，又进入旁边几个工地的厨房。只是一来二去，馒头卖得好了，竟将媳妇给丢了。舅父始终不知舅母是何时与工地上管后勤的人纠缠到一起的，待那些消息长了翅膀苍蝇一般嗡嗡嗡地传至他的耳朵时，他将拳头砸向那些蒸馒头的屉笼，砸向那间小店铺的木门，最后将那些屉笼连带着没有卖完的馒头都扔了出去。白馒头本如莲花般洁净，如今皮球一样滚落一地，粘了泥污，似一个个灰头土脸的泥娃娃，立即便蔫了起来。大闹一场的舅父，转过身便雄鹰一般飞走了。几日之后，便落到了祖国的边疆，大西北的某个角落。

那个地方起先还偶尔来一封信，后来村里的商店装了电话，一年里，间或有几次还能听到他的声音，顺着那一根线，从西北边陲的某处传来。再后来，那电话便再未为外公外婆家响过。他们便如同枯木般，稍有闲暇，便扎在商店门口，瞧着进进出出去接听电话的村人，总期待着有天那铃声是为他们而响。可这一切终是妄想，舅父自此再无音讯……便像是周原这片土地从未孕育过他，郭家的土炕上也从未养过他似的就这么人间蒸发了。这一消失竟然就是三十余年，这期间，连离婚官司都是外公代替他出席的。这一消失，父母老了，儿女成年了，家家户户安上了座机，又将座机换成了手机，可无论如何演变，那些通信工具都没有一次因他而响过。

消失的舅父自此成了家人口中提起来便要痛的一个符号，这个符号在家里出现的次数在历经十几二十年的岁月后变得愈来愈少。起初，外公外婆整日念叨着这个儿子，挖空了心思寻他，不信鬼神的外公又是求神拜佛，又是占卜，又是找来有本事的人施以什么民间"术法"，直至多年后，卸下来那一股劲儿，再无多少精力去折腾。后来，他便只有在逢年过节时才出现在家人们的言谈中。他的样貌，也自此停留在消失的那年，无人晓得他后来被岁月磨砺过的模样，自小到大，我想起他，便只依稀一个模糊的身影，那身影始终只有二十多岁。

但又似乎是天无绝人之路，终于凭着家里人那剩下的一点精力和希望，破天荒地在几十年后又联系上了舅父。失而复得是怎样一种充盈和幸福，联系上舅父的那几天，屋里每日从灶间飘起的炊烟都带着欢快的气氛，院子里的树是愈发绿了，鸽子是愈发灵动了，蜜蜂是愈发勤快了，连那采的蜜都愈发甜了。人呢，更不用说，脸上的愁容似积攒多年未洗的尘垢，一下子就去掉了，个个显出新的精神面貌来。我那个消失了三十年的舅父，就这么在某个平常的日子又悄然无声地回来了，回到了生养他的土地，回到了老郭家的房子里。

只是，当初离开村庄的是个刚成婚的青年，如今回来的却是年近六十的沧桑老汉了。人人都说他为了离开土地而远走，为了改写命运而撇下村庄以及村庄里的小麦、果园，和炊烟……可谁知，这消失的三十年，他竟一直守在土地上，守在远方的、别人的土地上。在那遥远的边疆，他的双手用来采摘别人家的棉花和葡萄；他的双眼，用来在茫茫戈壁中看护那一抹翠绿的植被；他手里的锄头和铁锨用来翻新脚下那片陌生的土地……一个不想当农人的人，竟给自己头上戴起了一顶职业农人的帽子。此后，他辗转于各个农场，重复着干活与讨工钱的生活，就这样，将日子，皮筋一般拉长。其间，也曾短暂地有过女人，那是一个同样将力气卖给那片土地的甘肃女人，他们在那片土地上生出情愫，只是她在他的炕上睡了几年就得了癌症死了。他便独自一人，将其送回去，葬了。至此成了一个游弋于别人土地的老光棍。而今，他是回来了，子女早就不认他了。

　　三十年前，他离开土地想要另寻一片天地，依旧被那双无形的手驳着，一事无成。许是羞愧，他不好住在街道正中央盖好的新房中，不好整日在人群中活动，那些人的眼睛最是犀利，嘴巴最是八卦，他怕那些眼神和嘴巴里飘出来的话语。于是便租了那片园子来养牛，他知道此生是逃不开土地了，便这样认了命。

　　他的兄长，比他好不了多少，生下个儿子，幼时受了惊吓，长成个老实木讷的结巴，脑袋里总归是少了一点什么，便做了守村人。他的老父亲眼睛还好时，还年轻些时，亲自张罗着给这个大孙子娶了个小儿麻痹但脑子够用的媳妇。谁知这连路都走得七扭八拐的媳妇，生下个女儿却也跟人跑了，创下了残疾人跟男人跑的先例。在村子里成了人人眼中的笑谈，可这大孙子不争气，又跟邻村一个五十岁的傻寡妇扯到了一起，终使得他们家承受无数的嘲讽和轻视。所以这个家，原也是个散的。

　　而今，他躺在土房子中想着这一切。外面早已牛去栏空，夜里，土房子周边突然安静了许多，唯有风吹木门的声音，偶尔传来几声蟋蟀的鸣唱。白日里，倒还有些鸟叫，那只狗失去了看护的活儿，像没了价值，整日耷拉着脑袋，也开始担心起自己的命运。

　　他睡不着，想自己瞎眼的父亲，心脏病的母亲，六十多岁还奔波养家的兄长，失联多少年不认自己的一双儿女，以及他这一生的命……终于，止不住泪水。

他不明白,他回到土地了,吃的是自然的蔬菜,睡到自然醒,不熬夜,不抽烟,不喝酒,住在山脚下的果园里,空气是最清新的,怎么他就病了呢?这是命!"命又是个什么呢?"他喃喃着。第二日,便拿上牛换来的钱和自己的兄长去了医院……

三

　　这是一个不同寻常的地方。大门内永远热热闹闹、忙忙乱乱的,似乎什么时令节气都被隔绝在大门之外,门内自有另一套秩序。在生老病死面前,农人也要撇下庄稼,商人也要忘记生意,政客也得放下案牍,劳模也需卸下担子……到了这里,他们便只是患者,平日里为了衣食住行、名利不管不顾的身体,如今发了脾气,提起抗争,便又要为了身体,暂时撇下那别的了。

　　舅父被安置在那纯白色构建起来的空间中,待宰杀的羔羊般等了几天,每日盯着天花板给自己做着心理建设,给自己的身体也灌输着即将迎接放疗药物的思想。这可比一入院就直接放疗难多了,等待永远是漫长且难熬的。

　　那些药物终于在入院五天后被注入他的身体,继而在他的体内大杀四方,迎面遇着不管好的坏的细胞都被它们统统杀死,他的全身于是针扎似的疼痛。他仿佛听到自己血管里扑通扑通细胞倒下去的声音,仿佛感觉到肌肉一下一下的跳动。那些细胞被刺死,然后,他便似被抽走了魂灵,变得恍惚起来,虚弱起来。一次放疗,就带走了他四分之一的精气神儿。以前,若不是那些报告单,若不去检查,他还觉得自己是个健全的人,他也可以装作自己还健全。可如今,那虚弱、疲惫、恐惧、疼痛连同惆怅一起向他袭来,挤满他的脑袋,再从脑袋中溢出来,充斥全身。放疗一次他便垮上一些,前路却是未知的,终日有恐惧相伴。这样的放疗,还有两次,两次后,他便真的要躺上手术台,当一堆肉,当一只不知来路的羔羊,似被抬上赌桌的赌徒一般,一切都看命运了。他又回到屋里,再也没有牛让他牵挂,他便将时间都放在思考上,似乎要将前半生没有的思考全都补上,将前半生没有的休息全都补上。

　　他日日夜夜在自然光或者白炽灯发出的光下仰望着天花板,想寻着那样一双掌控他命运的大手。他的老父亲和老母亲整日愁容满面，而他，到了六十，竟连个知冷知热的人都没有，膝下连个照顾他的子女都没有，就是这样，整日重复着泪湿枕巾的状态。那些注入体内的药水反而使他变得干巴了起来，化疗后的这几日，他正以一种无法形容的速度衰老，而那周身毒蝎蜇一般的疼痛，更是折磨了他好几日。

　　他突然怕了这疼痛，一辈子，父亲养蜜蜂，也未被蜇过一次，未尝过这蚀骨之痛，他觉得自己体内的器官跟现在的外表一样都干巴了，要收缩成一个硬壳了。他的一个肺已经完全不能呼吸了，取出来应该就是个硬壳了吧，跟灶火里燃烧了一半又被熄灭了的黑木棒一样，干干的、硬硬的。他想象着体内那病变器官的样貌，竟隐隐生了厌恶。

　　他的牛换成的钱都给了医院，老父亲虽然脸上尽是皱纹，虽然看不出眼神，但那愁容也要从眉头溢出来了，老母亲一辈子本就爱挂着个脸，如今更是阴沉得使人害怕。这个后来建起来的房子，他只住了三年，房子里还未有过任何喜事，如今却已阴郁、暗沉，仿佛一张黑色的网布在院子上空。他也是期盼儿子娶媳妇的，父母跟前还未尽孝……

　　尽管如此，舅父尽管对未来充满恐惧，却还是强撑着又进行了两次放疗。此后，他彻底成了一个形容枯槁的空壳。那药物倒似将什么毒虫放进了他体内，喊喊喳喳啃食他的骨头，噬咬之疼将他撕裂，这还不满足，又日日夜夜吞噬着他的细胞，连带他的头发一起吞噬。使得他吃不下去饭，折磨得他不得安睡。放疗三次后的舅父，苍白得如同纸片，易碎得如同玻璃，像挂在枝丫上的一根枯黄的羽毛，风一吹，便要折断，又好似随时会掉进树底下的寒潭。他于是悄悄然将开来的助眠药一粒一粒积攒了，塞入枕头底下，随时准备在扛不住那蚀骨之痛时默默离去。短短三月，舅父起初对生百分百的渴望，已然降了一半，对死亡的排斥和恐惧正在身心剧痛的折磨中逐渐减弱。

　　他看着跟他的父亲一样老了，却比他要苍白虚弱得多。仿佛走着路，下一步，便要跌倒在地。是呀，人们都担心，他这摇摇欲坠的样子，下一秒就有可能永远倒下去。但他们不知，等在舅父后面的，还有一场手术，他这一碰就要碎的身躯，还要被摆上手术台，从里面鼓捣一番，取出那个使他的身体逐渐坏掉的毒药或炸弹，就好似我们平日里挖掉坏了的苹果生疤的那部分一样。

舅父还是怀着那点尚未磨灭的希冀，像站在一位蒙着眼睛射箭的骑士前，迎接他那支即将射出的箭一样迎接着他的手术，这是他人生路上所遇见的最艰难却又不太复杂的路口。对！是个丁字路口，往前走向手术台，左边是新生，右边是另一个世界的入口。他迈着沉重的脚步，行尸走肉般被推着往前。

进手术室的那日，舅父将自己换洗一新。他说，要么重获新生，要么干干净净去另一个世界。而后，良久地站立在病房的窗户前呆望，窗外秋色浓郁，空气中有瓜果成熟的香甜，这又是一个丰收的季节。过去五十多年的秋日，他都将眼眯成月牙儿来迎接那些咧开嘴的玉米、弯了腰的高粱、溢出香气的瓜果……如今，它们依旧散发着诱人的成熟的气息，其他农人们也依旧沉浸在丰收的喜悦中。明年，后年，未来每一年的秋，都有瓜果飘香、金黄遍野、农人欢笑。那农人是未来的农人，一代又一代的农人，唯有他，迫切地盯着那秋妆点过的万物，怕再也看不到这漫野的，耀眼的金。后来，他闭上眼，被推向那扇门，进入那个等待了许久的丁字路口。

他的前半生于是电影般一帧一帧在脑海中闪现。他的兄长和妹妹等在手术室的门口，他的老父亲老母亲等在家里。他则在麻醉剂中渐渐地睡了过去。没有人知道接下来会发生什么。时间只是于我们人类而言，于我们的生老病死而言。至于舅父从那间冰冷的、各种器械叮当响着的手术室出来，还能在这世间活上多久？是否能和儿女和解，能和庄稼建立良好的感情，能给两位老人送终，能有一个伴儿？一切都未可知。他的兄长和妹妹在手术室外的走廊上焦急地徘徊着，他们不停地揉搓着一双大手，嘴里念念有词，像是期待某个看不见的齿轮能眷顾这个命运多舛的家。

而舅父在手术台上沉沉睡去的上一秒，还在头顶闪烁的手术灯下，找寻着一双操控他命运的大手。

未来会怎么样，我也不知，此刻，那场和他体内毒瘤的斗争还在继续中，我也只是守着电话，在一旁的电脑上，敲下这些字，敲下他的一生，敲下对未来的茫然。至于舅父面前先于我们面对的那个丁字路口，最终是向左还是向右，于他而言皆是新生。窗外秋色依旧，红叶耀眼，我在那一片红中静待那双看不见的手安排他的命运。也安排我，我们和他们的命运。

来年此时，秋色浓郁，红叶照旧，舅父已然新生。

选自《长城》2024年第4期

我在流水线上写诗

/小海

一

有的人用尽整个青春期，在生活中寻求突围，身体疲倦，精神坍塌，又无处可逃。

我就是如此一员。从十五岁半南下深圳打工，我陆续到过东莞、宁波、苏州、常熟、上海、郑州、杭州、青岛、嘉兴、北京十多个大城市打工。进过电子厂、服装厂、机械厂、快递公司、饭店，干过装配工、缝纫工、车工，做过房产销售员、电话推销员、餐厅服务员、快递员、卸货工、工地小工等十几种工作。转眼间，十几年过去了，我的人生依然像在原地打转，一无所有，两手空空。

如今重操旧业，我进了苏州一家电子厂。穿行在凌晨两点钟的车间，看着工友们穿上无尘衣，戴着无尘帽和防尘口罩，有种魔幻的感觉。我们就像是活在卡夫卡的小说世界里，每个人都在车间这座"城堡"里忙忙碌碌，却又都不清楚自己在忙些什么。工厂像一张庞大而无形的网，将每一个生存在这里的人轻轻黏住。

二

我们车间是半自动化无尘车间，加工手机显示屏，据说全球年销售量第一。也许你在看的手机显示屏就是我们车间加班加点做出来的。可我们仿佛又找不到任何成就感。因为大家在无尘车间里被裹得严严实实，只露出两只眼睛。没有表情，没有温度，他们只用数据便可以定义工人的优劣。上班蒙着头脸，有时候男女都很难分辨出来，以至于我在这个工厂上班快一个月了，除了同组几个比较熟悉，认识同住一个宿舍的同事，其他人都不认识。

每天上班前，整个车间会集体点名开会，下班之前也需要再点一次名。因为公司太大，行政部怕有下早班不打卡，然后找人代打卡，浑水摸鱼的。听车间工友说，有一个员工都不上班半年了，居然还在发他的工资。原来是他们的组长作弊，那个员工自动离职后，组长一直在代领工资，然后他们两个三七分。后来被上层领导发现了以后，下班前都会点一次名，报到后才能打卡下班。

办公室管理人员规定好的产量，唯产品是图，我们这些人从进了车间的那一刻起，身体就不属于自己了，启动按钮一打开，身体就成了机器的一部分，连上厕所都有严格的时间管控。如果产品没有按原计划做完，加班更是家常便饭。

车间流动性很大，哪里需要人就往哪里调。有的时候是这个工序还没学会，就被调到了下一个工序。进了工厂看似稳定了，不用流浪街头了，可是在车间人也就像产品一样，可以被随意支配随意调动，不服从轻则警告罚款，重则开除滚蛋。每个人都在自己人生的困局里寻找着出口，却不是每个人都能有幸走出来的。2014年，打工诗人许立志因受不了车间生活的单调与绝望，在电子厂的车间里咽下一枚铁月亮后（他有一首诗题目是《我咽下一枚铁做的月亮……》），坠楼而亡。

这样的日子，我也已经坚持了十二年。

每时每刻都想逃离出去，可又总是无处可逃。怎么都无法说服自己爱上车间的打工生活。所以灵魂每时每刻都在滴血，备受熬煎。在我最绝望无助的时候，会胡思乱想写一点东西来安慰自己。那些凌乱的断章截句就像是镇静剂一样，将不安的心抚慰，自己和自己的灵魂在对话一样。写生命的悲欢离合，写生活的乏味疲倦，也写青春的踟蹰彷徨。

我也说不清自己到底是怎么开始爱上写作的，但肯定是和工厂与车间有最直接的关系，还有就是摇滚乐对我的启迪与影响。

我在2003年出来打工以后才开始接触到摇滚乐。在老家上初中那会儿，有钱家庭的学生会买盗版磁带，可从来没见过谁买到摇滚乐磁带，说来甚是可惜。如果当时能听到崔健或张楚的卡带，不知道对于初中生的我会有多大的冲击。

我至今都清楚地记得，当我在东莞虎门的服装厂车间第一次听到许巍的《蓝莲花》的时候，灵魂震颤了好久。"穿过幽暗的岁月，也曾感到彷徨。当你低头的瞬间，才发觉脚下的路。"像是先知一般的语言，自己那种漂泊的心情，心里想说的话，都被他给唱出来了。还有那首《故乡》里唱的，"天边夕阳再次迎着我的脸庞，再次映着我那不安的心"，瞬间点燃我心中对未来的渴望，抚慰现实的不安情绪。

还记得第一次听到收音机广播里传出汪峰唱的《怒放的生命》，那是2005年冬天，十七岁的我在机器轰鸣的车间里听得热泪盈眶。每个人都在踩着缝纫机各自匆忙做衣服，灰尘在车间里到处飞。一种难以言说的失落感深深地笼罩着我，是那些特别的歌声，在漂泊的心底埋下了一颗向往自由的种子。在机械疲劳的车间，这颗种子悄悄生长，给我带来救赎般的精神安慰。

当我在不同的城市辗转在不同的车间里做工，十年如一日地重复着单调乏味的工作。没有希望也没有方向，只是混迹于时光隧道中一直向前。我真的不得不一次次怀疑自己、怀疑人生。去无方向，逃无可逃，困在生活的泥潭里，没有一点办法。

三

我在车间做了一只不安分的蚂蚁。

青春的激情和梦想是精神，摇滚乐的倔强与不屈是骨血，就这样开启了我在车间机台上的写作生涯。疲惫的时候写，悲伤的时候也写，感慨生活的时候写，怀疑人生的时候也写。写作的习惯一发而不可收，以至于成了我十多年唯一的精神支柱，也几乎成了我生活的全部。

如果一天没写东西，我会六神无主，觉得自己白活了一天似的，甚至还会有负罪感。说实话，我打工就是为了糊口活下去而已，对钱也没什么概念。当别人想着考驾照，攒首付买房子时，我心里想的只有歌词。当别人想着找对象结婚、成家立业时，我心里想的也是歌词。能写出一首像样的歌词给我带来的安慰，完全超过了组长给我分一个好工序，或多发一点工资。除了把情绪记录下来，能给我带来瞬间的心灵慰藉之外，我真不知道如何让疲惫不堪的身体和千疮百孔的灵魂，能继续在令我绝望不已的车间里撑到第二天早上上班前。

在这个夜晚，我们在饭堂吃了凌晨十二点的"夜午餐"，几人结伴往车间里走。7月的苏州热得够呛，虽然刚下了一场雨，T恤衫粘贴在身上，极其不好受。工友宋长铁说："今天肯定要加班，上半夜听班长说要返工。"杨立说："班长教错了，也让我们义务返工，真他妈的太扯淡了。"

宋长铁、杨立和我是一块儿进厂的，被分在了同一条生产线上。我们线是加工手机显示屏。他们在谈上半夜做错了要返工，我对工作的话题没有兴趣，也习惯了逆来顺受，所以默不作声。其中还有一个很重要的原因，是我的脚痒得要命，我正为脚气的事发愁呢。

上个星期，我们厂的两个车间搬到了这栋新租的楼里，离宿舍很远，需要坐厂车。前天下午坐厂车来上班时堵车迟到了，加上刚搬过来不熟悉，到换衣室的时候，我发现平常穿的无尘鞋居然不在自己的鞋架上。我抬头一看，好多工友都在找鞋子。那边主管扯着嗓门呵斥："你们都迟到了，还不利索点，随便找双鞋子穿上就好了。哪有那么多的事。"大家慌里慌张把鞋架上的无尘鞋随便穿上，然后相互用粘尘器在身上粘尘，随后就匆匆忙忙地往鼓风机甬道里跑。甬道里的风很大，是进车间前除尘的最后一关。然后进车间开始了车间夜生活。

哪承想，第二天我的脚就开始痒。起初还不知道怎么回事，后来在宿舍一问，他们说可能是脚气，我也没怎么当成一回事，谁知道今天更痒了。这事儿让我心烦不已。宋长铁掏出七块钱一包的红塔山，给杨立和我一人一支。我们在吸烟区猛抽了几口烟，杨立叹了口气："真不知道这屌日子，什么时候到头啊？"随后将烟头以四十五度角扔向了这片被无数工厂包围着的夜空。

我们走进了换衣间，换无尘服、无尘靴子。"操，鞋子又不见了！"宋长铁大叫着。杨立说："你叫有毛用啊，大家都是瞎穿的，看谁没来，随便穿一双拉倒了。"每天上下班都是老一套，生活把人磨得快没有脾气了。

上夜班是很煎熬的，到了凌晨三点困得要命，坐在那里就能睡着。我正眯着眼呢，班长从后边猛地拍了我一下说："你白天没睡觉啊？又快去见周公了。"我被惊醒，睡意全无，连病带困的，突然觉得好沮丧，沮丧到怀疑人生。晚上本来就是睡觉时间，可我们却睡不得。就连上帝创世纪，还要有一天礼拜日，可我们连最基本的休息时间都没有，活得像机器人一样。我既痛苦又愤怒，一次次在无解与质疑中承受着精神和肉体的双重折磨，真的不知道自己在车间里到底是在创造价值，还是在制造垃圾。

心情翻江倒海，可上班不让随便说话。烦得要命，我觉得必须写东西。自从进了这个电子厂，我只在上班的班车上写了两三句，还没有在车间写过。浑浑噩噩地一混又快一个月过去了。并不是我不想写，其实每天有很多话想说，可是机器一开，很多时候忙得连思考的时间都没有，更别说拿笔写东西了。今天我不管那么多了，堆积也好，不干也好，都他妈的无所谓了。

想想自己十多年来的漂泊日子，青春、爱情、自由、理想都渐渐随风飘散。我还在拼死坚持着什么？自己也答不出来。眼眶红肿着，盯着眼前轰鸣工作的机器，盯着机器吐出来的产品，像是吐出一团团红色血块。这让我继续活下去的东西，也正在悄悄毁灭我。

我一次次寻找，可到头来还是什么都没有找到。对，什么都没有找到，我连自己都没有找到。"我从未将自己找到"几个字一遍一遍地从我疲惫而虚空的脑海里进出来，像是在讽刺着我、嘲笑着我，刺刀一样劈砍击打着我……

我灵魂之音在嘈杂的车间里再也掩藏不了了，如火山喷涌。我快步去后排质检员那里借了一支笔，在她机台下的垃圾桶里随便抓起了一张被她揉碎的纸。铺平在自己的机台前，用几乎自己都看不懂的潦草字体龙飞凤舞地写下：

我曾经在刺眼的太阳下奔跑/我曾经在无眠的暗夜里祈祷/我曾经以为我可以找到/我以为我可以找到

我曾经感到理想是多么重要/我曾经无端陷进现实的泥沼/我曾经以为梦想终究会发光/可现在我依然还是从未将自己找到

  我曾经被那荆棘中的自由诱惑/我曾经也被灿烂着的青春困扰/我曾经固执地喝下爱情与信仰的毒药/像一颗星辰一样燃烧

  我擦着显示屏,停一会儿写一段。工业酒精可以擦干净显示屏上的污点,可我心底的尘灰越积越多,怎么擦都擦不掉。

  我想到了在深圳龙岗做复读机电子厂的时光,想到在东莞虎门服装厂加班的夜晚,想起曾连续一个月徘徊在宁波北仑人才市场找工作的迷茫日子,想起蹚过上海郊区的水,踏过苏州的桥。想起一直苦苦挣扎的自由,想起那杳无音信的爱情。不禁悲从中来,忧伤如海,澎湃着我日渐干瘪的胸膛。那些真诚与不甘,如火山喷涌,化成这碎裂的句子。

  我曾经拥有了温暖的怀抱/我曾经拥有过心灵的依靠/我曾经以为真的会有天荒地老/可最后的故事不知怎么就变了

  我曾经浅尝过生命的美妙/我曾经深挨过灵魂的煎熬/我曾经以为有天我可以活得骄傲/可我从未停止在天涯的风雨中飘摇/像一株野草/像一株野草

  我曾经越过拥挤的人群无尽地沉默/我曾经穿过繁华的街区呼啸着风暴/我曾经找到了千万种方式活下去/可有谁知道/有谁知道/我找到了隐秘的太阳/找到了孤僻的月亮/可我却从未将真正的自己找到/我从不曾将真实的自己找到

  在早晨七点钟下班前,我长舒了一口气,终于写完了,但面前堆了一大堆产品。更不幸的是,班长看到了我写的那张纸。他夺过去看一眼,暴跳如雷:"你告诉我,你这是上班呢,还是鬼画符呢?"随手撕了两下狠狠地丢进垃圾桶里,接着说,"你这上班不认真,开小差影响产品产量,等着签罚款单吧。"他扭头去开罚款单。同事听到吵声,朝我投来怪异的目光。我管不了那么多,从垃圾桶里把他刚撕掉的纸捡起来,铺平摆了一下,还好对得上。我匆忙地叠一下,塞进无尘鞋里。

  不一会儿,他拿了一张一百块钱的罚款单给我,我什么都没说,用比写歌词还潦草的字体签下了我的名字。最后一笔重重画下去,把罚款单都戳烂了,像是想戳开这荒诞绝望的工厂生活。可我真的能一笔戳开吗?车间和我的关系让我想到了地坛之于史铁生。史铁生曾说"活着不是为了写作，而写作是为了活着"。是的，在那样的状态和环境下，除了写作还能干些什么呢？

滚石乐队有句歌词大概是这样写的："像我们这样的穷孩子，除了同一支摇滚乐队歌唱，还能做些什么呢？"我们一无所有，我们两手空空，除了冲天一喊，唱出心底最赤诚热烈的自由与梦想，还能做些什么？

在车间做工身体已经够麻木了，如果精神也一直麻木下去，就如同活死人一样。像我这样不喜欢打游戏，不擅长喝酒又不会泡妞的人，如果再没有点爱好，就会像个废物般地活着，在哪里都是可有可无，被人呼来唤去。可那又不是我的风格，我骨子深处像是带着某种说不出的傲气。越是不被别人看好的事，我偏要去试试。反正生活是无意义，在无意义当中寻求意义，起码还能带来瞬间的慰藉，要不然活得更没劲也更颓废。

四

前几年我在苏州服装厂上班时，有时候周六晚上请假去上海看汪峰演唱会。同事都不理解，说又不是带着女朋友去谈恋爱看演唱会，一个人有什么好看的。可在车间长期生活的状态让我觉得乏味，就是想做一些唤醒精神的事情。一个人坐火车，一个人赶体育场，一个人在陌生的城市看众生狂欢的感觉，是孤独也是震撼，重要的是它能让我感受到灵魂苏醒。

我一个人去南京的时候，黄昏想去看看半江瑟瑟半江红的场景。但到长江大桥一号桥，天已经黑了，我在冬至夜从江南走到江北，本以为十几分钟的路程，没想到走了半个多小时。寒风刺骨，冰刀子一样刮着脸。走不了几步还会看到一堆纸灰，可能是白天有人给南京大屠杀的冤魂烧的纸钱。除了大桥江边的守卫，整座大桥上很少遇到走路的人。我便迎风昂头大声唱着崔健的《假行僧》，倔强地走在黑夜里。这或许纯属给自己找罪受，但我又会觉得这就像是对自己的灵魂救赎。

想起某个下雨的早上，没赶上厂车，我丢掉雨伞朝着上班路线相反的方向一路狂奔，张开双臂在大雨中喊叫，跑累了停在公路边，望着无处不在轰鸣的厂区，捶胸顿足，仰天呼号。我漫无目的地沿路走着，遇到一片正开满油菜花的田地，满目疮痍的灵魂为大自然的美所颤动，站在大片油菜地间，流下柔软而悲伤的泪滴。

  我还想到了2014年冬天，我渴望一场雪的心情。那时候我在江苏常熟的一家小服装厂上班做羽绒服。在加班的晚上，天很冷，车间没有暖气。再加上手不但露在外边还要操作着铁的机器，鞋子就像一个冰窖一样，脚都冻麻了。但因为整个车间都在赶制一批货，已经做了一个多月了，没有按计划完成。我们也已经连续半个多月都是加班到晚上十一点。尽管流水线上有个别抱怨的，但在主管的怒斥下，最后大家还是极其不情愿地加班。加之快要过年了，整个车间都弥漫着一种难以言说的厌倦躁动情绪。组长也一遍一遍地安慰道："大家再坚持坚持，很快就放假了。"但大伙儿哪里听得下去，在羽绒满天飞的环境里，人人都干得迷迷糊糊的，心其实早都飞到家里去了。

  晚上，车间广播就放一些当下流行的网络歌曲来刺激大家的神经。我没有心情听歌曲，因为有一堆上错了的拉链要返工。上拉链本来就属于多少有点难度的工作，一次性做好还好。如果返工，要加好几道工序。加上本来天天加班就非常累，所以心情也是郁闷到了极点。

  也就是在那段时间，我开始非常喜欢鲍勃·迪伦的歌。

五

  可以说，只要是有空，我就疯狂地看鲍勃·迪伦的歌词翻译。哪怕是干着活，也忍不住要拿出手机偷偷地看上几眼。那种痴迷毫不夸张地说，绝不亚于看到一个怦然心动的漂亮妞。然后拼命地听他的歌，再一遍又一遍地看歌词翻译。我觉得非常震惊，他的歌词有我从前接触到的音乐人从未有过的维度。说起经典，比比皆是。尤其《答案在风中飘荡》《暴雨将至》《敲响天堂之门》《每粒沙》《荒凉街区》《没关系妈妈，我不过是在流血》等歌曲里呈现出的瑰丽场景让我大惊失色。用词之准确，思想之深邃，让我仿佛掉进了天堂口或失乐园，好像自己伸手便可触及上帝温暖而神秘的手掌。

  你听《时代正在改变》里唱的：

    嗨！到处流浪的人们

> 聚在一起吧
> 要承认你周围的水位正在上涨
> 接受它。不久
> 你就会彻骨地湿透

多贴切有力且极富预言性的思想啊。半个世纪后的我们正经历着他年轻的时候曾经历的困惑。

还有《每粒沙》里那彻骨深邃的领悟：

> 于是在前进的旅途中我渐渐明白
> 每一根头发都数得清，像每粒沙

看到这样的歌词我震惊到无以言语。我们日渐生锈的骨骼除了在车间里细数忧郁过往的幽暗日子和绝望的日夜轮回，还能做些什么？

> 当你一无所有时，连可失去的东西都没有
> 现在你成了个透明人
> 没有一点秘密可隐藏
> 感觉如何
> 孤立无助、无家可归的感觉如何
> 像个完全无人识得的人
> 像一块滚石

我们都像一块滚石一样，在祖国的大地上随处滚落。没有昨天没有明天，迷失在流浪的生存丛林里。再没有谁的歌曲、文学和其他任何艺术形式，给我带来如此准确深刻的生活体验、生命体验、超现实超时空的工人情感体验。

成年累月在车间高强度工作，各种压力不言而喻。首先是身体的，一天十三四个小时无论坐着还是站着，都是没那么好熬的。腿痛，腰疼，膝盖浮肿。尤其在丝印部拿电烙铁或用天那水，刺鼻的化学气味充满了毒性。

在深圳电子厂时，一个女工友结婚后怎么都怀不上孩子，最后才知道是因为在丝印部上夜班所引起的。在服装厂上班时间长了，腰几乎都是弓着的。在宁波服装厂的时候，一个大姐还不到三十岁就腰椎间盘突出了。而且看不好，为了生活也不得不继续干。

除了身体上的消耗，来自领导和同事的压力，同样让人焦头烂额。再加上青春的困惑迷茫，精神陷入找不到出口的绝望，成为压垮打工骆驼的最后一根稻草。这种无助感，想必在车间工作过的人都深有感触。活得如同蚂蚁，一只随时被社会生活垃圾碾压致死的蚂蚁。

某种程度来说是鲍勃·迪伦的歌曲拯救了我。在我迷失、彷徨、压抑、崩溃无助的时候，他歌曲里的人道主义情怀慰藉了我。我感到他的歌曲里有一种平等的、挣脱的、超越的力量。正是这样的情怀把我的心紧紧吸引。进入他的思想，我瞬间仿佛不再是一个孤独无助的、被抛弃在社会边缘的流浪儿，不再是一个失败无助的打工仔，我成了一个有血有肉的有志青年、热血男儿。我喜欢那种感觉，那种灵魂和身体都真实有力活着的感觉。

情感浓烈时按照他的歌词句式也模仿着写了几首。记得一个加班的晚上，苦闷痛苦的我抬头看向窗外，路灯照着深冬的夜空，好似下雪了一般，给我极大的梦幻与冲击。我按照那首最经典的《敲响天堂之门》大概旋律写了首《请为我点亮星辰》。

后来还在车间按照《嗨，鼓手先生》模仿着写了《嗨，凡·高先生》。还有那首《没关系妈妈，我不过是在流血》，我模仿着写了首也是我写得最长的一首1300字的《这很好，祖国》，以一个中国普通青年工人的角度写出自己的人生观、价值观。

我的种种举动，可能在别人眼中是反常的疯狂的甚至放浪的，但我不在乎。我只在乎自己能否真诚地活，能否遵循自己的灵魂而活。尽管我在车间已苟且偷生了十多年，我不想一直苟延残喘下去，我想让精神纵情燃烧起来，正常地活着，有尊严地活着，像人一样活着。我受够了十年如一日没有尽头的没完没了的车间生活。人不该像机器一样活着。我在车间所写的一切，所想表达的一切诉求背后，都只是作为一个人最基本的生存诉求。

六

　　我曾经想过离开工厂。我去过上海外滩附近送快递,公司说我丢了一件货,罚了几百元被炒鱿鱼。在苏州做房产销售员的时候,公司说我性格不符。2011年,我还参加了苏州赛区的中国达人秀。2008年到2010年我在车间踩缝纫机时,蹬着踏板,背诵着唐诗。刚开始同事还挖苦我,后来也习惯了就打趣道:"我们的大诗人又开始了。"最后我记住了三四百首唐诗。俗话说"学会唐诗三百首,不会写诗也会诌"。我就胡诌了两三百首打油诗。"明月盈满玉杯酒,暂忘残梦笑高楼。青衫挽入几星汉,挥下红光燃千秋。"

　　2014年,我参加了苏州赛区《中国好声音》。我清晰地记得当时唱的是汪峰的《我爱你中国》。当我唱到"有时我会迷失方向,就像天上离群的燕子,可是只要想到你的存在,就不会再感到恐惧。"副歌还没唱,就被其中一个海选评委叫停了。后来才知道那个评委是电视台一个夜间新闻主持人。可我不甘心,跑到一个打印店,打印了自己在车间写的上百首歌词,后来甚至还辞职去了上海好声音总部。那是2015年春节刚过的时候,我换了一个服装厂。在网络上知道了中国好声音总部在上海后,心再也无法平静。终于在干到第十九天的时候,就辞工去了上海。按着地址还真找到了地方,背着一摞歌词,混进总部大楼,又跟着外卖人员进了两道密码门。挺激动的,一个工作人员问我干吗的,我说明了来意。主要应该说的是我们这个时代更需要唱原创歌曲,发出自己的声音。工作人员可不管那么多,让我走网络投递作品或现场海选的渠道,就委婉着把我"请"了出去。一种失落的情绪再也无法抑制。我拖着沉重的脚步,走到楼道口,将上百份歌词全部朝着楼梯撒了下去,大喊一声,呆呆地愣在那里许久。不知过了多久,又走到窗口,看着这繁华轰鸣的城,感觉自己像一只徒劳的蚂蚁。是的,谁又会在乎一只蚂蚁的梦。最后还不死心,又一张一张捡起扔掉的词稿,想着去录音棚录几首歌走网络渠道。折腾半个多月,把仅存的万把块钱花光了,不得已又重新进工厂,成了月光族。好多同事大多同样如此,拿打工许多年的存款做生意,全部亏进去了,又不得不再进厂。

　　铁打的工厂,流水的工人呵。在车间里,人与人之间都是原子化的,自生自灭,互不相干。

想活出自我，从来都没那么容易。在强硬而凌乱的现实面前，我也只能用自己柔软真诚的心声，去抵抗车间的铁与生活的冷。既然选择踏上这条寻求自由的道路，路漫漫修远，愿将上下求索……

是的，我是在十多个城市工厂里流浪了二十年的大龄青年，行走的方式是以梦为马。

七

正当我胡思乱想着，杨立从后面拍我肩膀，用几乎喊叫的语调说："嘿，哥们儿，都去集合点名准备下班了。你这是被班长吓傻了吗？"

我回过神来，"嗯"了一声。胡乱整理了一下机台，摸了摸无尘靴子里的废纸稿，然后沉默着向更多的"机器人"走去。

选自《北京文学》2024年第7期

风从高原的峡谷穿过

/连金娟

一

在铁城，夏天的时候，每逢初三和初八，河对面村子里的人会扯着一艘笨重的木船，从河对岸滑向河这边赶集市。冬天的时候更是方便，就从封冻了的洮河上走。人们赶着驴车，拉着骡子，马背上搭着褡裢，或者背着背篓，也有推了加重自行车的人，老老少少、热热闹闹、喜气洋洋地来对岸采购。

嘈杂的人群里，一方小小的桌子，顺桌子的桌角边放着一台破旧的录音机、黑白电视机、矮小的冰箱。桌子上凌乱地摆满了元器件，桌前立着一个褐色的硬纸板，上面用黑粗的毛笔醒目地写着"修家电"几个大字。

人群中，庆云叔叔埋头正在拆卸着一台十八英寸的电视机。他仔细地打开了四角的螺丝，掀开了电视机背面黑色的盖子，那些五颜六色的电线像大脑里的血管一样错综复杂。他低着头理着那些永远也没有章法的电线，浓密的头发一直垂在额前，在冬日稀薄的阳光下折射出栗色的光泽，那光的阴影正好打在他高挺的鼻梁上。

庆云叔叔总是将摊位支在我家的大门口，从包里拿出那些长短不一的改锥，再将一些大小不一的螺丝钉倒在方形的铁皮盒里。他将自己收拾得很整洁，总穿一件咖色的帆布夹克，青色的裤子，平底的毛布底鞋。衣服仿佛与他的气质浑然一体，有河水和风的味道。每当见我顶着一头乱蓬蓬的头发抱着破旧的布娃娃从大门出来，他总会会心地笑一笑，嘴角上扬，露出一排整齐洁白的牙齿。风中，他的眼睛深不见底。

庆云叔叔总会在忙碌的摊位前给我比画一个吃饭的样子。

我摇摇头。他从旁边买包子的店里给我买来两个羊肉包子。

我哈着气站在他的摊位前，边吃包子边看着他安静地捣鼓着桌面上凌乱的电线。有时，他用电笔探一探其中一个绿莹莹的电板就会突然起火，发出一股刺鼻的味道。我在惊慌中后退两步，他见状微笑着摸摸我的头。

庆云叔叔算起来是父亲远房的一个表亲，他家住在村子的东头，大门顶白色的玛尼旗被大风吹得哗啦啦直响。总能看见一个精瘦的老人站在门口，手里捋着麻丝，熟练地转动手里的捻线杆。风里他看上去很是精神，两只深陷的眼睛深邃明亮。他是庆云叔叔的父亲，我唤他姑爷爷。而姑奶奶——庆云叔叔的母亲，是个皮肤白净微胖的妇人，特别爱干净整洁，虽然年岁已去，但她一头乌黑的头发在灰色的头巾下还是那样顺滑。用奶奶的话说，她家的地面能照出人影来。

姑爷爷、姑奶奶一共有两个儿子：庆雨、庆云。他们家是一进三院的格局。刚进去是一个顺溜的草屋，和庆雨叔叔用来码放洮砚石原料和制作洮砚的敞篷。第二道门进去是一个紧凑的一套土坯木梁的房屋。院子里干净整洁地铺着洮河边捡来的鹅卵石。细心的姑爷爷还将那些石头按颜色排成菊花样的图案。廊下的台阶也是用那些鹅卵石精心地垒砌起来的。整个房屋被油漆成淡淡的鹅黄色，庆雨、庆云叔叔用他们手艺挣的钱镶嵌了明亮的玻璃窗，看起来特别的透亮。庆雨叔叔的妻子是个爱笑的小眼睛女人，眉宇间稍稍带有一点媚气。在风中，她总喜欢坐在院子的廊檐下织一件酒红色的毛衣。我一直见她织，可总觉得没有织完的时候。

"哎呀，丫丫来看你姑阿婆了。"我进去的时候，她愉悦地笑着，手里不停地织着那件酒红色的毛衣。她笑起来，嘴角有细细的褶皱。她的眼睛远远地向我瞟过来，用余光顺带仔仔细细从头到脚把我打量了一遍。我最不喜这样被人莫名其妙地打量上一番，我最怕那样随意又刻意的眼光，仿佛永远藏着天大的预谋。

穿过一道黑色的狭窄的夹道，就来到了后院。那是一座占地两亩左右的大果园，总飘散着一股淡淡的柏木香，这味道会让我想到河对岸原始森林里特有的清香，也会想到正月十五飘散在山顶拜祭山神时煨起的桑烟。风吹过那些柏木燃烧后的味道飘得满谷满洼都是。这种味道闻起来古老中略带一丝隐秘。那里错落有序地种着梨树、杏树、苹果树，还有零星的几棵桑树，树的枝丫在风中不停地摆动着，发出吱吱的声响。有一条鹅卵石铺就的小径，一直通向靠山脚的五间土木屋。

自庆雨叔叔结婚后，姑奶奶、姑爷爷和庆云叔叔就搬到了果园里生活。

姑奶奶做得一手发得掉渣的发糕。我进去的时候，她正从蒸笼里将白净的发糕小心翼翼地搬出来放在桦木的案板上，然后在切得方正的发糕上淋上调制好的蜂蜜。她见到我总是一副笑眯眯的样子，笑起来的时候整个人也像一个白净的发糕，甜甜的。她让我先去找庆云叔叔玩，等发糕凉好了她会喊我。

姑爷爷坐在用山羊毛擀成的黑色毛毡上，在擦得锃亮的火盆边上悠闲地喝着罐罐茶。他喝茶的时候总是将屋子里的花窗支起来。风一吹，那些茶香都被带上了天空。他用黝黑粗糙的手指捏捏我冰凉的鼻子，像是叹息又像是自言自语地说："丫丫是个好姑娘，就是总也不爱说话。也难怪你总喜欢来找庆云叔叔。"姑爷爷说完抽上一口旱烟，眼睛亮闪闪地望着头顶熏得微黑的木梁。

"不要拿丫丫和庆云比，丫丫不是哑巴。"炕沿下姑奶奶边蘸发糕，边向炕上的姑爷爷责备道。

"哑巴也有哑巴的好，至少不会祸从口出。说得少就想得多，你看我家庆云，除了不会说话，那脑瓜子、那长相不比村里其他孩子差。"姑爷爷说完这句话，好像找到了些许的宽慰，继而抿上一口罐罐茶。

我轻轻走进庆云叔叔的房间，他正埋头认真地维修着上个集市上别人给的一个短路的录音机。他修好后，将手掌轻轻挨在喇叭上感受它的振动。

阳光很好，庆云叔叔也支起了花窗。

见我来，庆云叔叔放下手中的活，打开长桌边上的一个抽屉。他从抽屉里变魔术式地给我找出打磨得光滑的石子，还有从南水泉里捡来的黑乌石。我开心地接过那些礼物，对着他张着嘴做出谢谢的嘴形。他微笑着朝我摆摆手。他笑起来的时候，满脸的纯真。我觉得如果有上辈子，我想我或许也是一个哑巴。要不我就是大河边上的一棵树，孤独安静地存活在世上。在风里，在寂静的岁月里，河对岸另一棵树也在艳蓝的天空下，静静地伫立在风中。

路过我家大门口的孩子朝台阶上望望我会嘲讽地喊我一声："小哑巴。"如果被庆云叔叔看见，他会用手轰走那些取笑我的孩子。

"两个哑巴，爱吃西瓜。吃不到西瓜，哑巴啊啊啊。"那些孩子边走边大声嬉笑着跑远了。

庆云叔叔走过来，坐到我身旁，摸摸我的头，让我摊开手掌。他从兜里掏出从河边捡的光滑的石子，一颗一颗放到我的掌心上。他吹一吹台阶上的土，示意我和他一起玩丢石子。

暮色下沉，天渐渐地暗了下来。

石阶一下子变得冰凉起来，穿过村庄的风也变得紧了起来。庆云叔叔捡起那些石子装进兜里，在暮色里拉着我的手逆风向他家走去。

温暖的炕上，姑奶奶做了长擀面，我一口气吃了一大碗。庆云叔叔喜欢将他碗里的肉夹给我，看着我将一大碗面连汤带面一起吸溜进肚子，暗黄的脸蛋上渗出一层淡淡的红晕时，他开心地笑了。

"老汉，你说我家庆云要是没被高烧烧成哑巴，再过一两年就要娶媳妇了。"姑奶奶朝坐在炕角阴暗处的姑爷爷说。

火盆里的炭火烧得通红，屁股下羊毛毡的热量噌噌地往上蹿。风吹着纸糊的花窗嗞嗞地响。吃完饭，我就着火盆里温暖的火光蜷成婴儿状，顺着炕桌的边沿睡着了。

"丫丫，醒醒，快到家了。"夜风里传来奶奶急促的喊叫声。

四下静悄悄的，只听得见汪汪的几声犬吠和风吹洮河哗哗流淌的声音。月色里奶奶的脸看上去是那样的暗黄，她呼唤我的声音又低又哑，像后山坡旷野里受伤的鸦叫。奶奶的声音和面容有时候真的很像一个年老的男人。我心里想着将脸埋进了庆云叔叔的背。

我在庆云叔叔的背上眯着眼睛，我觉得故乡的山川河流都在风中慢慢地后移。我心想，这时候的世界真好，没有一点嘈杂的声音，也没有那么多面目不一的人群。

二

过完腊八的第二个清晨，稀薄的阳光里飘着零零散散的几片雪花，我十二岁了。

还没有吃早饭，家里就突然来了一拨人。他们告诉奶奶，昨天夜里姑爷爷去世了，要借我们家的饭桌和长凳用。

那个早上，空气一下子变得静默起来。风好像也停止了吹动。

我和奶奶随便吃了一点早餐便向庆云叔叔家奔去。

还未进门，就见庆云叔叔家的大门上早已经撕掉了过年时贴的对联和门神。走到第二个院落里，堂门大开着。院子西边的一角放着一口没有上色的棺材。棺材脚下摆放着五颜六色的颜料小碟。我们进去的时候，给棺材上色的匠人刚到，正调好了颜料给棺木上色，一笔极致的青蓝描在柏木棺材上，死亡的气息扑面而来。

"舅奶奶和丫丫来了呀，快进屋，你姑阿婆在里面。"干冷的风里，小眼睛女人见我们进来显得很热络。

我朝堂屋望了望，堂屋中间的供桌已经被搬走了，白色麻布帐幔竖挂着遮住了姑爷爷已经冰冷的身体。黄色的干草在帐幔底下的边角若隐若现。风一吹，零散的雪花卷进了堂屋。庆云叔叔从堂屋里走了出来，他头发有些许微乱，单眼皮肿肿的，眼皮上有瘀血快要渗出来。

他走过来，照例摸摸我的头。

我拉了一下庆云叔叔的衣袖，一种心酸至极的悲伤袭上心来。我将下巴缩进脖子上的牛绒围巾里，西北风里大滴大滴的泪砸在我的脚面上。

庆云叔叔仰起头，深深地吸了一口气。

冬日的风里，果园里的树枝投影凌乱。从河边吹来的风，将那飘散的雪花斜斜地吹在脸上，哭过的脸颊刀割似的疼。

庆云叔叔走在前面，我看不到他的脸。但是那背影是那样的寂寥。

推门进去，姑奶奶斜斜地依着门柱坐在炕沿上。早晨的光打在她的脸上，脸上细碎的褶皱里都是泪痕。

奶奶走过去拉着她的手，说着一些节哀之类的安慰话语。

"唉，谁都有这么一天。老头昨天夜里走得很安静。可是他有个心愿未了，上半年的时候检查出肺癌的时候，老头子就天天托人给庆云说媳妇。

可是谁会看上一个又聋又哑的人。你说这要哪一天我也跟着老头子走了，我家庆云可怎么办，他该有多可怜。"姑奶奶说着眼泪簌簌地往下流。

"如果庆云不嫌弃是个哑巴，我倒有一个人选。后山坡我娘家堂嫂子的女儿莺莺和庆云差不多大，今天估计也有二十一岁了，也是小时候发烧落下的根儿，说不了话。可是丫头长得水灵灵的，前段时间还在我铺子里做了一身新衣服。我看和庆云倒是很般配。"奶奶向姑奶奶说道。

"庆云叔叔要结婚了，他自己知道吗？"我朝庆云叔叔望过去。他一脸的哀伤，眸子里蒙着淡淡的一层雾。

三

送走了姑爷爷，过了年，过了清明。峡谷的风一吹，庆云叔叔家果园里杏花开了，桃花也开了。

洮河水也开始解冻了。河面上先是浮着一大块一大块方形的冰块，继而是一片一片小碎冰珠。铁城里的人叫它"麻浮"。奶奶却说那是一个痴情的女子盼望自己丈夫时所洒的相思泪。

"我家丫丫以后，一定要嫁一个疼你爱你的人。要不一辈子太长了，一个不知疼爱你的男人会毁了你的一生。"

风里，我用背篓从河边将珍珠一样的冰珠打捞回家时，奶奶总会唠叨上几句。

4月穿过峡谷的风很和煦。庆云叔叔家院落里，繁盛的梨花在风里欢快地摇曳。刚升了初中的我将断了链的自行车推到庆云叔叔家的院落里让他帮我修一修。

"哎，丫丫，今天你可不能麻烦你庆云叔叔，他今天要去后山坡看媳妇。"庆雨叔叔那小眼睛的妻子说完抿着嘴笑了笑。

我低下头看着庆云叔叔正埋着头，伸长了脖颈转动着我自行车的脚踏板。看样子，他已经将我断了的车链安了上去。

我轻拍了一下庆云叔叔的后背。他抬起头笑了笑，站起来推着车把示意我自己试一试，看还有没有其他的毛病，他一并给我修好。

我笑着摇摇头。那小眼睛的嫂子走了进来，手里拿着那件酒红色的毛衣，示意庆云叔叔穿上试一试。庆云叔叔接过毛衣，朝我笑笑进屋换衣服去了。

风吹过，梨花在风里打着转儿飘落。我觉得我该走了。

"丫丫再来玩啊。"见我推着自行车出了门，小眼睛嫂子扯尖了嗓门在我的身后喊道。

那天夜里我做了一个奇怪的梦，我梦见风从峡谷吹过的时候，我站在群山间。庆云叔叔刚要摸一下我的头，就被气流卷走了。

在破晓时分我醒过来，斜坐在院里的矮墙上，在黎明清冷的空气里，院里的月季在风中开得那么繁盛，牡丹打了结实的花苞，花椒树也长出了嫩黄的芽苞，这些植物混合在一起的味道总是那么清新。

我有一个月没去过庆云叔叔家。奶奶总在吃完饭后，脚步匆匆地去庆云叔叔家，向姑奶奶汇报关于莺莺姑娘的最新进展。

阳光很暖和，我搬了一只小板凳，坐在奶奶的裁缝铺门口，肆无忌惮地翻看着家里的书。风吹着书页哗哗地乱响，阳光里我的眼睛在看书的时候有些酸困。

"那不是庆云吗？"

我抬起头。4月风中，我看见庆云叔叔穿着那件酒红色的毛衣，那毛衣看样子是织小了，紧紧地捆绑在他的身上。我看惯了庆云叔叔穿暗色调的衣服，突然一件颜色鲜艳的衣服，让他整个人看上去精神了很多。他迎着风走，耳朵在阳光下有着透明的红色。

一个身材匀称的女子走在他的身旁，她穿一件粉色的开襟毛衫，黑色的裤管在风中被吹得颤动。远远地看过去，她的脸很模糊。

他们的身后跟着一个约莫五十岁的妇人。她看起来很壮实，两个脸蛋有着大片的高原红。她身旁的那个人，我眯眼一看，居然是我奶奶。

她们这样从街道上走过去，春天里的人们就有了些许的躁动和时兴的话题。

"那是庆云的尕对象吗？姑娘看起来长得很善良。"柳树下一个上了年岁的老人抹着胡子说。

"哎呀，不会也是哑巴吧？好像后山坡鲁家的姑娘，还在丫丫奶奶那里做过衣服。"邻居大娘透着一种阴阳怪气的伤感说道。

我听着，眼睛在中午的阳光里刺得很痛。

傍晚。晚霞烧得浓烈。奶奶踩着夕阳走进了院子里。

"真是黑了心了，掉进钱眼子里去了。"奶奶边走边嘀咕着，身上披了一层金光。

"看来你庆云叔叔的婚事要黄了。"奶奶惆怅地说。

"你庆云叔叔和莺莺都很喜欢对方，都是文静的好孩子，过日子是没问题。可是她那个娘家人开口就要了两万。两万元在草原上能买到两百只羊呢！"夕阳里奶奶显得愤愤然。

"嫂子，两万就两万吧，你给女方家去说。钱我想办法。"不知什么时候，神色焦虑的姑奶奶站在我和奶奶身旁说。

"我想办法，我去娘家借一点，让庆雨两口子也凑了一些。现在初步算了算能凑够九千，还有一万一我想办法。"姑奶奶说完，眼神变得无比坚定。

夕阳退下去，天边最早的一颗星亮了起来。

夜风袭来，姑奶奶裹了裹头上灰色的头巾回家去了。

第二天还是满天星斗的时分，奶奶蒸了蜜糕、松软的大馍。拿出了自己舍不得喝的好茶。叮嘱我中午饭去姑奶奶家吃。她吃完早茶就去后山坡了。

"一个哑巴，比我都金贵。我当初嫁来的时候你们家抠抠搜搜才抠出了六千元。一个哑巴要那么多，杀了称人肉也卖不了那个价格。你妈也好奇怪，非得给庆云那个哑巴也说个媳妇，不怕以后再生个小哑巴出来。"中午放学，我刚进门就听见庆雨叔叔那小眼睛的妻子扯尖了嗓子叫嚷着。风里她的声音被吹得有些凌乱。

"你就值那个钱，当初是你非跟过来的。"庆雨叔叔冷冷地丢过来这么一句。

"何庆雨，你王八蛋！"一声歇斯底里的尖叫，庆雨叔叔的妻子哭着跑出来，和我撞了个满怀。

我被撞倒在地，屁股蹾在地上生硬地疼。

推开里院的小门，满院的梨花在风里飘飘洒洒。石径上铺满了一层白色的花瓣。

我想幸亏这个后院足够大，庆云叔叔和姑奶奶一定没有听到前院激烈的争吵。风一吹那些争吵声都飘远了。

"丫丫快进屋，我给你炒了洋芋。"这是姑奶奶的声音。炒洋芋的香味飘得满院都是。只是我一点食欲也没有。

见我进来，庆云叔叔微笑着，忙帮我去盛饭。

"姑阿婆，钱凑得怎么样了？"虽然庆云叔叔听不到，我仍小心翼翼地说。

"真的是卖女儿呢，我把好话说尽了。把能说上话的亲戚叫了一大堆，最后就少了八百。他们家也是不把自己的姑娘当人看，最后莺莺都哭了，他们才妥协了一点。"奶奶走了一天的山路，边喝茶边说。

"嫂子你挑个日子，下个月我们下聘，到时候我一定将钱一个子儿不少地给他们送过去。但我也有条件：下聘后6月份我们就娶莺莺过门。我们庆云的婚事也没必要等到腊月，不需要那么多人。我只要孩子们和和顺顺在一起就行。"姑奶奶果决地说。

院子里的梨花香一阵阵飘过来。

四

6月的一场暴雨后，天空蓝得可以渗出水来。穿过峡谷的风很柔软。姑奶奶家一阵噼里啪啦的鞭炮声打破了铁城的寂静。

庆云叔叔结婚了。很多人都跑去他们家里吃红鸡蛋和馍。

我踩着那些细碎的鞭炮纸屑走进去。院子里一派热热闹闹的气氛。站在人群里的庆云叔叔和他的妻子满脸幸福的笑容，他们在人群里穿梭着给大家敬酒。庆云叔叔远远地看见了我，朝我微笑着走过来。他穿着一身灰白色的西服，他身边莺莺姑娘漆黑的发髻上插着一枝红绸做的玫瑰。

"莺莺阿姨。"我笑着朝她的脸望去。她的笑意躲在两弯清澈的眸子里。她慌忙地从毛衫的方口袋里给我掏出一把糖果。

我接过去，剥了一颗放进嘴里。此刻没有风，人间一派祥和。

腊月里的某个夜晚，西北风在窗外嘶吼了一夜。第二天推门的时候，天地间白茫茫的一片，几只鸦雀叫着抖落了枝头的雪。

又是一群人，踩着厚厚的雪，带着浓浓的雪气走进了我家。

有了上次的经历,这次他们推门而入的时候,一种不祥之感涌上了我的心头。

"谁没了?"奶奶低低地问着来人,边帮忙搬桌子。

"庆雨妈。"来人平淡地说。

"啊,昨天傍晚我还见过她呢?怎么说没就没了。"奶奶惊慌地朝来人问道。

"阿婆,你可能还不知道。我听家里人说,何家阿婆为了能给她的哑儿子娶上媳妇,偷偷去河对面卫生院卖了好几次血。老了经不起折腾,昨天夜里晕倒了再没起来。"其中的一个年轻人说。

"听说她把自己前年做的柏木棺材也卖了。现在人倒下了,连棺材也没有。庆雨哥半夜就去河对面棺材店找棺材去了。"另一个年轻人说。

"啊。"奶奶发出了嘶哑的悲鸣,她无力再帮忙搬椅子了。她抬手挥挥让他们把桌椅搬走了,悲痛地顺势坐在身后的单人沙发上。整个人陷进去,有一种渗透骨肉的心疼击倒了她。她悲痛地用双手捂住脸。

我站在奶奶身边,窗外的雪簌簌地下着。

突然,奶奶像想起什么似的。她站起身来,朝炕下面柜子上的箱子走去。她搬了凳子,爬上柜。迅速地打开箱子,拿出了一个扎在一起的蓝色包袱,从里面抽出一个包。放在柜子上打开,是一个存折,和一沓钱。她取了钱跳下柜子和我朝庆云叔叔家奔去。

路上的雪很厚,风旋起的雪花吹得人睁不开眼睛。我和奶奶刚走几步就陷进雪里去。因为走得急,走进庆云叔叔家门,我和奶奶说不了话,只能大口大口喘着气。

家里已经零零散散来了几个人。奶奶奔进堂屋,掀开那厚厚的黄白麻幔帐,伏在姑奶奶冰冷的身边泣不成声。我从来没见奶奶如此悲痛过。庆云叔叔走过来试图劝解奶奶,可是奶奶整个人伏在姑奶奶身边哭得撕心裂肺。

"舅奶奶你也尽了心的,我妈她疼小的也该有个疼法。娶个哑巴把自己的老命都搭进去了。"庆云叔叔那小眼睛的嫂子,边瞪了一眼身边的庆云叔叔,边过来劝解奶奶。

奶奶听到这话收住了眼泪,站起身狠狠地回瞪了一眼前来劝解她的女人。

她起身,将装着钱的一个布袋子塞到了庆云叔叔的手里。

庆云叔叔打开一看,慌乱地比画着,发出"啊啊"的叫声。看到这样,奶奶鼻子一酸又哭了。

"我还是等庆雨吧。"奶奶见状接过庆云叔叔手里的布袋子。

那小眼睛女人见状脚步轻快地离开了。

过了一会儿,门外传来了男人们吆喝的声音。五六个人抬着一口棺木走了进来。他们头上、肩膀上都落了一层厚厚的雪。

"庆雨你过来。"等棺木放好后,奶奶哑着嗓子在人群里朝庆雨叔叔喊道。

"庆雨,这里是五千块钱,是丫丫爸爸平时给我和丫丫用的。我们娘儿俩也用不上那么多,你拿去先把要紧的账还一还。庆雨,我真是糊涂,我不知道你妈是用这种方式凑钱的。早知道我就把钱拿出来了,我懊悔死了,这钱究竟是个啥东西,能把人逼到这地步。"庆雨叔叔走过来,奶奶将他拉到一边压低了声音说着,说到伤心处,她发出了压抑的哭泣声。

"妗子,钱我先收下,日后等我和庆云赚了钱一定还你。我发完丧先把赊的棺材钱还了。还有,庆云的媳妇也怀孕了,也得备着一点钱。"庆雨叔叔说。

奶奶擦干眼泪,和我一起朝后院走去。

五

自庆云叔叔结了婚,他们小两口陪着姑奶奶就一直住在后院。三个人倒也过得清静自在,可是如今姑爷爷去世了,姑奶奶现在又走了,偌大的院子变得更加空荡了。

院子里的果树上挂满了白绒绒的雪球。石径上被扫过的地方又铺了一层雪。

我和奶奶走过去,远远地,庆云叔叔结婚时贴在窗户和门上的喜字映衬着白雪显得更鲜红了。那红红的喜字,让我想起村里人对庆云叔叔两口子的议论。他们中有人说,刚上冬的时候有一天夜里,皎白的月光下,庆云叔叔在封冻的河面上陪着他的媳妇滑冰。滑完冰,他们手牵着手回家了。也有人说庆云叔叔每个集市出摊的时候,总会抱一抱他的妻子,在额头上亲一下才会出门。他们说最后这条消息最可靠,是庆雨妻子看到的。自此村里的媳妇们埋怨自己丈夫时有了口头禅:"我活得还不如一个哑巴。"

我们推门进去,家里暖暖的,火炉上的茶壶里发出咻咻的声响。

庆云叔叔的妻子莺莺阿姨坐在火炉边,脸色白白的。手里缝着一块黑色的长方形的枕头。那枕头是要放在姑奶奶棺木里的。本来这些东西应该是提前由亡人的女儿准备好的,可是姑奶奶没有生下女儿,而她自己也未曾预料到自己走得这样快。莺莺阿姨边缝制边落着泪,她看上去比刚结婚那会儿胖了许多,可能是因为怀孕。

她见我和奶奶走了进去,赶忙站了起来。从旁边的桌子上拿了茶叶泡茶给我们喝。

她挺着大肚子,腼腆地抿嘴笑了一下,苍白的脸上有着幸福的娇羞。

这时庆云叔叔走了进来,他用一个方正的大木盘给我们端来了一些粥和一碟子土灶上烤得金黄的馍,放在炕桌上示意我们赶紧吃了,又将莺莺阿姨的那一碗取了下来,用筷子搅动着吹了吹递给了她。他低下头看着埋头吃饭的妻子。

窗外的天又暗了一个色调。我望着窗外白茫茫的世界,觉得姑奶奶或许此时就在窗外的风雪中安静地看着这一切,她的心里估计是暖的。

第二年消融了的雪顺着屋檐滴滴答答往下滑落。果园里的树枝在阳光下露出了光滑的皮。洮河水载着消融了的冰块缓缓地向东流去。风从峡谷吹过的时候,随着一声嘹亮的啼哭,庆云叔叔的姑娘降生了。

那一阵儿奶奶又是一阵忙活,忙着给新出生的孩子缝新衣服,忙着在灶上蒸厚厚圆圆的月婆子馒头。

我看到小家伙的时候,已经是五月了。因为奶奶说没出嫁的姑娘在孩子未满月的时候是不便探望的。

在那些日子里,我觉得风穿过峡谷的时候,我闭着眼都能听见自己成长的声音。我在不知不觉中长成一个身材修长的少女了。虽然我依旧不爱说话,依旧觉得自卑。

5月的一天,我放学回家,在大门外就听见屋内传来奶奶欢乐的笑声。这在我们一向清冷的家里显得那样动人。

我将自行车立在大门口,走进院中。阳光下,一张粉嫩的笑脸出现在风中摇曳的月季花旁。莺莺阿姨侧身坐在廊檐下的椅子上，怀里的小婴儿脸从她的胳膊肘侧过来，嘴里咿咿呀呀地叫着。旁边的庆云叔叔手里拿着一朵花上下摇动着逗着偏过头的小婴儿。

我隔着月季花看着眼前的这一切，眼角突然泛起了热泪。在这样一种情境里，我突然很想念我的父母，想起小时候父亲也总摘了月季花在我眼前晃着逗我玩。而母亲总喜欢让我坐在花园边的土墙上，就着暖暖的春风，她总会给我梳一个时兴的小辫子。我也曾被这样深深地爱过，在以后非常难熬的日子里，我总会想起这一刻。

庆云叔叔见我走过来，很开心地笑着。我笑着示意莺莺阿姨让我抱一抱她可爱的女儿。她满脸慈母般的光晕。她开心地笑着将她娇小的女儿小心翼翼地放在我的怀里。一股新生命特有的清香向我袭来，怀里的小家伙她的身子是那样的柔软，她的脸蛋粉粉的，一双黑白分明的眸子望着我突然咧着小嘴笑了，她笑起来眼睛弯弯的，嘴角绽开了一对酒窝。

"太可爱了，是一个爱笑的宝宝。"我说着将脸往小婴儿脸上轻轻地蹭了一蹭。

"脸离远点，别吓着孩子。"奶奶说着从后背轻拍了一下我。

"她有名字吗？"我在风中兴奋地朝奶奶问道。

"有啊，叫笑笑。"奶奶说。

阳光里，我们轮流抱着她，爱不释手。

日子就这样在洮河水的流淌中过了三年。小笑笑学会了走路、奔跑，学会了撒娇，学会了在风中摇摇晃晃地向我走来喊我："丫丫姐。"

三年里，父母也只是回过三次家。在老屋昏黄的灯光下我与母亲干的最多的事情就是一人捧着一本书就着灯光静静地阅读。窗外的月季，将夜风中婆娑的身影投在花格窗上。

偶尔她也会问我一些学校里的事情，她从来不问我考试的成绩。她也买了一个和我小时候差不多一样的布娃娃让我送给庆云叔叔的孩子，可是我问她自己为什么不去。她吸吸鼻子里的气说，她不喜欢看到庆雨叔叔的妻子，一副算计的样子。

其实母亲不知道，自姑奶奶去世。在庆雨妻子三番五次的指桑骂槐下，庆雨和庆云二位叔叔早已经分了家。庆云叔叔封了里院的小门，从果园的另一边开了个小门。他依旧在集市上摆着维修家电的摊子。

　　过完年妈妈要走了，临走的时候她给我两个白色的乳罩。她说我十八岁了，应该学会戴乳罩了。要不长大后胸会下垂的。我听着，心里暖暖的。

　　母亲刚走，奶奶就在我的衣柜里发现了这一在她看来逆天的怪物。她气愤地说，什么作妖的东西。我家丫丫才不会去戴它，奶奶给你缝了一件紧身的背心，纯棉的，比这怪物好多了。

　　无奈，在我开学的前夕，我拿了妈妈买给笑笑的布娃娃，还有我自己的那个。我也拿了妈妈买给我的乳罩，我想把它送给莺莺阿姨，我总不能看着它被奶奶烧了炕洞，那样是不是太对不起母亲了。至少这是她亲自送给我的东西，不是邮寄来的。

　　我把这些东西装在一个大兜里，大风里我朝庆云叔叔家走去。

　　走进庆云叔叔家，远远地听见院子里有逗孩子的声音。走上前去定睛一看是莺莺阿姨的母亲。她两腮的高原红不知为何变成了紫青，她看上去壮实得像头母牛。她的衣服紧紧地绷在身上。我进去的时候她正将笑笑放在腿上玩耍。

　　"阿婆。"我怯怯地叫了一声。我对长得粗壮的女人天生有一种惧怕。

　　"嗯。"她看都没看我一眼就回了一声。

　　"丫丫姐姐。"笑笑看我走进来，摇摇摆摆走向我，拉着我的手朝屋子走去。

　　屋子里庆云叔叔正在桌前维修东西。莺莺阿姨在靠窗的地方给笑笑织着一件向日葵图样的毛衣。见我进来她愉快地走过来，拉了我也坐在窗边，随即给我倒了一杯红枣茶。

　　我笑着将她拉进另一个房间。我掏出了布娃娃送给身旁跟我们进来的笑笑。她开心得手舞足蹈，一个胳膊下夹着一个布娃娃喊着外婆，朝屋外跑去了。我又从兜里掏出了那两个白色的乳罩给莺莺阿姨看。我示意是我送给她的。

　　她看到，先了一副惊讶的表情，继而害羞地朝我拍打了两下。又拿过去仔细地瞧了瞧，在自己胸前比画着。我看到这里也忍不住笑出声来。

　　我放下东西，出门朝笑笑挥挥手就回家了。

　　第二个学期，高考结束后，我回到家里。我第一件事情就是要去庆云叔叔家看看笑笑，看她有没有长高，我从县城买了夹心的蛋糕要给她吃。

我兴冲冲地从包里取出了蛋糕，就准备去庆云叔叔家。

"丫，别去。"奶奶神色凝重地拉住了我。

"为什么？"我问奶奶。

"就是你去送东西那天，你庆云叔叔的丈母娘来了。她来领走了笑笑和你莺莺阿姨。她给村子里的人说她领回娘家住几天就送过来。你庆云叔叔也没多想，还抱着笑笑将你莺莺阿姨送到了娘家，准备过几天就接回家。可是过了几天，莺莺和笑笑被那黑心肝的丈母娘，卖给了一个外地的光棍。"奶奶说着声音越来越哑，最后哭了。

"什么！卖了！没去找吗？就这样活生生的两个人当畜生一样卖了？"我的愤怒不知如何去宣泄，脑海里不断显现笑笑天真无邪的笑容、莺莺阿姨拿着乳罩和我打趣的模样，还有庆云叔叔拿着月季逗笑笑的画面。

"庆云叔叔呢？"我哭着问道。

"你庆云叔叔神情恍惚了，他见人就抬手指着他有一个长得像小松树一样高的女儿，他有一个长头发的妻子，拉着别人让出去找找。"

六

我奔走在6月火辣辣的太阳底下，到了庆云叔叔家，庆云叔叔躺在炕上。他眼窝凹陷，脸色蜡黄。他的身旁放着我送给丫丫的另一个布娃娃，布娃娃的衣裙上一摊湿湿的眼泪。一定是庆云叔叔抱着布娃娃哭过了。

庆云叔叔见我进来，他突然跳下炕，嘴里"啊啊啊"地喊叫着，抬手在我们面前比画着笑笑的身高，又指指挂在门口莺莺阿姨的衣服，示意我帮他找她们。他不断地在胸前做着哀求和感谢的手势。汹涌的眼泪从他脸上滑落。

此后我每天躲在家里，我不敢去听一切关于庆云叔叔的消息。我觉得在一场暴雨之后，河对岸的那棵树在一场暴雨的狂袭中咔嚓一声断裂了，让河对岸的我无法适从。

第二年的五月，奶奶在电话里对我说引洮入陇后，下游坝上的水总会向上蔓延，靠洮河的地方都被淹没了。庆雨叔叔带着庆云叔叔和村里很多人搬迁去了遥远的戈壁。

奶奶在电话里给我讲了好多关于庆云叔叔的事。可能是因为我长大了，或者是因为奶奶越来越老的原因，她的话语变得越来越冗长且没有逻辑。

我的身体仿佛被大风吹过，空无一物。我整个人轻飘飘地在南方闷热的天气里喘着气，一点力量也没有。

此后，我再一次回到铁城。

一股曾经熟悉的气息在风里飘荡。我的脚步像有原始的记忆，我居然走到了庆云叔叔家门口。门口的大门被卸走了，只剩一个空洞的门洞。洮河边吹来的风直往里面窜。昨晚下过雨的地面踩一下都是黄色的泥土。

我从几乎要坍塌的门洞里钻进去。

放眼望去，整个院子又杂乱又空荡。庆云叔叔曾经住过的房子早已一片残垣断壁。只是一个月，院子里的野草已经快要漫过石径。果园里有些果树被砍倒拉走了，留下黄白色的树干散发着浓烈的树木被杀伐后喷出的特有气息。前院的房也被拆了，一堆黄土里，被拆卸掉的房屋门窗和搬迁后留下的垃圾被杂乱地埋在倒塌的院墙下。

我的脚迈上石径，朝着庆云叔叔和莺莺阿姨曾住过的方向走去。那里有一块被遗弃的石磨，被昨夜的雨水冲刷后显得特别干净。我像生了病一样，腿脚一直是软的，顺势就坐在磨石上。

刚坐下我的脚下突然觉得被什么东西挡了一下。我低头一看，是一块拆卸房屋时留下的一根木材。而木材的下面是那熟悉的酒红。而毛衣和白色的乳罩，多半部分已经深陷在泥土里。再往旁边一看，当初莺莺阿姨织给笑笑的向日葵毛衣，还挂在木杆上。

我直视着刺白的阳光。阳光的光圈一圈一圈打开，世界凝固了。

只有风从高原的峡谷穿过。

选自《北京文学》2024年第3期

面影

一个认不得的艺术家

/阎连科

有的人相缘一面便终生相识,有的人则愈是熟悉而愈有陌生感。

尚爱兰属于后者。十余年来几乎年年见面,却又似乎只在模糊的时间里,在过往不回的角落里,有过一次偶然的不期而遇般。她似乎对所有人和所有世间之物事,都谨慎地留有一种警惕心。她仿佛有自己独有的人生与世界,有完全与人不相叠合、不与其交错矛盾的人生观与世界观。她如同为了刻意地要和世界保持一定的距离样,用敏感筑起的篱笆,阻拦着现实朝她生活的侵入和干扰。只有到了俗常必须时,才会从篱笆的缝隙投目这世界,和世界取得联系并得以使自己生活在世界上,而世界不在她的生活里。

她是小说家,但她羞于别人谈论她往日的写作和出版。

她是我们现实中备受人们尊重的语文老师,可当你问起她关于子女教育时,她却总是红着脸,很快打断你的话,把话题扯到别的地方去。

她经常独自到异国行走和住宿,并久久驻足在异国的街角和乡野。其间问过她女儿,母亲独自在异国语言问题怎么办,竟得知她完全靠自学日语已经可以和日本人熟练地交谈和会话。这使人感到惊诧与愕然,仿若你一直熟悉的那个人,后来发现是自己认错了人。

"英语呢?"

"也自学，可以对话了。"

想起2016年，我起意写一部新小说，其故事的另外一条线索不用文字去叙述，而用西藏的唐卡绘画来道说。结果通过朋友的介绍和联系，方知这几乎是不可能的一桩事。因为唐卡绘制的过程如同油画般，完成一幅就需十天半个月，甚或半年几个月。其成本之高也非一般物。且我所需的不是一幅或几幅，而是几十、上百幅，在此抓耳挠腮间，看到了尚爱兰的人物剪纸画，惟妙惟肖，如同剪纸照相术，于是见面请求，简单说了小说的故事和线索，结果在几言几语后，她就神会答应下来了。

我的小说写完了，她的一百一十余幅剪纸竟也完成了。

那些剪纸如同天光照在小说中，人物或神灵，植物、动物、流云或花草，无不带着生活而抽象的隐语和暗示，其逼真的形象和多义的丰富性，钳制在小说故事里，与情节粘连而成一种意外的寓言和暗喻，让人感到终于有了那种只可意会、不可言说的美。可惜我以为那是一部好小说，而他人并不觉得那部小说哪里好。那些读了小说的人，几乎人人都盛赞小说中八十余幅剪纸的美，很少有人说到那二十余万字的叙述怎么样。

沮丧如同汪洋大海般。

如今平静下来后，再去回忆那时的冲动和写作，觉得小说的平庸是必然之结果。但那小说的平庸却淹没、浪费了那些奇异的剪纸之艺术。深深地感到对不起尚老师。因为感到对不起，也就有点躲着不见那意思。这很像欠债人躲着债主样，也就这样过了一年又一年，直到最近得知她要在北京穹究堂里进行《我，是个动词》的个人纸塑作品展，从而有机会细读她的那些纸塑作品后，才在震惊和愕然中，感到略微的释怀和安慰。也就再一次地相信她，决然是个有着自己独有世界的人，有着自己独有的艺术追求和思考，有着独有的艺术想象和创造，有着自己与别人完全不同的人生观与世界观。我不太知道她从剪纸到纸塑转变这几年，付出了怎样的努力和得失，也不明白那些被称为"纸塑"的艺术形式是她的创造之独有，还是一种借鉴后的再创造。但面对那一幅幅从剪纸延伸、演变过来的新的艺术形式时，所有的惊喜都成了对她的人与艺术的尊敬和微笑。

《我，是个动词》，一个"动"字大约是一个最要逃避现实的艺术家，内心最不安分的运动和飞翔吧。缘此而默想，也沿此去默读她的《生活就是拉拉扯扯》《我扛着我的回忆》《花开正盛，但我很忙》《爱情离远点》《到人群中去》及《一到春天，树上就长满老太太》等纸塑作品时，那其中充满着"一个人的冥想世界"的雅致和韵味，充满着一个人在和世界存有距离后回头一望的微笑、揶揄及由衷的爱和由衷地对"距离"的谢意和感激。

在《我，是个动词》个展的几乎所有作品中，似乎都有一种现实同意艺术家与其保持距离后，艺术家向现实的鞠躬和谢意，使人透过那二十余幅的作品，能看到艺术家在距离之后隐藏在篱笆缝隙中的一双眼。她远远地打量现实的生活和人际，寻找着她与现实连接的艺术路径和气流。于是在这次展出的大部分作品中，都有一个"老太太"的人物以其各种角度、比例、正侧的形象出现在那些纸塑里。

这个老太太，无论将其解读为她就是作为艺术家的尚爱兰，或者她是我们、他们和其他人，而作为纸塑人物的她，都异常生动、活泼而慈祥，却又有着诚挚不改的去向和执拗。在这些作品的创作过程中，其纸塑的过程和方法，无论是撕、扯、揪、团、捏、染、黏合或者镂空与叠缀，花花种种，上下左右，多为艺术家的第一次尝试和实验，却又让人觉得虽为第一次，然在完成后的作品里，却无处不是信手拈来，思之、用之而得之。

在这些作品中，所有的创作都是一场精心之实验，却又处处显得轻巧而熟练，是独有之创造，却又心到、手到而成就。从而使这些作品在彻底地摆脱剪纸艺术后，鲜活、立体，有了一种完全不一样的生命感，活色生香，有着呼吸的脉动和韵律。如同我们在尘世街角的路边上，在来往匆忙的人群里，不经意地撞遇了从尘土开出来的花，从脚下突然冒出的一株绿植般，这不能不让我们尘俗的脚步，骤然停下而注目。于是突然意识到，我们的生活原来是美的，值得所有沮丧的人们去珍惜，去怜爱，去歌吟，去让高高抬起的双脚少些怨气和戾气，多些爱意和轻盈感。

在《我扛着我的回忆》《所有我不知道的事》《我不当剪花娘子了》《到人群中去》和《明天还要跳舞》及《还有五百里》的这些作品中，无论色彩的单灰或浅白，还是从单灰浅白中跃然而生的点绿和线红，再或《草很绿，但我很忙》《一到春天，树上就长满了老太太》那样的清丽和跳艳，其所有的色彩和使用，都在匠心与不经意中追求原色或着染，从而让贯穿在所有作品中的"疗愈感"，成为一种艺术家的人生观、世界观、艺术观的描摹和塑造，含隐、彰显着人在饱经沧桑后的包容和释然、温馨和微笑。在这些作品中，一款款、一幅幅，款款幅幅都适宜那些沧桑者的研读和赏识，适宜深宅、书房、廊宇和爱笑、不爱笑的人。

　　尊敬的尚老师，你确真是一个让人愈是熟悉、愈为陌生的人。你既然羞于别人说你是作家、艺术家和卓为功成的教育工作者，可你却又完成了我们太多人终生努力完不成的一桩事——你成了最为丰富的你自己。

　　成了一个让人认不得的人，认不得的艺术家。

选自"收获"公众号2024年10月20日

往事可追，未来已来

/高建群

一

　　一个高高的、瘦瘦的，撩着两条大长腿，上身穿一件海魂衫的青年，来到俄罗斯文豪列夫·托尔斯泰的庄园。他大约走了很远的路，才走到这里的。他一落座，屋子里便布满了海洋的气息。青年说他是一个文学青年，他讲述了他的苦难的童年。托尔斯泰听得老泪纵横。他不停地在胸前画十字，一边划一边说：圣母呀，你是一只无底的杯子，承受着世人辛酸的眼泪。

　　说到文学，托尔斯泰说，什么叫文学？你刚才讲的故事，就是做好的文学呀！你把它写出来，勇敢地写出来。这位水手告别了托尔斯泰，他将他给托尔斯泰讲的这些故事写出来了，书分三部，分别叫《童年》《在人间》《我的大学》。他把他的笔名叫"苦难"，中国人把它翻译出来，取译音，叫"高尔基"。这就是高尔基的享誉文坛的《童年三部曲》的诞生过程。

　　当高尔基告别后，托翁的心情久久不能平静。他说了这么一句话：作家的最好的早期训练，是不幸的童年。接着又说，我们与其不要作家，也不要那不幸的童年。

二

美国前些年流行一本书,叫《安琪拉的灰烬》。该书连续三年获美国畅销书第一名。这本书的中文版是北京十月文艺出版社出版的。我、曹文轩、梁晓声各为这本书作了个序。

我的序言的题目是《成长的力量是坚不可摧的》。该长篇小说写了一个爱尔兰男孩的家世以及他悲摧的乡间生活,以及后来举家移民美国的故事。虽然小说里充满了生存的不易和世事的艰难,充满了一个贫贱家庭的卑微,但是,有一股向上的力量始终回响在作品中。一个小男孩在成长,而成长的力量是坚不可摧的。我在作品中听到了麦苗拔节的声音,那些成长的声音。

这部作品所以畅销,我想它可能还有一个原因。美国是一个移民国家,而主要的移民来自英伦三岛。所以这本《安琪拉的灰烬》,也许唤起了许多移民家庭的回忆。

三

苏联有一位少数民族作家,叫卡里姆,他为儿童写过一部长篇小说,叫《漫长漫长的童年》,是写的他那偏远山乡的故事。他在小说的开头说,我的书是为那些依然相信这个世界上有奇迹的人们写的。书中的人物是一群梦想家,他们相信这个世界上有奇迹,而他们自己就是这奇迹的一部分。

《漫长漫长的童年》写了一群稀奇古怪的乡间人物,美丽的农妇和冒着傻气的农夫。

村里有一个单身汉,一个善良的、诙谐的,总能给村民制造出笑料的人。他就要死了。他来到村口的大路傍,双膝跪倒,对着大路哭了三声。人们问他为什么哭,而且是哭三声。他回答说:

这第一声是给那些我爱过她们而她们不爱我的女人而哭。我发誓,我下辈子还要始终不渝地爱她们,追逐她们。这第二声,是给那些她们爱我而被我拒绝了的女人而哭的,我发誓我做错了,我下辈子会好好地爱她们。而第三声,这位村子里的单身汉说,我回忆了一番,结果发现,这一生中,我还从来没有遇到过一个人家爱我,我也爱人家的女人!所以第三声如此悲摧,如此柔肠寸断,就是这个缘故。

作者说，这个单身汉在哭完以后，他没有立即死，而是又活了二十年。这就是《漫长漫长的童年》中的故事。该书获得列宁奖。

四

19世纪初叶的法兰西文学，群星灿烂。有个叫乔治桑的女作家，好像写过几本《老祖母讲的故事》，给孩子们。她的晚年，还写过一部小长篇，叫什么《堡》，她在这本书的前言中说，老祖母要给你们讲故事了，你们正是充满好奇的年龄，相信这个世界上还有奇迹的年龄，而我的这本书，就是为相信奇迹的人们写的。我老了，我很快就不能陪伴你们了，那么让我的书来陪伴你们。

五

未来出版社建社四十周年庆典，约我讲几句话。我给他们写了《往事可追，未来已来》八个字。"往事可追"是对未来出版社四十年历程的肯定和赞美，而"未来已来"则是对未来出版社未来的展望和祝福。

我在上面说了那么多的话，提及那么多的人物和他们的作品。其实我一直有一个想法，这个一生勤奋劳作的写作者，他最后写出的一本书，也许是写给孩子们的，就像我上面谈到的那些先贤们的做法那样。

而这本书的名字我都想好了。它叫《我曾来过人间》。那将是我童年的一些事，我将它献给孩子们。就像高尔基的《童年三部曲》那样，就像乔治桑的《老祖母讲的故事》那样。

我一直在准备着。高尔基路过十月拖拉机厂。工会主席请高尔基给正在召开的工会大会讲个话。高尔基应允了。他上台讲了二十分钟。他的讲话十三次被掌声打断。临出门的时候，工会主席说，高尔基同志，你真有水平，一点准备都没有，就讲得那么好！高尔基听了，严肃地说，谁说我没有准备，为了这个讲话，我用一生的时间为准备！

是的，我的《我曾来过人间》也许是用一生的时间来准备的一本书。

我没有上过大学。我在小学的初年级的启蒙教育，在老家的一个名叫高安小学的破庙里度过。这座庙叫三皇庙。庙周围东安、西安、东高、西高四个村子，将庙围定，所以它顺理成章，就叫成了高安小学。

那大约是1961年，爷爷拧着我的耳朵说，该上学了。婆用老布缝了个书包，这样我书包一挎，成了学生。

春节期间我到邻村（圣力寺）的大姑家去拜年，我磕一个头，大姑给五分钱硬币。这样我一连磕了四个头，从而得到两毛钱压岁钱。

母亲在大炼钢铁运动中，领着我们兄妹回到乡间。后来她得了重病，又回城里住院去了。家里就留下我跟爷和婆居住。

我用这两毛钱压岁钱，四分钱在供销社买了一张粉连纸，裁成三十二页，然后锥了两个本子，一个语文本，一个算术本。两支铅笔，一支二分钱，两支花了四分钱。然后八分钱买了一支红蓝铅笔，剩下的二分钱，买了一块橡皮。

一块钱的学费，我先欠着。这是一个天文数字。大约这种农村小学，欠学费的学生不在少数，但是到了这学期底，一般都能交上来的。

学期要完了，最后一个没有交学费的是我，老师在放学的队列前说，谁还没有交学费，明天就不要来了，脸皮太厚。我低着头不吭声。

第二天上课的时候，老师站在课堂上说，谁还没有交学费，这个人是谁，大家都不知道。现在，听我口令，大家看他。说完，他用小拇指弯曲起来，在自己脸上先刮了一下，然后胳膊伸直，一根中指直直地指向我。

这个示范一出，全班都模仿他，大家站起来，嘴里打着嘘声，将中指指向我。

我在那一刻惊呆了。我好久才明白这是怎么回事。我站起来，"哇"的一声哭着跑出教室，穿过田野，回到家中。回到家中后，祖母用她的大襟袄裹着我的头，任凭我惊天动地地哭。她都不吱声。直到后来我哭声小了，她才悄声地问道：发生了什么事？谁欺负你了？

第二天，婆拐着小脚，牵着我的手，挨家挨户去借钱。这家三分，那家五分。她把头上的帕子取下来，把钱放进帕子里，包好。最后，她借足了一块钱。

然后，她牵着我，来到学校，将这一块钱郑重其事地交给老师。而她欠村上人的钱，最后是通过纺棉花，工变工，还给人家的。这就是我第一次交学费的故事。

值此未来出版社建社四十周年之际，这个文化人，这个读书人，这个写书人，谨献上我的热烈的祝贺。我的这个献辞有些冗长了，那么容许我知趣地就此打住。

选自"高建群艺术院"公众号2024年10月17日

诗人痖弦

/李欧梵

痖弦（原名王庆麟）是河南人，青年时曾经从军，后在广播电台工作，业余酷爱作诗，《我是一杓静美的花朵》是他的成名之作。痖弦诗作内容多有对命运的感怀、对生命意义的追寻及对社会现象的反讽。他与友人洛夫、张默等创办《创世纪》杂志，为台湾新诗开创"超现实主义"的诗风，在台湾新诗领域无疑是占有一席领导地位。他作诗的日子其实不很长，只有短短的十二年（1953—1965），但影响深远，去年（2023）得到台北文学奖。

我和痖弦相交至少有半个世纪之久，在我的诗人朋友中，子玉对痖弦特别有好感，以下是子玉追忆的印象：

我初次见痖弦是在香港，那时欧梵在香港中文大学教书，有一年（不记得哪一年了）香港图书总馆请他来港演讲，我跟丈夫去捧场，那次见到的痖弦头发已有一点斑白，脸型圆圆的，样子慈眉善目，人长得不肥不瘦，身上穿了白衬衣，外套是蓝色的西装，走路不速不缓，神态自若，温文尔雅。进门时我刚好走在他后面，他替我把门打开，让我先进去，还微微向我行了一个鞠躬礼，十足一个英国绅士。他说话的声音十分好听，像刚喝了一杯蜜糖水，柔柔润润的，令人听后好像有一双柔软的手在耳边抚摸着，怪舒服的。他那天的演讲题目是自己的作诗经验，少不了朗诵他的几首作品，其中一首令我印象最深刻的是献给桥桥，初时我不知道她是谁，后来问他才知道是他的妻子的名字。

那次见了痖弦之后，我请他来我们家吃晚饭，他也是穿了一身白衬衣笔挺西装，看起来精神奕奕，那天我特别为他烧了几道菜，其中有两道菜略带辣味，我知道河南人喜欢辣的食物。饭后我问他是否有英文名字，他告诉我他的名字叫乔治，"乔治者就是被乔乔（桥桥）管治的"，他的那份幽默感在作家群中几乎是独一无二的。他又说他的太太对他十分好，喜爱撒娇，他有些宠爱她，只有她才管得住他。她已经不在世，但他仍然十分怀念她，他说着这些话的时候，眼眶湿润。我知道他是一个多情的男人，遂记起他那首著名的诗《如歌的行板》的第一句：温柔之必要。

那时我和子玉正在练一套健身功法，他十分用心地学。他说："我一定每天练习，我要把身体练好，说不定有生之年可以到月球旅游，可以在那儿见到桥桥，我们可以旧梦重温了。"一个男人对自己妻子的爱恋至此，连我们也佩服。遂请他来我们家吃饭，那晚痖弦穿了西装，打了领带，彬彬有礼，给子玉留下深刻的印象。过不了多久就收到一张他寄来的贺年卡，内中有几句话："谢谢你俩请我吃饭，还教我养生之道。我把资料带回温哥华，一直练到今天，有不错的效果，我还会继续……时间过得真快，好像就到了长篇小说的最后几章了。"这是典型的痖弦妙人妙语，还不忘自嘲一番。也可以看得出痖弦活了大半辈子对人生的领悟。

这一番话勾起了我的很多回忆。痖弦永远是文质彬彬，给人一个极为正面的形象，所以得以在舞台上饰演孙中山先生。诗人会演戏的绝无仅有，会朗诵自己的诗作的也不多，我心目中只有两位：郑愁予和痖弦。二人分别住在美国和加拿大，一时找不到《他们在岛屿写作》的纪录片，于是建议子玉看视频，偶然发现网上有三分多钟的节目，主题是台北市政府发给他文学奖，并且记录了他朗诵自己的诗《如歌的行板》选段。这首长诗我认为是传世之作，每一句以"之所以"结尾，故意文白夹杂，仿佛寓有深意，我第一次看，就觉得奇妙无比。还有一首《盐》，更令我出奇地感动，它呈现了一个极为荒谬的意象，不知何故，诗中的主人翁二嬷嬷竟然带动了我的一股异样的乡愁。我和痖弦是河南同乡，而且距离很近，他来自南阳，我祖籍太康，然而我对家乡毫无情感，而痖弦刚好相反，他多次返乡，捐了很多钱，也做了很多地方慈善事业。有一次他从河南故乡回到台湾对我说："家乡的故事可多着呢，至少可以装上一箩筐。"好一个诗人的意象！可是他从来没有机会和我讲这些故事。

我们见面的机会不多，但是他却为我父亲整理出一本抗战日记——这本来是儿子应该做的事，安排在他的出版社出版，名叫《虎口余生录》，读来惊心动魄。这本日记，至少为我家保留了一小段家史，弥足珍贵。我想痖弦一眼看出父亲日记的历史价值，虽然这本小书仅记录了1945年春天几个月的亲身经验。父亲的确是从枪林弹雨中逃出来的，日军走后，他和几位同事携家带眷从河南西部翻山越岭逃到陕西，沿路在当地农家借宿，"小知识分子"就这么遇上了农民。这一段家史我读了无数遍，为的是驱除这段梦魇，然而在父母亲的心里这个阴影就驱之不散了。痖弦比我年长几岁，比较了解父母亲那一代人的心理，记得他还招待我们全家到一个僻静山庄度过了一个周末，他从来没有那么健谈，讲了一箩筐的逃难故事。

痖弦一生最亲近的人当然是他的妻子桥桥（或乔乔）。痖弦说他一生只爱一个女人，一点都不过分。我看到屏幕上的痖弦一字一句地读他的诗和已经去世的妻子桥桥的情书，上身伏在书桌上一字一句地读，读着读着，他眼泪盈眶。我们多年没有联络了，看着视频，脑海中却涌出一个历史性的往事。20世纪70年代台湾有两大报：《中国时报》和《联合报》，各以副刊吸引广大的读者群，前者的主编是高信疆，后者掌舵的是痖弦，二人都是河南人，于是我这个河南老乡自愿做介绍人，二人由此而相识。二人约稿和拉拢作家的方法各有千秋，信疆靠打电话，特别是向住在美国的华裔作家打长途电话，一掷千金在所不惜；痖弦则喜欢写信，一封接一封，文笔工整，一丝不苟，跑腿的工作则交给他一手提拔起来的才女丘彦明（后来我收为"养女"）。也许痖弦的这个写字习惯是当年追求桥桥时写情书锻炼出来的，也可能是当年他和那一帮诗人朋友抄写30年代"禁书"的意外效果。他亲口告诉我，戴望舒等人翻译的波德莱尔和其他法国象征派的作品，都是私下抄写传承下来的。痖弦自己就是一个新诗研究者，他探讨过五四时期的朱湘，还跑到美国新泽西州的一个农场去访问李金发，我初听痖弦告诉我这个故事，觉得是天方夜谭。李金发当年留学法国，学法文的时候，连带把法文语法和意象都放进自己的诗作里去了，因此开启了一股新诗的"异国情调"。这些琐碎的历史材料，有的是痖弦告诉我的，弥足珍贵。

痖弦自从20世纪60年代末就没有写诗，原因何在？这是一个谜，他从不泄露，但也猜得出来：写诗是一种纯洁而神圣的工作，当编辑久了，诗就不纯了。虽然如此，余光中依然认为痖弦的诗至少有十首可以传世，善哉，善哉！《如歌的行板》早已脍炙人口，这首诗源自一个音乐的典故：*andante cantabile*，行板就是慢慢散步，痖弦读诗的拍子很慢，气氛十分恰当，接着一个镜头照着他在遛狗，令我莞尔一笑，心中感到一阵温馨。忍不住引这首诗开头的一两段，现在已经是名句了：

> 温柔之必要
> 肯定之必要
> 一点点酒和木樨花之必要
> 正正经经看一名女子走过之必要
> 君非海明威此一起码认识之必要
> 欧战，雨，加农炮，天气与红十字会之必要
> 散步之必要
> 遛狗之必要
> 薄荷茶之必要

这是一段绝妙的诗句，一连九个"之必要"，文言白话交织，形成一种近乎荒谬的对比，把战争、离乱和日常生活混在一起，也把海明威的名著带进来了——他描写第一次世界大战的小说《战地春梦》（*A Farewell to Arms*，大陆通译《永别了，武器》）和《战地钟声》（*For Whom The Bell Tolls*，大陆通译《丧钟为谁而鸣》），战火纷飞下的爱情似乎永远比日常生活中的爱情动人。这是海明威小说的浪漫特色。

然而为什么用文言式的"之必要"把感情嵌在白话诗句的结尾呢？我觉得它朗读时带来一种节奏感，所谓"如歌的行板"也许就是一种音乐效果，也许"行板"就是痖弦每天散步遛狗时的速度，听他的朗诵，是一种

享受，他把重音放在每句最后"之必要"三个字，慢慢地，几乎接近慢板（largo）。诗可以诵——这是俄国诗人的特色，中国诗人不见得如此，痖弦似乎是一个例外。

痖弦所有的诗作令我印象最深的另一首是《盐》，它读起来像一篇散文，又像一篇控诉，然而讼词的背后却是一个近乎荒谬的景色：

二嬷嬷压根儿也没见过托斯妥也夫斯基。春天她只叫着一句话；盐呀，盐呀，给我一把盐呀！天使们就在榆树上歌唱。那年豌豆差不多完全没有开花。

盐务大臣的骆驼队在七百里以外的海湄走着。二嬷嬷的盲瞳里一束藻草也没有过。她只叫着一句话：盐呀，盐呀，给我一把盐呀！天使们嬉笑着把雪摇给她。

一九一一年党人们到了武昌。而二嬷嬷却从吊在榆树上的裹脚带上，走进了野狗的呼吸中，秃鹫的翅膀里；且很多声音伤逝在风中，盐呀，盐呀，给我一把盐呀！那年豌豆差不多完全开了白花。托斯妥也夫斯基压根儿也没见过二嬷嬷。

最后这几句，令我出奇地感动，我并不认为它是超现实主义，因为我儿时在河南乡下的确见过二嬷嬷这种人，脖子肿起一个大包，就是因为缺盐；古时候的盐商可以致富，但穷人也可以穷到缺盐的谷底。我碰见二嬷嬷的时候大概只有四五岁吧，我不想回忆儿时，因为儿时带给我太多梦魇，但还是忍不住再三诵读痖弦的诗句。俄国两大文豪陀思妥耶夫斯基和托尔斯泰——陀翁的名字特别长——当然没有写过俄国的二嬷嬷，痖弦用来做一种荒谬的对照。偏偏我喜欢看俄国文学，特别是陀翁的作品，他早期的一本长篇小说就叫作《穷人》，我尚未读过。

此文越写越长，子玉提醒我该收尾了。痖弦住在太平洋的彼岸，我们遥祝他身体健康，生活惬意，在遛狗之余，希望他还在写诗，对于诗人而言，写诗之必要，正如生命本身。

选自《书城》2024年第6期

拜访朱正先生

/韩磊

朱正先生今年九十三岁，已经是真正的老人了。

每天，朱正仍会在书房的电脑前坐六个小时以上，用搜狗拼音输入法写作，或者在电脑上阅读。

"现在纸质书看得少了，大部分时间都是在电脑上看。电脑上可以把字放大。"朱正说。

朱正戴了一辈子眼镜，前几年做了白内障手术，视力大好，如今连眼镜也不戴了。

"韩兄你好，请坐请坐！"2024年3月16日下午3点，当我如约来到朱正位于湖南美术出版社附近的家中时，老人步子轻快地从书房走出来，微笑着对我表达欢迎。

那天长沙是阴雨天，室内光线很暗。老人头戴一顶浅色绒线圆帽，上身穿一件深蓝色的棉衣。十多年不见，老人的肿眼泡愈发明显，确乎已是耄耋之年。

"他手里拿着拐杖，其实也只是变换体位的支撑，有时候走得快了，拐杖是拎着走的。小区的保安开玩笑叫他'草上飞'。"近年来"全职"在家照顾父母的朱晓这么一说，朱老和我都笑起来了。

1949年8月长沙解放的时候，十八岁的朱正正读高中，三年一期已经读完,马上就要考大学了。

"我父亲要我读大学,但是我没有听他的安排。"朱正说。

当时,湖南省委机关报叫《新湖南报》。解放军南下的时候,《新湖南报》一班人马跟长沙地下党新闻支部会合,人不多,便招人,办了一期新闻干部培训班——后来习惯称之为"新干班",有一百四十来人。朱正、钟叔河、张志浩、俞润泉都是那时候进入新干班的。

1955年,报社搞"肃反",官健平主持。他把新干班的四个人——朱正、钟叔河、张志浩、俞润泉编成一个小集团。开始的时候,把他们叫作"反革命小集团"。斗了一段时间,降级了,不叫"反革命小集团"了,改叫"反动小集团"。到了运动最后,给他们定级的时候,又降了,叫"思想落后小集团"。

"这样我就没办法了。"朱正说,"这个小集团不是我们成立的,是他们叫的。其实,那时候我跟俞润泉走动得多一些,跟钟叔河、张志浩来往很少,但他们硬把我们叫作小集团,你有什么办法!"

"我们四个人原来关系不怎么密切,'肃反'运动以后,这四个人来往反倒密切了,我们是被动地走到一起的。"朱正叹了一口气。

朱正是鲁迅研究大家,鲁迅研究是我们的主要话题之一。

朱正平生写的第一本书是《鲁迅传略》,由人民文学出版社1956年出版,那一年朱正二十五岁。

"我决心写鲁迅传的时候,还是个中学生。"朱正以这样一句话开始了他的讲述。

初中二年级的时候,朱正遇到一位国文老师。老师是个鲁迅迷,上课老给他们讲鲁迅。"他很会讲,大家都喜欢听,我们对鲁迅也很景仰。他还把自己收藏的鲁迅的书借给我们看,后来我就看了很多鲁迅的书。"

朱正对鲁迅写的书和别人写鲁迅的书的阅读,一直持续到高中。这时候,朱正读到一本日本人小田岳夫写的《鲁迅传》(范泉译,开明出版社,1946年)。朱正说,那是他看的第一本,可能也是中国出的第一本鲁迅传。

"看了以后不满足。为什么呢?我觉得我知道的一些事他都没写,这样就想自己写一本,当时就有了这样一个想法。"朱正说。

后来，朱正就看这方面的材料，为写书做准备。但他当时没有时间，工作任务很重，没有工夫。后来，"肃反运动来了，让我停职反省，交代自己的'反革命'罪行。我哪有什么'反革命'罪行要交代呢？于是就用写交代材料的纸写鲁迅。"

1955年底，新湖南报社五人小组的相关领导对朱正说，你的问题我们基本查清了，但在问题彻底搞清楚之前，你可以在报社活动，不能出去。这样朱正就有了一些自由。

1956年过春节的时候，除夕这天晚上，报社在四楼办舞会。当时报社新盖了一个大楼，在四楼搞了一个舞厅，在长沙很有名。

"我不会跳舞，听着很烦躁。就在舞厅旁边的糕点铺临时售货点买了一些糕点吃。一边吃一边想，干点什么呢？于是决定写书。"

朱正的《鲁迅传略》从大年三十晚上开始动笔，春节三天假写了一部分。节后，上班干工作，下班接着写。这一年的4月4日，写完了，开始抄，边抄边改，最后成稿九万字左右。

"成果最高的是五一劳动节那天，还不让我出去，就一天抄了一万多字。又过几天就抄完了。"

朱正说，他当时是二十一级干部，每个月五十七块钱。5月20日发工资，朱正的母亲就到报社来拿。他借机把稿子交给母亲，请她去邮局帮他寄。他还用红墨水为自己的书稿画了封面，"到了邮局以后，邮局的工作人员反复看，说很精致什么的。这样就寄出去了。"

大概过了一两个月，朱正的父亲来报社找他，说出版社来信了。信是人民文学出版社来的，说准备采用，但有些地方需要修改。征求朱正的意见：是寄回来自己修改还是出版社帮忙修改？朱正马上回信，请出版社修改。

出版社这么快回信，是因为1956年是鲁迅逝世二十周年，国家要隆重纪念，要求出版社出书，出全集、传记等。人民文学出版社收到了几部鲁迅传记，不知道为什么选中了朱正这一本。

"12月的时候，我收到了出版社寄来的十本样书，还有一份合同，乙方是冯雪峰的签名。按当时的稿费标准，全书十万零五千字，印一万册，稿费一千两百六十元，差不多是我两年的工资。那时候稿费高。"朱正说，

"这本书是我进入学术界的入场券。"

朱正继续说，他原来就想当个编辑。当时他在报社农村组，编的稿子，就是抗旱啊、秋收啊、合作社啊什么的。这本书一出，湖南文学界才知道有个朱正，有些活动就通知他去参加，这样，身份就有了一些变化。有一次，湖南省委宣传部部长唐麟在文联开一个座谈会，朱正发言说："好作家都不注重文学批评的——这不是我的话，是鲁迅的话。"唐部长反驳他说："你说错了，鲁迅也很重视文学批评的。"随后还举了鲁迅翻译苏联文艺理论著作的例子。

朱正说："钟叔河写周作人，跟周丰一关系很好。周家后人委托钟叔河编周作人的书，给他提供材料。这一点我跟他不一样。他跟周作人、周作人的后人很要好，我不是。鲁迅的夫人、儿子很不赞成我的鲁迅研究。"

朱正有一本书，叫作《鲁迅回忆录正误》，第三版是在浙江出的。后记在《文汇读书周报》发表了，说许广平的文章错误很多。周海婴看到后，马上就在《文汇读书周报》发表文章反驳朱正，说他母亲写书如何重视啊，如何认真啊，向领导请示啊。朱正看到后没有理他。

"如果有谁讲我妈的不是，我也会反驳，这很正常。人子之道啊！"朱正说。

后来，周海婴出了一本《我与鲁迅七十年》，书中讲罗稷南跟毛泽东在上海的一次对话，说鲁迅如果还活着，会怎么样怎么样。有些人看到后就攻击周海婴。

朱正说："周海婴的一些说法也有错误，他说，是毛泽东请湖南老乡去谈话时跟罗稷南说的。有人说，当时周谷城在场，罗稷南不在场；罗稷南是云南人，怎么会参加呢？"

朱正看到对周海婴的攻击后，经过考证，写了一篇文章，说这是毛泽东到上海去，和三十六个文化工商界知名人士座谈时的谈话，当时有报道；出席人名单中有罗稷南，因此不能证明周海婴是错的。

文章发表后，周海婴很快找到朱正，说："我们过去的误会完全没有了。"朱正讲到这里，大笑起来。

"因为我帮他讲话，有理有据。"朱正说，"黄宗英当时也在现场，后来也写了文章，比周文更准确。"

"您跟许广平见过面吗？"聊天当中，我问朱正。

"没有，只写过一封信。我发现她的书中有很多错误，给她写了一封信。"

"她是怎么回复您的？"

"许广平说：你是根据书上做出的判断，我是根据我的记忆写的；我无意修改我的文章。"朱正说，"这不是观点的问题，这是事实的问题。事实的真相只有一个。"

朱正的《鲁迅回忆录正误》，是纠正许广平文章中关于鲁迅的许多错误而写的。他为许广平澄清了好多谬误，但许广平并不领情。

"我可以和任何人打赌：许广平的文章，除掉《两地书》里的——那是鲁迅修改过的，其他文章，任何一篇，至少有一处是不通的。"

听朱正讲到这里，我问道："她的文字功夫不行？"

"完全不行，她不会写文章。"朱正说。

我说："按理说，许广平的文化素养应该是比较高的，毕竟是北京师范大学的学生啊！"

朱正说："她是北京女子师范大学中文系的学生，（上学的时候）净跟老师谈恋爱了，没读什么书。"

"聂绀弩是个奇人，您跟他交往很多，帮他做过不少事儿，能讲一讲吗？"我问朱正。

"聂绀弩很有才，他的旧体诗、杂文都是一绝。人也很幽默。"说到这里，这位九十三岁的老人踩着小碎步进入书房，取出一本《聂绀弩杂文集》，翻给我看。"你看，这是聂绀弩送给我的一本书。"只见扉页上有两行字："朱正同志正 白歪 绀弩呈于北京"。朱正回忆当时的情景说，聂绀弩题毕，朱正问"白歪"是什么意思。聂绀弩笑着说："跟'朱正'做对子嘛！"

朱正说，1980年，人民文学出版社借调他到北京，参加编辑新版《鲁迅全集》的工作。这时候，他才跟聂绀弩、楼适夷、丁玲这些跟鲁迅有过来往的作家有了联系，并去拜访他们，逐渐熟悉起来。当时，聂绀弩身体已经不好了，朱正帮他编了一些书，还为他的《散宜生诗》作了注。

"聂绀弩的诗集我读过，他的旧体诗写得真好啊！"我感叹说。

"他的杂文也写得好啊！说到杂文，鲁迅写得好，之后就是聂绀弩，再往后就是邵燕祥。他们都是杂文大家！"朱正说。

年轻时代的朱正，也是热血青年一个。后来经历"肃反"和"反右"，还在1970年被捕、判刑、劳动改造。用他在自传《小书生遭遇大时代》"后记"中的话来说，"是经了大风雨、见了大世面过来的"。然而，难能可贵的是，长达二十四年"边缘人物"的生活，没有泯灭朱正对文化、文学的热情。一旦有一丝阳光从时代的缝隙间透出来，他就重新让自己光焰万丈。正所谓："严霜烈日皆经过，次第春风到草庐。"

衷心祝福老人家！

选自《文学自由谈》2024年第3期

与周涛老师有关的一些记忆

/李娟

在周涛老师面前，我是后辈中的后辈，相处的机会并不多。大部分时候都是和我的编辑文珍老师一同去他家拜访。他家院子不大，温馨明亮。每次去，文珍老师都会以同样的姿势站在院子铁门边，让我给她拍照留念。各个角度，横的竖的都要有。每次我都不耐烦地说："上次不是拍过了吗？"她说："上次是上次，季节不一样。"等到了同样的季节，她又说："去年是去年，今年是今年，还是不一样的嘛。"简直无法理解。但再想想又有点理解——周涛老师可是中国文学界的初代偶像，粉丝们的狂热追逐再怎么都不为过。

拍完照，文珍老师翻看一番，感慨道："这可是周涛的家啊！"

直到周涛老师骤然离世，才真正理解了文珍老师。她年岁更长，经历离别更多，才更珍惜每一次的相聚。那些看似大量重复的照片，大段大段的录音和视频，其实记录的是我们逐渐靠近离别的过程。翻看这些照片、视频和音频，几乎也成为一个接受的过程。所以我就难以接受。我至今觉得他的死亡可能是假的，是个玩笑。仍觉得我们随时就可以约个时间，再次和文珍老师一起去到他那温馨的小院。而周涛老师仍然会站在大门口迎接，乐呵呵地喊出我们的名字。他眼睛明亮，他的喜悦总是能迅速感染所有人。

强烈的不真实感——几乎所有的人，得到他过世消息的第一时间，都震惊得一时顾不上悲痛。实在无法想象，那样意志强烈、情感旺壮的生命，也会有结束的时刻……然而再想想，又觉得，如此任性的死亡，意料之外，其实也在情理之中——这样的死亡，是和他那洒脱恣意的人生保持高度一致的。

关于周涛老师，印象最深的是三次吃饭。三次都是他请客。

第一次是十年前，饭后，我和朋友红姐抢着买单。这时周涛老师说："你们都别抢了，应该由我来买单。"我们问为什么。他说："以前都是别人请我，六十岁之前，我吃饭可从没有花过钱。后来我觉得，欠下的债总得还，所以六十岁之后我要开始慢慢还债喽。"

于是我和红姐不约而同停止了买单。一时间，竟然连一句客气的话都没法说出来。

第二次是几年前，五六个人吃农家乐。因为之前已经说好由他买单，结账时，大家都坐着没动。所有人一起看着周涛老师起身，独自一人向吧台走去。当时我们这一桌设在户外，离吧台挺远，林间石子小路也不是很平。只见他像所有上了年纪腿脚不便的人那样，走路重心靠前，步履有些蹒跚，肩背也微微佝偻。所有目光都聚集在他的背影上，席间突然那么安静。这时，在座的一个朋友突兀地感慨了一句："想不到周涛也老了……"

我听了心里很不舒服。

过了好久才想明白为什么不舒服。因为我不喜他口吻里流露的怜悯感。

谁有资格去怜悯他呢？还是用文珍老师的话说："那可是周涛啊！"——就算他已经苍老了，就算他看起来那么孤独，他仍然是苍老而孤独的，最最自由的无羁的，高高在上的灵魂。

第三次是两个月前，周涛老师带我们大大小小四个人去野马国际看马。结束后又请我们吃饭。买单的时候我们都心照不宣地要求服务员把账单拿到餐桌前结账。因为我们都知道，他上下楼已经不是那么方便了。

那次已经过了饭点，我们都挺饿的，真正做到了光盘。他非常开心，连说了好几遍："这才叫吃饭嘛，这才是吃饭！"似乎世上让他心满意足的事情太多了，哪怕一顿吃得干干净净的餐席也让他那么快乐。

那次去野马国际是因为同行的朋友带着一个小朋友，可能考虑到小孩子会喜欢动物，周涛老师提出带我们去看马。到了野马国际的售票处，我们发现景区对七十岁以上的老人免费开放，六十岁到七十岁可以半价。同行的朋友有一位刚满六十岁，加上有个小朋友，可以买一份三人行的亲子套票。于是这一趟行程我们五个人只需要买一张相对便宜的亲子套票和一张半价票就可以了，年过七旬的周涛老师自然就是免费的那一个。于是朋友赶紧去排队买票。可周涛老师这边却显得有点发蒙。要知道，他出门从来都是甩甩手就走，连包都不带一个，哪来的身份证？于是实在没有办法证明自己已经七十岁……

当然，这个问题后来很快就解决了，我们顺利进入了景区。

但是我却一直记得，当他听说需要用身份证才能证明自己可以免费时，突然有一点茫然无措。他站在那里，握着手机，想拨一个电话找熟人帮忙，可似乎又觉得当着我们的面展示权力有点不好意思。

那一瞬间的纠结犹豫，是我对他所有印象中最最深刻的。

几乎所有人，对周涛老师的印象和认知，除去他的创作成就，最大的就是一个"狂"字。而我对此的了解，一源于别人的描述，二源于他自己的表达。前者让我看到一个无拘无束的形象，后者让我感受到一个欢喜坦诚的灵魂。

周涛老师强闻博识，口才惊人。不管什么场合，他必是唯一的主角。倒不是他霸麦，而是大家确实都喜欢听他说话。然而他听力有碍，有一段时间助听器不给力，交流不畅。我便建议他使用某款更好的助听器，他拒绝，说："用不着！我根本用不着听别人说话，别人听我说就行了。"然后哈哈大笑。

然而这么狂的人，有一次却突然来一句："老了就有点自卑了。"令人一时哑然，实在不知如何接这话茬……很久以后，我才想到，其实根本不用接。他并不需要我的力撑或理解。他也并非在展示软弱或表达遗憾。他只是坦然地陈述一个事实而已——满不在乎地，甚至稍有释怀地。

况且，他所认为的自卑必然与我们理解的自卑是不一样的。还是文珍老师说的话："那可是周涛啊！"

又想起有一次吃过饭后，同行的朋友带我们去附近的异宠店。那里陈列着许多色彩缤纷的蛇类和蜥蜴等活体动物。我们好奇地参观，周涛老师在店里转了一圈就出去了,然后独自在门口等我们。我们出去后,他才坦言道:"我害怕蛇,见不得这些。"口吻中却并没有畏惧或厌恶的意思,对于我们亲近这些异宠的态度也并无反对之意。

——同样质地的坦然。

我想,他那闻名于世的"狂",其实也出自这种特有的坦然吧?

就像大家族里最受恩宠的那个孩子——只有这样的孩子才能养成此种坚密开阔的坦然。

我真的是太喜爱他了,敬仰他,又深深地羡慕他。

还有一件事难以释怀。周涛老师常年喂养野猫,每当提到自己院子里常年光顾的几只猫,难掩喜爱之情。一次聊天中我们又谈到了猫,我提到现在很多景区和高速服务区都在卖的猫皮草马甲,其实是有组织地捕杀流浪猫制作的。我曾拍了许多这种照片,便顺手把这些照片翻出来给他看。他看过之后立刻站了起来,突然间有些激动,大声说:"我给你说,这些人,这些人啊……"他向门口走了几步,才继续说:"他们迟早会遭报应的!"然后独自坐到门外走廊上抽起烟来。那一瞬间我真切感到了他的愤怒和痛苦。突然心里涌上巨大的悔意。我何必要和他聊这个话题呢?何必非要给他看如此残忍的照片……明知他是一个关爱小动物的人……

什么样的人才会坚信报应?也只有这样坦荡纯粹的人吧……

在周涛老师的追思会上。有一位前辈的发言对我很有启发。他说的大意是,每一个和周涛相识的人都会觉得自己在他那里是与众不同的,会觉得他唯独对自己另眼相待。每一个人都会为此感动欢喜。而实际上,他对任何人都一样。

——我不觉得这是一种社交能力,也并非所谓的高情商。这明明是一种"给予"的天赋,就像文学的天赋一样,是生命力和情感的富足表现。

他推崇英雄,也钦佩小区劳作的民工;他热爱烈马,也喜欢小猫,他自得自负,也从不掩饰缺陷;他任性恣意,从不委屈自己,又善良敏锐,也不会轻易委屈他人。

这样一个独特的、美好的、贵重的灵魂从此消失于世间了。玉山崩塌,江河入海。我从来不会为别人的死亡而悲哀。在这方面如果有痛苦的话,总是源于后悔。太后悔了,从此再没有机会了——当他们还活着的时候,没能更好地去理解他们，回应他们。对周涛老师，更是如此，更是后悔。

"我欲乘风归去，郎骑竹马而来。"——这是另一次聚会上，他为宴客的主人写的一幅字。我非常喜欢这两句话，每次回想，都会被其中的才思和情绪所打动。我感到，他对人间的留恋和不留恋都在这里了。

又想起那次去看马。所有人都显得快乐又激动，用手机不停地记录。只有他平静地站在一边，似乎对这一切丝毫不感兴趣。当我看到有一种马的马蹄巨大，身量也异常高昂，脱口而出："这么大的马怎么骑啊？谁能爬得上去？"他说："这不是用来骑的，这是负重马。以前也用来拉车。"然后打开话匣子，如数家珍地介绍现场每一个品种的马的特点。最后又说："我最爱马。没有人骑马比我好看。你看他们——"他指着马场内的年轻骑手们："腰都是塌的。我在马上，腰背笔直！我是哥萨克骑兵的骑马方式。"瞬间神色激动，目光粲然。但那时的他，再也不能骑马了。

跨着年岁的隔阂，我不能揣测他在想些什么。但我知道此时的他，终于可以重返天山，自由地策马狂奔。

又想起多年前我第一次去他家小院，他站在门口迎接，见到我高兴地大笑，说："第一次见面，对吧李娟？朱毛大会师喽！"如此隆重的迎接，让我不知所措。

其实那并不是第一次见面。第一次是在二十多年前，在某个宴请场合。那时他坐上席，年过半百，仍英俊耀眼。我二十一岁，无名小卒，不懂酒桌规则，坐在末座木头一块。

他说，你叫李娟是吧？来来，我给你敬一杯酒吧。

选自《西部》2024年第1期

母亲的床

/耿立

母亲来了，或者母亲一直都在。十八年来，她都在这个曹濮平原深处小城的学院家属院9号楼3单元301的房子里，她守着这三居室一厨一卫一客厅一储物间的房子。

我清晰地看到母亲站在床前，这是平原深处的黎明前，是农历七月的黎明前。外面是雨，是滂沱的雨。

我感觉到了，是母亲在为我搭毛巾被。雨，给这个夏夜带来了寒意。我清晰地看到了母亲，先是站在床前，用手把我身边的窝成团状的毛巾被抽去，然后轻轻抖开，盖在我身上。

母亲专注地看着我，她坐在床沿上。我觉出了母亲的孤单，父亲去世之后，她又在这个世间延宕了十年，把她的暮年延长了十年，从七十到八十。我还记得母亲暮年常念叨的一句话：长成一个老婆子不容易。

长成一个老婆子不容易，这是母亲的感慨，透出的是伤怀，还有那种不可把握的茫然——

母亲一辈子经历了什么？

民国二十四年（1935）七月，濮县黄河决口；

民国二十六年（1937）七月，菏泽7.0级地震；

民国二十七年（1938）三月，日本人占领了什集（我的家乡）。

黄河决口那年，母亲十岁，离决口点只十几里路；

地震那年，母亲十二岁，被寄养在她的姥姥家，离震中只五十几里；

日本人占领什集，在什集的北街外修筑了炮楼，那年母亲十三岁，日本人的炮楼离她的姥姥家只有七里。

黄河决口时，母亲抱着个门板，门板系在有乌鸦巢的百年榆树上，母亲看着那乌鸦的巢被水击散，想伸手抓住一只雏鸟而不得。

地震时，房子的屋梁落下来，砸在她的枕头上，没伤着她，但头发被房梁压住，被她姥姥用剪子把辫子剪断才逃出。

一辈子经历瘟疫、饥荒、逃难、战争的拉锯与杀伐，经历少年丧父、婚后连续两个孩子的早夭、晚年的离家、后辈的白眼与挤对。

三十三岁，大跃进，她的远房妯娌在翻地的时候被深沟塌方埋了。

三十四岁，村里的人浮肿，邻居大娘抓起一把生产队的小麦种子填进口里被噎死。

四十岁，生我，家里没有小米，没有黑糖，没有鸡蛋，父亲走投无路，羞愧地跳进机井，被人救出……

什集的生死簿上，母亲看到的死太多，经历的死太多。死的样式各种各样，跳河的跳井的，无端溺死的，喝农药的，屈死的，冤死的，有囫囵尸首的，有片骨无存的。

母亲说，活成一个老婆子不容易。在她暮年，我回什集看她，母亲说她不怕死，就怕死之后被烧。父亲晚年，不到六十岁，就早早置办了两口泡桐木的棺材，他一口，母亲一口。白苍棺材就摆放在我家东屋里。父亲还活着的时候，会躺进棺材，让母亲看看合适不合适。

母亲会说："你轻点躺，别碰着哪里。"

什集，还有老家周遭数十里的人，都把死看得特重，人过五十，就会置办棺材，找人选坟的穴位，左青龙右白虎，前朱雀后玄武。生得不讲究，窝囊，死却不将就，要风光；生的时候，往往很少人见到，所以死的时候，埋葬的时候，一定要让人看到。

十八年前，母亲死在七月末的一场黎明前的大雨中。当时一声炸雷，我醒来，就到母亲的房间去看动静，去喂她水喝。母亲中风后，嘴角是歪斜的，每次用汤匙喂水，水总会从嘴角流出，但母亲的嘴在与汤匙接触的时候还有知觉，能稍稍张开。这次，给母亲喂水，母亲的嘴不再配合，她用眼睛直直地盯着我——

我不知道母子最后告别的时刻已经到了，从母亲房间悄悄退出，关了灯。在我轻掩房门的时候，母亲含混地喊了一声。我知道，母亲一辈子一直怕黑。我马上返回房间，打开房灯，喊："娘，您叫我？"

母亲没有了反应，我抱起母亲，母亲在我的哭喊里流出了最后的小便——瞳孔放大，母亲去了。

十八年前的这一幕，在十八年后，仿佛又将复现。我打开灯，下意识地喊了一声"娘"，无人回应。

窗外，雨声很大，我知道，这七月、这雨、这雷，都和十八年前一样。这些信息，一定刺激或者唤醒了这所房子里母亲留下的一些信息。

这是真切的，在我没有开灯的时候，母亲就坐在我的床头，我看得真切，母亲为我搭上了毛巾被，母亲眉间带着笑意，正俯瞰我的睡姿。

我相信世间的缘分，母子一场，父子兄弟姊妹，爱人一场，并不是一方肉体断灭，就消散尽了那些我们看见和看不见的信息。机缘一到，那些事件和过往都会在眼前一一展开。你只要平静地接受，或者安静地等待这一刻，就会有"十年生死两茫茫"的怅惘，或者"问姓惊初见，称名忆旧容"的顾盼。

我想到了电影《铁道员》，十七年未见的雪子，从那个世界来看父亲。我还记得电影里那本铁道员工作日志。在昏黄的灯光下，铁道员记下了这样的故事——

昨夜，大雪，无异样。我遇见一个女孩，十七岁左右的年纪。我问她："你是圆序寺佳慧家的女儿吗？"她笑了笑，没有再说什么。我指挥最后一趟列车出站，回来时她已经做好了热腾腾的晚饭。我们聊了很多，我对她有一种莫名的亲切感。席间有一通电话，是佳慧家打来的。我照例问好，并说："您的女儿在我这里。"可是电话那端说，他们的女儿已经离开小镇很久了。我急忙转身，那个女孩穿着静枝的夹袄在向我敬礼。那一瞬间，我知道了，她是雪子。"对不起，爸爸没有照顾好你和妈妈。""没关系，因为你是一名铁道员。"很久，我想抱一抱她。可是，她已消失不见了。

十七年前，铁道员忙于工作。女儿雪子襁褓中夭折，后来妻子也郁郁而终，十七年后，当他的人生中只剩下萧索时，一个可爱的少女出现在火车站，抱着当年他为女儿买的娃娃。这是夭折的女儿重回人间，为了让铁道员看一看自己长大的样子。

多年前，这个电影令我落泪，这个大雨的黎明前，我蓦然想起了这部电影。这个黎明前，是我的母亲看我来了。我睡的这个床，正是十八年前母亲去世时用的床，是我最后抱着她，看到她瞳仁渐渐放大，流出最后的小便的床。

我知道，母亲留在了这里。我知道，母亲是拒绝什集拒绝故乡的。什集给了她太多的苦痛，在四十岁的时候，她生下了我这个老生儿子，在她看着一个又一个孩子夭折以后，在她精神受到刺激，躺在病床上三年，吃下一千服汤药，家徒四壁以后，她知道，孩子才是她的未来，才是她活着的意义和价值。等有了哥哥，有了姐姐，有了我，她依旧是担惊受怕，怕伤着这个，冻着那个。但她的暮年，也在这些孩子、这些孩子的孩子的冷落、白眼和压榨中过活，依旧是在担惊受怕中熬着。

母亲是最能看透乡下的残酷和人性的暗黑的。哥哥酒后忤逆，曾辱骂她抬手打她，这样的事，她吞下了；在她住在姐姐家时，曾被安置在养羊的屋间，夜间干渴想寻找一口水，而把姐姐家在羊屋上反锁的门鼻子扭断，这样的事，她也吞下了。

母亲晚年说："就你孝顺，我指望你了。"这样的托付，不应该是托付啊。我听后，心头滴血。

肩负母亲期望的我，却是从她身边，远离了这片土地，也一步一步远离了她。我只有在假期如走亲戚一般，回乡下一趟，赶到乡下的什集去看她。我带的那些点心或者零食，她留给哥哥的孩子和姐姐的孩子，给她的零花钱，要么被哥哥要走，要么被姐姐要走，或者，她和那些乡下的老婆子玩水浒叶子纸牌，输给邻居拿走。

我到县城读高中，到地市读大学，到省城京城进修，留给故乡和母亲的，只是一次次的不解、一次次的告别、一次次的分离，我看到的，则是母亲一次次的盼望、一次次的失望。

母亲担心我的身体，担心我嗜酒。有时，她到城里来我家住几天，见到同事把喝醉的我送到家，母亲就会用醋和白糖水混合了给我喝，端碗的手是抖的。我知道，醉酒的哥哥曾给母亲带来伤痛和伤害，母亲后来说，只要一听说谁喝醉了，她的腿就抽筋。

母亲在城里是住不了几天的。父亲去世后，每隔一段时间，我就把母亲接到城里，但城里没有一个她的熟人，没有一个人和她说一会儿什集的方言，没有了五天一次的集市，没有了田地的绿色和枯黄。她有时会问我，谁家的人要过三年了，她要去送一刀火纸；谁家出嫁的闺女回门了，她要回去看看。母亲说那闺女出嫁的时候她不在，这次要把礼钱补上。母亲说，这个女孩的母亲在我结婚的时候，曾给我家送过一床粗布的被单，她要回去还这个人情。

母亲记着这一方土地的好，也记着这一方土地的伤。

母亲成了我和老家连接的最后脐带。有时，她在城里会说："不知你姐是否知道七月十五给你父亲上坟，十月一是否给葬在野地里的父亲送寒衣。"母亲有时很知足，与死去的父亲比，她说她多活了十年，她说她比我大娘（我伯父的妻子）更是多活了四十年。

有时，到城里办事的什集的人告诉母亲谁谁死了，母亲就告诉我，这个人的孩子也在城里，要我到这孩子单位请人家吃顿饭，安慰一下。那时，母亲会"唉"地叹一声气，转过脸去流泪。

十八年前的麦收时候，母亲再一次中风了，这次没能再次出现奇迹，医生说，中一次风后再中，会越来越重。医院不愿收留了，就叫我们在家陪伴伺候，减少母亲最后的痛苦。

母亲躺在床上三个月，不能言语，不能自己翻身。隔一时半晌，要给母亲翻身，母亲虽不能言语，但一边的手和脚能动，嘴里发出含混的呜呜声来表情达意，有时是满意，有时是怨愤。

每次我帮母亲翻身的时候，母亲的表情都十分复杂，她的头会扭开，不看我，我有时站在床边，有时跪在床上，像抱孩子那样把母亲抱起来，然后再慢慢放好。在夏天，每次帮母亲翻身，我都一身大汗，而母亲也是一身汗。

母亲喜欢让妻子给她翻身，姐姐来过几次，帮母亲翻过几次身。

母亲最难为情的是上卫生间和为她擦拭身子。如果家里妻子不在，母亲一般都是忍着，给她喝水她也不喝。我在家的时候，时间一长，母亲都会尿床。而妻子在的时候，母亲都会在妻子的怀里去卫生间。

妻子回家，见母亲又尿了床，就告诉母亲："儿子是您生的，那害羞啥，让他抱着您去解手呀！"而每次妻子要和母亲去洗手间，母亲就嘴里咿咿呀呀让我出去，或让我躲到别的房间。母亲不让我给她擦拭身子。她脑子里的那种从小形成的男女大防观念，一直影响着她。

给母亲穿下葬寿衣的时候，母亲的身体是柔软的。看到母亲干瘪的身子，我的泪流下来。这个时候，母亲当然已经不知道了，但我替母亲穿衣服的手一直在抖。

在母亲最后的日子里，我反复问她："回老家不？"母亲眼里有泪，嘴里呜呜着摇头。唯有一次，哥哥到城里看母亲走后的那天夜里，母亲惊叫起来。我听到了动静，发现母亲蜷缩在床上，偏瘫的身子竟然像完好时那样像一个刺猬蜷缩着。

我安慰着母亲："我们不回去，不回去。"听到了这话，母亲才安稳地睡下，身子舒展开，像被冷汗冲刷过一样。

去世后的母亲，再也没有表达自己意愿的能力，大雨滂沱的时候，母亲还是回到了老家。我本已拒绝哥哥要母亲回家的理由，但同来的家族的一排人跪在母亲的床前，哭着要母亲回归故土时，我妥协了，向着那片给予母亲无限伤痛的土地，我机械地说了声："娘，咱回什集吧。"

躺在盖着防雨布的担架上，母亲被抬上了灵车，妻子扶着母亲，怕母亲淋雨。母亲平时怕冷，妻子把防雨布往上扯了一下，盖住母亲的脸。

母亲还是回到了故乡，还是安葬在了那片讲究秩序的祖坟里。十八年后的7月，我回到了故乡，睡在母亲去世的床上。窗外的雨开始变小，一楼人家的枣树、木瓜树和无花果树的叶子，就在我的窗前摇晃。这一切，都像十八年前一样。

人之生也柔弱，其死也坚强。草木之生也柔脆，其死也枯槁。人死了会去哪里呢？有物理学家说，人也是纠缠的量子，死亡，或许是到了另一个平行空间。

我有些相信这样的解释，十八年后，我不是梦见了母亲，而是她在这个滂沱的雨夜，真的在给我搭毛巾被，坐在她躺过的床前看着我，只是我打开灯的时候，母亲才又不在了。

母亲去世后,我多次梦见她。我回老家什集的时候,她正在街头买烧饼,我看到了她,她知道我最喜欢吃糖烧饼,就在烧饼炉子那里嘱托打烧饼的人多加糖,愿意每个烧饼多加五毛钱。

于是每次醒来,我总是泪流满面,因为每次醒来,都是面对虚空,母亲都不在。

而十八年后的这一次,我是醒着的,我真切地看见母亲抖开毛巾被,然后轻轻地给我搭上。

我把灯关上,我觉得,母亲还会来,母亲在另一个平行的时空,两个平行的时空总还会有交集的。

母亲去世的那夜,我睡在书房;今夜,我睡在母亲去世的那张床上。十八年后的这一夜我本来睡得是很沉的,回到了阔别十年的这个曹濮平原小城学院家属楼三楼的居室之中。

书房里的书在慢慢变得苍老,书架上落满了灰尘,我一翻书,那里面的尘屑刺得喉咙像被根根羽毛反复撩拨,鼻腔像贴着厨房,而厨房正在干煸辣椒。

然后,我的母亲来了,接着,是山东德州的一个地方地震了,是夜里两点三十三分,我的床摇晃了起来。

我打开灯走到书房。窗外依旧是无边的蛙声。

选自《散文》2024年第7期

悲伤是一条暗河

/欧娜

老欧同志，一年不见，您好吗？

想来想去，叫您同志比较合适，您听着习惯，我也叫着顺口。咱们之间不像父女，更像战友，而且是那种交情很浅的战友。我不知道这封信您是否能看到，但我还是想写出来。从某种角度讲，这封信是写给您的，也是写给我自己的。我想把这几十年来没有对您说的话一股脑倾泻出来，就像月光穿越黑暗流泻在冬日的大地上，尽管没有多少温度，但对我来说也算是一抹微光、一种慰藉。也许这样我就可以渐渐释怀，可以不再经常心痛，不再夜里流泪，不再半夜惊醒。

仔细回想，三十七年来，我们竟然一次正式的交谈都不曾有过。关于您的许多故事，我倒是记忆深刻。因为您总爱在两杯酒下肚之后，扬扬得意地讲述您在高原的故事，您重复了一次又一次，不知道您是真不记得您已经讲过了，还是想让我理解您对我的亏欠。我不忍打断您的慷慨激昂，每次都当新故事一样听。其实我的耳朵早就听出了茧子。那个时候我想，您不厌其烦地讲您的高原，一定是对自己的工作很满意，可是您的高原跟我有什么关系呢？您为什么从来就不关心我这个女儿呢？工作也好，生活也罢，您随便问问我也好啊！我一度怀疑您是不是我的父亲，怀疑您是否爱我。又或者是，我离您理想中女儿的标准还相差甚远，远到您对我都无话可说，视而不见？正因此，我也从不主动找您汇报思想，只是铆着劲儿想努力做出点成绩给您看。我们父女之间好像都在暗中较劲，仿佛谁先开口，谁就输了。事实上，我们都输了。老天收走了属于我们父女之间该有的亲密与温暖。

这一年，我无数次想对您说点什么，但我再也没有机会了，您也再听不到了。三十七年来，我从没有梦见过您。奇怪的是，您走后没多久，我就连续梦见您两次。一次是您十八岁参军时的模样，梦中您的样子有点模糊，但我分明能看出您的开心与兴奋，可惜我还没来得及把您看清楚，您就搭上绿皮火车消失在我的视野里。还有一次是您近几年的样子，好像是您要远行，去一个什么地方，您临出门时回头看了我一眼，什么都没说。可是在梦里，我对您说呀说呀，却怎么也听不到自己的声音，眼睁睁地看着您转身走掉了。我急醒了，发现自己已经泪流满面，后来就再也睡不着了。您知道吗？您走后这一年，我开始吃安眠药了，不是每天吃，只是在想您的时候才吃，或者半夜惊醒的时候才吃。我是军医，经常劝年轻的战友不要吃安眠药，说这样会产生依赖性，对身体不好。但是您看看，我现在也偶尔吃上了安眠药。这都是因为您。

您走后这一年，其实我每天都在想您。有时候是有意识地想，有时候是无意识地想，有时候是被迫地想，但无论哪种想，想的时候心里都像针扎刀戳一样疼痛。我想您，不是那种女儿对父亲的思念，更多的是反思我们父女之间的关系为什么会变成那个样子。为什么几十年来，我就叫不出一声"爸爸"？我们的问题到底出在哪儿呢？

去年的那天下午，新冠肺炎疫情正严重的时候，我严严实实地把自己包裹起来，炎热的天气和对您的担忧令我窒息，我穿过重重关卡，焦急地冲进家门的那一刻，我就感觉到我被整个世界遗弃了，知道了什么是至暗时刻。您的突然离世，不是因为疫情，而是因为高原后遗症。当时，您在屋里用手机高兴地给外孙女拍了几张照片，突然感觉胸口疼痛，您没有当回事儿，说我躺一会儿就好了。可是等救护车赶到的时候，您已经停止了呼吸。我跑进家门，发现您的眼睛一直睁着。您是不相信六十五岁的自己怎么会突然离开人世，还是不放心妈妈、我和您疼爱的外孙女？几天后的早晨，天光暗淡，我走进那个一辈子都不愿再次走进的地方，平生第一次参加了一个最不情愿参加的仪式。那是您的葬礼。高大健壮的您，竟然用一个小木盒子就装下了，真是不可思议。我有一种撕裂感、破碎感，仿佛被雷电击中了一样，感受了难以言状的疼痛。那天之后，我的世界再也没有了晴日，如同成都漫长细碎压抑潮湿的冬天。我没有想到，一个人从这个世界彻底消失仅仅需要一个小时。一个小时之后，这个人便逐渐被人们遗忘，仅活在最亲的几个人心里，仿佛他从未来过这个世界。

那天之后，我还是我，我又不太像我。我还像往常一样吃饭、工作、睡觉。我与人交流，偶尔也能挤出一丝笑容。如果我不说，没人知道我经历了什么。但是您可能无法想象，我这么一个爱美的年轻女人，竟然时常忘记洗脸，衣裳随意乱穿，长达半年不修边幅，但我却没有觉得有何不妥，反倒感到轻松自在。从前我对未来生活豪情万丈，随着您的消失，这种豪情也跟着消失了。这样的状态，或许就是网络上说的"躺平"。不过到了夜里，该躺平的时候我反而躺不平了，因为脑海里总是闪现您的影子，那影子时而清晰，时而模糊，但一样冰冷。回不去的从前和到不了的将来，足以令我辗转反侧，直到天明。

我记得，就在去年，您小心翼翼地将用过的口罩挂在阳台上，晾一晾再用，用过了再晾、再用，直到口罩起毛球才肯换新的，任我说了多少次，您也不会改变。您习惯早起拖地，我常常在早上五六点钟就被您冲洗拖把的声音吵醒，我为此抱怨过您，您却依然如故。雾霾天里，您将所有的窗户打开，说要多通风，我前脚刚关上窗户，您总会第一时间发现，又将窗户打开，我们不停地开开关关，我们心的距离就在这一开一关之间越来越远。我知道您在西藏戍边几十年，习惯了寒冷的空气，但是您想没想过，我一受凉，就容易感冒？您不会关心人，即使关心人，也是用一种粗暴的方式。有段时间我因为减肥不吃晚饭，您明明是在担心这种减肥方式会对我的健康有害，可从您嘴里说出来的话却变成了这样："不吃饭，等着饿死啊！"好好的话，在您嘴里是如此难听。我赌气地回怼您："我倒要看看，会不会饿死！"这就是我们父女交流的方式。人们都说，女儿是父亲的小棉袄，我这件小棉袄，是不是不合您的意，让您如此讨厌？

但是我仍然想念您。您走后，我开始怀念您那些可笑又可爱的行为，怀念我们意见不统一，您坚持自己意见时的那种倔强表情，怀念您据理力争时的大嗓门,怀念那些我们再也回不去的不痛快的从前。是不是您在缺氧的西藏待久了,与现代都市的生活格格不入?是不是许多退役下来的老军人,都像您一样固执?可是您在老战友和亲戚朋友们面前却不是这样啊,您总是那样豪爽大方、谈笑风生,大家都评价您是一个善良、开朗、乐观的大好人。可您在我面前为什么会是另一种样子呢?我的理解是,您不喜欢我。是的,我因为性格的原因,不善于主动跟您交流,不会在您和妈妈跟前撒娇,不会用女儿的方式讨好你们,但是我的这种性格和我们之间的疏离感,难道您就没有责任吗?在我小的时候,在最需要大人关心、最需要大人教我如何去面对世界、如何去跟人打交道的时候,您跟妈妈在哪儿呀?

属于我们的回忆实在少得可怜,少到我需要回老家去寻找丢失的记忆。从前回趟老家,至少要坐八个小时的大巴车;现在坐动车再转大巴车只用三个半小时。从前下了大巴车,还要步行五六个小时的山路,才能到您山沟沟里的老家——当然也是我的老家;现在不用步行了,乡村公路已经通到您的老家。路,还是通往老家的路;路,却不是当年的路。我翻过从前和您一起翻过的那座山头,山上满目苍翠,可我心里却一片灰暗;乡村阳光普照,可我心里却阴雨绵绵。我回到生活了十五年的县城。那时的我,眼里只有好吃好看好玩的,那个在我眼里曾经很大的县城,如今看来只是一座巴掌大的小城。是您凭一己之力,让我从乡村走到县城,再从县城走到省城,让我知道了山外有山,让我一步步朝着自己的理想迈进。可是您不在了,即使我的理想实现了,又能给谁看呢?我宁愿用我的理想,换来您的复活。尽管我一直都在埋怨您,但我终生都得感恩您,老欧同志。遗憾的是,老家之行,我没有找到太多关于您的记忆,我感到十分悲伤,也许我寻错了地方,也许您的故乡根本就不在您的出生地邻水,而在您服役几十年的遥远的西藏。确实,您在西藏的时间,比两个邻水还长。

有一件事,我一直没有告诉过您,其实小时候发生在我身上的许多事情我都没有告诉您。但是现在,在您离开一年之后,这件事情我想告诉您。我也不知道什么原因,就是想给您说说。我上小学的时候,因为害怕,每天晚自习后都要以百米冲刺的速度跑过外婆家的那条黑暗的小巷,现在已经被改造成了小集市,已经不像我小时候那样阴暗恐怖了。您知道吗?有一次您从西藏休假回来，来接放晚自习的我，那天我是多么开心幸福啊！因为这是第一次有人接我放学，而其他女同学，每天晚上都有爸爸妈妈接送。这事不能怪外婆，因为她年龄大了，走路不方便。您接我放学的那天，我再也不用害怕会遇到坏人——那里经常有坏小子出没，再也不用独自跑过黑暗的小巷了。那一天，我有了前所未有的安全感和幸福感，我也和别的同学一样，有了父亲的陪伴，有了父亲的保护。可惜那样的日子实在太短暂了，仅仅几天，您又匆匆回西藏去了。您的陪伴还不如不陪伴。因为您让我享受到的快乐是那样短暂，我还没有反应过来就已经消失了，我幼小的冰凉的心还没有被捂热又开始变得冰凉，您给我留下的是漫长的孤独与委屈。也许从那个时候起，幼小的我就开始怨恨您，开始变得叛逆。那时我经常想，我的生活里没有爸爸，我就是自己的爸爸。从那以后，我再也没有叫过您一声"爸爸"，一直到您去世。

您和妈妈都在西藏工作。未成年的我，后来只身一人去了温江寄宿学校。宿舍条件很好，有座机电话。每次听到电话铃声响，我们八个女生都会抢着去接，都认为是自己父母打来的电话。我也每次都期盼是您和妈妈打给我的电话，但每次我都失望，失望后来变成了绝望，再后来我开始恐惧电话铃声，恐惧到我会用手去捂自己的耳朵，但是电话铃声和同学跟父母通话时的笑声，却残忍地穿过我的指缝，一次次冲击我的耳膜，我无法忍受对同学的嫉妒和对你们的怨恨，只好一个人逃到操场，把自己淹没在无边的黑暗之中。您知道吗？那时的我是多么孤独啊，甚至比孤儿还要孤独，因为孤儿没有父母，心里不会有念想，而我有父母，却跟没有父母的孤儿一样。在寄宿学校军训时，宿舍没有电话，每隔三天，我们可以排队用座机电话跟家长通一次话，每人限制三分钟。您可能不知道，我也曾去排过队，也曾想给您打电话。我排队的那天，我前面的同学打通电话后，叫了一声"爸爸"，然后一句话也说不出来，她哭了整整三分钟。轮到我的时候，我突然慌了，我叫不出"爸爸"，我们心与心的距离比四川和西藏的距离还要遥远，我不知道对您说些什么。我没有拨通电话号码，失落地转身走开了。我一个人躲到操场一角，伤心地哭了很久。后来，我再没去排队打过电话。您哪里知道，我其实是多么想给您和妈妈打电话啊，可是我们那么陌生，我真的不知道该对陌生的你们说些什么。

我是女生寝室的室长。有一天，寝室里的两个女生发生了争执，惊动了生活老师，我因为不满生活老师的不公平处理顶撞了老师。我被带到了教务处，几个校领导轮番教育我，意思是：不管老师是否公平，我顶撞老师就是不尊重老师，必须立刻向老师道歉，并写出书面检讨。我坚决不干，因为我没错，我认为自己是在伸张正义。学校给您打电话，让您领走被退学的我。第二天您乘飞机回来，把我从四川接到了西藏。您为我的叛逆很生气，而我却暗自高兴。因为我终于可以和你们生活在一起了，我们一家三口终于可以团圆了。

可是让我没有想到的是，我们的关系并没有因此而得到改善，甚至反而越来越糟。我在拉萨插班上学。由于高原反应和您对我像士兵一样的严格管教，让我更加叛逆。我开始和同学逃课泡网吧水吧逛公园，而忙碌的您，一开始根本没有察觉到我每天都在逃课。后来有人向您告密，您才知道我逃课的事。您悄悄跟踪我，在网吧堵住了我，我急忙躲进女厕所，反锁了门。您在外面大声吼叫，叫我马上滚出来。倔强的我，与您无声对抗。您一拳头打穿了厕所的木板门，把我揪了出来，给了我重重的一耳光。那是您唯一一次打我。我的心比脸还疼。我在同学面前丢了脸面，没有什么关系，可是被您一耳光打碎了的心，何时才能弥合？我足足一个月没理您，我用无声抵抗您的无礼。我承认，从此我更恨您。但是我再也没有逃过课，学习也越来越好。我好好学习，唯一的目的，就为了跟您赌气。我要让您看看，我到底是不是您心目中的那个叛逆的我。后来，我考上了军校，又一次远离了你们。我心里很高兴，终于可以摆脱您的控制了。

但是上军校不久，我就开始各种不适应，因为管理很严，训练很苦，我偷偷哭了好多次。我实在忍不住了，就给您发了一条短信，大概意思是：第二天如果没有见到您，我就要当逃兵了。到现在为止，我都不明白当时为什么要给您发那样一条短信，是因为想念您了？显然不是。现在想想，唯一的可能，就是为了让您着急难受。因为我的人生都是您设计安排的，我考军校也是您的主意。尽管当时我不愿意，但是我还是莫名其妙地接受了。现在想想，很可能是因为当时我自己也没有主意，只能顺从您的主意。第二天，您和妈妈出现在我的面前，您为我请了一天假，带着我玩了一整天，给我买了一些我想要的东西。我折腾够了你们，才答应不当逃兵了。

其实我从小独立生活的能力就很强，这都拜您和妈妈所赐。从那时起，我再也没有给您惹过麻烦，直到研究生毕业，直到去西藏服役。在您眼里，或者按您的要求，也许我并非一个优秀的军人。也许就为了证明自己，我学习和工作都十分努力，后来因为工作成绩突出，还荣立过两次功。

老欧同志，您走后，我才真正体会到生命的无常，人这一生有太多突然、太多遗憾、太多猝不及防。现在我才明白，父亲的爱是无声的深沉的，尤其像您这样以前在高原叱咤风云的父亲。在我慢慢回忆起一些事情后，开始感到愧疚与自责。我痛苦地闭上双眼，任泪水无声地流淌。为什么人总是在失去之后才懂得珍惜？以前，我一直以为您不爱我、不关心我，这样使得我们的误解越来越深，深成我们父女之间无法逾越的沟壑。我现在才明白，我也有错。天底下哪一个父亲不爱自己的女儿啊！这是我通过回忆、反思，才慢慢明白过来的。

比如说，我小时候特别喜欢吃土豆，并且只爱吃土豆。炸的炒的蒸的烧的，只要是土豆，我都喜欢。当兵上高原后，我每次休假回家，已经退役的您，每次都会给我亲自炒土豆丝，我每次都把它吃个精光。但是当时您如果问我想吃什么，我一定会告诉您，我现在不挑食了，在部队什么都能吃，不一定非吃土豆。但是您从来不问我，我从来也不说，您炒一辈子土豆丝，我就吃一辈子土豆丝。我们父女之间就是这样，不习惯去交流，很少去了解对方内心的需求。不善交流，这是您的遗传，这点您得承认。现在，再也没人给我炒土豆丝了。

在这个世界上，没有人会如您一样，早早在日历上把我的生日圈起来。无论我们在不在一起，您都会准时发来一句"生日快乐"。仅仅四个字，没有多余的一个字，这就是您的性格，一个大校军官的性格，干脆、不废话。您也会发在家庭群里，让所有的亲戚为我祝福。今年，我生日那天，我再也收不到您的"生日快乐"祝福了。路过彩票店，我随手买了一张刮刮卡，竟然中了一千元的奖，惊喜之余，我又暗自神伤。我想，一定是您怕我孤单，以这样的方式祝福我。

我翻看以前的家庭照片，看到以前上学时那个又黑又胖的自己，眼泪无声地滴落在照片上。我不是因为那时的自己难看而流泪，而是因为我吃惊地发现，三十七年来，我们父女竟然没有一张两人的合影。老欧同志，您说说，我们哪里像父女啊！其实您是这个世界上唯一不嫌我丑的人，无论我是胖是瘦，在您眼里，我就是最好看的。爱美的妈妈曾经批评我不爱打扮自己，说我丑，您总是会第一时间大声反驳道："哪里丑了？我看很漂亮嘛！"您的这句话，让我一直很自信。

您知道，成都的冬天很少能见到阳光。以前，我和所有的成都人一样期盼着蓝天白云，如今我不再期盼了。因为有一天，我开车等红灯的时候抬头看了看天，天上的白云一小团一小团地飘浮在湛蓝的天空，像极了宫崎骏动画里的天空。我本来应该高兴，可是我却突然流泪了。因为这么美的天空您再也看不到了，这么美好的生活里再也没有您了。我的眼泪哗哗地流，根本无法控制。我关上车窗，疯了般地哭喊道："为什么！为什么！为什么您要那么早地离开我！回来！回来！您给我回来！"我声嘶力竭，全身不停地颤抖。跟在后面的车使劲按喇叭，我知道绿灯亮了，可以走了，可是我要去往何方？

退役这么多年，您一直保持着军人的作风。家里大大小小的东西，都是您整理收集，小到我的出生证、团员证、小学毕业证，您都认真地收藏着。什么东西我都放心交给您，每次需要时，只要给您一说，您保准能找出来给我。这一点您做得很好，值得表扬。您走了以后，我不得不学着您的样子，自己开始操心各类事情，将各类证件资料分档归类，但有时还是会找不到，就像我现在找不到您一样。

退役脱密期过后，您申办了护照，计划着出国旅游。可是您的护照干净得好像是假的，上面除了您的大头照，一个出行过的印章都没有。您说再等等吧，等等再出去玩。可是还没有等到出游的那一天，您就匆匆走了。您退役后买了辆小车。可是十五年过去了，汽车里程表上显示还不足三万公里，我十分震惊，问您为什么买了又不开。您说从高原下来有眩晕症，担心开车出问题。作为医生的我，当时没有引起重视。如果我每年带您去医院做体检，也许您就不会那么早地离开我们了。其实我也提醒过您，从高原下来一定要注意身体，有几次我都给您在医院办好了体检手续，您总是以各种理由推托，不愿意去医院。您对自己的身体太自信了，您就是这么倔强，我拿您一点办法都没有。您的自信与倔强，害了您自己。当然我也有很大责任，作为女儿和医生，我也太粗心大意了，没有保护好您，我很后悔。现在，每当我坐在您留下的那辆车的驾驶位上，都会深深地感到自责。我常常坐到车里发呆，我想明白了很多以前想不通的事。您说我不吃饭会饿死，是因为您小时候经常饿肚子，能让女儿吃饱穿暖就是对我最实在的爱。经历过贫穷饥饿的您，始终把节约放在第一位。每次我们一家人下馆子，您从不允许剩菜，没吃完的菜您都会打包。当时我从心里嘲笑过您的小气抠门，现在想想，真是羞愧！

您从西藏退役回到内地，我又去西藏服役，我们总是错过彼此，无形中使我们父女之间心的距离越来越远。现在，我女儿已经上小学三年级了。因为我在西藏，都是您一直抚养孩子，送孩子上学放学。您走后，我从西藏回来，第一次去接孩子放学，第一次参加家长会，第一次陪她参加校外集体活动。同学们的家长见我很陌生，说："以前都是爷爷，从来没见过你啊！"我没有对他们说您已经不在了，但是那一刻，我心如刀割，深切地感受到您为我做了很多很多，您把对我的亏欠，都还给了我的女儿、您的外孙女。您一直在替我履行妈妈的职责，而我却一直在与您冷战、一直在抱怨您对我的亏欠。现在，我也在西藏服役，也不能陪伴自己的女儿，我才真正理解了您。您和我一样，不是不愿意陪伴孩子，而是因为职责，无法陪伴啊！

您知道我不爱说话，不善与人交流，我的悲伤无法向人诉说，只能用写信这种方式来释放心中的悔恨与忧闷，我让悲伤在心灵深处静静流淌，直到干涸。也许到了那个时候，阳光会照进我心底的河床。

今年中秋节，月亮比以往任何时候都大、都圆、都亮。在这个最有家庭仪式感的传统节日里，因为您的离去，蒙上了忧郁的颜色。我独自站在河边，看着皎洁的月光，看着来往的行人。月圆之夜，有人在思念，有人在期盼，有人却留在了昨天。老欧同志，谢谢您带我来到这个世界上！我唯一能报答您的就是：往后余生，我就是您，我的坚强就是您的坚强，我的快乐就是您的快乐，我会用您给我的眼睛去欣赏世界，用您给我的勇敢去笑对人生。

今天，您在那个世界一岁了，祝您生日快乐！

选自《北京文学》2024年第8期

物 语

抚摸蔚蓝面庞

/阿来

  这是当年一首诗的题目。与写诺日朗瀑布的那首《看见金光》作于同年同月，可能不是同一天。也许是同一天，可能不是同一个时段。确定是五月，高海拔地带的春天。从马尔康出发，翻越鹧鸪山和弓杠岭，过理县、汶川、茂县、松潘，好几天时间才到达九寨沟，住在树正寨老百姓家里。白天四处漫游，行经一个个蓝色海子。晚上，用字与词，搭建叫作诗的建筑，为情感寻找方向。房间里没有桌子，同屋的人睡了，就把被褥卷起来，在床板上写下那些文字。

  因为迷惘，开始漫游大地。迷惘很小，一个青年的前路。迷惘很大，如何使渺小的个人与宏大的存在建立确实的连接。

> 一周以前，我还在马尔康镇的家中，
> 和一个教师讨论人类与民族，
> 和怀孕的妻子讨论生命与爱恋，
> 而现在是独自一人，
> 一个孕雨的山涧黄昏和我说话。

  一路走来，从大渡河水系的梭磨河畔，到岷江上游，再到嘉陵江水系的九寨沟。关于写作，我不信干谒与援引，相信山水与人民的启悟与开示，所以我像古代诗人一样壮游山河。那时的九寨沟，旅游开发之初，正要蜚声世界。游客很激动，为得遇山中深藏的美景。寨子里的乡亲们很激动，原来祖祖辈辈守着的一众蓝湖，如此魅惑，只要打开山门和心门，整个世界就扑面而来。我就在宁静山水与激越的人群中沉默走动，遇见了那么多蔚蓝海子。

长海。风拂动颜色沉郁的杉树林，老人柏前，我听见蓝湖说，要清洁深蓄。

月光下的镜海。倒映于湖心的月亮闪烁水晶光焰。那是谁在无风的虚空中说：要有光！从外面和里面同时照亮！

树正寨。在开小旅馆的人家用过早餐，主人说，太阳要出来了，客人该去看火花海。于是，我和要去海边摆摊的年轻人一起，背起供游客照相的鲜艳藏装，去往湖边。他们在树正群海的磨坊边停下，我继续向前。经过一个一个的海，经过挺拔的山杨树，经过几丛连香树。几树杜鹃正在盛开，花瓣上露水浓重。画眉和噪鹛在比试歌喉。

湖水幽蓝冷碧，水底横卧的巨树通身被钙华包裹。它们被如此封存多久了？几千年，还是上万年了？水将它们与空气隔绝，不再朽腐，终将，或者正在从易腐的木头成为化石。

没有风，湖面却波光粼粼。那是水从上一面湖中溢出，跌下长堤时所激发的。

树正群海，从高往低，面面蓝湖，梯次分布。每一面蓝，都水体饱满，微微鼓荡，把非水的物质，看得见的，比如从众多树木上落下的枯枝败叶；看不见的，溶解于水中的矿物质，比如碳酸钙，在水往低处流的方向，积累成堰，凝结成了道道曲折长堤。堤上杂花生树，好几种树根须纠缠，枝叶相接，把堤增高，成为树篱。湖水缓缓流动，在中央平静下来，用水晶一样澄澈的晶莹显示深、显示静。然后，满溢，从堤上翻身而下，以飞瀑的姿态跌入下一个深潭，下一个海子。如此相接相续，如此跃动或静止，制造出巨大的奇观。

群海上方，火花海。我用沁凉的湖水洗眼。这是我的个人仪式。祈求造物之神让我看见更多的美，更美的美。我等待太阳出来。

太阳出来了！

太阳从山脊背后升起来，转瞬间，就放射出千万道金光。火花海的蓝水与倾泻而来的阳光交汇，每一道波纹都在折射、在辉映，冷碧的湖上腾起一片动荡的光焰。不停明灭的簇簇光焰不是红色，而是金色。金光闪烁，和水交响，世界宽广！这是历经了沧海桑田的，看见过大陆沉入海洋，看见过海洋中再崛起雄伟山脉的自然之神在教导我，要有光！不但要有光，还必须辉煌，必须荡漾！要有光！不但要有光，还必须温暖明亮！

太阳升高，光芒不再与湖水折射，火花海又恢复了平静。

阳光唤醒了新的一天，便不再那么强烈，而是温和地普照，使整个峡谷升温，激发出草与树蓬勃的气息，激发出解冻不久的沃土的气息。这是春天！

不止一次，我用一整天时间去看树正群海，经过每一个海子、每一道飞瀑。那时景区还没有禁烟。我常坐在一块石头上、一段枯木上，吸一支烟。吸入香气，呼出的蓝雾弥漫，化为诗行：

> 日益就丰盈了，并且日益
> 就显出忧伤和蔚蓝
> 已是暮春，岸上的泥土潮湿而松软
> 树木吮吸，生命上升
> 上升到万众植物的顶端
>
> 在奇花异木的国度，爱人！
> 笼罩万物是另一种寂静的汪洋
> 是什么？你听
> 启喻一样荡气回肠，凌虚飞翔
> 九个寨子构成的国度
> 顷刻之间，布满磨坊与经幡
> 顷刻之间，蔚蓝的海子就星罗棋布
> 花香袭满心房
> 众水浪游四方

路以路的姿态静谧
　　水以水的质感嘹亮

　　那时，沟中几个村寨半农半牧的老百姓，生计的重心开始转向旅游业。夜晚，寨子里，某一家院中，会燃起篝火，招徕游客歌舞、烤羊。白天，在某个海子或某一道瀑布前，设一个摊点，替游人照相——在相机并不普及的胶片时代。摊上挂着颜色鲜艳的藏装，把来自世界各地的人打扮成山中的汉子与姑娘，打扮成九寨沟的达戈与色嫫。那时，还没有退耕还林，坡下林边，还有一块块庄稼地，种植着本地作物：蔓菁、土豆、小麦与玉米。草地上还有牛吃草，还有年轻人牵着马，劝游人骑乘。

　　这一回和一些写作同行前来，已不知道，这是三十多年中的第多少回了。但知道，这是2017年地震后，第二次到来。

　　上午，从诺日朗瀑布开始，去了镜海、熊猫海、五花海。最后去珍珠滩瀑布。从瀑布顶上的栈道过去，钙华滩上，水花飞溅喧腾，珠圆玉润。水流间立着丛丛灌木。珍珠梅落尽了叶子，一穗穗褐色的种子还留在枝头。簇生的小檗，叶子经了霜，一派紫红。从瀑布跌落的山坡边下去，可以从悬垂水帘的上方望见雪山。凝固的冰雪和飞泻的水都在阳光下银光闪闪。到了瀑布下方，雪山消失不见了，水的声音与气息充满了整个世界。供游人易装照相的摊点还在。我注意到那些藏装不再那么本朴，其设计中掺入了不少时尚元素。我更注意到，摊点前一字摆开的座椅。座椅前敞开着若干专业级的化妆箱。椅子上坐着的，椅子前站着的，都是化妆姑娘。

　　我们在诺日朗的游客集散中心午餐。

　　这个地方，几经变迁。最初，是刚撤销的林场砖房和木板房改建的旅店与餐馆。后来建起了宾馆酒店。再后来，为保护景区，这些设施都迁往沟外镇上，这里就只供游人集散、休息和午餐了。游人川流不息，餐厅颇具规模，整洁宽敞，流水作业，像大学食堂。午餐后，团队去更高处的长海，路远，要乘车。我选择步行，下行，去树正群海。

　　沿栈道行几百米，再次站在诺日朗瀑布前。这回，先从水雾弥散不到的高处观望，然后下去，到最低处，看那些粉碎的水重新汇聚奔流，并与这些水一起在林间一路往下。林间铺满落叶与苔藓，水也只是在偶遇跌宕时才发出声响。

　　出了树林，谷地敞开。水流入了一片芦苇荡。苇荡充满细密声响。不是风响，不是水响，是阳光下枯黄的芦苇在脱去水分。水穿过这些芦苇汇聚向海子，一个大海子，犀牛海。栈道沿着山根，随湖岸蜿蜒。阔叶树都脱尽叶片，树林很疏朗。林下树影斑驳。两种草本植物上白絮蓬松。在枝顶成团的，是俗称野棉花的大火草。如花朵从低到高围绕长茎，随时准备带着细小种子迎风起飞的，是蟹甲草。更多的是树，站立在四周。常绿的针叶树，杉、松和柏，绿色沉郁，身姿笔直挺拔。丛生的阔叶树，大都斜着身子，倾向湖水。我靠树下的叶片来辨认它们。栎树，叶子有波纹状的齿边，还有未被松鼠搬完的以壳斗为座的饱满果实。连香树，叶子椭圆，像心脏的形状。桦树叶最黄，拿一片对着太阳，清晰的叶脉让人感觉到自己皮肤下体液在流淌。

　　走过一些树，迎面而来的是更多的树。

　　从树林中看海子，湖水的蔚蓝被纵横的树木分割，荡漾的整体变成了不同形状的局部。微风在树梢上出声行走，下面，却是一个寂静的世界。林中有各种鸟，各种大小走兽，此时，它们都敛息静止。还有鱼类，在湖中。在远古时代，传说这里还有猛虎与犀牛。有一个老者，在生命即将走到尽头时，却舍不得这美丽山水。于是，他就骑着犀牛遁入了这片蔚蓝。传说成了这个海子得名的由来。这是一个大海，一边的湖岸就有两公里多。我和陪同的朋友缓步而行。看树，看湖，看天。

　　抚摸蔚蓝面庞。

　　年轻时，是抚摸自己内心的迷茫。现在，我历经世事，更与我书中塑造的人物一起历尽沧桑。所以，我现在只抚摸蔚蓝的宁静。阳光普照，湖水澄明。

　　水越过钙华覆盖的长堤，越过长堤上高树低树的密集篱栅，跌落成瀑，倾入又一个海子，喧哗与静止交替，飞泻与深蓄交替。

　　老虎海。

　　又一个海子，火花海。点燃过我心中诗意的火花海。

　　2017年8月8日晚，九寨沟地震的消息突然传来。

　　第二天，一个参与救灾的朋友发来一张照片。火花海的长堤崩裂一段，湖水溃决，湖底暴露，那些滋润的乳黄钙华变得一片惨白。那是痛彻心扉的一刻。虽然知道九寨沟形成时，大地运动更加剧烈。原先没有山，岩石涌起，造出了山；原先没有湖，水流切割，岩石分解，造成了湖。大地生长了树木，岩石沁出了钙华，美丽了这些山、这些湖。地震，不过是大地的内部，深暗的某一处，岩石的骨架错动一下，便造成多少平方公里范围内大地的剧烈震动。于是，看起来像是天地初生时就在那里的长堤崩溃，蓝水泻尽，一个海子就消失了。

我庆幸，九寨沟的成群碧海，只有一个消失。我痛心，即便众多蓝湖只消失了一个，那也是美丽山水身上一块令人难过的伤痕。那裸露湖底的苍白，因失水而暗淡干裂的钙华，夺人心魄。我想，可能不忍心再到九寨了。

但是，震后第四年春天，我来了。发现的不是损毁，而是重建后的基础设施，提档升级，比震前更加完善。瀑布依然，蓝色海子依然。

初春时节，光核桃正开着白中透绯的繁花。火花海上，两只鹳鸰用波浪般起伏的姿态贴水飞行。它们落在长堤的出水口，以相同的节奏晃动长尾。要去看崩决的长堤修复处。我有些裹足不前，怕在天造地设的湖上，看见人工痕迹过于明显。两只精灵般的鹳鸰还停在那里，一上一下晃动尾羽，在浅水中啄食。鹳鸰只吃水中的活物，如果是钢筋水泥，两只鸟就不会停在那里。这让我有信心走近前去。和从前一样，和所有的海子一样，蓝水从一株银柳和一丛绣线菊的根旁溢出，漫过石灰岩块，在下跌时破碎，发出声音，变成水晶珠帘，飞坠而下。管理局的朋友介绍说，这段溃堤的修复技术还获得了省一级的科技奖项。修复时不用通常的工程手段，而是向自然学习：就用碳酸钙凝结成的石灰岩堆积，黏结这些岩石用了一点人工材料，学古人用糯米浆和麻，缝隙用棉质的植物飞絮充填。再连土移来根系发达的灌丛：银柳、小檗和各种水草，覆盖在堤上。堤就如此修复了。再蓄上水，火花海就复活了。刚修复的时候，堤坝渗水，不过，这件事交给水自己来完成。九寨的水，从石灰岩中涌出地表时，富含一种矿物质叫碳酸氢钙，露出地表后，氢气挥发，剩下碳酸钙，结晶，沉淀，形成钙化，凝结在一切物体的表面，也在那些渗水的缝隙里凝结。

火花海复活了！

在每个昼夜，和所有海子姐妹一样沉思默想，而在早晨太阳初升的时刻，用漾动的波纹折射阳光，变幻出一池跃动的金色光焰。

今天，地震后的第六年，我再次来到火花海。长堤上，那些穿过树篱的水道，凝结了更多钙华，使下泻的湖水更显晶莹光滑。水流淌，水上落叶飞旋。黄叶是桦树的，红叶是黄栌的。小片是柳树的，大片是山杨的。

长堤上，不止一处，还有一种丛生的针叶树，树形没有云杉高大，对称排列成羽状的针叶却更开张整齐。这是红豆杉，历经了第四纪两百万年冰期得以延续种群的孑遗植物。这种植物曾因富含抗癌物质紫杉醇而被砍伐采集，因此更加濒危。在火花海的长堤上，它们健旺生长，同其他树木一起，用蔓延的根须使堤岸更加稳固。

这天的最后一站，树正寨子。当年靠家庭旅馆脱贫致富的村民为保护九寨沟，再次转型：替游人化妆，易服，摄下人们扮演的形象；制贩非遗产品；售卖当地土产，还有奶茶与咖啡。走进一户人家，二楼望湖的平台上安置了茶座。我们坐下，热茶之外，还有主人家自制的苹果干与奶酪。以前，树正寨中这些人家，接待客人前，可能刚从庄稼地里归来，刚从放牛的山上归来。现在沟里除了一些小小的菜园，大片的庄稼地已经归还给了森林。现在的主人时尚年轻，所有的生计都围绕着服务游客。

夕阳西下，树正群海梯级而下的那群海子上，辉映着这一天最后的灿烂阳光。我久久凝望，抚摸那一面面蔚蓝面庞。从高处望去，那些蓝更深，唤起记忆，写在三十多年前春天的诗句又回来了：

就这样日益幽深
是蓝宝石的深渊，绿色宝石的深渊
爱人，停下你的枣红马
看新生的云朵擦拭蓝天
水声敲击心扉时，你听
即将突破地表是更纯净的泉眼
在潮湿松软的曲折湖岸
野樱桃深谙美学
向忧伤的蔚蓝抛洒白色花瓣

爱人,你的形象

时间的形象,空间的形象逐渐呈现

水的腰肢,水的胸

水的颈项,水的腹

都是忧伤蔚蓝海子的形象

选自《四川文学》2024年第9期

钓 风

/任林举

　　天空辽阔，大地广袤，没有人能够猜测风隐藏在哪里，也不知如何评估它的体量，如何描绘它的身形，但每一次来临它都能带给人不同的感觉和感触。有时，它温顺如猫，静静地伏在不为人知的某处，眯起眼睛晒太阳，一动也不动，偶尔伸伸懒腰或迈动轻柔的脚步，也悄然无声，只有穿过树丛时才把树上的叶子碰得微微颤抖；有时它像一群飞鸟，呼啦啦掠过天空，留下了一片猝不及防的声响；有时它又像一个奔跑的牛群，在大地上卷起遮天蔽日的烟尘。

　　风已经千百次地与我们擦肩而过或并肩而行，但风总是依凭它的无形把一切作为成功地转给别人，于是我们对风的存在和所做的一切便始终保持着视而不见和麻木不仁。我们总是以为季节改变了人间的冷暖，改变了所有生命的状态，却不知道是风改变了季节。

　　当北方的天气在一天天变冷，地上的小草一天天枯萎，树上的叶子由绿转黄或变为鲜红、深紫，我知道寒秋将至，但一切还都完好无损，甚至呈现出某种华美的质感。这并不是传说，也不是谎言。如果没有风的刻意拆毁，把树叶一片片或一把把从枝头掠去，让小草在莫名的惊恐中瑟瑟发抖，我不会徒然地悲叹时光的流逝，也不会相信生命的衰败。

　　正对我书房窗口的窗外，有两棵树，一棵是紫李，叶子是深红发紫的颜色；一棵是杏树，叶子透亮亮的金色。我说不好这深红和亮金都代表着什么，但每天都有风来，将树上的叶子吹落。先是稀稀拉拉地落，眼睛的余光中偶尔就会有红的或黄的叶子，流星般倏地滑落，像有一只行窃的手，很麻利地将那些美丽的叶子偷走藏在自己的口袋。抬头望望树，依然如火如荼般美丽，并没有因为风的这些小动作而变得不堪。时间就这么无声地过去，突然有一天，发现两棵树都已经"毛发稀疏"，裸露出光秃秃的枝条。从此，我的心就失去了原有的安宁，每有一片叶子落下，就忽悠一下，仿佛有一个好日子逝去或一件美好的东西丢失。

就这样，随着树上的叶子渐渐稀少，心就渐渐空了起来。空了的心如秋天的天空，空空荡荡的空旷里除了冷，除了空，就只有来去无踪的风。那天，风突然停了下来，原有的空里又少了一些真实的感觉。什么也做不下去，连读书、写字都感觉这颗心是空的，轻飘飘，不踏实，如没有着落的树叶，随时都可能被风吹跑。幸好还有一些零散的记忆，闪闪烁烁地弥补着内心的虚无。

突然就想起那些年常在一起玩耍的朋友。那时大家都还年轻，每个人都像一棵不会倒下的常青树，水分充足，活力四射，似乎浑身上下有使不完的劲儿，有消耗不尽的精力。业余时间，常常一起去打球，去钓鱼，去郊外野餐，常聚的五人中如今只剩下我和老郎两人，其中有两人的生命之树已经被命运之神彻底从大地上拔起，另一个人也因为生命枯萎活力尽失，不知残喘于生活的哪个角落，久无音信。想起过往的事和过往的人，内心就有无限感念。于是，便突发奇想，约老郎去郊外的某片水域去钓鱼。

为什么要选择钓鱼呢？我自己也说不清楚。或许是受到了怀旧情绪的鼓动，想借此重温一下往昔的时光；或许钓鱼可以满足深藏于人们内心的征服和获取的欲望，想借此找一下自己的存在感；或许在垂钓过程中可以感受到某种与运气、机缘有关的神秘力量，借此玩味一下命运的含义；或许我就无心与任何身外的一切争强斗胜，仅仅是为了淡淡的怀旧，仅仅是为了打发无聊的时间，排解内心空虚。但可以确定的是，那天我和老郎谁也没有提起当年的几个兄弟。

那天，我们又遇到了风。准确地说，又有风从身后追击而来，它已经成为今秋以来最让我烦躁不安的一种事物。

出发时，晨曦初露，天空宁静，路边的树梢都不曾轻轻摇动。一路上的心情如想象中平展如镜的水面，平和而平静。就在那一片平静之中，我还浮现出了浮漂在静水中缓慢下沉的美妙情景。这样的想象和期待让我平静的心稍微起了一些波澜，但小小的激动之后，我还是把目光投向东方微红的天空，让起了波澜的心重归平静。因为波澜都是由某种风引起的，所以我也不喜欢波澜。我不喜欢风，不管是具体的风还是抽象的风。

　　赶到湖边时，风已经从四面八方而来，占据了所有的水面和所有的岸。但这时的风似乎还不算密集、凶猛，习习而进，时缓时急，还保持着温和、理性的节奏。我们选择一边背风的岸坐了下来，怀着侥幸的心态布线、调票，并在心里暗暗祈愿，这一天风的规模和力量不要再进一步加大。布设完毕，投饵入水，虽然远处的深水区已经有大浪涌起，但不远的浮漂站立处，还保持着一片微澜不兴的平静。

　　在水边坐定不多时，便有风从身后跃起，夹裹着尘土，带着鸣响，像埋伏在农田里的尖兵一样，不失时机地袭来。之后便有连续不断的风断续跟进，越过我们的肩、我们的头，跃入前边的水中。原来，水里的波浪都是风跳入水中的瞬间砸出来的。转眼之间，湖上已经不再有一寸平静的水面，到处都是密集的浪和稀疏的浪，快节奏的浪和慢节奏的浪。浮漂在风浪里忽隐忽现，忽高忽低，却始终没有明显、明确的下沉或上升，也就是说始终也没有鱼儿来吃饵、上钩。长久地枯坐于水边，看波涛汹涌的水域，忍不住要想象水底的情景。在这样动荡不安的环境下，那些鱼儿能做些什么呢？可能都被波浪推搡着，像悬在水中的落叶一样不由自主地荡来荡去吧？或者，成群地躲在某一个隐蔽处等待平静时刻的到来？

　　突然，面前的浮漂瞬间就隐没于水底，呈现出大鱼吃钩的典型漂像。我不由分说地抬竿刺鱼。奇怪的是，手上并没有感觉到刺鱼时瞬间的震动，只觉得竿头沉重，被一股很大的力量压下去，竿子是弯的，竿梢是低沉的，我用了很大的力才将渔线缓缓拉出水面。等鱼线和鱼钩全部出水时，才发现并没有鱼儿上钩。不过是风，怪叫着紧紧地拉扯着渔线。这时，我转头看看坐在右侧的老郎，他也在很吃力地控制着鱼竿，他也和我一样，只看到了鱼儿咬钩的漂像却没有钓到真正的鱼。

　　在接下来的两个小时里，同样的事情重复了许多次。在一次次的吃力操作中，我终于明白，那些漂像都是风"咬"出来的。每当风突然加速冲来，鱼竿和支架就会被吹得剧烈摇摆，正是鱼竿大幅度的横向位移，才造成了鱼儿咬钩的漂像。原来，我们一直在钓风。我们的直观视觉和所谓的理性判断一直都受风的引诱和左右，我们一直将虚无当作真实。

又一阵强风夹杂着尘土掩来，顿觉自己被浓厚的疲惫感和虚空感充满，仿佛已经在这岸边枯坐了一生的长度，身上也积满了一生的风尘。没有力量再坚持下去了，我和老郎简单地交换了一下意见，决定早早收竿回家。

一场游戏，就这样悻悻地结束了。收抄网时，才发现，这个抄网大半天也没有发挥过任何作用，但这时却盛满了风；收鱼护时，鱼护里空无一条鱼，可鱼护里也装满了风。风在这些盛放鱼儿的渔具里鼓鼓荡荡，拥有了很重很重的重量。说来奇怪，就在我把那些渔具折叠入包，准备装车时，风竟然小了，小到几乎安静。老郎停下了手中的动作，从侧面大声问我，风消了是否继续垂钓。我只是不无失落和遗憾地摇摇头，并没有停止装车的动作，嘴上说了一句模棱两可的话："或许吧，可是风哪能真消？"心里，却无端地想起了经书上的一句话："一切如风。"

选自《红岩》2024 年第 2 期

行行复行行

/朱以撒

在这个名为"日照"的滨海城市,阳光、沙滩、海浪、涛声,总是会让人想到漫长——漫长的时日,那么多的过往。海岸线在潮水的拍打中不断地向前延伸,一直到看不见的远方。漫长,会让我们想到许多事物,比如悠扬而辽远的长调、连属无端一笔尽兴的草书线条、无从拂开的袅袅情思,还有那些难以言宣的期待。《大明宫词》里,太平公主请明清远给她看掌中纹路的走向,明清远说:"公主掌中纹路如凤尾悠长婉转,再看公主凤颜龙颈,真乃伏羲之相。"这就调动了观众的想象——舒展的、蜿蜒的、细腻的、润泽的。

万平口从南到北展开的海岸线,使热爱徒步的人,有意施展自己的力量。这种原始的行走,要多久才能走到尽头?行走是人对大地的一种触摸,比安坐车马上更为真切。早先的一段时日,我曾赤足而行,如此,与地面有一种实在的摩擦,能感受地面的平缓与崎岖,干燥与湿润。此刻,有人提着鞋子,在细密的沙子上走动。潮来潮去,沙滩洁净,双足在上,柔软如绵。此时是暮春,离旅游旺季还早,滋润中有一丁点凉意。人迹无多,会生起空旷岑寂的心思。海水盈满,不息地发出低沉的声响,从深处浮到海面上。细细倾听,涛声与涛声还是有差别的。我从东海来到黄海,对陌生之地生出了许多敏感和好奇,会将它和自己已经熟识的场景比较——海水拂面的刚柔、海水起伏的强弱，还有海岸线不同的弧度。当年读曹孟德的《观沧海》，觉得他有些急切了，他想把澎湃的情调塞入这短短的诗行里。现在我们沿海岸线行走，更多的是散漫、徐缓。人和自然是没有什么可比性的，大海、沙滩、海岸线，千万年后还是如此，而行于海边的早已是另一些人。

　　欧阳修曾说自己中年之前有许多艺文方面的爱好，后来都放弃了，只有写字被他保留下来。他认为写字可以"消日"。写字，给了人独立而为的机会——在书写中，自由、娴雅地任时日悄然滑过。许多文士喜于独自游历，独自书写，不管来日很多还是无多。欧阳修不在宋代大书家之列，但他的"消日"观还是给人很多启示——在徐缓中也能产生力度。人不是夸父，不必与日逐走而渴饮河、渭。太阳终究是追不上的，反而让自己憔悴。如果认同"消日"之说，心绪理所当然沉着下来，眼神看世相多了一缕深婉不迫，笔下也能够生出轻逸之迹，此时可以称"松弛"了。一些人在观光车上沿海岸线疾驰，一些人却不吝脚力，沿海岸线行走——前行速度不同，使得他们过后对海岸线进行的评说，也会有很大的差异。

　　到万平口看日出，是许多行者的愿望之一。尽管人们在故乡、异乡已经看过不少日出——山岭中的、乡野间的、平原上的，但是来到适宜观日出的地方，还是会早早起身，疾行至最佳的观赏点。"太阳每一天都是新的"，这句话已经没什么新意了，却还是能激励人，让人静静等待。清晨的海边空气清新，昨夜的涛澜涌动，已经转为轻轻拍岸。远处水汽迷蒙，每一个缝隙都让潮气充满着，只等着红日初升时一举廓清。等待使人浮想，未露面的朝阳此时是什么样的一种状态，没有谁能说清。它被一方厚重的屏障阻隔了，光焰不曾泄漏。天色逐渐明朗起来，有鸟群拍翅掠过，时间又近一些了。爱看日出的人，心思或许是向上的、腾跃的、蓬勃的，他们及时赶到，就为了不负朝阳冲出地平线的一瞬。互不相识的人们，只因爱好相同，自觉地聚拢在一起。

　　万平口也是看日落上好的方位。看日出和看日落的通常是两拨人，心境不同，趣味有别。看日出可以感受一种激情，互相分享喜悦；看日落则静默无声，似乎无甚可说，自己有所感即可。午后的时光很是温暖，心弦渐渐松动起来。夕阳开始西颓，全然可以把握它的行踪，也就不必急切。

看日落的人多半不是专程来的，他们正好在海岸线上行走，或者在沙滩上休憩，赶上了，就顺便看看，全然不费心力、脚力。看日出是有变数的，总会听说某人到了哪座名山未能如愿看到日出的惋惜，逢雨逢雾，缘由不少，由此引发人们对无常的思考。而能否看到日落，大抵可以预料，这也使行者感到安逸，或坐着，或倚栏，随意的，遣兴的，看日头渐渐消失，然后离开。日出有如一幕大戏开场，帷幕张开时，一切都才开始，让人心怀璀璨，踌躇满志。而日落则不同，虽然徐缓，终究是渐渐向下行走。海边，一位坐在轮椅上的老者由家人推着，好像在注视日落的轨迹，又好像视而不见。他更陶醉的似乎是拂过脸庞的那一缕缕风，这使他舒适之至。面对落日，最好什么都不想，只是单纯地欣赏，如此就简单轻松了许多，任暮色渐渐合拢过来。

　　后来，我们乘船，到海的另一边。人与巨大的船相比，自见渺小；而船比之于海，则又渺小之至。人不是飞鸟，无从掠过大海的浩渺，但人高于飞鸟的地方表现在善于制造工具。工具制成了，或腾空而起，或破浪前行，抵达辽阔与遥远。对于常人来说，海上时光只是人生的一点过渡，没有谁会在海上停留太久。这也使写陆地的人多，写大海的人少，没有谁像琢磨陆地那般地琢磨大海。在船这个浮荡的空间里，若论说起大海的深度、广度，真是苍白之至。记得《晋书·王羲之传》中说："与道士许迈共修服食，采药石不远千里，遍游东中诸郡，穷诸名山，泛沧海，叹曰：'我卒当以乐死。'"想当年王羲之陆上风光穷尽，浮槎泛海，感叹无限——一个人临海，会生出许多不同的思绪，哀乐、死生、有无。在海上，也可以窥见一个人的襟怀、风度。《世说新语》里写名士谢安和几位朋友于海上泛舟游玩，不料风浪骤起，众人神色慌乱。船越前行，风浪越大，众人惊惧乱作一团。与之形成对比的是谢安，他安坐船中视若等闲。后人以此观之，以为谢安"足以镇安朝野"。

　　海边有一座森林公园。正是海洋的吞吐、舒卷、开合，使树种有了更多竞争。这里树种繁多，可知的有刺槐、黑松、杨树、水杉、雪松，更有众多未知的。南朝梁的吴均曾这般描写："负势竞上，互相轩邈，争高直指，千百成峰。"我不知吴均描写的是哪一种树，但在这个森林公园里，以此来描写水杉，再恰当不过。水杉这种植物是有象征性的，正直、上行，有凌云摩天气象。一大片的水杉，给人的就是张放的气势，在半空中迸发出清洁的绿意。眼前这片巨大的森林，像一张绿色的大网，在高处延伸。其中的细节极有条理——每一株树本能地规划着，使每一枚叶片都有和阳光雨露碰触的机会。生存的智慧是千万年来渐渐积蓄起来的，不如此就要走向式微和消失。春日和煦、潮润，生者察觉到大自然的眷顾，一些新叶长出来了，一些枯枝掉落了。一些枝叶与母体紧密结合的同时，一些枝叶正脱离母体，再无关联。一切了无声息，合于生存就是天道，不必伪饰、雕琢。我认识不少能写一手锦绣文章的文士，写作功夫已经娴熟之至，如珠走盘，然而若要言说欠缺，或许是笔意达不到闲云出岫、归鸟入林那般自然——信手、信笔少了，有意为之多了。钱谦益说得好："天之生物也，松自然直，棘自然曲，鹤不浴而白，乌不黔而黑。"对于写作者来说，或许不是指腕间的问题，而是其他——随着年龄的增长，将名利看淡，不徇人矜己，笔下之痕有可能渐渐近于自然，如同这里的一株水杉。

一个城市以"日照"为名，大抵缘于与阳光的亲密。在阳光的照耀下，万物繁富，始终向上、向前。一座城市使行者留恋，并不是缘于那些字面上的指标、数字、百分比。行行复行行，沙滩、大海、日出、日落、森林，还有漫长的海岸线，都是充满诗意的所在。正是它们，使短暂的数日生出此行不虚的美好。

选自《光明日报》2024年10月11日

雪后严寒

/沈书枝

今冬的初雪是在哪一天落下的，我已经记不清了，虽然它们实际上没有过去多久。一段时间以来，记忆像是陷入了沼泽之地，每当我想起前一刻、前几天或前一段发生的什么，思绪总像是被泥泞牢牢焊住了双腿，每拔出一步都很困难。这使我很快叹一口气，停下不再试图往前走。查相机照片，12月11日上午，我曾去附近小公园看鸟。那是雪落后第二天，如此，雪应该是在10日夜里落下来的。第二天早上醒来时，外面的雪已经盖得很厚，天空仍有霏霏细雪。公园没有什么稀奇的鸟儿，我想着只要能看到燕雀就行。那是我很喜欢的北京冬天常见的候鸟，每到11月，就从更远的北方来此过冬，黑褐相间的羽背，肚腹雪白，尾巴微微交错似燕子的剪尾，个头比麻雀稍大。刚刚落完的雪很新鲜，公园里到处都很蓬松洁净，每一根伸出的树枝、每一片悬挂的树叶上也都在各个承接的角度积满了雪，世界清冷而明亮。燕雀平常觅食的那片元宝槭林下盖满了雪，落地的翅果被埋在雪下，不知道它们要到哪里去找吃的。早上林子里还很寂静，看不到燕雀的身影，飞来飞去的只有喜鹊和灰喜鹊，发出哑哑的声音。将近中午时，十几只燕雀出现了，在元宝槭上跳来跳去，但树上也只剩下枯叶，极偶尔一两颗遗漏的种子，有一会儿我看见一只燕雀把树梢上仅存的一颗发霉的果实吃下去。有的下到雪地上来，但地上也没有吃的，有时它们试图啄一点东西，那只不过是干枯的树叶。在这样的雪天，它们之间似乎也不怎么消停，在雪地上不时你扑我一下，我追你一下，又很快分开来。各处金银木上多汁的红果大多已被吃光了，只在靠近人行道的地方，有几棵树上剩的果子还比较多。几只白头鹎守在附近，它们是很爱吃金银木果子的。红尾鸫在高高的毛白杨梢顶稍停即逝，大斑啄木鸟一棵接一棵树地经过，贴着树干迅速往上爬行，又很快飞走，短短时间里我看见三只。黑尾蜡嘴雀在悬铃木树间一闪而过。

那时天气预报说之后还有接连三天的暴雪，于是大家都说，不着急，后面还要再下。北方的积雪化得很慢，这一点是和南方很不相同的，在南方，一场短短的鹅毛大雪常常不能在地面上留下一点白色，一落到地上，就化作一个一个的乌痕。要再大、再久，才能在湿淋淋的地上积起白雪。这样松软的"水雪"，到第二天太阳升起以后，就开始滴滴答答地化起来，常常不到过完这天，向阳处的积雪就全部化为乌有。而北方的雪更干，空气中温度更低，哪怕只是一点雪，也可以轻易地堆起来，在雪后很多天，依然冷硬地存留在那里。前两天下的雪已经很大，因此，哪怕只再下一点，也足够它保持丰厚的气势了。

预报的暴雪虽然没来，学校却因此停课三天。第一天气氛宽松，学校只发了视频网课的链接，供家长在家陪小孩观看。半下午时，相熟的邻居在小群里为自家孩子呼唤伙伴下去玩雪。惧于严寒，或者说，在这被烦琐的家务占满的日子，我难以再克服对严寒的畏惧，只想待在温暖的屋子里。不让小孩出去和同伴玩雪却近于欺负，于是托相熟的邻居在他们玩耍时帮我代为照看一两个小时。邻居答应了，并十分体贴地发来他们在雪地上玩耍的视频和照片。孩子们带着雪球夹子，套着手套，在厚厚的雪地上夹雪球、打雪仗、堆雪堡，把地上散落的松枝插到雪堆上，躺在雪地上，身上沾满白色的雪粉，看起来那样快乐。

气温降到了零下十几度。在日常的间隙，有时隔着玻璃，能看到外面雪又断断续续下起来，盖在楼下停着汽车的水泥空地和满头枯叶的悬铃木上，将这贫乏世界沉默的白又增加一分。今年秋天异常的暖热使得大部分悬铃木叶子到这时也没有落，只是随着后来急速的降温枯缩在枝头。有时夜里听到风声，我也会想，这么冷的天，白天已这么难熬了，夜里小鸟们要怎么活下来呢？不安起来时，想象里到了天明，雪地上应当布满鸟儿的尸体。这样的事情当然没有发生。肯定会有冻死的生命——但和人类不一样，暴露在自然中的生命，经历了这么多年的进化之后，也拥有我们难以想象的应付它狂暴一面的方法。我知道自己想象的无知，却还是免不了担心。

又两天周末后，第二场雪后第三天，小孩终于回学校上学了。下午三点过后，我出门接他放学，被想象中的严寒吓倒，穿上了姐姐去年冬天给我的超厚羽绒服。这件衣服当时我穿过一次，然而天不够冷，人觉得闷得慌，后来就没有再穿过。穿上厚羽绒服，又在里面厚厚薄薄穿了四层，再围上羊毛围巾，牛仔裤里也穿上两条保暖裤，这样武装一番，出门竟没有觉得冷。不过也许正是因为穿得足够厚，所以才不感觉冷。小孩子们在学校待了一天，照例要在小区外玩一会儿，我在一边等，想到自己已对着电脑坐了几个小时，站着不动更容易冷，便开始沿着这块空地上的步道慢慢绕圈。这是一小片街边绿地，里面几个小坡，坡上种着些山桃、油松、元宝槭和北美海棠、洋白蜡之类的树，以及过去拆迁遗留下的一棵大榆树。这棵大榆树我很喜欢，它在一个小坡柔和的曲线的顶端，看起来十分显眼的位置，一年四季，从走道上经过，那高大舒展的枝干都会一次次引起路人的赞叹。春天满眼的榆钱带来鸟儿和儿童的欢愉，夏秋的浓绿给人以荫蔽，冬天落尽叶子后，显现出骨骼的清寂。儿童的身影洒在其下，在高大与幼小的映照之间，使人察觉那始终存在的美的庇护。除榆树外，还有一棵构树和几棵毛白杨、加杨，以及一些后来栽种的新疆杨，弯弯曲曲的步道就贯穿其中。目下四面坡上仍满是积雪，步道上也满是一层雪，尚未融化或被清除，只是被踩得很结实。

走到一半，经过路边几棵洋白蜡，这时我看到雪地上撒满了微型船桨一样的洋白蜡翅果。事实上，我已经忘记这里有几棵洋白蜡了，秋天洋白蜡叶黄时，那明亮自然促使人每天不自觉去捕捉，但等叶子凋尽，它们也就和周围其他事物一样，消隐于日常的普通之中，成为丝毫不能引起人注意的背景的一部分了。翅果使人吃惊，重新想起洋白蜡，抬头一看，果然几棵树上还挂着成串翅果，像一块块灰褐抹布挂在枝头。地上翅果密密麻麻，有的平落在地，有的一头扎进雪粉里，不但将靠里的坡地上撒满，连树下步道上也遍地都是。我想："小鸟们还是有吃的啊。"洋白蜡的翅果，平常自然也是要被风吹落一些的，虽然没雪的日子，棕褐的果实落在地面，很难引起人的注意，但在这样一个无风的雪后，地面上密布这么多的翅果，肯定有不少是鸟儿啄下来的。我又抬头看了眼身边的两棵洋白蜡，确定上面的翅果还有不少，于是满意地向前走去。

　　第二圈回到洋白蜡树下，再看到地上的翅果，我忽然想到，鸟儿们会来吃，树上会有鸟——那现在树上有没有鸟？再抬头一看，像福至心灵似的，果然就看见树上十几只燕雀，正来得热闹。我大喜过望，平时这里是看不到这么多燕雀的。虽然偶尔冬天的早上，能在附近看见一两只燕雀，但更多时候，除了麻雀和常在附近低矮的屋顶上"咕咕——"的珠颈斑鸠，这个大街和小区之间的空地上看不到别的鸟。平常它们多聚集在附近公园，那里有更多数量和种类的树木，意味着更好的食物资源，除了几个人多的地方，也更容易避开来自人的危险。是大雪把公园地面的食物覆盖住，把饥饿的小鸟从平常觅食的范围推到了更广、人类活动更多的地方。毕竟公园里元宝槭树上的翅果几乎已被吃得一颗不剩，许多金银木上的浆果也早已干干净净，而这里的树上还挂着翅果，小区里金银木的红果几乎还未有损耗，每次看到它们，我都想着要是公园的鸟儿也来这里吃就好了，我就可以看到它们，它们也可以拥有更多的食物。如今大雪把小鸟推到了这里，我看着燕雀，此刻它们对树下的我毫不在意，不时在枝上飞起跳跃，有的则蹲着不动，嘴里衔一颗洋白蜡果实，却不吞下去，看起来呆呆的样子，还不时四处张望，过了一会儿，那颗衔着的翅果又掉下去了。笨鸟啊，我心里想，衔了果实却不吃，还老掉下去，这样怎么在下雪天过？还是吃饱了这会儿不急着吃？

　　不过，这样看了一会儿，好几只燕雀都是如此。前面说过，洋白蜡的翅果像微型的船桨，一头尖圆，另一头稍宽，是带"翅"的部分。这"翅膀"会在洋白蜡果实成熟飘落时，帮助它在空气中飞得更远，去到离母树远一点的地方寻找更多的生存机遇。燕雀就像含着一根小棍子一样，把洋白蜡翅果的尖头含在喙里，带翅的那头朝外，如此衔着不动，或转头张望，看起来像喙上加了根延长线一样。这使我感到疑惑，该不会每一只燕雀都不急着吃。想到之前曾在豆瓣上看到人说"看到燕雀在嗑洋白蜡果"，忽然醒悟，是不是它们其实是吃翅果里的种子，而不是把整颗翅果吞下去，所以把种子嗑出来吃掉，扔掉外面的果壳，就像我们嗑瓜子一样，而不是含着翅果发呆？瞪大了眼睛看，没带望远镜看不清楚，好在很快我想到，如果是这样，树下应该会有许多嗑过的空壳。蹲下来细看，在满地尖长翅果中，很快我就发现好几个吃过的空壳。果壳有一点草质，包裹着种子的尖头被磨破了，现出一道长长的裂缝，正是里面种子被吃的证据。雪地上也有许多完好的果实，我剥开一颗，只见里面包裹着一枚一厘米多长的细长种子，轻轻咬一口，如桃仁或杏仁的质地。这是我第一次亲见燕雀吃洋白蜡的果实，自己发现了这些，很有些福尔摩斯探案的快乐，虽然是微不足道的发现，但在雪后的黄昏看见鸟儿吃它们一天中最后的食物，并弄清楚了它们是怎么吃的，这快乐于我而言十分清晰而满足，有如糖果之于儿童。在洋白蜡的果实旁边，我还看见一颗元宝槭翅果的空壳（附近有元宝槭树），也是被啄破的。于是从前只远远看过燕雀吃元宝槭翅果的我意识到：燕雀吃元宝槭的果实，也是把翅果咬开，吃里面的种子的。

时候很快近黄昏了，虽然刚过四点，在远远高高低低的楼房背后，一带明亮的金黄渐渐染上城市天空的低处，在稍晚之后，又变作弥漫的粉红。不远处街对面，一栋低矮的白色楼房上面，一束暖气燃烧的烟云向右飘浮着，那烟云看来十分拢聚，在天空金黄的映照下，呈现出一种浓郁的灰蓝。这是属于我的礼物啊，我轻轻想着。转了几圈之后，燕雀们多已飞走，只余几只在枝头。这时我遇见一只停在较低枝上的，它忙着晚餐，我离得很近也不在乎，使我可以毫不费力地看清楚。它先是啄下一粒翅果，笔直叼在喙中，而后将它在喙里转动，偶尔换个方向夹一下，就这样，没过几秒，它就将一颗果壳抛下，伸头去啄下一颗翅果了。此时洋白蜡背后，如梳背的月亮远远升上来了，粉白颜色，到了树间的高度。就这样，燕雀、洋白蜡和月亮，形成北方冬天黄昏常见而美丽的一幕。我就这样看它一颗接一颗飞快地吃着，很快吃了十几颗，直到被小孩伙伴的声音唤走。她传来消息，说小孩被卡在一棵树上下不来了。"他大声喊'妈妈'，声音听起来快要哭了。"伙伴如是说，我跟她走过去，果然在一棵矮矮的北美海棠下看见被两根树枝卡住的小孩，树枝兜住了他的衣服，露出他圆圆的肚子。他卡在那里一动不动，这时没有呼喊，也没有哭，只是很尴尬的样子，看我走过去。我把两根树枝稍微往两边掰了掰，他便顺利挤出，立刻要跑走，我把衣服给他拉好，忍不住笑道："你肚子露在外面不冷吗？"他尴尬地笑了笑，不说话。

"是想摘上面的果子被卡住了吗？"

"嗯。"

我知道必是如此，上一趟经过时，他还要我为他摘某根树枝上他觉得最好的那颗果子。绿地上种的这些北美海棠，结的果实颇大，有小拇指头大小，秋天尤其红艳，接近朱浓，小孩子们大把大把摘了捧来玩。到现在经历严寒，已变作灰红，表皮微皱，有的皮破了，露出里面冰沙般的黄色果肉。这果肉酸酸的，微带点涩，不知为何这几年里从未见有鸟儿来吃过，每年初春，还能看见满树红果挂在枝头。是和小区里的金银木一样，种得离步道太近了吗？

第二天傍晚，我带着相机又回到那里。这一天依旧晴朗，不同于前一天的是有大风。我加一顶绒线帽，又戴上手套，即便如此，待在外面也明显感觉冷。和小孩说，今天只能在外面玩半个小时，今天的母爱是半个小时的母爱！小孩们不甘心，但也就玩起来，我径直去昨天那两棵燕雀最多的树下。今天却没有昨天那样的盛况，洋白蜡树上只一两只燕雀，它们在树上扑窜几下，很快飞走了，只留下寂寞的我。风的确有点大，它们今天还会来吗？对面一棵元宝槭上，一只肚腹柔灰的锡嘴雀站在枝头，啄了颗剩下的翅果来吃。这是我第一次看见锡嘴雀，一开始还将它当成了黑尾蜡嘴雀，它们都有着厚实的蜡质喙，一看就是嗑翅果的好手。锡嘴雀吃完那颗种子，显得百无聊赖的样子，在这根枝头站站，那根枝头蹦蹦，毕竟即使是这里的元宝槭，枝头还挂着的翅果也已经很少了。只一些枯叶零星挂着，有时被风吹落，在地上翻滚，使人见了疑心是不是有什么鸟跑过去了，那支棱起来的形状也确实很像。一阵大风吹过，站在树下的我也感到周遭逼人的寒冷，锡嘴雀却站在枝头，纹丝不动，只被风吹动的枝头带着它轻轻摇动。想到我是穿着这么厚的羽绒服，而小鸟才那么一点羽毛，不禁深深感到它的厉害。锡嘴雀很快飞走了，朝远处几棵元宝槭飞去，我走上它刚刚所在的小坡。不远处还有两棵元宝槭，走到树下，只见积雪上许多散落的翅果。元宝槭翅果在树上完整时是两两成对的，就像一只只小元宝，它由此得名；而掉落到地上的翅果，则是分成一个一个，这是因为元宝槭的翅果成熟时会从中间裂开，每半边乘着"翅膀"落下来。把翅果捡起来看，有的已被小鸟嗑空了，有残破的痕迹，有的还是没有吃过的，里面有饱满的实质种子，应该是被风吹落或鸟儿啄食时一并啄下来的。月亮像昨日一样显现在树后，只是稍宽了些，一枚日渐盈满的凸月。四周一片岑寂，昨天在这小坡上滑"雪橇"的孩子，今天也不见踪影。小坡从顶到底留下一些深长的划痕，是他们曾坐着颜色鲜艳的塑料"雪橇"滑下来时留下的痕迹。

　　走第二圈时，经过大榆树旁，我在旁边构树光秃秃的树枝上看见几只燕雀。心里一下惊喜道："哇，原来你们在这儿晒太阳！"绿地中此刻只有这一小块地方还沐浴在阳光里，其余地方，都已为四周楼房笼上阴影。燕雀们不为树下经过的人所动，只是在即便是阳光下也仍有寒风的空气里，顾自晒着一日最后的阳光，不时把头背过去，梳理那为了保暖而鼓得蓬蓬的羽毛，有时候看起来像没有头了似的，可爱至极。其实，每回看到燕雀浑圆而渐渐收缩的腹部，以及那两撇微微外八的尾羽，我想到的都不是燕子，而是秋刀鱼。这是我童年时代夏天最喜爱的食物之一，那时村里小店有冷冻的出售，乡下称为"尖头鱼"，"双抢"的夏日买几条回来，化冻剁成几截，加辣椒红烧来吃，质美价廉，是极受人们欢迎的食物。见过秋刀鱼身体后半段和那八字形尾巴的人，大约会明白我的联想是从何而来的吧，于是每次从腹部看燕雀，我总会想起肥敦美丽的秋刀鱼，引起一种奇怪的温柔与亲切……转回到步道起点，在小区外超市门前的空地上，也看见几只麻雀和燕雀在那里觅食。那里有几棵油松和一棵元宝槭，麻雀们在树下一刻不停地啄着，也许在寻找秋天时散落的草籽。两只燕雀在雪地上衔了一颗被风吹到那里的元宝槭翅果，拍拍翅飞走了。这里之前是从没看到过燕雀的，因为实在离人太近了，如今也是大雪让它们飞到了这里。空气里暗蓝的生寒加重，风持续吹着，很快把我们也吹回了屋里。

　　第三天，气温又稍暖一点，虽然仍然有风，但感觉比昨日要暖。终于又看到几只燕雀，轻轻唧唧在树上大嚼翅果。又见到锡嘴雀，我看到它时，它正在大榆树的枝上稳稳地蹲着，是昨天那只吗？锡嘴雀的个头比起麻雀和燕雀来要大得多了，它看起来一副大佬的气势。第四天，气温又稍暖一点，以为雪会化一点，下午到附近公园去一趟，元宝槭山坡上厚厚的雪却仍然积着。地面上散落着被风吹下的枯叶，毫无食物的痕迹，也没有燕雀的身影。山坡另一面种着油松，向阳坡脚下，听得见麻雀细碎的鸣声。我在树下等了一会儿，只见零星一只燕雀飞过，在远处砖墙上停落几秒，旋又飞走。仍只有飞来飞去的灰喜鹊，发出哑哑的嘎声。沿着山坡走下去，油松树间不时传来一阵轻微的"嗞嗞——"声，使人意识到那里有山雀。我犹豫着停下，过去有好几次，我在公园的油松下听见山雀的声音，却怎么也找不到它们的影子。不过今天的运气很好，就在我凝神循声寻找时，几秒后就看见一只一闪而过的身影。是一只雌黄腹山雀。它在松枝间腾挪跳跃，似是感觉到人，很快飞到对面的油松林去。不过，路两边的油松此刻只有这一棵还浸润在阳光里，不一会儿，黄腹山雀又飞回来了。它在油松去年结出的球果上，有时站立，有时倒挂，极其灵活而轻盈地，把头伸进去寻找张开的种鳞里还有没有残留的松子。它的动作太快，那时我看不清它有没有找到松子，还以为一无所获，等回去后看照片，才发现它收获颇丰：在那几分钟时间里，我拍到了三张它衔着松子的照片。有时，从一颗球果上飞走之后，它落到一根松枝上，两爪几乎并拢，紧紧抓住松枝，用力在两爪之间啄起来。树枝挡住我的视线，使我看不到它在啄什么，还以为它是在啄树皮下可能藏着的过冬的虫子或虫卵吃，回来看照片，才发现有一回它在变换方向去啄之间，嘴里分明叼着一颗松子。我一下子恍然大悟：莫非是在啄松子？难怪那时看它啄得那样用力，双爪又并得那样拢，岂不是两爪在树枝上紧紧按着松子，而用喙把松子啄开，好吃里面富含油脂的种仁吗？去年春天，我曾在一只沼泽山雀身上也见过类似的操作，当时它站在一根树枝上，两爪按住一条刺槐的荚果，把里面的种子啄碎来吃。不过，黄腹山雀是不是就是在开油松种子，还需要我再去观察，但只要想到这些，就让人觉得很有意思了。这个活泼好动的小家伙好像很喜欢这里，在树枝间流连好久，一会儿在这颗松果间伸头看看，一会儿在那颗松果间左右找找，一会儿站到树枝上，用力啄一番，没有一会儿停歇。

饱看了会儿黄腹山雀，穿过对面坡上的油松林往别处走。一只雌燕雀从落满松针的雪上走过，头上灰色的冠羽微微簇着。也有沼泽山雀，灰色的衣裳，油松间一闪而过。松林上，粉白月亮升上来，又变胖了一点。远处灰喜鹊三三两两起落,一棵大毛白杨上,两三只灰椋鸟和一只红尾鸫静静立着。穿过一片春天会开红花的红花槐林,又一小片元宝槭林和油松林,四处除了喜鹊与灰喜鹊外别无声音。我继续往前走,走到一大片毛白杨林中。此时也是一片白雪的寂静,远处一只白头鸭不知在何处高声叫着,那声音十分哀切,不知是警报还是呼唤同伴,听得此时一个人在毛白杨林中行走的我也为之不安起来,想着再去公园最多金银木的那一片看一眼有没有鸟儿就回去。那里有一二十棵金银木,因为靠近路边,鸟儿们吃得比较慢。圆柏树上挂着圆圆的霜蓝色球果,树下散碎许多小壳,那也是鸟儿们曾来聚餐的证据。雪停后这几天,风把一些银杏种子又吹落到地面上,于是在积雪上,有时也可以看见一些圆滚滚的银杏。

经过公园中心的人工池塘,塘里背阴面此时结着冰,不知谁人养的几只鸭子,聚在向阳处一角吃食。吸引人注意的是此时池塘边的垂柳,在夕光下,细密的柳丝散发出银色的光泽,空气中一点微弱的风,将它们吹起摆动。这一块的金银木上果然还有许多红果子;十几只麻雀正聚在一边一棵阳光下的树上。一个大叔在另一旁几棵金银木下守着,三脚架上架着一部长焦。我已经要往前走了,想想还是停下问:"在等什么呢?"他笑笑:"在拍鸟。"我说:"是在等什么鸟呢?"他说:"太平鸟。"我惊讶道:"咦,这公园里有太平鸟吗?往年没有看到呀。"其实这么说也很不可靠,因为往年冬天我也很少出来,没有看到过太平鸟并不代表公园没有。一下激动起来,我还没有看过太平鸟呢!虽然也是北京冬天常见的候鸟,但我还没有见过,也显得我观鸟之少和入门之初了。

大叔说,他是在群里看见消息开车过来的。许多太平!那边柳树上就有!——说着指了指远处山坡上几棵垂柳。我顺着他手往那边一看,果然在那高高的柳树梢头,看见好几只太平鸟蹲着,正在阳光里沐浴。我说:"啊,看见了!"大叔说:"多着呢,一大群——一会儿就下来吃这红果。"我于是和他一起候着,不出两分钟,就扑棱棱十几只落下来吃。大叔看见了,对我说:"下来了下来了!在那儿吃呢,你去拍。"自己却不动。原来鸟儿是落在离我们远一点的南头几棵金银木上,那里的树已被黄昏的阴影笼罩,而靠近我们的北边这头,有几棵还落在阳光里。大叔想拍出光线更好的"太平吃红果"的照片,所以不动。他的镜头也比我的镜头好得多,不过大叔既没有往树上钉面包虫,也没有放鸟录音诱鸟,只是静静等着。我说:"我走近去它们不会飞吗?"他打包票:"不会!"

  我往前走了一点,鸟儿们果然继续大吃,我才在相机里将它们看得清楚一些。是太平鸟和燕雀,正在这一片金银木上大吞其浆果。太平鸟的身形比燕雀的要更肥硕,它们的羽色仿佛有一种朦胧的丝滑的过渡,使其脖项和背、腹部看起来像是没有明显的区分似的,只是一种融合的灰与棕,仿佛某种夕阳的天空。最显眼的当然是头顶那一撮向后飞扬的棕红与灰色相接的冠羽,还有那贯穿了眼睛、看起来颇有些凌厉的贯眼纹,这贯眼纹与颔下的黑色斑块相呼应,加之飞扬的冠羽,尾羽顶端一溜明亮的松花黄色,与背腹的朴素对比,使它们显现出一种出其不意的华丽。

  一只太平鸟在一根纤细的枝上落着,把枝头压得不住颤动。它吃得很急,不愿调换落脚的地方以安稳地吃,只好一边吃一边不停扑扇着双翅,以减轻身体对树枝的压力。在这些太平鸟里,渐渐我认出还有小太平鸟的踪迹:它们尾羽的顶端是一溜鲜艳的朱红,恰如金银木朱圆的小果的颜色,经常和太平鸟混群居处。就看着的一会儿,金银木梢上的鸟儿更多了,每一只都安安静静地不停啄食着。燕雀的喙上沾了被啄破的红果的浆汁,看起来像犯了案似的;黑色的乌鸫静静卧在一根粗枝上,伸出细尖的黄喙;白头鹎和珠颈斑鸠也来了,珠颈斑鸠的个头那样大,挤在金银木细细的灌木枝条间,看起来有种很可笑的戏剧感。真是鸟儿们的盛餐啊,更不用提路的另一面那几棵树上一直叽叽喳喳吃个不停的麻雀……而大叔始终守在他有阳光的那一块,我向他告别时,鸟儿也没有落到那边的树梢,他说他还要再等一会儿。

选自《北京文学》2024年第8期

遛鸟人

/王晓莉

　　遛鸟的人在立交桥引桥边的人行道上已站了很久，照旧双手插兜，照旧穿那件又黑又灰的夹克，照旧不跟任何人说话，照旧身边围绕着三个鸟笼。冬天的风从四面八方往立交桥灌。这座老旧的桥，就在我们街的转角处。桥下是片光线不甚好的空地，但是面积也大，人流量也大。做小生意的人就自发聚在那里，真是卖什么的都有。牛羊肉也有，蟑螂药也有；旧书旧历有，山寨的名牌用品也有。"十块钱一条的真皮皮带！不是真皮不要钱！"有个外地人左手胳膊挎着一大把男式皮带，右手拖个小音箱，音箱里循环播放这一句。每个人都在竭力把自己的货摊整理得更醒目、有秩序一点，或是不时往菜上浇一点水，或是把叫喊声提高些。每个人都很忙碌。只有遛鸟的人，是清闲的，沉默的，并且显眼的。虽说他常年一个人出没，但他总随身带三个鸟笼，两大一小，大鸟笼体积有一两岁小娃那样，小鸟笼也有个管四口之家的电饭煲那么大。这形影不离的一人三笼，到哪都占很大一片地，想不招摇都难。从前旁边一个卖针头线脑的老太婆问过他："遛鸟怎么在这里遛呢？"他不回答，把他的"队伍"带离老太婆更远一点。

　　实际上有一阵子，他是在我们街上离十字路口不远的"明亮"眼镜店门前遛鸟的。每天时候一到,他摆好鸟笼,扯开笼子的黑色罩布,再放好鸟食和水,就妥了。剩下的时间就是和街上所有闲人一样,呼吸与家里不一样的空气、看与家里人不一样的人而已。但是这个"闲人"的特点是不跟任何人说话。爱咋呼的小区保安,第一次见到他时,背着手随口问他:"嘿,你养的鸟什么种(品种)?"保安的唾沫星子要溅到鸟笼上了。他一翻眼,把身子背过去,顺带把鸟笼一一挪开几尺。他简直可以当"距离"二字的代言人。又不久,街上的邻居们发现,谁想多瞅几眼他那几只小鸟,也很难。他要分人。若是觉得还顺眼,他就让你瞅;若是觉得眼前的人对他和他的鸟有所冒犯,他会唰的一下扯下笼子的黑罩布,叫人看不着。手机短视频里经常看到那样的情景:主人说,二嘎子(小狗),我冷,给我拿毯子来。二嘎子就飞快地不知上哪去衔了床毯子来,主动盖在主人身上,还用嘴巴衔了毯子一角,把主人肩膀盖紧些。我们观看视频的人看到这里都哈哈大笑,既困惑又赞许这"别人家的狗"。那要毯子的主人,想来在视频那头也得到了极大的满足。但是遛鸟的人完全不是这样一类人,他的鸟不是为了博人一笑的,他养鸟完全不是为了跟他人分享。

久而久之,我们人人都知道且默认,他是我们这条街某幢屋子的住户,但只跟他的鸟来往,他不认街上的邻居。可就是有好事者很想挑破这个"存在"——像挑开他鸟笼上的黑罩布那样,以便看看里面的内容。而一个完全不招摇的人,一出现却必定形成个招摇的场面,这个非常矛盾又特别的存在,也确实是引人遐想。"明亮"眼镜店老板,一个精瘦、眼睛又非常亮的中年人,有一天就走上前对遛鸟的人非常客气地说,您能不能挪开一点?笼子挡着我的店门了。眼镜店老板既想驱使他离开,也想借此机会了解这个神秘的邻居——假如遛鸟人接了他的话茬的话。但是遛鸟的人不给这个圆滑的中年人机会,只斜睨他一眼,左手提起一只鸟笼,右手则提两只,一声都没吭,走了。眼镜店老板本来已经做好了要互相磨嘴皮、商谈可能要升级的心理准备——这是他比较拿手的。没想到一下踏了空。他呆了一下,回店里刷手机视频去了。他的目的达到了一个,失败了一个,他因此心里有点说不出的失落。他接待各种顾客,但是像遛鸟人这样孤僻又傲气的,是一个都没有。

但是眼镜店老板那不费力的一问，把遛鸟人惊跑了。他和他养的鸟一模一样，都很容易受惊。他第二天就换到前面说的那座立交桥下。那里人多，又不属任何人管辖，更没有什么门面。这正好符合他"想站多久就站多久，可以看到很多人，又可以不和任何人有交集"的这一种脾性。他可以依然保留他的来历与行为的神秘。

实话说，真正关注他鸟笼里的鸟的人并不多。鸟都关在格栅笼子里，又贴着地，要看清还得俯下身子去——大家都急匆匆的，现在谁愿意俯身看一只不相干的鸟哟。一个胖女士悠闲地走过，一只手里既抓了把瓜子，还能同时腾出大拇指和食指从掌心里夹出一粒又一粒瓜子往嘴里送。她这样边嗑瓜子边停下脚步，盯着鸟笼看了一下，到底是鹦鹉还是八哥呢？认不出。她觉得每只鸟都一样，于是很快就继续往前去了。遛鸟的人像往常一样，斜眼溜她一眼。不识货。他心里吐出了这三个字。他略微往上扯一点黑色鸟笼布，好叫光线透进来更多些。同时他把笼子里的水碗又放一放，因为他觉得经过这样一调整，碗放得更平了。他那个样子，不像在摆弄几只随处可见的小鸟，真是有点像把那几只鸟当作恋人，而且那恋人还是绝世美人，捧在掌心怕化，因而要不住地藏着掖着。

冬天天黑得早，四五点钟已是有点昏暗，北风更添一份萧瑟。遛鸟的人没有回家的意愿。他为什么不回家呢？并没有人知道。有人猜测过他是独居，但并没有得到证实。现在的房子真的是格子间，人人待在自己的那一"格"，基本上没有机会到别人的"格"里去转一转。但是身边卖菜的小贩确实听见他打了一个电话，听见他叫了一份外卖，听见他点青椒肉片和白菜。小贩确定他是不回家吃饭的。

不到五分钟，穿明黄雨衣、戴明黄头盔的外卖员就出现了。外卖员递上两只快餐盒，他的电动车后座上还有高高一溜餐盒，用绳子固定着。他要送到晚上十点钟才能收工。

遛鸟的人接过，他总是站在这里点一份外卖吃。也总是这个年轻人来送。他们俩因此是熟悉的。大约是风太寒冷了，遛鸟的人想要靠发出一点声音、说几句话来让自己暖和一点。于是他们之间有了下面的对话。

你天天带着你这几个鸟笼在这里。惬意哟。外卖员骑在电动车上说。

他永远是匆忙的，匆忙得连电动车都不下，只用一只脚点地而已，好随时可以离开。

哪里惬意？你有你的难，我有我的难哟。遛鸟的人说道。

难？外卖员重复一句。他每天风里雨里，给无数人送吃的。他的"难"是妻子和两个小孩，他要拼命攒钱。面前的人，养几只小鸟，难啥呢？他不能理解。

难哟。连鸟都有鸟的难呢。遛鸟人回答。

这是这个孤独的遛鸟人迄今为止唯一向别人透露了一点内心的对话。外卖员无心多问，也知道再问不出什么。万物有裂隙，他偶然窥到这个封闭的遛鸟人的那一点缝隙，已经相当不容易了。况且他急着要去送餐，命运齿轮不住地旋转，送外卖的工作是不允许人无故多停留一时半刻的。但是他当然模糊地知道，眼前这个人，并非动植物学家，而只是一个闲人，却把几只小鸟当作家当一样携带，并且守口如瓶，里面一定有极其隐秘又极其震撼的故事发生。他只是无从知晓罢了。

有一天下午五点钟，遛鸟人又点了个餐，仍然要求送到立交桥下。好心的外卖员想了一想，给遛鸟人拨去了个电话，说，X先生，就要下雪了，我把餐盒送你家吧。有一次经过"乐观"小区，看见五栋七楼阳台有个人像是你的身影呢，应该是你，我直接送到你家门口吧。

电话这头，遛鸟人像是被不知名的东西击打到了。他沉默一下，说："不，那不是我。餐盒你还是送到老地方。"

外卖员于是驱车来到立交桥下老地方。冬天的风刮得他有点缩脖子。他仔细看了一大圈，根本没有遛鸟人的身影。他再次拨打遛鸟人的电话，已经无人接听。

遛鸟人从此从立交桥下消失了。似乎一有人要探知他的底细，他就倏然消失，连同他的几只小鸟。尤其是这几年，遛鸟人的影子也不见了。我们街上流传好几种猜测，有的说他的小鸟陆续死了，遛鸟人就把死小鸟一一做成了标本，然后再也不出房间了，因为他再也没有可遛的东西。也有人说，这个遛鸟人得病死了。那么，那几只小鸟呢？听的人追问。那传话的人便说不出话了。主人不在，小鸟的命运能好到哪里去呢？"鸟有鸟的难"，这大约就是了。

  这个遛鸟人的这点神秘之处，仿佛就是他存在于世的意义了。而且，这样有点神秘的人，有点震撼人心的事，世上还有许多。它们曾经存在着，终究又流水一样流逝了，应该打捞，又难以打捞。就像鸟笼上的那块黑色罩布，被一只看不见的大手按住，始终不曾被掀开。鸟笼的内部，就成了永远的秘密。

选自《福建文学》2024年第9期

白杨·网事

/泥马度

一

我家废弃的老屋前，是风还是鸟衔来种子，一棵白杨破土而出，高入云天。空荡的老屋后来成了村小学临时教室。我四五岁时常去那棵树下玩。听大人、大孩子们讲，只要天上飞机飞来，肯定飞不过这棵白杨，会碰掉下来的。我就常常望着这棵钻进云天的树出神，就等着有飞机掉下来，爬进去再飞上天去玩。

白杨几乎没有树冠，就是削尖脑袋一心钻破天。

老树虬枝参天，新柳千条垂地。

老人常说我们是草木之人。人文始祖伏羲就是木帝。十日出于桑，也须得以树为栖。农耕文明的本质就是草木。天与地的联系就是树，远古的巫师、圣贤就是靠着参天大树"上天入地"的。

白杨孤零零的像一根齐天大圣的旗杆立在童年的记忆里。那时随处可见的是桑楝榆槐椿柳松，而那些果树桃李芬芳，在家前屋后诱惑着我们。怎样爬上去偷吃梨枣柿桃，成了童年的必修课。在春天就爬上去，在看似险要的枝杈间晃荡，采摘榆钱叶、槐花蒸菜饼吃。在树间采桑，摘桑葚，掏树窝里的鸟蛋，当鸡蛋煮着吃。

那些树让我的童年，爬向天空，看见村庄的屋脊，离蓝天白云更近些。

我家屋后面就是生产队的桃园，每当春天来临，连天空都是粉红的。土地好像燃烧一般，红光满地。那些桃花曾照亮我的童年，带给我最初的诗意。

庄里还有一棵特别高大的皂角树，树上有针刺没人敢爬上去，像小刀一样的皂角从树上垂下来，不能吃不好闻。但这棵树却是小黑子的干爷。南庄一个大池塘边有三棵据说是千年的银杏，身缠红布，是不少小孩的干爷、干妈。银杏，本地叫白果。人讲"要想银杏在，必须枷锁杠"。白果树要用锁链锁住，它才不会跑掉。但树大有神，树一直在长，而锁链一直在生锈，有一天，原来上锁的古树竟然真的遁走仙去，消失不见了。人们在原地下跪，认为白果修成正果，得道成仙去了。

我后来想，白果树哪里会自己跑掉，去赴王母娘娘的蟠桃会？分明是那些不怕死不信神的贼蓄谋已久，将古树盗走了。

偷古树挖老树渐渐成风。有人收购这些古树，汇集到城里。

我们家门口有一棵高大的泡桐树，树冠遮天，树叶阔大，桐花如紫色铃铛在风中摇动。但是也在某一天被伐倒了，做成两扇门。而邻居家的一棵老槐树，则卖给专买老树的树贩子，被连根拉走。

树是通人性的，比主人站得高看得远，人与树或许休戚相关。我们院子里有一棵长势很好的法国梧桐，也有好些年代了，后来不知怎么也就没了。我家门口有一棵树突然快枯的样子，后来，我母亲掉进河里去世了。

我好像突然发现所有熟悉的树都在快速地消失，白杨树好像一夜间成行成片地冒了出来，对村庄和田野地头实行"白一色"的统治，千树万树都变成白茫茫的白杨树！我不知道老屋前的那棵白杨是不是本地最早出现的白杨，飞来的物种，它是不是一种预言，它们将风靡大地。

二

古代好像有亡魂通过钻天的白杨上天之说。什么"鬼火荧荧白杨里"，为何白杨树能突然逆袭，席卷乡村，占领了道路两旁、河堤？我无数次坐在从家乡到北京的火车上，沿途看到最多的树仍是白杨树。

它无果看似也无花，只吐絮，可那絮就是花，像蜘蛛吐丝织成一张大网，一网打尽了村庄的万紫千红。唯有杨絮一枝独秀，铺天盖地，刮进人的眼里，刮在脸上痒痒的。而漫天的杨絮聚在一起，还会燃烧，发生火灾。

当春天被杨花覆盖，而那些白絮在古人眼里仿佛就是亡灵的象征，一棵棵白杨树好像挑着白幡的哀棍，带着亡灵钻天去。但这些都是老皇历了，没人相信的迷信，村民更不知道这些古诗。因为乡村古来很少栽白杨，当某一天它们猛然大面积降临，也并不觉得有什么异样。而村民种植的白杨，并不是传统树种，而是意杨树。它们来自意大利，经过一次次本土化的试验，在黄河故道两岸获得极大的成功。越是沙土，越是流沙荒地，这种意杨的根就扎得越深。树根犹如万箭穿过黄沙黄土，获得深土里的养分水分。它生长极其迅速，速成树，速成林。

养儿防百老，栽树防贱年，当种地收入低乃至亏本，而生活成本一天天暴涨，每家的地头屋前屋后都要栽几棵意杨，它能快速地当作及时雨变现。

这种栽植意杨的浪潮，从黄河故道沿岸迅速扩张，星火燎原。一百年的桑槐银杏等原生树种可能都没有它五六年蹿得高壮。

它见风长的长势顿时把老树们全部淘汰了。生存就是这么残酷，当这种意大利白杨疯长时，其他树种被砍伐一空。让地方，给白杨！白杨树的网撒向辽阔的大地，实现大地"联网"，此长彼消，在黄河故道沿岸如火如荼。

物换星移，意杨树蓬蓬勃勃地转换天空，变幻了时空。这是它的时间，没有树种可以和它赛跑。它挑起无数村庄的大梁，又变成各种时髦的新家具。什么黄梨木老家具，年轻人结婚也不爱，嫌土嫌旧，只爱白杨像糖泥吹出各种新鲜好看的玩意。

意杨树以潮流的风暴，将传统的年轮、册页掀了过去。

时代正飞速地向前，陈旧的东西很快被遗忘。大地的眼里，都是白杨飞速旋转的年轮。意杨树以整齐的步伐，高大威猛，上到钻天，下可稳固流沙、深扎黄泉，一年就让飞沙流沙的黄河故道郁郁葱葱，生机盎然！

它们以全新的形象，更改了白杨的古老观念，好像沙子里飞出的凤凰树，成为飞沙荒芜的克星，重造大地！它们姓意，阳光、漂亮、挺拔。它们在大堰上成排成列地茁壮生长，树上长着一只只眼睛，确实很壮观。成排的树下便是小道。在没有柏油路的村庄，两行白杨树的大堰，在阴雨、化冻的冬天是最好的路了。我每星期都骑着自行车，骑在白杨树下去上学。

好像在无数的眼睛下骑行，不由得感到温暖，一种诗意油然而生。

我对大堰的白杨，写下一首又一首的诗。我也曾与恋人在树下漫步，趴在树下望着它们神秘的眼睛。而这些眼睛其实是树的伤口所化。年轮在里头形成旋涡，而时光在外头雕刻眼睛的伤口，岁月奔涌。请在结痂里涌出秋波，涌出我情感的涟漪，打湿上面一只无枝可栖的乌鸦或喜鹊。树啊，请你们站成行列的眼睛观望着我们，仿佛苍穹的明眸，我们的青春要去远方。

三

这样的黄沙土地，这样的时节，这样的树种，难得的相逢、绝配，一次难得的繁荣昌盛。在20世纪90年代麦稻贱到极点，家有几十棵白杨，真是能救急。我家的田地有两块靠近沟渠，最南边的那块顺着沟边栽种一行白杨，从南到北有好几十棵齐刷刷像箭头一般蹿向天空。一棵树至少也能卖个一二百块钱，可长势太旺，舍不得卖。放在地里，再长长吧，但这些树离家很远又靠近大路，竟然在一个夜里被人锯光，全部偷走了。我看着那些一圈圈空荡荡的年轮，像被砍去偷走的涟漪。父亲挥着铁锨要刨去树根，填上土，再栽上新的树苗。

另外一块靠水沟的地离村庄近些，但栽下去的树总长不起来，树苗不是被人拔了，就是被割草的人故意砍死。我们知道，应该是我们相邻地块的人家使坏，他怕长起来的树遮挡他地里的阳光，影响收成。其实挡不了多少阳光，还隔着我们家的田地。但他就是嫉妒，他家的地为何不在沟边呢。

种地太不合算了，有的整片大块地，干脆家家都栽上白杨。我家后的大块地，原来是生产队的桃园，桃树变成家家承包田的麦田稻田，最后又统统变成意杨树林。时光转了一圈，又变成树林。

浊浪排空的黄河，曾在这里流淌将近八百年，直到1855年才北徙回了山东的老家。原有的旧河道只有干涸断流，直到只有一道高堤从河南经过这里蜿蜒向黄海。高堤上下，都是流沙。不是茫茫的黄沙就是皑皑的盐碱。三天不下雨，遍地风沙起。春播一碗种，秋收半碗粮。

是意杨树救了黄河故道，一株株树王拔地而起，长成彼岸的大风景。

有的长到五六十米高,有的几个人合围不过来,竞相称王,这片土地号称"意杨之乡"。

一座座闻名的果园场,变成意杨林场。白杨以茂盛的统治,流放万杏千枣,将争奇斗艳、飘香的果园,变成杨絮漫天。

将麦田稻田改成树林,人一走了之,钱在地里长着,人在外边打工,两全其美。沿岸的村庄被白杨林完全覆盖。什么苹果园瓜田,都成了林间的杂草杂树,迟早要拔了去。

但我作为一位诗人,还是非常怀念家乡万紫千红的春天,意杨只作为其中之一,而不是垄断性地对千树万树的杀伤、驱逐,让它们最后通通消失。我的榆钱,我的桑葚,我的楝枣儿,我的槐花饼,统统没有了,隐遁起来了。"没有槐花的蜜月,蜜蜂女王们怎么过/红豆都灭了,情人去了南方打工不复返/两千年的合欢也枯了。/白杨树你那些漂亮的眼睛你真的替天开眼吗?"

岁月选择意杨,意杨配合着并改变时代。

先是房屋,不再需要桑槐这些硬木。就是农村新房首选的木料,也都是松木、楠木。这些木头从外地进来,有的老房子上的旧木,相当便宜,质量又好。

成不了栋梁,原有的树木黯然失色。

新房的家具,新婚的家具,都必须到家具店购买。大小木匠渐渐在村庄失业了。他们打造的老式家具完全被淘汰了。随之而来,是各种好看但不中用的板材家具。时髦覆盖一切,这是潮流。

而各种板材,只需要意杨树。除了特卖特收的古树、老树,树贩子们到乡下只收购意杨树。

一条条道路的两旁,开张着各种意杨板材厂,它们的板材沿着路两旁晾晒。你走在路上,就像走在意杨树的年轮里,不知不觉人生已走过了春天,走过了青春。

四

春风村,原是这一带的穷山恶水。有亲戚在它的邻庄,我每次走亲戚都要路过它。村里原有不少打鱼摸虾的人,也有编织渔网兜售的人家,还有几家棺材铺。不是破渔网晒挂在村口庄前的树上,就是一口口棺材。

网络先来到镇上,学生们患了网瘾后,就像春天里风吹的杨絮,飘飘荡荡满世界跑。打工的浪潮就像大地年轮,一圈圈地波动着,似乎在家不出去就会穷死。

但有那么一位年轻人,他不想去打工,他想在脚底下扎根,他说他做了一个梦,梦见春风村家家户户的渔网,通了电都挂在高高的白杨树上,联上网,满世界的大鱼小鱼鱼贯地钻网。他网到一个大螃蟹,他吃着通红的螃蟹被撑醒了。

他寻思着追寻着奇怪的梦,就猫在家里,买了一台组装的电脑,第一个将网线从镇上联到春风村的家里。他成了一名网瘾君子。那时淘宝也开网鸣锣不久,在网上购物、售物还是新鲜的事物。他正好在大风口停下来,像一棵白杨树在土地里扎下根——他赶上互联网购物的风口。

这不再是一个虚拟的消磨时间的世界,而像一张通向全国乃至世界的网,到处都可能是咬尾交流的鱼。空间被无限扩大,大家处于同一个平台。只要你布置的网店,设计得漂亮,入网民的法眼。

为什么在遍地是杨树的地方,不能叫木匠做出漂亮的家具,在网上出售呢?年轻人眼睛不由得一亮,在网上翻找上海的漂亮家具按此仿制。能工巧匠在民间,穷则变,变则通。

仿制,在意杨之乡成本极低。这里面有无限的商机。

他招了村庄几个空闲的木工,先进行小作坊式生产,搞了一个月。真是人有多大胆,地就有多大产。他在要给工人发工资的当月,就空手套白狼挣了十万块钱。白花花的银子就是真理,这在村庄形成爆炸式的冲击波。

在自个破破烂烂的家里,只要有一台电脑,就像传奇旧小说里的法宝,什么都可以来,都可以有。

这个半吊子的回乡"知识青年"成了春风村互联网第一个吃螃蟹的板材厂商、网店店主。

像一棵突然蹿高的白杨,将网络挂到最吸引眼球的高空。最初村庄开网店的,都在他这里拿货,看着他春风得意的样子,有点资本和头脑的人,心都像被杨絮挠了一万遍,痒得不行,四处筹款开始在村庄开办更大规模的家具厂。

黄河故道旁到处疯长着意杨树，正好是各种合成板材的最佳的廉价原料。于是成排成片茂密的白杨和网络就这样不谋而合，互插上翅膀，发生"核裂变"——像烂漫无边的杨花刮满大地。

一窝蜂似的，村庄家家开网店，当起网商。多少在外打拼的人开始回潮，还乡回流，并将多年的积蓄投入在自家的土地上。

春风村仿佛掀起黄河逝去的浪潮，迅速崛起，成了网商第一个村。无意之中抢滩成功，抢到第一滩头，一个由土变成金的大滩头，在销售领域攻城略地。

这里是黄河故道，到处都是白杨树的天下。什么样的好家具都可以仿制，并加以改装。数以亿计的市场向村庄开放，便宜就是真理，就是竞争力。村庄的生意越做越大，一年销售破亿，三个亿，十个亿，九十个亿……

一张财富的天网仿佛撒到这里。

由这个村庄再向周围的村庄扩散，谁能想到一台电脑，接通了村庄到处都是的白杨树最常见的木头，风生水起。这里被称为小岗村的网络版了。

自此东风吹作金黄色，倚得东风势便狂。春风村成了金黄色的核心，就一石激起千层浪的那块石头、石猴头，在看似虚拟的空中世界，学法取经，大开眼界。

马云来了，四面八方的人前来取经，看货的人来了……过条小河沟就是刘强东的老家宿迁。刘强东在北京干他的网络平台，而老家人在老家白手起家，也能赶上风口。

大潮涌起，后浪推前浪，遍地都是弄潮儿。一个个半文盲，不会打字的人，也坐在电脑前，开办网店，将农民的智慧发挥得淋漓尽致，与客户周旋，讨价还价。

这就是漫天撒网，实实在在打到大鱼、鱼群的事业。这里成了全球的一个家具销售基地，据说占据淘宝网家具销售的八成天下。

东风吹，战鼓擂，只要大风起兮，母猪都会上树，每条狗都会飞！

互联网改变了这里的一切。一条极速的路在空中将村庄传向远方。物流应运而生，快递企业也跟着如雨后春笋般在村庄里一家家诞生，快递员的年薪超过十万元。

这里贫瘠的土地既远离街集更远离城市，却因为网络驴打滚似的升值。

这是一个木质的村庄，长出电子的脑袋，电的脚步，跟世界互联上了，并将大笔大笔的订单揽到自己的手里。

世界被打开了，无限的领域，任你游弋，就看谁有本事了，金山银海也不再是神笔马良的传说。

船多不妨路，相反，形成村庄板块，整体地进入淘宝商城，家家向钻石王老五挺进。手艺不外传的老话，在新兴的世界里明显不合时宜。一阵风又一阵风刮过，每片羽毛都飞了起来。

机不可失，时不再来。那些晚一点才波及的村庄网商，就失去了与这个村庄抗衡的实力、机会。早了不行，晚了不行，恰好就有人能赶上那个点。

农民通过网络掌握了定价权，和买家直接对接。

浪潮推着人们往前走，没有回头的路，一回头就变成了石头，而不是孙悟空。

昔日既荒又破年年虚度的春风，变成神通广大的春风村，能不能把"春风"注册、把"东风"打造成自己的品牌。"等闲识得东风面，万紫千红总是春。"这里初始以杨树家具低廉的价格打天下，现在各种实木、进口木材涌了进来，万木争春，万木争荣。

五

春风村里刮大风，像平地乍起的风暴眼，将家具网销的风暴飞速地向周边席卷。这种"电网捕鱼的鱼群效应"比羊群效应更猛烈。那些没有多少文化、被城市排斥赖在老家的二流子、懒汉好像一夜之间得到魔法，原地不动即是潮头。

白杨树成为抢手货，特别是枝条都被打成粉末挤压成板材，立马就变成做梦的床、书桌、书柜等各种便宜货。

人民需要快餐一样的便宜货。

我们大李庄也被波及，家具厂如雨后春笋一样冒出来。我家北边不足三十米有一家，家东边不足五十米有一家，家西边不及一百米还有一家。一家比一家开得大。

直接把厂开在生活区,由白杨树条打造的低档家具全靠油漆涂抹,从早到晚,整个村庄弥漫着浓烈的油漆味,呛得人睁不开眼、张不开嘴。

但人家开厂赚钱,绿铁皮房搭建在自己田地里、宅子上,你管得着吗?不知不觉几年过去了。家北家具厂的年轻老板自己搞油漆,突然倒下了,被救护车送进大医院ICU抢救。这时才发现,他的邻居患了白血病,我的二叔也患了白血病,更要命的是我的父亲也突然患上肺部重病。村庄里的老人患肺癌不是稀奇事。但年轻人、壮年人纷纷患癌,这可是以前几辈子都没碰上的大病啊。

家西边一百米的家具厂,距离稍远,并且厂主在一个硬茬要拼命的情况下已经在远离村庄二百米的地方租房做油漆。家东边一家干的时间不长,将机器搬到春风村去了。那么主因就是家北这家了。

但无论怎么交涉,对方都置之不理。厂主连自己的命都差点玩进去了,挣钱是绝对硬道理。但他自己不再做油漆了,找了雇工继续大干。

这家小老板,小学毕业,整天在家瞎转悠,快到三十也找不到对象。不知从哪儿搞到钱,突然成为企业家了,还在网上找到大学生的老婆,女大学生死心塌地为他生孩子,为他开网店卖货。这就是网络的神奇。挣了钱,那就绝对气粗,什么关系网都能打通。社会不就是由网织成的吗?厂子越像一只毒蜘蛛,释放的毒气越大,越说明他的产品销量和财源越广大。

他的油漆已经完全变成空气的味道,变成附近人家每天呼吸的气体。人们眼巴巴地看着一棵棵倒下去的白杨,变成一车车拉往全国各地的床柜,一派繁忙的景象。

终于惹恼了一位长期在外地养羊的羊倌。他的儿媳妇快生孩子了,孕妇和孩子都闻不了这漫天的气味,儿媳要离家出走闹离婚。羊倌迁怒于人,毕竟在外多年有点见识,他不停地在外地实名举报,从基层开始逐级举报。但一次次,上面来人,拿了烟提了酒罚了款就了事。但羊倌并不气馁,他一边放羊一边举报。电话、网络,什么都来,以此为业。最终,家北的家具厂,也租了一个油漆房子,搬到离村庄二百米的地方刷油漆。

六

白杨树在黄河故道遍地开花,家具厂在贫瘠的乡野遍地生根。

我们的春天、春夏之交生活在白杨树的花絮里、飞花中。人说花朵是植物的性，那么杨树的性铺天盖地。它变化出来的"毒"素，不仅仅是让人脸部发痒，代表春风刮进人们的眼里那么简单。

钻天杨钻破天，一排排一行行坚挺着自己的季节。像方外来客、他山之石，我从起初充满好奇、感激，然后就是厌恶，莫名的恐惧。它似以异物种的步伐、黄河决堤般的势头冲向土地。但它毕竟不是纯正的树种，而是经过杂交变异的，一开始爆发特别旺盛的生命力、适应性，但经过长时间的演化，它的品种也逐渐蜕化。当某一天，我突然看到白杨树上原本漂亮的眼睛都扭曲不成样子，仿佛大地闭上眼。那些杨花被春风吹成长条子形状，网结在一起，真的像一道道白幡。

物极必反，盛极而衰。

我们东边有个县，另辟蹊径，另起一行，他们选择种绿化树，要将本县建成花木之都。仿似一物降一物，白杨树飞快地退出这片领地，各种绿化木、风景树、花花草草应运而生，成为各地城市绿化的抢手货。

风头一开，各个城市对大片大片的白杨林下了逐客令。

好多道路两旁，不再是白杨树的眼睛，而是招蜂引蝶的花花木木了。往日的飞沙流土也安定下来，变成无边无际的稻田麦浪。土地里已经生满了根，沟壑纵横，连这里干涸的黄河也碧波荡漾起来。

白杨树明显退潮了。本地的白杨退缩在春风村周围，渐渐连大厂都做起松木实木家具了，家具不再是白杨树的变形记了。

白杨已经领了黄土地几十年的风骚，离开土地的农民再也不用栽白杨防贼年了。农村集中土地承包给种田大户的风暴也刮了起来。一些地方的田地里不允许再栽一棵白杨，栽下的全都伐倒。

白杨时代悄悄地谢幕。它在城乡的道路两旁，像高高伫立的并行的高压线杆，一去不复返。但被它消灭掉的大地上本有的土种，并没有很快地回来。没有椿树的春天，真的是我们的春天吗？现在见到的多是千篇一律的绿化树，那些桑树、皂角、本槐等冒着原汁原味的春天气息、本土气息，什么时候还会与我们相逢？

选自《广西文学》2024年第8期

家 燕

/周齐林

一

锯齿形的闪电划破漆黑的夜空，密集的雨水织成一道帘子。雨水透过瓦片的缝隙落在四个脸盆里，发出滴滴答答的响声，那声音回荡在年幼的我的睡梦里。房间里湿漉漉的。父亲和母亲忧心忡忡地看着屋外苍茫的雨夜，随后忙着把装满脸盆的水倒出屋外。直至天明时分，雨水才停歇下来，疲惫的母亲沉沉睡去。

1999年的这一幕时常回荡在我的脑海里，旧时的雨打湿了芜杂的记忆。

彼时，每逢暴雨，老屋就会严重漏雨。屋子岌岌可危，似乎随时有坍塌的危险。焦急的父亲踩着半旧的单车去亲戚家筹借了一些钱，加上家里的积蓄，最终买下了紧邻新农贸市场的一块地。母亲紧蹙的眉头终于舒展开来。

空气中弥漫着春天的气息，多年后我依旧记得父母亲筹够买地基钱款的那天，一只燕子忽然飞入家门，盘旋了一阵，又飞了出去。在村里人眼里，燕子搭窝是吉祥的征兆。母亲见状满脸欣喜，她认定了燕子很快就会在家门前筑巢。燕子对筑巢之地要求极其严格，因此我半信半疑。次日清晨醒来，果然，燕子的叽叽、啾啾的婉转叫声在耳畔响起。我一骨碌爬起来，站在门前的水井旁，看见一只燕子正叼着一嘴的湿泥巴在屋檐下忙碌。

"你们不要去打扰它们。"母亲确信燕子会给我家带来好运。

阳光洒落大地的日子,父母亲请来村里的师傅打地基,震耳欲聋的鞭炮声炸碎了寂静的天空。地基打好后次日,父亲扛着木工箱匆匆踏上了一生的征途。一百二十平的地基,五个房间,每个房间的地基都足有一米多深,母亲看着幽深的地基,陷入茫然中。姊姊建议花点钱请司机去禾水河边运十几车沙子,一两天时间就可把地基填平。母亲没同意。那个漫长的夏天,母亲每天带着我们哥俩往返于禾水河畔,从稀薄的夜色还未散去的清晨,一直忙到暮色降临。寂静的午后,烈日的炙烤下,母亲带着年幼的我们在禾水河边拉沙子。因天气酷热,劳累过度,我中暑晕倒,看着我抽搐的样子,母亲一脸惶恐。

我因中暑换来了一段时间的休息。那段时光,十三岁的我躲在清凉的阁楼上,拿着一只半旧的军用望远镜跟踪着燕子的行踪。燕子一袭黑衣,挥动着镰刀般的羽翼,从空中一掠而过,时而俯冲,时而滑翔。干涸的鱼塘是它啄取建筑材料的最佳地点。我清晰地看见燕子把啄取的湿泥弄成丸子状,而后疾速衔回来,循环往复,直至筋疲力尽才栖落在一旁的树枝上喘息片刻。

燕子是优秀的建筑师,不到半个月的时间,它们碗口状的房子完工了。它们在巢内铺上羽毛和稻草。筋疲力尽的雄燕栖落在树上休息时,雌燕接过了接力棒。它们一唱一和,平淡的日子变得丰盈。

经过许久的忙碌,如屋檐下的燕子筑巢般一次次往返衔泥,家里的地基终于填满。那个晚霞满天的黄昏,晚风吹拂,汗流浃背的母亲站在填平的地基上,露出欣慰的笑容。

夜色如潮水般降临,屋檐下的燕子偶尔发出啾啾的叫声。昏黄的灯光下,我清晰地看见几只老鼠沿着墙角疾速跑过。一只老鼠在燕子窝下徘徊了一阵,试着攀爬,结果肥硕的身体从墙上掉了下来。年幼的我终于领悟到燕子把房子建在高处的良苦用心。

燕子的窝搭好了,我家的新房子还只是填好了地基。下雨的夜晚,房间里传来母亲的叹息声。她站在窗前,怔怔地望着窗外绵延的雨。身着绿衣的乡村邮递员每个月月底会按时送来父亲邮寄回来的汇款单。母亲省吃俭用,把大部分汇款小心翼翼地存起来。父亲和母亲在卯着一股劲要早日把新房建起来。赶集的日子，母亲总会舍近求远，走另外一条小路去圩上。我家未来的新房就在那条小路旁。母亲每次路过，总要在地基上驻足良久，眼底满是憧憬。

从圩上赶集回来，看着捕虫归来的燕子喂食的一幕，年幼的我常会想起千里之外的父亲。

家燕的寿命是十年，它们需要在这个巢穴里终老。当雏燕成为准父亲或者准母亲，它们会学着记忆中父母的模样选一个好的位置搭建自己的房子，养育子女。当燕子逝去，曾经温暖的巢穴就变成空巢，在风吹雨打中日渐消亡。

四年后，父母亲终于在填好的地基上先盖好了一层的平房。

"这个房子是给你们哥俩以后结婚娶老婆用的。"母亲说道。彼时的我还不知道房子对于一个人意味着什么。

二

深秋时节，屋檐下的燕子踏上秋天的最后一趟班车开始了艰难的迁徙路。当年幼的我看到天空中成群的燕子集体往南飞时，莫名的伤感总是在心底涌荡开来，我总会想起身在异乡的父亲。仰望天空的燕子，我仿佛就看见了父亲。父亲已经两个月没来信了，不知他现在如何。家里已经穷得揭不开锅，母亲望眼欲穿，每天薄暮时分站在门前等待着邮递员的到来。

寒冬即将来临，虫子躲藏在隐蔽处瑟瑟发抖，喧闹的天空寂静无比。雪看似洁白无辜，却暗藏杀机，它偷偷把所有的粮食藏起来，让肥沃的大地变得一片荒芜。燕子需要迁徙到温暖多雨的地方来度过故乡的这场饥荒。燕子纤细的双足支撑不了它的体重，它不善于在冬天贫瘠的大地上觅食，离开是为了更好地归来，它只有冒着生命危险长途跋涉到远方寻找食物。

寒冷的冬天织就一张巨大的网，把天空中飞舞的昆虫一网打尽，只留下燕子忧伤绝望的身影。燕子惧怕雪的到来，它们在雪花还未降临前就已远走高飞。黑压压的燕群集体奔赴异乡，这悲壮的一幕让年幼的我感伤。看着燕子消失在天际，很快我又从伤感的情绪中抽离出来，因为我时刻在期盼着一场雪的降临。下雪了，意味着在外漂泊一年的父亲即将归来。雪是归来的召唤。我独自站在雪地里，踮起脚朝村口的那条小路不停张望着。

雪地里寒风呼啸，我的心却十分暖和。对父亲的思念经历春夏秋三个季节后，在这个飘雪的季节疯长到极点，而所有的想法在父亲归来的那一刻春暖花开。寒冬因为父亲的归来变成了春天，而春天因为父亲的再次远行变成了冬天。

1999年，在寒风呼啸的工房里，父亲拿到工资时已是大年三十上午。父亲和其他同乡们迅疾涌向火车站，回到家已是大年初一凌晨三点。初一早上醒来，我发现床脚下有一双崭新的波司登鞋，是父亲特意给我买的。

燕子掌握着潮汐的规律，敏感的它们因季节的变化而迁徙。轻盈的燕子擅于飞翔，它是技艺精湛的飞行家，在云朵里自由穿行，时速可达一百二十公里。经年的长途跋涉让燕子有着出众的飞翔能力，但它的双足却不断萎缩。上帝在关闭一扇窗时，总会暗暗打开另一扇窗。

我的母亲身患多年风湿性关节炎，手脚都肿得变了形，一遇下雨天或者寒冷的季节，她的膝盖骨就疼痛难忍，疼得额头上布满细密的虚汗。疾病让她加速苍老起来，脸上布满细密的皱纹，走起路来颤颤巍巍，仿佛年过八旬的老人。如今，属于母亲生命的冬天已经降临，人到暮年的她也如一只迁徙的家燕般，暂时远离温暖的老屋，来到亚热带的岭南东莞我定居的地方过冬。

燕子拖家带口开始了长途迁徙。温暖多雨的地方是它们长途跋涉的终点。有着春城之称的云南昆明，珠三角流域的岭南，亚热带海南岛，这些都是适合燕子过冬的地方。燕子不需要护照、签证，可以随时带着妻儿前往自己向往的地方。泰国、马来西亚、新加坡等东南亚各国，这里生态丰富的热带雨林气候区洗去了它们一身的疲惫。

每一次迁徙都意味着颠沛流离，只有燕子自己知道长途跋涉的艰辛和危机重重。拥有一双利爪的老鹰轻易就会撕破燕子的肚皮，上演血腥惊恐的一幕。面对暴风雨等极端天气，它们要是容易葬身大海，成为海鱼的晚餐。

那些漂泊的艰辛后来成为年迈的父亲回忆往事时嘴角边的一抹笑。2003年，身患子宫内膜癌的母亲在省城做完手术后不久，父亲扛着木工箱又踏上了南下的路。母亲的病让家里欠下许多债，父亲心事重重。几天后，昏黄的灯光下，母亲满脸泪痕地给父亲涂抹跌打损伤的药。原来父亲南下的路上遭遇黑车，为了护住手中仅剩的五百元，他被打得伤痕累累。父亲在信里报喜不报忧，他说他每次回家坐的是舒适的卧铺，一觉睡到终点站。只有母亲知道他买的是站票，一路站着回来的，实在困了就倚靠在车厢的过道里迷糊一阵。

房子建好了，嗷嗷待哺的燕子发出的鸣叫声令人揪心。燕子是忠于职守的捕快，优秀的飞行技巧和速度让它轻易就能捕捉到空中飞舞的虫子。看似娇柔的燕子却有着雄鹰般的视力。一对燕子夫妇喂养一窝幼雏，平均每小时喂十五次，每天需要喂一百八十次。数字剥离出事物的真相，燕子的捕虫能力令人咋舌，蚊子、果蝇、蝗虫、飞蛾等都是燕子的口粮。雏燕张大嘴巴，等待着父母的喂食。我在一只燕子身上看到为人父母的艰辛与不易。

经过二十多天的辛勤哺育，雏燕终于可以离开父母的庇护，展翅高飞，自己外出觅食了。漂泊是宿命，会飞意味着迁徙的开始。雏燕子还不知道长途迁徙的艰难，调皮的它们经常玩到天黑才回到温暖的巢穴，亦如年幼贪玩的我在母亲的一声声呼喊下，才踏着暮色归来。

2007年大学毕业后，我也如父亲般来到了工业区密集的南方，开始了一生的迁徙。

我渐渐体会到一只燕子长途迁徙的艰辛与无奈。燕子拖家带口，集体迁徙，一起面对苍茫的黑夜和暴风骤雨。相比于燕子，我形单影只，单枪匹马赶赴"战场"。

抵达东莞东火车站时已是凌晨三点。疲惫的我背着行李坐上了前往堂哥住处的公交车。公交车要穿越好几个镇区才能抵达堂哥所在的寮步富竹山。恍惚中我听见竹山二字，急忙下了车，下来才意识到下错站了。异乡的夜漆黑无比，不远处的犬吠声越来越近，一只黑狗疾速向我奔来，我浑身禁不住颤抖起来。惊恐之际，我疾速躲进了一旁密集的甘蔗林里。

许多个饥寒交迫的晚上，八元店、天桥边、水泥涵洞，都曾是我的栖息地。

温暖的冬天，当筋疲力尽的我在城市安定下来时，我总会去四处寻找燕子的身影。

喧嚣的城市不适合燕子筑巢，我四处寻觅，却看不到燕子的身影。我坐车来到郊区，终于在一栋衰老的民房前听到了燕子熟悉的鸣叫声。一个老人坐在屋前的板凳上，怔怔地望着远方，陷入沉默中。不远处是一口生满青苔的水井。老屋、水井、老人、燕子，构成一幅温馨的乡村图景。在长久的凝视里，我总以为这些来到东莞过冬的燕子来自故乡赣西那个偏远的乡村。

我对燕子的四处寻觅，映衬出我在城市的不安和疏离。

在东莞国药的大药房里，其实能经常看到燕子的身影。燕子以燕窝的形式出现在我眼前。燕窝在人们眼中是难得的补品。燕窝其实是金丝燕的窝，它们用唾液为主要原料筑成的杯状窝被人类掠夺过来加工成滋补品，贴上昂贵的标签。屋檐下的家燕因以泥巴和草根为筑巢主要原料而躲过一劫。

我体弱多病，经常会去国药大药房买药。一来二去，与店员阿萍成了熟悉的朋友。阿萍得知我妻子顺利生产了女儿后，热情地向我推荐燕窝。"产后弄点燕窝炖红枣，身体恢复得快，买一盒吧。"阿萍的善意推荐让我无法拒绝。我最终花了大半个月的工资买下了一盒燕窝。

打开精致的盒子，里面放着四盏色泽乳白的燕窝。把燕窝轻放在手掌心，年幼时燕子在屋檐下筑巢的场景不由得浮现在眼前。

三

经过长途跋涉的燕子顺利抵达多雨温热的南方，这里溪流哗哗流淌，树木尽情舒展腰肢，五彩斑斓的蝴蝶在半空中翩翩起舞，空气里湿漉漉的。这看似温馨宁静的丛林里危机四伏，毒蛇在草丛里悄无声息地滑行，硕大的老鼠疾速跑过。燕子需要在这熟悉而又陌生的地方争夺生存的一席之地。

当春天来临时，它们变得焦躁不安起来，不如归去的声音在骨子深处不停响起。乡愁涌荡在它们，也涌荡在每个人的心田。

雪的降临意味着回家的日子越来越近，回家的号角已吹响。2007年年底，刚工作的我归心似箭，紧握着一张通过"黄牛"买来的火车票匆匆坐上了前往火车站的公交车。到火车站夜幕已完全降临，正准备进站时，广播里却传来车次停运的消息。那年南方遭遇特大雪灾，无数人滞留在火车站。心情沮丧至极的我在火车站的天桥底下熬了一夜，临近天明时，疲惫不堪的我又坐上了通往寮步汽车站的公交车。必须要回去过年，必须回。我在心底不停默念着这句话。一个半小时后，在汽车站，穿过黑压压的人群，我终于挤上了开往老家的大巴。熟悉的乡音回荡在车厢里，我仿佛回到了故乡。

迁徙是每只燕子的宿命，而返乡则是它们伴随终生的信仰。乡愁在一片片落满尘埃的羽毛上汇集，最终化成返乡后一声熟悉的啾啾声。

在巴掌大的村庄，留守的麻雀正翘首盼望着迁徙的燕子归来。就像我年过九旬的祖母和多病的母亲，她们守着空荡荡的房子，深陷在孤独的深渊里，日日竖起耳朵，探寻着我们归来的脚步声。

并不是每只燕子都能安全返乡，回到温暖的巢穴，深情凝望故乡的一草一木。

2016年，六叔去深圳给儿子带娃。2018年，带孙子去公园玩的过程中，他的脚被一块细小的玻璃划伤，血流不止，在市人民医院被确诊为急性白血病。六叔奄奄一息。清晨，六叔嗫嚅着嘴，向儿子辉表达了自己想回家的想法。"听话，带爸回家。"六叔知道自己大限已近。辉以最快的速度办理了出院手续，在一个朋友的陪同下载着奄奄一息的六叔踏上了返乡的路。

"爸，出深圳了。"

"爸，坚持住，出广东了，到江西地界了。"

"爸，到吉安了。"

"爸，醒醒，到永新了。"辉不停地向六叔汇报着行程进展。六叔艰难地睁开双眼，他已不能说话。

薄暮时分，疾驰的汽车终于停在了家门口。

"爸，你醒醒，快醒醒，到家门口。"辉声嘶力竭地呐喊着。六叔睁开眼，眼底闪过一丝光亮，他挣扎着起身看了熟悉的房门一眼，头迅速耷拉下去。

人不能死在外面。六叔在这种信念的支撑下如愿回到家里。在年味十足的老家，当辉泪流满面地向我讲述六叔去世前的种种细节时，我心如刀割。

发小平高考落榜后进了深圳一家制衣厂做仓管，他一边上班一边自考本科。深夜下班归来，狭小的出租屋里，昏黄的灯光总是映射出他勤奋学习的身影。与他相恋两年的女友艳总会做好一碗热气腾腾的面条，端到他面前。她不离不弃地跟着他。他发誓要努力拼搏，给她最好的生活。五年后的盛夏时节，大学毕业两年的我正怀揣简历在南方的各个工业区辗转颠簸着。薄暮时分，我拖着疲惫的身体回到出租屋，静静地躺在床上打开手机，往日寂静的高中同学QQ群忽然喧闹起来。平为了争取更多的复习时间，连续两天通宵加班导致心梗而亡的消息如一块巨石砸入每个人的心海，掀起阵阵波澜。他临死前挣扎不甘的种种细节不时浮现在我的脑海里。突如其来的变故让平的父亲一夜白头。阳光开朗的小伙子变成了一捧骨灰。几日后，平的父亲抱着他的骨灰踏上了返乡的火车。平相恋多年的女友目送着渐行渐远的火车，泪流满面。平的父亲把他葬在了村后的牛角屏山上。平的母亲长久地跪在墓前，泪流不止。

并不是每只迁徙归来的燕子都有家可归。

时光重新聚焦在1999年那个初春，燕子在我家筑巢的次年四月，万物复苏，空气里弥漫着花儿的香味。邻居家调皮的坨坨趁我们外出时手持长杆把燕子窝戳落在地。这是不祥的预兆，归来的母亲见状不时念着阿弥陀佛来弥补内心的愧疚。一周后，年幼的我透过窗户看见远行归来的燕子徘徊在残破不堪的巢穴前，久久不肯离去。几日后，我看见它们又在不远处的凤娇婶家的屋檐下忙碌起来。

发小建明的父母双亡后，他已多年不曾归来。曾经的老屋已坍塌在地，像一个刺眼的补丁矗立在一栋栋新房间。建明定居在浙江金华，背负着沉重的房贷和车贷。他本欲重建老屋，却因老婆突然查出乳腺癌而搁浅。面对故乡，他成了一个无家可归的人。

四

父亲在北京漂泊的那些年，寄回家的信封里常夹杂着几张他的照片。一张照片上，昏暗的天空下，父亲笑嘻嘻地看着远方，他身后一只燕子在天空疾速掠过，留下漂亮的剪影。许多年后我才知道这是北京雨燕。

北京雨燕和家燕看起来像一对双胞胎，瘦小的身躯，狭长的翅膀，短小的腿。北京雨燕虽也有一个燕字，却与家燕是两个不同的品种，并没有远亲关系，但这丝毫不妨碍它们成为知己。北京雨燕被人盛赞为无脚的飞行家，它把迁徙做到了极致。

家燕，一个看似简单的家字，让我对它心生敬意。家是故乡，是生命的来处。家燕知道家在哪里，它最懂家的意义。

北京雨燕浑身弥漫着贵族的气息，它们喜欢栖息在高层古建筑的梁檐上，颐和园、雍和宫、前门天坛、历代帝王庙是它们的重要繁殖地。雨燕显得高冷，而家燕更平民化，更具人间烟火气息。

雨燕高不可攀。漂泊多年，在现实面前屡屡撞得头破血流后，我慢慢意识到无法挣脱的宿命。我是一只来自乡村的家燕，我没有北京雨燕精湛的飞行技艺，无法永远在路上。我总是磕磕碰碰，跌跌撞撞，受一次伤，我往往需要躲在巢穴里休息许久才能重新展翅飞翔。我时刻渴望如家燕般在充满烟火气息的屋檐下过温暖的日子。

雨燕对飞行的爱发自骨子深处，这种爱不会随着时间的推移而消减。它是天生的飞行员。它双脚的四趾向后，只能攀缘在悬崖或墙壁上，这注定它一生的大部分时光都要在天空中度过。它没有辜负它的天赋，穷尽一生的力量把迁徙推到了极致。每年盛夏时节，它不断拧紧体内的发条，当别的鸟儿在花草树木间嬉戏玩耍时，它们已踏上了迁徙的旅途。"它们从北京出发，向西北方向飞去，越过内蒙古、新疆，飞越天山北部，抵达中亚地区。然后转向西南，经过阿拉伯半岛，飞越红海，飞抵非洲。雨燕在非洲一路南下，在十一月，抵达它们的目的地——南非、博茨瓦纳和纳米比亚。此时非洲南部正值雨季，雨燕可以找到充足的食物。三个月后，雨燕飞回北京，路径大致与去路相同。整段旅程长达3.8万公里。其一生的飞行距离，可以超过地球和月亮之间的距离。"

除去抚育子女时需要在温暖的巢穴中，雨燕一辈子超过99%的时间都在空中度过。飞行是雨燕的宿命。天空是一张巨大的床，月亮是它的台灯，絮状的云朵是它的棉被。雨燕可以在飞行中睡眠。它可以让一侧的大脑半球进入慢波睡眠状态，另一侧则醒着。人类的身体禁锢在大地上，抬头仰望飞翔的鸟儿，是他们终身的信仰。

无论雨燕飞多远，故乡这块巨大的磁石总会把它吸回来，那个空荡荡的巢穴在等待着它重新入住。

雨燕终身都在飞行的路上，当它停下来，降落在地，意味着致命的衰老已经来临。

2019年,我年过六旬的父亲把满头的白发重新染成黑色,踏上了通往广州打工的路。在宽敞的装修工地上,满眼都是浑身是劲的年轻人。父亲把沉重的装修材料扛在肩上缓步上楼,他咬着牙,一口气走了十几个台阶便气喘吁吁。他停下来喘着粗气,又继续往上走。他面色苍白,手脚无力,忽然头重脚轻,天旋地转,摔倒在地。曾经健步如飞的父亲彻底老了,不服输的父亲老得干不动了。他在外漂泊了近四十年。父亲坚持做了一个月,沮丧地回到了故乡。在返乡的大巴上,看着窗外熟悉的高楼大厦,他这次真正意识到了自己的苍老。

雨燕在没有使尽最后一丝力气前会不停飞翔。习惯了飞翔的它无法停歇下来,就像我漂泊了大半辈子的父亲。当他回到老家,每日与寂静为伍时,他浑身发痒,没有边际的时间如一块块巨石压得他喘息不过来。一年后,见我没人带娃,父亲又背井离乡来到了广东。

许多年后,在外漂泊多年的我回到故乡,穿行在村子的各个角落时,蓦然发现已很少看见燕子轻盈的身影。适合燕子筑窝的房子越来越少,残存的一些瓦房和老屋已人去楼空,成为老鼠和野蛇的聚集地。一栋栋崭新的三层小洋房贴满洁白的瓷砖,光滑的墙壁,严丝合缝,无法让燕子把衔来的泥土附着其上。人在稻田里喷洒下的杀虫剂一招制敌,一劳永逸,大量虫子顿时死无葬身之地。燕子顿时陷入住所和食物的双重危机里。它扇动双翼,在村子里游荡了一圈,恋恋不舍地飞向了远方。

越来越多的村里人为了小孩的教育,渐渐在县城或者市区安家,那里集中着优质的教育和医疗资源。喧闹的村庄变得寂寥,一栋栋房子在风吹日晒中落满灰尘,等待着远行的人归来清扫。

记忆中故乡的模样还停留在二十多年前。当生命之舟在时光的河流里渐行渐远,我对故乡的记忆却始终停滞不前。在时光的河流里,我是笨拙的刻舟求剑者。

房子是根,是连接故乡与异乡的情感纽带。

许多年过去了,当年父母苦心搭建起来的新房已成旧房。老屋屋檐下那些燕子筑的巢在时光的侵蚀下已了无痕迹。哥哥和我已天各一方,在异乡定居下来。母亲终日孤守在房子里。时间把她抛在荒野里。为了抵抗虚无，她去附近的小工厂领来一些手工活做。她弓着背忙碌着，昏黄的灯光映射出她苍老疲惫的身影。

燕子辛勤筑巢的画面在时间的推移下变得意义复杂起来。"房子在，家就在，等我和你爸走了，你们还要回来，不要嫌弃这个房子。"母亲意味深长地对我说道。

我陷入长久的沉默中。抬头，不远处，一只家燕正朝我这边飞来。

选自《山花》2024年第8期

房 间

/崔君

以前，那个房间的位置是个露天灶台，下雨时，泥火炉需要用塑料布盖起来。灶台旁边搭了鸡窝，里面铺着金黄而又温暖的麦秸。必须要有人每天及时捡鸡蛋，不然会被黄鼠狼吃掉。有一段时间，我总以为鸡下一个蛋需要漫长的几个小时。偶尔有一次，我看见鸡用两秒钟便将一个蛋生出来，颇为它们的果断感到惊讶。

我读中学时，爸妈决定盖偏房，没用几个月，房子就落成了。平房，东西各两间，十几平方米，冬天冷夏天热。有一阵子，我妈运土上去，种西红柿和丝瓜。丝瓜藤弯弯绕绕，覆盖水泥屋顶，发挥些许降温的作用。但挺耽误晒粮食，所以，只种过一次，就再没种了。

西偏房自然做了厨房。有一阵子，东偏房被用作储物间，存放喷灌机的水带卷、暂时没有出售的粮食、花生秧和红薯叶磨成的糠、腌芥菜的坛子，还有一个替换下来的拖拉机头。

小时候，经常会有乞讨的人来家里要东西吃，我妈基本不让他们空着手走。有一年清明节来了一对父女，女孩把两个鸡蛋都给她爸吃了，我妈又回屋给女孩拿了两个，让她自己吃。还来过一个中年男人，也没喊一声就跑到东偏房里，不声不响装了一兜去壳的花生。我妈责令他倒回去，还把他臭骂一顿。随后，她给东偏房的门上装了锁头。

在这之前，我都睡在我们家堂屋角里的一张小铁床上，旁边有个高低柜，上面放着我们家比锅还小的电视机。从高高的后窗里，可以看见泡桐叶子和一窝斑鸠。我在床头的缝纫机上写作业。手上忙写字，脚也没闲着，有节奏地踩着缝纫机的踏板。哐当哐当，题做完了，仿佛脚也出了不少力气。我妈在家我不敢这样，那是她的嫁妆，空踩踩坏了肯定要被骂的。那是一间相当于客厅的屋子。我爸的辈分大，我的堂哥们跟他年纪差不多。寒假时，他们早上来家里唠嗑，坐在火炉边烤火，使劲往炉膛里塞炭。我妈批评他们，在自己家里节省不舍得这么烧，来我家就可知道怎么暖和。他们自知理亏，转而取笑我这样懒起会找不到婆家。我反击他们，我这么优秀根本不用找婆家，婆家都来找我。说完裹紧被子，在被窝里摆弄我的旧录音机和新磁带。等他们走了，我才能穿衣服起床吃早饭。

　　几年后，我又长大了一点。在我的强烈要求下，父母把东偏房收拾了一天，把我的小铁床搬了进去。

　　一开始，他们想让我去奶奶住过的那屋，我坚决反对。那屋里有一张奶奶用过的老八仙桌子，抽屉里还有二十几年前爷爷做中医时的药材，虎骨、麝香之类。不过我认为那些玩意儿应该早坏掉了，他俩当宝贝似的存着，还不让告诉别人，又神秘又小气。爷爷在我爸八岁时去世，奶奶与我隔着我妈的肚皮错过了。我预感到在那屋睡觉肯定不敢闭眼。小孩子会固执地害怕什么东西，一口井、一个样式古怪的柜子，或者一个房间。哭了一场，他们才同意我搬到需要收拾的东偏房。所谓收拾，不是把东西都搬出来，而是把它们重新归置，挪动一下，清扫除尘，腾出一块地方，放我的床和写字台。

　　我可兴奋了。他们在我头顶看依萍书桓，却勒令我睡觉的日子不再有了。攒钱买墙纸、海报、贴画装饰房间，把挂历撕开，反面朝上铺在桌上，把包里的劳什子用新书夹整理妥当，一类摆在明面，秘密一点的放抽屉。那张写字桌只有一个抽屉我可以使用，其余的抽屉存放我们家的老相册、户口本、结婚证、一本夹鞋样的合订杂志、我爸基本没怎么用的课本、翻烂的相书，还有我妈收集的各种塑料袋和留着喂猪的方便面调料。

　　房间里没有插线板，我爸那会儿忙着给别人打井，根本没空理我。物理课课上学了零线火线，我把家里的电闸关掉，站在一把木椅子上，撕开绝缘线，用电笔试了一下，确定没电。一个小时后，我成功给自己接了一个插线板。我妈请村里打棺材的木匠为我做了可以折叠的雨搭，还用剩布为我做了一条粉底梅花的窗帘。全部收拾停当，床单上艳俗的牡丹也开得格外盛大，我躺下，心满意足地睡了一觉。梦里能看见自己，在房间里读书、画画、抄歌词。

窗外头养狗，是一条黑狗。别的时间还好，夏天就有点难过，狗味儿太大了。为了能晚上开窗，我不得不及时清理它的粪便和脱落的狗毛。狗被拴在一棵杏树上。杏树经过几次扦插，结的杏子大而金黄，果肉酸甜有弹性。果实成熟后，院子里涌动着酯香。鸟啄后落下来的杏子，狗就吃了。幸存的果实，人就吃了。我们家养过的狗中，它活得最长，陪伴了我整个中学时期。我做题累了，就唤狗过来，给它找身上的跳蚤和蜱虫。我爸说蜱虫没有屁眼，一头扎进狗皮里猛吸血，把自己撑得透亮。摘下这些虫子时，我家的狗疼得龇牙咧嘴。捏着蜱虫找半天，也没找到屁眼，我颇为它们担心来着。

狗有些狂躁，见到陌生人一直叫，叫得快了吠声会连接起来，像狼一样。它一那样叫，我妈就怒斥它没个狗样儿。可我喜欢它，它固执的敌意和忠心的提醒叫我感动。并且，它还有自己的绝活。拖拉机跟人一样，一辆有一辆的声儿。有的一听就不一样，有的也很难辨认。不像别的狗，它是唯一一只可以分辨我爸拖拉机声音的狗。因为要把车停到院子里，听到我爸的拖拉机响我需要提前把大门打开，可频频听错，而狗叫了再行动，则一开一个准儿。

我家自然是有耗子的，而且，还会咬穿水泥跑到屋里来。我妈不愿承认是房子建得有问题，硬说是我傍晚不关屋门，耗子才跑进来。我妈是懂耗子的。冬天，我家堂屋门口会放一个盛脏水的桶，没有脏水时我妈也舀点水倒里面。我问她那是干吗。她卖关子不告诉我，只让我等着看。结果没几天里面就出现一只淹死的胖耗子。耗子跑起来顾腚不顾头，受到惊吓，就拼命往前跑，跑着跑着就从逐渐变窄的墙沿儿上掉下去，做了跳水动作。以前，我妈也这么干过，半夜叫我起来给她撑袋子。她从一边又拍又打又跺脚，我在另一边墙角撑着袋子。按我妈的设想，耗子沿着墙角逃窜，就会落到我这边的陷阱里。可她分错了工，我胆子小，心里怕得要死，耗子往往还没进袋，就被我夸张的抖动吓得换了路线。

我搬新屋后，有一天睡得正舒服，听见有耗子啃咬花生壳。我拍拍床板，它就消停一会儿。过不了多久，它又开始用功。听声音，它转移了阵地，跑到我床头了。我烦躁地开灯，准备大干一场把它赶出去。找半天却不见踪影，一回头，发现它正藏在窗台的相框后面，抽动鼻头和胡须。原来是只耗子宝宝，我学我妈找了个袋子，准备擒住它，没想到再次失败，小耗子逃之夭夭。奇怪的是，我再也没听见它发出声响。我妈说可能你老开着门，它又跑出去了。这话没说多久，她翻晒我屋里的旧东西，端出来我的鞋，鞋里一窝粉红色的小小耗子。

我们家养了几只羊，有一只出生没多久的小羊特别不喜欢被圈禁在棚子里，它能从一米多高的铁门里跳出来，到院子里逗狗。兴致好的时候，还跃上台阶，站在门口，伸脖子往屋里看我。我要不驱赶，它就试探地走进来，啃食晾在地上的豆饼，甩着短尾欢快地拉屎。

我的房间有一个后窗，案板大小。春夏有一些野生椿树叶子摇荡在玻璃外面，正午才能获得短暂的阳光。椿树是长在我们家围墙外面的，与东边邻居家的围墙有半米宽，墙东面就是堂嫂家的厨房。我依然睡懒觉，堂嫂做早饭有时哼小曲儿。我故意捣乱，佯装着咳嗽两下，歌声就断了。我为自己的破坏暗暗得意时，堂嫂将院子里结的大石榴送来，甜口的，耍着心眼儿才能从妹妹嘴里多分点。

有几次，我妹图个新奇非要跟我一起睡，我有点嫌弃。因为她睡觉半睁着眼睛，还会把自己睡迷糊。那时她还没读小学，跟我爸妈睡。他们的床上装了蚊帐，我不喜欢用蚊帐，每天点蚊香驱蚊。我妹睡觉很沉，我起夜问她要不要尿尿。她哼哼唧唧起来，不朝床边走，反往墙边去，手向两边扒拉墙上海报的缝隙，估计是脑壳命令她打开蚊帐的门。我也不敢叫她，生怕她从此傻掉。第二天，我指着被她扒坏的海报给她演示，她说我昨晚没尿尿，一觉起来天就亮了呀。

偶尔还是会有疑虑，有一天我妈早起换豆腐，在家门口捡了一把匕首。它被放在盛豆子的瓢里，粗陋笨拙，连个像样的刀把儿都没有，只用黄色的胶带缠了三四圈用以把握，刀刃离锋利也相去甚远。大概只能壮胆，而无实际功用。有一次我爸听到动静，半夜起来察看，发现那人把院子里水缸中的铝制舀子头扔在了房顶上。可能勘查一圈,也没什么值钱的东西,不拿点心里又过意不去,准备撤离时心思又变了,实觉它无用,扔房顶上得了。我妈对我说,听见扑通扑通跑远了,让我喊我爸回来睡觉。

在我的印象里,他们飞檐走壁,动作轻捷,精明灵巧,有一万个心眼子。可听大家讲出来的,却都是丢三落四、技艺不精的滑稽事件。

暑假的一天晚上,我听见了真切的声音。爸妈的卧室离得远,或许没听见,也可能我爸上年纪后有点耳背了。狗就是狗,畜生,呼呼睡大觉,关键时刻一点不顶用。不比我年幼时,那会儿我家可偷的东西太多了。我记起以上两件小事,还有邻居家落在墙角被缚的母鸡,传说里被拆掉的围墙、药死的狗、拉走的牛。隔壁还在肆无忌惮地发出响动。不得了,狗或许已经吃上抹药的火腿肠了。在我的猜测中,应该是团伙作案,他们正一块一块拆掉围墙的砖头,好赶猪撵羊。我没敢开灯,蹑手蹑脚起来,趿拉着拖鞋,打开插销。冲下台阶,过水缸、自来水井盖、几盆干掉的雏菊,开门,飞奔到爸妈的卧室,告诉他俩家里进小偷了。我话都说不利索,身上抖得像过电。他俩从深睡中醒来,半天才听明白。

家里所有的灯都打开了,狗像赶集一样,亢奋地围着杏树转圈。我爸把我叫到猪圈。猪崽儿晚上吃完奶,睡不着,集体玩砖头。那些被拱起来的砖头正欢快地摩擦我房间的墙壁。

我嫌丢人,祈祷我妈不要告诉别人。她转脸就把这件事讲给我大娘听,我大娘给我起外号叫"小警报"。据她讲,当年生我哥,一家人都在医院,年关小偷还上岗。家里没亮,小偷撬锁进去,卖力翻了一遍,也没找到现金。现金都被主人带去医院以备不时之需了。最后,小偷带走一床被子和一盏台灯。经过邻村时,跟一辆三轮车相撞,被别人扣压起来,翻出了他偷的各种东西。几个村长一碰头,他的成果被悉数还了回来。

我妈用小偷事件教育我好好学习,不然搞不到钱只能沦落至此。

后来,我妈给我换了舒服的席梦思床。姥爷刚去世那会儿,姥姥跟我和我妈说,她睡觉听见姥爷一把将拐棍扔在地板上。我妈把姥姥接来住了一阵子,她睡不惯软床,坚持要睡在我原来的小铁床上。枕高得离谱的枕头,什么样子躺下,什么样子起来,恪守女性不能仰面而躺的"美德"。后来姥姥也走了,却没给我们任何声音的幻想和牵念。只有一次,她在梦里告诉我她有点腿疼。

我爸存着那些长了虫的药材，也不是真期望它们能卖上什么钱，估计就是留个念想，那是他爸爸留给他最真切的物质联系了。哎，也不是那么绝对，因为最后，我爸为了两百块钱，还是把旧八仙桌卖给一个收假古董的人了。这些人不常来，他可能担心下次再有这机会，桌子只能劈开当柴烧了。再没见过乞讨人和小偷了，也没有蝉虫把自己撑炸。

小时候，我特别想要一个玩具，一种漆成正红的脚蹬小三轮车。那一辆小车要二十多块钱，我妈是绝对不会给我买的。听过一种安慰的说法：你很想要某个东西却没得到，后来你毫不费力地享受到它的乐趣，那是以前的你送给现在的你的珍贵礼物。之前总抱怨在家过个年，能把头冻掉。结婚以后，三年未回，临近归期，我妹发来照片，家里下雪，我爸戴了个蓝色的帽子正在摆弄一堆螺丝，给家里装暖气片，怕冻着我们这些"城里人"。循环泵不合适，快离开家了它才正常起来。住了新卧室，管道里的空气没排干净，半夜听见水哗哗地流过，就晓得有人害怕暖气凉掉，起来添柴了。

家里几经翻修，杏树伐了，狗没了。我住的房间还在，打开门，进去站了会儿。

这个房间刻录的时间如此特别。它不是那么纯粹，我只拥有了对角线切割出来的一半，甚至掺杂着农时和庄稼的粉尘气息，可它带给我的荫庇却让我时时感恩。

那个夏天的夜晚，我妹闹腾后睡下没多久，我听见窗户上轻微的、有节奏的刮擦声。为了不再次吵醒她把事情搞得麻烦，我开了手电筒，想看看是不是一只金龟子爬到屋里来了。我妈管它们叫瞎撞子。那年因为邻居家收水果贩卖，堆了很多待售的苹果，瞎撞子爬得到处都是。我妹用一个塑料瓶子去捡它们，一瓶我妈给她五毛钱。然后，我妈用瞎撞子喂鸡，来提高产蛋量。

不是金龟子，是一只金蝉幼虫。第二天早上，我在狗窝旁边找到了一个硬币大小的幽深洞穴，仿佛一条隐秘的隧道。很少有蝉在杏树上产卵。我只能这样推测，有一只独特的金蝉刺开了我家树的枝条。秋天树枝掉落，被雨淋，被狗踩，如愿烂在了地里。卵得以在土壤中发育，吸食树根的汁液，慢慢成长。它在地下沉默地陪伴了我们三年、五年，或者更久。它挑选了一个夏天，开掘土层，破洞而出。在神秘的夜晚，躲过警惕的狗，爬过稀松的绳索，缘树而上，从枝叶间来到纱窗，谦逊又有主张地向高处攀升。接着，它裂开后背，蜕出绿色的崭新身体，褶皱的翅膀舒展硬化，直到可以扇动潮湿温热的气流。

最后，它在透明的蝉蜕上告别，离开它的"房间"，飞走了。

选自《中国校园文学·青年号》2024年11月

蓝色火焰

/耿凤

一

　　父亲拉着我的手的时候，我好像已经忘记了他正遭受的苦痛。事实上，是我盯着父亲的手犹豫了许久，才鼓足勇气试探性地抓了上去。他没有闪躲，也没有迎合。那双手真是细腻啊，修长的手指和粗细适中的骨骼完美地结合在一起，即便这双手已劳作了一生。连母亲都不止一次羡慕地说，看你爸的手，越来越嫩了。相比之下，母亲的手随着岁月的流逝，粗糙的死皮渐渐爬了上去，骨节变得粗大，褶皱中又裂开细小的纹路，甚至右手大拇指越发僵硬不听使唤。

　　父亲平躺在一张窄小的病床上，两只手平整地垂放在身体两侧，后来又死死地抓着床沿。我敢打赌，此刻他的紧张必定是远远大于我的，所以我才伸出了手。我想通过这种方式给父亲以鼓励和安慰，我想告诉他我就在他身旁守着，不会离开，毕竟我是他最疼爱的孩子，远远超过他的儿子。这样的亲子关系，在农村少到几乎不存在。而他的儿子，我的弟弟，就在我挎着父亲的胳膊进入这间处置室暗褐色木质门的时候，停在了原地——他没有跟进来，他知道也许父亲并不想他跟进来。他还没经历太多世间事，他才刚成年。可他身上背负着世俗顽固不化的偏见——儿子才是一个家庭的当下以及未来，或者说永久的门面和顶梁柱。人们更愿意，更理所当然地认为，这种时候应该是儿子冲锋在前才足够合情合理。多年后与母亲无意间提起往事，她说我们进去后，她看到弟弟站在处置室的门口，双手捂着脸"嘤嘤"地抽泣。她没有上前询问。我知道她也一定哭红了眼。她太爱哭了，她的软弱使她整日被泪水包围，甚至淹没。

　　正在给父亲做食道支架的大夫，是县医院院长通过关系从省城某医院请来的，一个个头不高还有点谢顶的男人。这时候父亲已经开始抵触去更大的医院住院，他想待在离家更近的地方。在父亲躺到这张病床上之前，那个大夫给了他一杯白色的浓稠液体，像极了白石灰水。父亲喝得很是痛苦，每咽一口都像是被人死死掐住了喉咙，脸红脖子粗。当那根橡胶管子顺着父亲的喉咙慢慢插进去时，父亲难受得咳出了声，身体也随之扭动，青筋像极了条条青绿的虫子爬满了他的脖颈，这些青绿虫子又似乎带着毒液流遍了他的全身。他的手指像是要摁进我的手骨缝般——我因这突如其来的力量怔住了。显然他努力克制了，但没克制住。

　　大夫首先开了口，你要张嘴，不要去管口水。怎么能不管呢？父亲是个多爱干净的人，他怎么能容许自己在别人面前失了最起码的尊严，更何况是口水因橡胶管卡着喉咙涌出阵阵恶心不停地顺着嘴角流。我幼年时，印象里父亲总是出差，去过天津、杭州，乃至更远的地方，每次回来，我总仰着头，看他把那条属于他的弥漫着香皂味道的白色毛巾搭在院子的晾衣绳上，在初夏的微风里飘来荡去。田间的劳作夹杂着麦子或玉米的清香，更多的是壮年汉子流不完的汗水味。父亲同样用这条白色毛巾擦洗身体，可再次飘荡在晾衣绳上时，它的色彩仍然洁白，香气仍然纯净。与奥尔罕·帕慕克小说里哈桑"逐渐衰老的单身汉特有的可怕气味"不同，父亲的身上总是散发着谜一般的气息——香烟、力量、勤谨，还有混合着荷尔蒙的复杂味道，任凭他的汗水流淌成河也带不走。

　　父亲听从了大夫的命令，被管子堵住的喉咙发出一个瓮声瓮气的声音——"嗯"。

　　那个瞬间，我才晓得世上所有的事都不是你忍受了就万事大吉。那根管子被大夫无情地抽了出来——准备重新来一次。父亲盈满水波的眼睛望向我，像在向我求救。这个潮热的夏天在这间处置室空调的作用下仿佛消失了一般，冰冷、无力。他用力抓紧了我的右手，我知道他有多难熬。我把左手也握了上去。他的暴躁脾气此时是被大夫不容反驳的语气震慑住了，还是被那根长长的橡胶管子震慑住了，我说不好。一个曾在海上训练血性的军人这般被人控制、摆弄，高傲的父亲一定未曾预见过，也一定心有不甘。

在大夫终于远离父亲时，父亲胳膊肘撑着床边示意我他要坐起来，我慌忙拿了纸巾擦拭他嘴角的白色涎水。他不停地嘟囔，"难受死我了""难受死我了"。又拿了纸杯接了自来水不停地漱口，仿佛要把他刚刚丢失的尊严全部找回来。我轻轻抚摸他的后背，问他感觉怎么样。父亲不吭声，以毫无血色的干燥的脸和无声的叹息回答了我。他的被皱褶包围的额头光滑透亮，没有一丝夏日大汗淋漓的狼狈。而此时，大夫也同样不作声，匆忙收拾刚刚完成食道支架所用的医用器械，并不时地擦拭额头的汗珠。

我扶着父亲回病房，要穿过好几个回廊。进电梯，他一直捂着胃或者心脏——对我来说模糊不清的部位。我不再追问他感觉如何，我想送他回病房再返回去找大夫问个究竟，因为父亲此时看起来状况并不好。

病房门口站着我的叔叔，父亲此时唯一的兄弟（他的大哥，我的大伯早已不在人世），还有堂哥堂姐表哥表姐一干人。当然，还有我的母亲。她本就瘦小的脸庞此时更显干瘪晦暗，鼻头红红的，眼角的纹路缩在一起，泪水止不住地往外溢。她小心翼翼地掩饰自己的哭相——侧身、擦拭，想以此来躲避迎面走来的父亲和我，主要是父亲。可这种小伎俩怎么可能瞒得了睿智的父亲，他太熟悉她哭泣的样子，只是不戳穿罢了。自打我记事起，每每两个人争吵后母亲总是蜷缩在被子里默不作声地哭泣，父亲就一遍遍掀起被角献上他的幽默，这情境从未改变过，直到父亲生病。

没有人敢靠近。没有人敢吭声。我挎着父亲的胳膊穿过他们，像举行某种隆重肃穆的仪式，进到病房，扶他躺下。是的，我总是挎着他的胳膊以示亲昵，最重要的是这样似乎就能托住他那倔强的面子不至于掉落——他不是时日不多的病人，只是我的父亲，我们的父亲。病房里另外两张病床上的病人和家属也默不作声。这该死的寂静！父亲蜷缩起双腿向右侧躺着，面对病房唯一的一扇窗。从那扇窗望过去，那棵法国梧桐也静得不发出丝毫声响。他闭着的双眼使劲儿往中间挤，眉心就挤成了一个疙瘩，再也没有舒展开的疙瘩。我低声问他哪里疼，他用左手指了指胸前模糊的部位。

我抬起头想叮嘱那些来探望的亲人守着父亲，却发现所有人都瑟缩在门口，探着头，仿佛连呼吸都显得小心翼翼。

我在医院门诊楼的走廊里堵住了要赶回省城的大夫，哦，我甚至不知道他的姓名。但我没从他嘴里得到我想要的答案。我悻悻回到病房，父亲还保持着那个姿势。我不得不装出一副轻松的姿态，蹲下身来，俯在病床前，谎称放支架后确实会不舒服，需要时间磨合，再忍忍。他没有说话，仿佛睡着了一般，但他眉心的疙瘩告诉我，他醒着，十分痛苦地醒着。

事实上，父亲的进食情况并未如我们期盼的那样好转。在这之前，他已经连喝水都会呛到了。而现在，父亲要求出院。

二

北方的夏季从来都是漫长的，进入伏天后，日子就越发难熬，连蝉鸣都不如往日高亢有力。雨水少，空气却潮湿，我们的呼吸也随着低气压的蔓延变得困难，衣服总是湿答答地紧贴在前胸和后背上。这时的天空整日像蒙了一层薄雾，太阳变得模糊不清，云朵变得模糊不清，连对面走来的乡邻也变得模糊不清。我们仿佛都被这溽热的季节长久地打湿了双眼。

父亲已经很少出门。他已经很少跨出我家高大原木漆的大门，那是他的杰作。他被自己的杰作困在了青年路18号。这个门牌号也是父亲选的，和左右邻居并不相连的号码。我当时诧异地看着他在多个亮眼的蓝底白字的门牌之间来回打量，斟酌，大约是觉得"18"这个数字寓意好，这个门牌号自此便与我们风雨与共。

一天早上，我睡眼惺忪地走出屋门，看到父亲蹲在南屋门口，小小的一个背影。我一怔，是从什么时候发生变化的？那个结实有力的后背此时变得让我不敢相信、不敢承认。他背对着我，后背弯曲，褐绿色的短袖T恤清晰地印出他凸出来的脊柱。他竟变得如此瘦削了。他在烧水，用一个圆柱形状、大概四十厘米高的烧水壶。这水壶新鲜，我从未见过。壶底左右两侧分别支一块砖，中间通风，部分烧红的玉米棒跳动着蓝色的火焰。我问他这壶是从哪来的，父亲并不看我，答非所问。他说，水都烧了好大一会儿了，我还是不出汗。我的目光离开蓝色火焰，转移到他光滑透亮的额头。果然，什么都没有。我瞬间就变得怯懦，不敢出声，蹑手蹑脚往后退了几步，离水壶远些，这样我就尽可能少出汗或者不出汗，父亲见了，或许就会平衡些。我希望让他得到些许安慰。

水蒸气冒了出来，水烧开了。父亲拿块布垫在手心，拎起水壶把开水倒掉，重新接满凉水放在那个简易的"火灶"上，继续探究这使他充满疑惑的关于身体机能或者说高深的医学理论。

水到临界点终会沸腾，父亲的脾气也有临界点。那个清晨让我第一次见到了父亲无尽的压抑和无助。

我已然忘了那天的早餐是不是父亲做的了，反正直到坐到餐桌前他也没能如愿地流出汗。他每天总是早早起床，清扫院子，收拾屋子，做好早饭，然后一遍遍喊我们起床。母亲后来无数次地嘤嘤叹息：我以后要自己做早饭了，我还得顾着田里的庄稼，家里乱了也得我来收拾。她这样对我说，满脸委屈，眼睛里闪烁着光，可这光晦暗、渺小。好像这些家务活儿犹如千斤重担给了她无穷的压力，压得她喘不过气来。之后的日子她很忙，忙着哭，不分昼夜，连天黑下来也顾不得把灯打开。她就"嘤嘤"地坐在黑暗里，好像这样就能把无边的暗夜坐出一个窟窿来，再从这个窟窿里透出一丝光亮，给她温暖和希望。

餐桌边围着父亲、母亲和我，弟弟还没起床。后来我庆幸他没和我们一起坐在餐桌旁，不然局面怕是更不可收拾。一开始谁都没说话，我不时瞥向父亲，他强装镇定把食物往嘴里送，可喉结处蠕动半天却不见下咽。母亲时不时嗫嚅着往父亲碗里夹菜。人总是这样，自己以为好的对的就想给予他人，却不去想对方是否愿意接受。母亲大概是从父亲的检查结果出来的那一刻变得小心翼翼的，她还是爱哭，但说话做事声调变小了，看父亲脸色行事。有时甚至连哭都极力克制着。

父亲突然就提高了嗓门，扔掉筷子，怒目圆睁，愤愤表示吃东西本来就难以下咽，为何还要给他吃饺子。筷子在盘子和碗中间来回蹦跳敲击出一串清脆的声响后，落了地。母亲又瘪了嘴，眼泪打转，满脸委屈，最后无声地用手背不停去抹不争气的泪水。我愣在那里，原想打断母亲的"投喂"行为，被父亲截和了。我看看怯怯的母亲，再看看赌气的父亲，一时不知先去宽慰谁。她是因爱生乱，他是想如常人一般……

在父亲的骂骂咧咧声中，等我再次不知所措地看向他的时候，他的脸开始颤动，眼睛也柔软了下来，接着一汪泪水凝聚在那里。我知道这次父亲不只是发脾气那么简单，他是发泄心中压抑已久的愤懑和不甘，隐忍在身体里的恐惧总要找到一个出口，让阴暗的洪水如猛兽般咆哮山林。我心疼地站起身走向他，他又有些急了眼般发出"唉唉"的叹息声。母亲还坐在原地，没有动弹，仍旧无声地哭泣。我不知道此时她更多的是委屈还是胆怯，抑或是对命运对病痛甚至对父亲的无可奈何。

　　我俨然忘了这顿不平静的早餐是怎样结束的。我哭着擦掉父亲脸上的泪水时，他开始变得安静，像个委屈的孩子。五十年来，他身体结实，连感冒都不曾靠近过他。而此时此刻，一场突如其来的病痛轻而易举地就把一个经过岁月刀砍斧劈的汉子打得落花流水。

　　这当然不是父亲第一次流眼泪。在他还没娶母亲进门的时候，为了让家境比他好很多的母亲不至于太瞧不起，他一个人从临县用小拉车拉了无数趟土，回来打成坯，再垛成土墙。可一夜突如其来的雨水冲毁了即将完工的土墙——风止雨歇，父亲望着残垣断壁，"哇"的一下哭出声来。这是母亲后来跟我讲的，是否真实，父亲并没有给出答案。他更钟情于跟我讲他在海上见过的鲸鱼有多大，我就如痴如醉地幻想他穿着海魂衫站在船头英姿飒爽的模样。

　　父亲一定从未想过，自己的一生会这样潦草无颜地收场。他眼神忧郁地坐在我面前，他一定还像我一样，以为余生还是无数次饭桌前的风趣打闹，有时笑得饭也吃不安生；或是他追着我满院子跑，直至我跑到大街上他才止住脚步，又满脸宠溺地指着我扬言，等我回去再收拾我；或是我站在灶前，他站在我背后，一副指点江山的样子，告诉我盐放少许，醋要多放……

三

　　那个夏季真漫长啊！漫长得连凉风都不知何时随着清亮的月色吹来了，父亲也没能在那些兀自燃烧的火苗前流下他心心念念的一滴汗。

　　院子西侧是多年前翻盖房子时父亲开辟出来的一块空地，四周用暗红色地砖拼接了篱网，空闲时间他在这块空地上筹划种瓜得瓜、种豆得豆的悠然。前几日撒下去的小白菜种子已冒出绿油油的苗，它们属于这个季节。黄澄澄的玉米已在堂哥堂弟们的帮助下运回家，它们属于这个季节。如果走出村子，就会看到田野变得一望无垠，灰突突的，散布着零星的残余秸秆，老态，孤独，又倔强。它们属于这个季节。再过几天，田地将被农人收拾利落，种下小麦。很快，鹅黄嫩绿的芽苗就会破土而出。它们，也属于这个季节。

这个时候，父亲坐在靠窗的床边，有时也用手肘撑住窗台，穿过阳台的双层玻璃，望向那一畦小白菜，并发出一两句简短的感慨，像是对我说，又像是旁若无人的自言自语。更多时候，他总尝试着走出去，仿佛这扇门外的一切才是他内心所属——堆在院子里的玉米等着他运上房顶，愈发稠密的小白菜等着他去间苗，这初秋的忙碌和忙碌带来的汗水都在等着他。我每每从院外看到他留在窗玻璃上的剪影，或是坐在床前无声息地打量他望向远方的眼神，似有一场非我不可为的冒险，正暗自迸发出无法抵挡的力量。

终于，那股力量就要冲破黏稠的暗夜。冒险已成定局，在黎明来临之前。

我凑过脸去，以一副轻松的样子告诉他，今天无风，气温也适宜，真是出去透口气的好机会。他没有半分犹疑，伸出手要我搀扶。"你多长时间没回石家庄了？回去吧。"快走到门前时，父亲突然冒出一句。"等你好了吧。等你再好点我就回去一趟。"我没有抬头，但余光似乎瞥见了他嘴角微微上扬的笑意。那大概是我最后一次见他笑了。他一定为我这句话在心里美美地踏实了许久。

我们坐在阳台前的台阶上。我问他凉不凉，要不要垫个垫子，他摇头，说刚好。下午的阳光已不再刺眼，柔和的暖意斜射过来，洒在他光滑透亮的额头上，洒在他轻轻闭上的双眼上，洒在他刚刚冒出的胡茬上。我们不再说话，我给他修剪了指甲，端了盆热水泡了脚，还挤去了脸上的一两颗粉刺——他总是醉心于这些，好像这短暂的时间是他卸下一生疲惫的放松时刻——等这些都做完，西邻的院墙已遮挡住了落往西山的光。我轻声说，我们回屋吧，凉了。他缓慢地睁开眼睛，定了定神，似乎刚从睡梦中醒来。这短暂的梦里有什么？神的赐予，浩瀚无垠的星空，即将变得绿油油的大地……我俩心照不宣，谁都没有对别人提及这个温暖的下午。

　　第二天晚饭后，《新闻联播》结束，《天气预报》准时开播。这两档节目是父亲雷打不动每天必看的。以前听奶奶说，父亲上学时并不用功，到期末考试了课本都还是崭新的，没有一个折角，可他写得一手好字。在我幼年的记忆里，父亲总是书不离手，就连上厕所都紧紧攥着。母亲总有意无意拿这件事影射我们学习不用功。我也不止一次偷偷翻看过那些书，大部分是武侠小说，还有一些是不知从哪儿淘来的文艺期刊。大概是迫于生活压力，也有可能是眼睁睁看着这爱好已遗传到我身上，父亲那双拿书的手就只有与生活搏斗了。

　　父亲仍旧靠坐在床头，身旁坐着堂哥和一个堂伯。他们盼着未来几天都风和日丽，好顺利种下小麦。只听见他轻咳了一声，我并未在意，这些天他时不时都会咳一两声，偶尔有痰，他也不让别人插手，自己解决。等他再次咳出声，我收回盯着电视的目光转向他，堂哥已右手拿起痰盂，左手扶着父亲。我起身过去，才发现堂哥倾斜的身子强撑着不由自主往下栽的父亲，痰盂里鲜血淋漓，上面漂浮着一层血红的泡沫——父亲像是吐尽了身体里全部的生气，他的脑袋无力地往痰盂里扎下去，即便我迅速往上拎起他的右胳膊也无济于事。我和堂哥慌乱地对视一眼，迅疾嗓音颤抖又竭力强装镇定地喊他，我分明感觉到他的肩膀在努力往上抬，一顿一顿的。我们把他平放到床上时，可能是听见我不断地呼喊他，他努力地抬起无力的眼皮，嗓子眼里发出"呼噜呼噜"的声响，我认定那是他在回应我的呼喊——直至此时，我仍没意识到，父亲是要离开了。

　　那晚月色清朗，星河耿耿。

　　等一切收拾妥当，母亲坐在床尾，专注地"嘤嘤"哭泣，像极了一个被抛弃的无助的孩子。即便我"扑通"一声跪下去，即便我响亮的耳光回荡在没有父亲的屋子里，即便我哭诉着坦白昨日是我带他走出了屋子，并给他擦洗收拾了一番，都没能让她看我一眼。此刻她沉浸在自己巨大的悲痛之中，显然毫无心思听我的申辩。那个习俗是一周前母亲叮嘱过的：不能给病重的人换洗衣服、擦洗身体，因为有打发临死之人走的深意。可那几天父亲病情突然恶化，他躺在床上似被粗大的绳索紧紧捆绑般，只有那双瞳孔放大的眼睛盯着房顶四处游移，手指也轻轻画出无迹可寻的曲线。

这时，母亲就上前按住父亲的手，轻声劝他闭眼休息一会儿。只剩我一个人守着他的时候，他好像早已密谋好一切就等这一刻来临。他把头侧向我，说想换换衣服，这衣服和袜子已经穿了一天了，该换了。是伺机还是乞求？总之，在犹豫了片刻之后，我点了点头。

四

是我掐灭了他残存的微弱的光。那火苗只在夜的森林里倏地挣扎了一下。

是从什么时候开始，那强壮呼啸的火焰被裹挟着慢慢熄灭了？

那天父亲坐在我石家庄的家的客厅里看电视，母亲和我在里间的卧室悄声说着父亲从检查到确诊肺癌的经过。破天荒的，母亲没有哭，我也没有，好像那个男人不是我的父亲，而是一个与我们毫不相干的人。我们都如此平静。——后来，父亲去卫生间的时间越来越长，我笃定他是去偷偷抽烟，且不得不等烟味儿散尽才能不被我轻易发现。——再后来，他坐在沙发的一角，整个身子深陷在靠垫上，用沉重的语气说，凤，到时候给我想办法，别让我遭罪。他没看我，却仿佛把全部的赌注和希望都押在了他最疼爱的孩子身上。我知道这"办法"不是治疗，更不是杜冷丁。他指的是结束。

我深陷自责久久不能自拔。这耿耿于怀的执念至今缠绕着我。那晚我跪在母亲面前，不断涌来的亲戚纷纷拉我起来，说我是把父亲干干净净地送走了，他那么爱干净，一定很知足。或许，在那些煎熬的时日当中，那一缕充斥着愤怒、负气、怨怼、无望、时光的阴鸷、病痛的歹毒而使之明明灭灭的火焰，就是他在不断跟我告别。

选自《雨花》2024年第3期

一棵树

/马鹏

一

　　距黄果树瀑布三十公里的大山深处，隐藏着一个石头村庄，房子用石头建成，房顶用石片盖着，连灶台、水缸、凳子也是石头做成，俨然是一座石头城堡。四五十户人家稀稀疏疏落在半山腰上，有些房子并列成一排，有些房子互相交错，层层叠叠，丰富了这座山的美学风格。村庄所有的房门都对着山顶上一棵大树打开，仿佛在低着头向它朝拜。大树像巨人的手，清晨把太阳从山的背面慢慢拉上来，让村庄获得充足的阳光。到了夜晚，它又把月亮从地底拉上来，赶走村庄黑夜的梦魇。大树比周围树木高大，枝叶从山顶扩散出来，远远看去，像一条巨龙正飞向天空。阳光从叶片缝隙钻下来，照射在车前草、一年蓬、棒头草、荩草、艾草、蓝花参和狗尾巴草上，这些植物那么瘦小、卑微，贴着尘土努力舒展身体，它们把所有光芒都献给了大树。距离大树十米处，突出来一块石头，黑黝黝的，像是被火烧过。它那么坚硬，仿佛时间留下的孽种，却又被村庄当成石桌来放置祭品，成了村庄的祭祀场地。

　　大树的枝干有的直直往上伸，有的弯弯曲曲左转右绕，像躬着背的阿爷，弯曲的脊梁那么有力，承受着大树所有的重量却从未低头。从大树主干和侧枝冒出来一条条树根一样的东西，像阿爷长长的胡须，垂直往下生长，扎入土地，仿佛是这片土地的神经，一根连着一根。阿妈说这是大树的气根，也是龙须。龙盘卧大地，龙须便扎根大地，也成为村庄的"根"。阿妈说："大树每长出一节侧根，龙就给村庄带来一次祈福，让粮食有好收成，让人们过上好生活。"但大树每天就站在那里，不会走动，也不会说话，能有这么大能力？我便总追问阿妈："能不能让大树给我送来洋芋片（土豆片），送来冰棍儿，送来很多好吃的零食？"阿妈总说我长大就会明白。不可否认，密密麻麻的枝叶成了村庄的"保护伞"，下雨时人们喜欢到大树下躲雨，出太阳了人们到大树下躲阴凉儿，过节就到大树下唱歌跳舞，有人结婚了就给树枝缠一根红线祈求百年好合，有人生病了就请巫师在大树下敲锣打鼓。整个村庄都在大树的庇护之下，这里成了村庄喜怒哀乐的根源。大树那么庞大，穿破云层，刺破天空，给村庄带来雨水和阳光。大树花期很长，半年不落，仿佛这是村庄辛苦劳作之后的奖赏，也是村庄虚构的美学。

靠近大树，才发现其实有两棵树，另一棵是从大树腐烂的枝干上生长出来的，它们虽是不同树种，长在一起却那么和谐。它们互相依偎，相伴生长。大树是榕树，小树叫水冬瓜树。大树树干坚实、粗壮，被水冬瓜树缠绕着，仿佛缠绕得越深，大树就越痛，村庄也越痛。裸露在山脚下的那一抹抹黄色的土层，便是村庄流过血的伤口。大树和水冬瓜树就这样在村庄的血肉里生根、发芽，它们从根部相合而生，是一棵树，也是两棵树。奇怪的形象给村庄带来美好的想象，也带来恐惧的梦魇。它们给村庄虚构了一个空间，人们在其中循环，日出而作，日落而息，仿佛这是一种与生俱来的命运。

大树上经常停留着一只鸟，黑色的羽毛，一抹绿点缀其中，头上的斑点像星星一样明亮。鸟有兔子那么大，但飞得很高、很快，它的鸣叫空旷而浑厚，能让整个村庄为之动容。更多的时候，这只鸟就卧在树枝上，像刻在树上的雕像，仔细端详着村庄的一举一动。阿妈说，这只鸟是树神的灵魂，鸟鸣时，便是树神给村庄祈福，每家都要面向大树点一炷竹立香来迎接它的到来。每次鸟从树上飞下来，人们看到了就喊："树神来啦，树神来啦！"村里人说，鸟落到哪家，哪家就能发财。为了让鸟停留，有的人家端出一碗白米饭，有的人家端来苞谷饭，也有的人家用肉作为诱惑，村庄人觉得它喜欢吃肉，见到肉便会落下来。但我只看到鸟扇动翅膀，一次比一次飞得更高，然后成为点状，消失在茫茫的天空中。鸟在天空飞翔了那么多次，村庄点了那么多次香，也没见它停下给谁家带来好的生活。也许鸟根本不会为阿妈停留，为村庄停留。竹立香跟鸟、鸟跟大树、大树跟富裕之间没有什么逻辑关系，如果有，那也只是村庄的一个美好梦境。村庄宁愿让大树和鸟来虚构自己的生活，也不愿去挣扎、去反抗，村庄早已习惯过这种虚构的生活，早已习惯一次又一次对大树心存幻想。

　　阿妈见鸟飞走，不甘心，怪自己没诚心，心越真诚，鸟就越可能停留。阿妈转身进屋，拿一点儿肉放在碗里，觉得这是迎接鸟的最高礼仪，大树一定能体会到这份真心。阿妈将一块木板插入门缝，把碗放在木板上。阿妈一定是害怕我把碗里的肉吃了，才放那么高，放到我拿不到的地方。阿妈坐在门口等了很久，也不见鸟的踪影。阿妈说鸟一定是飞去别人家了，今年的财运又是别人的，然后失望地转身回屋。我拿来树枝，想要把碗够下来，吃碗里的肉。碗掉下来的那一刻，我没有接住，啪的一声落到地上碎了。我看见食物在大地上滚动，渐渐消失在尘埃里。阿妈听到动静走出来，我急忙跑到一堆木柴后躲起来。阿妈见没人，只看到碎了一地的碗片残渣，便自言自语："鸟肯定飞来了，飞到木板上吃饭来了，吃了碗里的肉。大树今年一定会保佑家里粮食丰收，牛马成群。"阿妈窃喜，换身衣服，背着竹筐，拿着镰刀出门了。

　　有人遇见阿妈，打趣地说："你是去做活路，还是去乡上赶场？"阿妈说："去做活路。"那人说："地里肯定藏着你男人，才把自己打扮得这么好看。"阿妈只是笑了笑，不再说话。又有人见到阿妈说："要慢慢走，小心脚下粪土溅到漂亮衣服上咯。"阿妈说："太阳要下山了，得赶紧走。"阿妈要去山上砍柴，砍了一捆又一捆，直到把家门口堆满。有人看到了就说："你家里有这么多粮食给柴烧吗？别白费力气了，冬天还远着呢。"阿妈自言自语："是的，冬天还远着呢。"这个时候，阿妈那充满力量的想象盖过生活的所有单调，她把对未来的期许放在一只鸟身上，放在大树身上。阿妈砍累了便坐在大树下，埋怨阿爸整天给别人干活儿，家里什么活儿都不干，孩子也不管，所有生活的重担都交给了自己。其实阿妈嫁给阿爸之前，阿爸也像阿妈一样，每天到山上砍柴。村庄的人相信砍的柴越多，粮食就越丰收。鸟在阿妈头顶上鸣叫,声音那么空旷,越过了一座又一座山。

  阿爷活着的时候,也经常在大树旁边砍柴。有一次,阿爷砍柴途中下大雨,来不及躲避,被闪电击中,人从山上滚下来。村庄人找了一天一夜才在大树下面的石头缝找到他。阿奶说:"大树没保住阿爷的命,但保住了阿爷的灵魂,阿爷的灵魂被大树收走了。"阿奶还说,阿爷把大树当成了死后灵魂升天的梯子。每个灵魂都会攀着大树走到天上,村庄每去世一个人,大树的根便会向下延伸一截。大树在,阿爷便还在。阿奶这或许是自欺欺人的话,却是对阿爷唯一的执念,也是她生活力量的来源。那时候阿爸尚年幼,不到十岁,做不了重活儿,只能到山里砍柴。阿奶说:"砍柴就要去大树边上,你阿爸在那棵大树里,什么妖魔鬼怪都近不了身。"后来阿爸娶了阿妈,要管一大家子吃饭,每年种的粮食都吃不到年底。阿爸只能去附近寨子做农活儿贴补家用,比如给人耕地、割麦子、割水稻等,按照季节来,有什么活儿就做什么活儿。只是阿爸做了大半辈子,也没做出钱来。阿爸每次出门做活儿,也像阿奶一样叮嘱阿妈:"如果去砍柴,就去大树旁边砍,阿爸在,家就在。"阿爸把砍柴的任务交给了阿妈,阿妈相信了阿爸的话,大树也成了阿妈的靠山。

二

  阿爷去世那个冬天,阿爸生了一场大病,时不时发热、咳嗽,怎么治都不好。其实阿爸就是伤风感冒而已,吃点儿药就好,可阿奶偏不带阿爸去医院。医院在镇上,从村庄到镇上要走半天,路途遥远,身上也没钱,人们便很少去医院看病。又或者,那些西药对一个特别封闭、没见过什么世面的村庄来说,实在过于新鲜,内心的焦虑压制了所有的理性,让阿奶宁愿听信各种偏方,也不愿相信西药能治好病。村庄人说大树树皮能治病,阿奶就用镰刀割一块来煮;村庄人说草根能治病,阿奶就拿锄头到山上挖来煮;村庄人说芭蕉叶水能治病,阿奶便走到森林深处寻找。阿奶尝试多种办法,也找了各种各样的植物回来熬药,但阿爸就是没有好转,反而越来越虚弱。阿爸每次睡到深夜,高烧就会反反复复出现。阿爸受不了,每晚哭闹到凌晨。阿奶实在没招,请巫师来看。巫师说:"孩子失去爹就失去了靠山,孩子命软,容易碰上脏东西,需要找命硬的人来镇住。孩子没有靠山就活不长。"阿奶慌了，急忙问巫师解决办法。巫师说，需要给孩子认个保爷（干爹）。

阿奶按照巫师吩咐，端一碗水放到神龛上，半掩着门。除了家里人，第一个来开门的就要做阿爸的保爷。阿奶把所有程序安排好后，守在门口等待第一个外人来推门。但等了整整三天，也没一个人来。巫师看阿爸八字，说阿爸缺"金"，找到一个姓名带"金"字的长辈做保爷也可以。村里名字带"金"字的人很少，只有住在大岩石下的大爷符合要求。阿奶找到大爷，大爷说如果把"金"给了阿爸，自己就没"金"了，怎么都不肯。阿爸认保爷的希望再次落空。巫师又说只能找一个好日子，天快亮的时候让孩子站在村口等着，遇见的第一个人就是孩子的保爷。阿奶觉得这方法不错，天还没亮透就拉着阿爸出门，站在村口的水井旁等着大家来打水。阿奶遇到了很多人，却没有一个人愿意当阿爸的保爷。大家都说阿爸命中缺"金"，如果当了阿爸的保爷，保不准自己以后多灾多难，也会缺"金"，便都拒绝了。这个时候，巫师又给阿奶出了主意：认大树做保爷。只要阿爸给大树磕三个头，一天之内听到大树上的鸟叫即可，鸟叫说明大树同意了。村庄没人愿意当保爷，阿奶只能带阿爸上山向大树祈祷。阿爸给大树磕完三个响头，树上的鸟也很给面子，叫了一声，那么响亮，仿佛是从遥远的山野传来的。阿奶觉得阿爷想着孩子呢，孩子跟大树有缘分。大树便成了阿爸的保爷，也成了阿爸的靠山。

阿爸认了保爷后，身体确实没闹什么大病大灾。是不是心里有了某种慰藉，人就开朗起来、活泼起来，从而赶走了病魔？答案只有阿爸知道。但家里人都把阿爸存活下来的功劳归于大树，归于树神的庇护。后来阿爸跟阿奶一样，要给我找大树做保爷。我从小长到现在，并没有觉得自己哪里跟别人不一样，反而觉得是巫师在到处招摇撞骗。他做仪式时在众人面前扭来扭去，动作像小虫子一样滑稽可笑。大人们却觉得巫师的动作像跳舞一样美丽，给他粮食和掌声。巫师说我是小孩，要先种三棵保命树才能认大树做保爷。阿妈就种了李子树、梨子树和辟邪树。村庄认为这三种树通灵，李子树和梨子树能带来丰硕的果实，让村庄在各种灾害中存活下来。而辟邪树是村庄独有的树种，枝叶细小、娇柔，冬天来了也不会衰败，燃烧时会发出噼里啪啦的响声，像放鞭炮一样赶走妖魔鬼怪。阿妈一边种树一边唱:"当心命不长,拿李树梨树来当命栽,这个命才长。命像寨脚田那样长,活到一百七十岁。命如坡脚田那样长又长,活到一百八十岁……"

阿妈唱完,给树枝系上一根红线,红线一头绕大树缠三圈,另一头系在我右手上。阿妈说这根线是一条路,树神沿着这条路走到我的身体,与我相融,往后大树的命运便是我的命运。他们的话太拗口,我听不懂,但我还是之前的我,并没有什么改变。旁人说,我的命比之前的命又硬了一截,仿佛有两条命一样。我没有感觉到大树的存在,这些仪式像小孩子的游戏一样可笑。村庄的人却深信不疑,仿佛巫师有魔法,虚构了村庄的存在。只要巫师说你八字不好,你就得八字不好,就得按照他的程序来做仪式,不能反抗他说的话,不然就会受到诅咒。

巫师在村庄做仪式,总会有很多人来看热闹。阿妈抓来一只大公鸡,开始活蹦乱跳的,反抗那么强烈,放到大树下,便一动不动了,似乎看穿了自己的命运,不想做无谓的挣扎。在巫师给我"逆天改命"的仪式中,公鸡成了牺牲品,公鸡的命仿佛与我的命交换了,我成了公鸡,公鸡成了我。阿妈把鸡毛贴在树干上,风吹来,羽毛不停地颤动,仿佛在向我求饶。阿妈把我活下来的功劳归于大树,大树在家就在。这是阿妈的观念,也是村庄的观念,村庄宁愿相信被大树收走的人最有福气,也不愿意相信封闭是所有悲剧的根源。一个孩子死了就生两个孩子,总会有一个安然无恙。村庄的女人成了生育工具,生的孩子一个又一个,这便是村庄的命运,谁都无法逃脱。

每次过节,阿爸总会装一篮子菜、倒一碗酒放在大树旁,一边跟大树说一些我听不懂的话,一边给大树鞠躬。阿爸把脸贴在泥土上,比大树脚下的植物还要卑微。等所有程序做完,阿爸喊:"大树吃好了,你们快过来吃饭。"我急忙跑过去,以为大树把好吃的饭菜吃完了,但看到饭菜还是跟之前一样多,就说阿爸是大骗子,大树根本不会吃饭。阿爸说小孩子看不见大树吃饭,长大了就知道。

刚出生不久的阿妹病了,脸色发青,喘着粗气,阿妈跟阿奶一样不打算带她去医院看病,而是找巫师来看。巫师说:"你家小子在山上招惹鬼了,把鬼带回家给阿妹了,需要把鬼赶走。"听见巫师说鬼,我们小孩觉得好玩,就在一旁哈哈大笑。巫师说我们不尊重他,不给阿妹看了,收拾东西准备走。阿妈骂我，说阿妹身上的鬼都是我惹来的，还在这里捣乱。阿妈说完往巫师手里塞了一些钱。"我家孩子的命就靠你了。"巫师收了钱，才开始鬼哭狼号地念经，满屋子都是他的声音。调子升高，巫师就翻着白眼，身体不停抖动；调子变低，巫师把脸拉得很长，像一条蠕动的小虫。巫师扭曲的样子真吓人，有小孩说巫师是个妖怪，惹得在场的人一阵大笑。巫师急忙恢复脸色呵斥："你们这些小孩不懂礼貌。"巫师觉得自己的尊严受到伤害，又装模作样收拾东西要走，其实是在等阿妈拿钱来和解。但这个时候阿妈在忙，也没有那么多钱。巫师见没人搭理，便继续又唱又跳，还拿大碗喝酒，像个酒鬼，大家又不约而同地笑起来。巫师这次不理我们，握着一把木剑绕着桌子挥舞，不小心被凳子绊倒，重重摔了一跤。巫师很不好意思地笑了，围观的人笑了，阿妈也跟着笑了。阿妹还是紧闭双眼，再也没有睁开。阿妈收着脸，突然大哭起来。

　　我想起阿妹埋在树下的"命根子"，一口气跑去大树下查看。袋子从土里翻出来，我用手捏了一下，空空的，东西像是被什么动物叼去吃了。一定是我把阿妹埋好的"命根子"翻出来，害死了阿妹。我害怕阿妈知道这事，便迅速把空袋子重新埋到土里，装作什么都没有发生。

　　阿妹出生那天，我在院子里玩，听到卧室传来一声声叫喊，我急忙跑去，看见阿妈站在那里，血从身体不断往下流。阿妈转头骂道："天杀的东西，来这里做什么？赶紧滚出去。"我跑出来，不小心从石梯滚下，坐在地上哭。天快要黑的时候，我听见婴儿的哭声从卧室传来。阿妈给阿爸一个黑色袋子，让阿爸埋在大树下面。阿爸挖好一个坑，把袋子丢下去。袋子鼓鼓的，像有一只小老鼠想要从里面挣扎出来，褶皱的袋子花一样慢慢在土坑里盛开着。我问阿爸是什么，阿爸说是阿妹的"命根子"。我后来才知道那是婴儿胎盘，村庄哪家生了孩子，都要把胎盘埋在大树下，孩子就会跟大树一样茁壮成长。我从来没有见过"命根子"，很好奇，等没人了悄悄把袋子挖出来打开。那东西已凝结成黑黑的一团，散发着臭味。我一阵恶心，慌忙松手，撒了几把土便跑开了。是不是我没有埋好阿妹的"命根子"，让它露在外面，被动物叼走吃了，害死了阿妹？这件事让我一整天魂不守舍，直到阿妈对我说："阿妹可能想去树里看阿爷阿奶了，就让阿妹在树里陪伴他们吧。"阿妈没有发现我"害死"阿妹，我才放下戒备。阿妈说我身体不好，但每次总能死里逃生，活得好好的，一定是死去的阿妹给我续命了。

三

三月三要到了，阿妈要做染色饭来祭祀大树。染色饭是用糯米染成的黑、红、黄、白、紫五种颜色，据说颜色做得越多，祭祀便越有诚意。阿妈为显示诚意，早些天便背上竹篓出门找染色树叶。大树周边就有枫叶、密蒙花、紫米草、苏木等。枫叶可以将糯米染成黑色，密蒙花可以染成黄色，紫米草可以染成紫色，苏木可以染成红色。阿妈还没有走到大树旁边，就看见清明草一片一片地盛开在大地上，白色的毛像雪一样软绵绵，漫山遍野的白。阿妈却不觉得美，而是觉得它们孤独。一种颜色就占据了一片山，那么的空旷。阿妈早已对生活失去审美能力，日复一日地耕田种地也不能消除贫穷，生活成了阿妈的牢笼。阿妈先割枫叶和紫米草，再放苏木和密蒙花，最上面一层是清明草。阿妈背了一箩筐花草，从大山上走下来，像一位赶春人。阿妈从山里回家，春天也就从山里来到家里。

阿妈把清明草的草尖洗干净，放到石槽里捣碎，再和上糯米面，加水揉三四遍，让清明草和糯米粉融到一起。然后搓成一个个鸡蛋样儿，放到油锅里，用饭瓢轻轻一压，清明草粑就做成了。阿妈做了一锅又一锅，摆满厨房。昏暗的光线中，燃烧的火焰像是会动的星星，地上摆满月亮。阿妈把染色树叶放到锅里，倒一些水，煮半小时就熟了。色素从树叶里跑出来，熬成染色水。阿妈把染色水倒进木桶，撒下糯米粒，糯米慢慢就有了颜色。阿妈就这样一种颜色一种颜色地仔细调着。不同的颜色代表着不同的意义：黑色代表大地，象征生命；黄色和橙色代表太阳，象征希望；紫色和红色是大自然，象征丰收；白色代表天空和白云，象征纯洁。阿妈看着这些糯米饭，仿佛看到我们的命运早已不在大树手里，而是在这些染色饭里。阿妈手里握着的不是染色饭，而是整个自然秩序，这个时候没有人比阿妈对生活更有信心。

只要节日一到，阿妈就会带我去山上喂树，喂我的保命树。记得去年除夕夜，阿妈拿着手电筒和一把斧头，我拎着一篮子的染色饭和肉片，一起上山。染色饭阿妈好不容易做出来，肉平常都舍不得吃，要留给最珍贵的客人。大树便是最珍贵的客人。阿妈找到保命树，拿起斧头轻轻砍了一下，树皮脱落下来，我用筷子夹起肉和染色饭往树皮脱落的地方送去。

阿妈问大树："你开花不开花？"

我回答："开！"

阿妈问："花落不落？"

我说："落！"

阿妈问："结果多不多？"

我说："多！"

阿妈继续问："果子甜不甜？"

我说："甜！"

在这片山上，有阿爸的保命树、我的保命树和弟弟们的保命树，我和阿妈重复了很多次口令，透过口令，我看到了每一张在大树里生活的面孔。

喂树结束后，村庄的人把桌子抬到大树下，拼成长长一排，这是村庄的长桌宴，也是村庄祈福的美学。长桌宴摆满各家饭菜，每家做一道菜或者两道菜摆上来，不分好坏，大家随便吃，我吃你的，你吃我的。长桌宴上的百家饭多么丰盛，这是大树赐给村庄的福气。节日结束，从山上往回走，天气骤变，开始打雷，仿佛天空出现了裂缝，一条龙要吃了村庄似的。哗啦啦的雨从天而降，箭一样敲打着夜晚，一直到凌晨才停止。树上的鸟叫了一个晚上，声音那么尖厉，仿佛撕心裂肺的叫喊，从清澈到嘶哑，从强烈到弱小，最后消失在天快亮的时候。每家都紧闭房门，吹灭所有油灯，躺在床上等待未知的命运降临。雨水从高处流向村庄，淹没了村庄通向外面的路。水流孤立村庄，也孤立大树。直到午后，流向村庄的水才渐渐变小，瀑布成了一道薄薄的窗帘，路慢慢从大地深处浮上来。

这个时候，一座座楼房从城市拔地而起，那些高楼比大树还要高。玻璃在阳光的照射下，金碧辉煌；路上霓虹闪烁，一闪一闪的灯像天上的星星。琳琅满目的商品占满街道，到处有人叫卖洋芋片和冰棍儿。城市那诱人的景象，比大树给村庄虚构的梦还要绚丽。走出村庄，才发现村庄之外的生活这么精彩。一些人再也不想回到村庄，回到低矮的石头房子了。他们不甘于自己的一生都与大山捆绑，与大树捆绑。他们想要逃离村庄，逃离有大树的地方。他们渴望自由，相信陌生的城市会比村庄更自由。他们不再相信大树，因为节日里不管怎么祭拜大树，祈求村庄富足，村庄还是那个村庄，年复一年地贫瘠着。

小姨一家从外面回到村庄后，也建起了楼房，听说是在广东打工发财了。外婆便让小姨也带我家去广东打工。阿爸一辈子做粗活儿惯了，害怕出去什么都不会，便不情愿去，劝了好久才答应。去之前，阿爸把结婚时外婆送的柜子搬到堂弟家，把家里仅有的两袋苞谷和两头牛送到外婆家；阿妈也走到大树下，点燃三炷香，虔诚祈祷，那些把村庄吹得摇晃的山风像是远方的召唤。他们对即将远行的路不太自信，仿佛是在用这些准备给自己留退路。去远方拓荒，是一段未知的旅程，他们拿捏不准，大树也拿捏不准。阿爷去世得早，阿爸没上过什么学，没读过什么书，也没什么文化。阿爸到广东进了鞋厂，不适应，便辞职去了制衣厂。阿爸听不懂这边人说的话，说什么都不知道，经常做错事，便被老板扫地出门了。阿爸又去电子厂，一年内换了很多工种。阿爸经常把产品做报废，原本不多的工资都赔了进去。阿爸不想去工厂了，便在东莞的大街上捡垃圾。他们每天起得很早，赶去垃圾池旁守着人们倒垃圾。捡垃圾的人很多，去晚了，垃圾池会被占，这一天就没什么收入。垃圾池有垃圾，垃圾又能卖钱，阿爸阿妈便把它当成"聚宝地"。他们就这样在一次又一次的垃圾争抢中获得满足感，像是大树安排的一场勇敢者游戏。垃圾少，抢垃圾的人多，每天赚的钱都不够日常开销。一年后，阿爸一个人从广东灰溜溜地回来了，他还是习惯在田地做农活儿。

阿爸出去一年，没赚到钱，村里的人便总开阿爸玩笑，说阿爸在外面肯定赚到钱了，只是拿去养别的女人了。阿爸气不过，但又不能说什么，只怪自己没能力，没给家里带来好的生活。阿爸很苦恼，开始喜欢喝酒，每次喝酒都喝醉，每次喝醉都耍酒疯，有时候还把气撒到我身上说："钱钱……整天就知道钱，哪里有那么多钱？以后你们出去了看看钱好不好挣！"说完拎着一壶酒出去，醉了就在村口胡闹，找人吵架。我过去扶他回家，阿爸从兜里摸出几百块钱对我说："你不是缺钱吗？我的钱这么多，村里谁比我有钱？你都拿去，全部拿去……"我气不过，便跟阿爸对吵，村庄的人都来看热闹。

我觉得阿爸伤了我的自尊心，一刻也不想在家待着，便向大树跑去。

天色暗淡，一团黑纱在我四周缠绕，那朵枯萎的花总在我视线中跳动，一整条路都长满了这种花。花在大树上，大树在花中。一声鸟叫那么熟悉，我看到它从远方飞来，又飞向远方。大鸟能够飞翔，是不是大树给了它飞的力量？我也想要这样的力量，便爬上大树，闭着眼睛听所有动静。我以为站在大树上面，就会长出一双飞翔的翅膀；我以为在大树上能看到广东，看到阿妈，却是所有的目光都被大树挡了回来。我怎么飞都飞不出大树的手掌心。我的眼泪突然像决堤的洪水一样爆发出来，我使劲闭着眼睛，想让眼皮把泪水堵住，但还是没用，泪水源源不断地流出来。我哭泣的声音也越来越大，盖过了所有动静。我这么多年来第一次哭得这么伤心，觉得自己很委屈。我知道阿爸凭借一己之力撑起这个家，每天早出晚归去其他寨子做活儿赚钱，很辛苦。但我还是个孩子，阿爸不该把生活的重量现在就倾倒给我。我迷迷糊糊被人抬到家里。村里人说，我竟然敢爬上神树，触犯了村庄禁忌。我犯了神煞，这就是征兆，我之前找大树做保爷没用了，保命树也保不了我的命。恍惚中，我听见树上的鸟一直在我头上来回鸣叫，让我产生莫名的幻象。我不想说话，也不想走动，就只想在床上躺着。

　　阿妈也从外地赶了回来，她说我病了，病得很严重。找巫师来看，也看不出所以然来。阿妈以为我真被大树诅咒了，她从未见过这样的情形，哭了一个晚上。最后阿妈在我与神树之间选择相信我，她不再相信大树，诅咒大树给我带来厄运。阿妈对村庄人说，以后谁再说我活不长久跟谁急。阿妈对神树的信仰一点一点退去，很快，神树在阿妈心目中一点儿也不神了，因为它无法让我成为一个健康的人。阿妈虽然不再相信大树，但每到节日依然还会去祭拜大树。

四

　　我知道，我和村庄挺了过来。2015年，村庄到镇上的路终于建成通车，那与世隔绝的状态被时代丢弃到遥远的时光。那一排排楼房从田野升起，从山腰升起。村庄里的房子也终于像城市一样高大，比大树还要高大，任凭风吹雨打，也不再倒塌。村庄的路仿佛从两座山之间的斜坡上画了一条线，灰色的水泥路闪闪发光，时不时看到一些车子从远方开进来，比如摩托车、拖拉机、小汽车，来来往往，寂静的村庄变得热闹起来。路变宽了，人们不再害怕出远门而摔下山崖。货车拉着各种各样的货物来到村庄售卖，电视机、电脑、手机、音响、冰箱涌入村庄；各种各样的广告也随着水泥路来到村庄。村庄很多人从未见过这么多新东西，焦虑和期望的心情在内心深处交织，村庄生活越来越方便，但也感觉生活越来越复杂。村庄通路，出去打工的人更多了，世界更大了，而村庄越来越小，大树也越来越小。我沿着这条水泥路走到城市，也看到那一排排高楼大厦，看到车水马龙的街道和人来人往的人群。城市里的人走得那么匆忙，匆忙得连头上的大树都没有时间掂量。城市也没有跟村庄一样的大树，仿佛城市所有的繁华与大树无关。

　　阿妈曾说大树会唱歌，能让村庄每一户人家牛马满圈，能让小孩平安健康。小时候我对阿妈的话深信不疑，长大后我才明白，无论怎么祭拜大树，我也没有看到哪家牛马满圈，粮食获得丰收。大树褪去了光芒，也渐渐退去了神性。但直到现在，阿妈依然每个节日都会做着好吃的食物去喂大树，或许阿妈祭奠大树，并不是祭奠它的某种神性，像是看望一位故人，或看望一位亲人。我跟阿爸吵架那晚，我跑出来，跑到大树上躲过很多野兽和毒蛇的攻击，我顺利活了下来。阿妈对大树的信仰，是来自内心对大树的感恩。大树是阿爸的保爷，也是我的保爷，阿妈把大树看成我，也把我看成大树。我去远方的时候，大树便会在阿妈内心幻化成我的样子，阿妈来祭拜大树，仿佛是来问我在远方过得好不好。

　　村里的巫师去世了，她无子无女，也没有收过徒弟，没人能接她的班。大树也逐渐衰老，枝干枯萎，最终在一个风雨交加的晚上完成了它的使命。大树倒下了，村庄再也没有什么神树，村庄仿佛从某种禁锢中获得了自由。阿妈看着倒下的大树默不作声："这棵树不仅仅是树，是连着我们家族祖先命根子的一棵树。阿爷在树里、阿奶在树里、祖祖辈辈都在树里。他们是树，树也是他们。有大树在，我们家就在"。仿佛这棵大树，不仅仅是村庄的神树，也是我们家祖祖辈辈灵魂的栖息地。

选自《人民文学》2024年第4期

珍 珍

/吴浩然

一

小时候住的单位大院里有几口小水塘。离我家大约百米远的一处水塘，是我跟珍珍经常碰头的地方。那里远离大人们的办公室，经过的人少，附近还有几棵高高的白杨树投下绿荫，春夏时节，坐在塘边为洗衣服而设的石板上十分自在。风起来的时候，白杨树唰唰啦啦作响，也能遮蔽我和珍珍之间小女孩的私语。

水塘面积大约十平方米，椭圆形，像嵌进地面的半个蛋壳。不知道为什么，一年四季中这水塘有时盈满清水，足够蹲在石板上浣衣裳，有时又忽然彻底干涸，滴水无存，塘底布满坚硬的裂缝。那时我还小，无法预料这个小池塘何时有水、何时干枯，就像无法把握我跟珍珍大起大落的友情。

二

珍珍是大院里唯一一个非职工家庭的孩子。大院坐落于五线小城六安市的郊区，属于一家水文单位，因为水文观测需要大量空间，建单位的时候，用红砖围墙松松朗朗圈了很大一块面积。珍珍家搬来得很早，至少在1991年我家搬来的时候，珍珍家已经在院子里了。整个院子有一定的坡度，办公室、观测场、家属宿舍都在上坡，有七八户人家常住，珍珍家独在下坡底端。上下坡之间隔着一片树林，有一条石子路贯通上下，树林其他地方也有几条羊肠小径可以行走。蛋壳水塘就在树林西北边一条小径的末端、接近观测场的位置。

两种生存方式共存于这个大院子里。上坡是城市户口、独生子女、坐办公室；下坡是农村户口、非独生、自由务工。共同之处是都很清贫，要精打细算地过日子。不过我确实比珍珍过得好一些，毕竟我是父母唯一的女儿，珍珍还有个弟弟。此外还有一个原因，是珍珍偷偷告诉我的：

"吴浩然，你可知道我是抱养的，不是爸妈亲生的？"

"啊……"我犹豫地答应着。

"我爸妈以为我不晓得，其实我晓得，"珍珍微笑着说，"六岁的时候，有一天我家里来亲戚，半夜他们在外间聊天，我妈跟他们讲我是抱养的。他们以为我睡着了，其实我没有睡着，都听见了。"

那天是1998年，我四年级，她三年级。约莫是仲春天气，因为我记得有风，水塘里波光粼粼，但并不冷。我们两个女孩子坐在白杨树下，谈起这个重大的秘密，将我们的友谊推向了交心、严肃的层面。在哗哗的树叶声响里，珍珍细软的刘海在眼前被吹乱了。她微微眯起眼睛，带着一点儿若有所思，又有一点儿嘲讽的神情，好像自己经历了一件又赢又输的事情。

珍珍告诉我，不要跟任何人讲。我答应了。

但其实院子里所有家长都知道珍珍是抱养的。这在珍珍还是一个趴在木盆里的婴儿的时候，就已经是大人间公开的秘密。在这个院子里，生活的分界不仅有上坡与下坡、城市与农村，还有成人与小孩。大人们在我们头顶上口耳相传的消息，往往很久都传不到他们俯视的小孩子的世界里。

妈妈曾向我讲述过珍珍身世更多的细节：珍珍严格来说连抱养都不算，她是半夜被生父母丢弃在现在这个家庭门口的。因为养父母结婚好几年没能生育，生父母打听到了这个消息，就选择把珍珍放在他们家。然而收养珍珍之后不久，养母意外地怀孕了，生了现在的弟弟涛子。

我和珍珍的友情如何发生的，已经不记得了。当年院子里只有三个女孩，除了我和珍珍，另一个比我大两岁的女孩每天被关在家里做家长额外买来的辅导资料，性格越来越沉默，不怎么跟我说话。而珍珍，我一向她发出友谊的信号，她就立刻走了过来。从我九岁开始，大部分空闲我们都待在一起。春天捞蝌蚪，夏天钓龙虾，秋天在树林里找果子，冬天堆雪人，还有养猫、种花、跳皮筋、看电视。一个又一个中午、傍晚、节假日，她一次又一次穿过树林，顺着四季青小路走到办公区后面的家属区，敲响我小房间的门。

大院的家属区是20世纪60年代建造的一排红砖黑瓦平房，我家住着最西边两个房间。一间作餐客厅，另一间原本是全家的卧室，三年级时爸妈找来泥瓦匠，按一比二隔成南北两间。我住朝南的小间，不到十平方米，靠墙摆了一张单人床，床头放一个书柜，床脚有个杂物柜，妈妈的缝纫机摆在窗户下作为我的学习桌。这几样家具对我来说完全够用了，最重要的是房门直接通向走廊，不需要经过客厅就可以进来，所以我才能发展出完全属于我的私交。

周末与寒暑假，我会约着珍珍在我家写作业，她在我家一待就是半天。她喜欢趴在缝纫机旁边，下巴抵在手腕上静静地看着我做事。我指导她读书看报，给她展示我自学的水彩画和各种手工作品，比如纸做的房子风车、冰棒棍做的坦克、小药瓶做出来的风铃。因为材料只能因地制宜，不能完全达到我的期待，这些东西在我看来都做得很粗糙，但珍珍总是赞不绝口。有些书我会借给她看，有些手工作品就送给她了。书隔段时间还回来，会比借出去的时候明显旧了一圈，手工作品也会在她家不知所踪。因为我知道她家的环境，一般也不太介意。

珍珍家的房子也是单位的，因为不是职工，每月要交少量租金。这几间房子盖得更早，结构更加陈旧：没有客厅，狭窄的门厅只能靠墙摆放一些农具，门厅内侧左右各有两扇门，通往两个房间。一个房间是储藏室兼吃饭的地方。另一个房间是卧室，有两张木床。珍珍没有自己的房间。她家的房顶很高，窗户也开得异常的高，屋里总是昏暗的，光线从高窗投到屋里的地面上，好像离外面的世界很远，有一种待在水缸底的感觉。珍珍爸妈终日忙忙碌碌，很少有时间收拾，家里常年有一股油烟混杂着霉尘的气息，这股气息总是让一切都很快变旧。

我每次去珍珍家都会受到她爸妈的欢迎，会给我倒茶，这是院子里其他小孩没有的待遇。因为我总是考班级第一，年年照片贴在学校光荣榜上，而珍珍和涛子的成绩一直普普通通。叔叔阿姨不会辅导小孩作业，非常希望我能帮到这对儿女，我也尽力这样做。例如四年级末的那个暑假，我突发奇想在家里设小课堂，给姐弟俩上了好些天的课。本来只打算教珍珍四年级语文，结果涛子天天黏上来，赶也赶不走，我便也教他三年级数学。在大人看来，这件事有效地预防了两个小孩在漫长的暑假里乱跑出现意外，意义非同小可。叔叔阿姨为表感激，给我送来母鸡和鸡蛋。我吃着她家的礼物，心里挺高兴，但也没有更多想法。我所做的都是为了玩，只是我玩得一身正气，更符合大人的期盼罢了。

珍珍上来找我的成功率要大于我下去找她的成功率。她找我，我一般都有时间，但我找她，并不是次次都能邀她出来。她家的生计是一个水泥预制板加工厂，就开在下坡空地上，雇了几个工人，几乎每天都在开工。叔叔阿姨有时开拖拉机出去送预制板，出门前会交代珍珍一些事，比如煮饭、烧茶、给预制板浇水。我经常下了坡，一出树林，就看到她站在加工厂的平台上，手里牵着水管，要把每一块预制板浇透才能走。珍珍也有没做完事就走开跟我玩耍的时刻，但如果我送她回家，她爸妈会忍耐一些，骂得不那么凶。也因此，珍珍更爱跟我一起玩了。

在大院里，珍珍只跟我做朋友。她好像跟上坡其他所有人都是疏离的。不仅不怎么跟其他小孩玩，背后提起那些家长也直呼其名。她狭长的丹凤眼盯着那些大人时总有一丝质疑的意味。跟她分开后我曾经想，或许她极其敏感的性格让她比我更早地意识到了那些成年人在一本正经下的平庸。但如今我觉得，一个小女孩未必有那么深沉的意识，她的敌意恐怕来自本能——上坡的大人们对待她，跟对待我肯定是不一样的。

三

珍珍多次向我控诉过爸妈对她的不公平。比如她要做家务，弟弟不用做。过年走亲戚带着弟弟，让她在家看门。她和弟弟打架，她打不痛弟弟，而涛子是个铁蛋似的非常结实的小孩，还起手来很痛，她也会找我哭诉。我说要么你告诉爸妈。她的回答永远是一样的："我爸妈才不会管呢！他是他们亲生的，我是抱养的！"她的眼泪簌簌而下。这时我看着她的脸，总会觉得她很可怜。我感觉她好像在向我求助，可我对于大人的态度完全无能为力，我只能多偏向她，尽量不跟涛子玩。

大人们提到他们姐弟俩，总是说："其实珍珍爸妈对她算好的了，谈不上偏心。"他们的"好"意思是：那个年代抱养女儿不是什么稀奇事，很多养女是明显不如儿子受待见，相比之下，珍珍和涛子的生活都是一样粗糙，涛子没有比珍珍过得更好。确实姐弟俩都是一年四季翻来覆去穿着那几件旧衣裳，书包拉链总是坏的，鞋子布满灰尘，只有过年的时候有点零花钱。但两个孩子在同样的条件下长出了截然不同的相貌：涛子像妈妈，黑红的脸，身材结实，盛夏天敢赤脚跑在滚烫的石子路上。珍珍很瘦小，虽然只比我小一岁，但看着像我三年前的个头。一张单薄的瓜子脸，脸颊总是黄黄的，细眼睛，薄嘴唇，小小的鼻子。头发泛黄，扎着两个简单的小鬏儿。细胳膊细腿，细细的手指，因为常年没用护肤霜，手上的皮肤一直干巴巴的，和年龄很不相称。我认识她的那些年，她的模样一直是这样，很暗淡，但暗淡中又深深藏着一点东方的秀气，犹如深巷小花，默默开放。

20世纪90年代的郊区小学有很多这样灰头土脸的孩子，大家都司空见惯。但我乐于打扮珍珍，让她快乐一点、漂亮一点。我教她手上沾了水以后要拿雅霜擦手，这样手背就会慢慢变得滑滑的。我用家里的发油给她润头发，帮她换发型。我夸赞她的头发很顺很直，是我想要的。我的头发虽然乌黑浓密，但是自然卷，只能梳起来编辫子，不然就会满头乱飞。

我告诉她，有一种处理头发的手段叫"拉直"，可以把卷头发变得丝般顺滑，我很想试一试，但是挺贵的，而且爸妈肯定不允许。

"吴浩然，你的头发那么长、那么多，要是拉直了，肯定能垂到脚跟上，像古装电视剧里的仙女一样！"珍珍笑眯眯地说。

我笑着纠正她，拉直只是让头发变直，不会像拉面条一样变长，不过她没有听懂。她坚持认为，如果我去做个"拉直"，我的头发会垂到脚跟上。

有一天我让她坐在走廊上，给她做一个我自己喜欢但是做不了的发型：把两鬓的头发编成两条细细的麻花辫在脑后固定起来，其余头发披散着。做完以后，我跟她说这叫"公主头"，拿镜子给她看。她左照右照，笑不拢口。我妈妈在旁边经过，看到了这一幕。后来她跟我说："你对珍珍真是像亲姐姐对亲妹妹一样啊！"

"是呀。"我笑嘻嘻地答应着，心里很得意。

在小学中后期漫长的时光里，我一直享受着珍珍对我的依赖，珍珍也不停表达着她对我的需要。我让她做什么就做什么，读课外书、好好做作业、画画，都是我认为有益的事情。我想把我生活中最好的东西也引入她的生活。但从长远来看，我的举动对她而言更像是一种展示，并不能真的改变她什么。与此同时，外界的变化给我们带来的影响远大于我们自己的努力。

时间进入新千年，天边开始传来噪声。那是小城开始扩建环城路的声音，工程队从远及近，声音也越来越清晰，突突突是打桩机，轰轰轰是挖掘机。原本狭窄的柏油路被一截截翻开，准备浇筑水泥，做宽敞的大道。那段时间我们饱受出行之苦：自行车颠簸，公交车暂停，的士极少到这里来。只要一下雨，到处都是黄泥巴，走几步脚底就黏出一个大泥饼。最终我们大院靠近路边的一侧围墙以及大铁门都被挖掉了，整个院子失去保护，经常失窃。同时我也觉得，自己原本浑然一体的童年逐渐溃散，有些事情越来越难以把握。例如我胸部开始发育，夏天让我不自在；莫名其妙喜欢上一个男生，搞得我忐忑不安；爸妈反复讨论我要上哪个初中，一直定不下来。珍珍的性格也变得有些古怪。

有一个周末，春光很好。我到下坡去找她，却见她披头散发地坐在门口痛哭，旁边一张矮凳上放着一盆水，热气腾腾的。我吃惊地问珍珍怎么了，她完全沉浸在哭泣中，谁跟她说话都没有反应。阿姨在旁边不耐烦地说："水不搞热一点，怎么烫得死虱子？给你好好洗一下，以后不就好了吗？哭什么哭！"涛子在旁边小心翼翼地跟我说，珍珍这段时间头发上出现了虱子，妈妈要用热水给她烫头、上药，还要她把头发剪短。珍珍不愿意，就崩溃了。

后来珍珍还是用那盆水烫头了，抽抽噎噎地。妈妈一撩水在她头上，她就惊叫一声。我整个下午一直在安慰珍珍，但是没有效果，她心情很坏，时不时掉几滴泪。我说以后她头发还能长起来的，她说："我头发长得特别慢，你又不是不知道！"

我说："短发也没事啊，我三年级的时候就是短头发。"

"但是你长得漂亮啊！我本来就长得丑，剪了头发更丑了！"她红着眼睛，又哭出来。

我很无奈，看着时间流逝，快要吃晚饭了，她依然沉浸在痛苦中，我只得上去了。

隔两天我再见到她，已经成了短发。她没再提头发的事。过了几个月，短发慢慢长成了童花头，重新扎起一个很短的鬏儿。在这段时间里，她目光更加锐利，愤恨的言语更多。她不再那么热衷于陪着我采花弄草画画看书，对我的爱好开始表现出不感兴趣，更多的是拉着我说话。她说她不喜欢弟弟，不喜欢亲戚，不喜欢老师。她坐在我的写字桌边说这些话，坐在她家的预制板上说这些话，坐在我们的蛋壳池塘边说这些话。她小小的嘴巴说出这些言语的时候，总是眯起眼睛盯着前方，目光不知道落在哪里，像是一只充满怀疑的小鸟。我不知道该如何回应她的愤恨，便也跟她说一些我不喜欢的人、不喜欢的事。我们一起长篇大论地抱怨，但其实我不太喜欢这种没有创造力的事。

我们开始闹别扭，这在以前是极少的。她生气的时候会不说话，站在原地一声不吭，或者直接回家。一般很快就会和好，再见面的时候她先板着脸，等我开口说话，她就扑哧一笑，走过来问我："吴浩然，我们去哪儿坐坐？"

这时珍珍对自己的身世已经更加了然，她爸妈不再向她隐瞒，而且在她的追问下，告诉她生父母可能是附近某个乡的人。那个乡离我们大院不算很远，好像骑个自行车就能过去。有一天，应该是六年级最后那个春天的某个周末下午，我跟珍珍又闹别扭了，为什么吵架我已经不记得，但我们都不舍得走开。在冷战的时候，我忽然出现了一个幼稚的念头，拉起她说："你想不想去找找你的亲生爸妈？"

珍珍愣了愣，未置可否。

"走，我陪你去找一找，试一试！"我双手叉腰，鼓起一种劲头来。

我带头走出院子，一直向那个乡的方向走，珍珍默默跟着我。起初脚下还是施工中的水泥路坯，不久就接上了旧柏油路。沿途是一片一片仿佛不断复制粘贴的树林、草丛、房子、小卖部、水沟，风景越来越陌生，我们开始有点儿不安。珍珍犹豫起来，说她不想走了。我有点赌气地说："那我们做什么呢？"

又往前走了一段，她停在原地，说不要走了，她要回去。

我们面对面沉默了几秒。然后我说："那好吧，回去吧！"

我们转身回去，西斜的太阳把我们拉出两个长长的影子来。一路上我们没有怎么说话，都有点儿心烦意乱，可能是怕天黑前回不了家。但没想到返程特别快，没走多久就看见了大院门口的泥坑与修了一半的路基。进入院子，也没有谁问我们去哪里了，院子里晚霞高照，一切如旧，准备结束寻常的一天。

这次短促的探险，是那几年印象最深刻的事件之一。它就像一个隐喻：我们——作为小孩子的我们——的行动、欲望、思想，对自身来说乃如惊涛骇浪，但在现实的地图上可能只是稍微跳动了一下。同时我也有所预感，我跟珍珍完全契合的那种友情，因为彼此的耐心都在下降，可能已经走到了头，将要折返了。

四

2001年秋天，我上了初中。新学校离大院有七八里路程，而且强制要求上早晚自习。为了我的安全和方便，小学毕业后的暑假，我父母就在学校附近租了两间房子，搬了一些生活用品过去，开始陪读。

甫上初中，我的心情并不愉快。虽然我的成绩不错，但我不喜欢学校的管理风格。它是毛坦厂中学在市区设立的初中部，把毛坦厂中学当年备受全国争议的那一套教学理念基本也带进了这里，管理非常严格。我的学习习惯并不需要这样密不透风的管束，但郊区能选的初中很少，而且已经交了三千多元的借读费，一时也不能再换学校。

初一每周上五天半的课。我平常住出租房，周六中午放学后回大院，周末傍晚再回出租房。仅有的一天半假期我虽然可以身在大院，但整个环境都让我恍惚。好几家人都已经因为孩子上中学的缘故离开了大院，而且是全家彻底搬走，还留在大院里的人家不到以前的一半。院子变得荒疏了，出现了被遗忘的气息。那个秋天的阳光特别安静，照在小房间里特别闪我的眼睛。我伏在窗前不停地做功课，小小的缝纫机台面铺满了各科课本。而明明就在不久以前，我还能整天整天地用这张桌子画画做手工看课外书。为什么呢？我还是那个我，怎么忽然就进入了这样的苦役中呢？我为以后这样的日子漫无止境默默叹息。

每个周末我还是会出门跟珍珍玩一会儿，作为难得的放松。但是跟她在一起我总有点儿心不在焉，心里永远还有一篇作文没写、两张试卷没做，我不停地盘算还有多少时间，能不能在周末回出租房之前写完。珍珍一周没见我，自然有些话想跟我说，但都是小学里的人和事，我已经不认识或不感兴趣。珍珍对我的状态也渐渐不满意。有一回我们坐在她家堆起来的预制板上有一搭没一搭地说着话，忽然她皱着眉头，确凿地说：“吴浩然，我感觉你才上初中一两个月，就不一样了。"涛子在旁边也附和着。我尴尬地笑道："是吗？哪儿不一样？"珍珍没有回答出来。我自己想了一下，想不出除了功课变多，自己有什么变化——我说了什么？没什么啊。我做了什么？没什么啊。我坐在粗糙的预制板上，双手按着又脆又硬的水泥边，茫然起来。

从那天以后，我周末也很少回大院了。一是功课太多，来回要花时间，二是不想再在两个环境、两种心态中拉扯。

我们互相还是会想念，但一两个月才见一次。时间距离拉长以后，关系反而平复了一些。初一寒假，珍珍甚至还到我家的出租房住了一晚。第二天我跟她一起出门，先在路边逛街，又跟她一起回大院转了转，两人都很愉快。

半年后，珍珍小学毕业，进入了划区分配的初中，一所中考升学率很低的学校。

五

我初二这一年在记忆里很单调，无甚可谈，但对于珍珍一家应该是非常重要的、标志性的一年——他们也搬家了，不是搬到什么临时的住所，而是乔迁新居，搬入他们自己盖的大房子里。位置很不错，临街、交通方便，离我的初中不远。地皮是她家本来就有的，前几年叔叔阿姨终日汗如雨下地忙碌，不仅是为了赚钱谋生，也是在努力地修盖自己的新家。

我第一次去拜访这栋自建房时震惊不小。那是一栋崭新的两层小楼，有巨大的客厅、四个大卧室、明亮的厨房和可以冲水的洗手间，还有个宽敞的院子。他们一下子从之前陈旧局促的老宅里解脱出来，过上了非常舒心的日子。而大院上坡的几家人，此时则要么租房蜗居，要么刚买房，为微薄的工资还了房贷便所剩无几而忧愁，无人不羡慕珍珍一家。

即将升初三的时候，我家租的房子出现问题，打算退租重新再找地方。这次我们想找离学校略有点儿距离的房子，因为老师们都住在学校，这两年经常周末出门也碰到老师，让我感到压抑。有一天我妈在菜市场碰到珍珍妈妈，两人聊起这事，阿姨热情地邀我们就租她家一楼客厅旁的空房间，比外面租房便宜，两家可互相照应，而且涛子马上也要去我的初中上学了，以后早晚可以同行。尤其是下晚自习回家那一趟，有他做伴，我妈也无须操心如何接我了。

我妈有点心动，回家和我商量了一下，我也觉得挺方便。此时我爸爸已经调去外地，常年不在家，我和妈妈住一个房间也够了。趁着暑假补课前，我们搬了进去。阿姨家给了几样家具，我们也带来一些，足够生活所用。院子角落里有一个天棚，放下煤炉和餐桌，就成了我家简单的厨房。

初到珍珍家，确实和珍珍过了一段朝夕相处的时光。我们仍然很热络，但我发现珍珍长大了。当然，我们都会长大的。但在我被功课绑架的漫长日子里，她已经在向我所不熟悉、不支持的一种生活走去。例如她很少做作业，不想我辅导功课，父母也不再过问她的成绩，大约是默认她以后不再上高中。我在学校处于所有老师的关注之下，一点点逾矩或成绩波动就会被叫去谈心，被优等生的玻璃罩子罩得牢牢。而她好像在读一所小说里的初中，不时把一些谈恋爱、打架、骂老师或者更离奇的新闻带回家。她不觉得这些事有什么大不了，有时自己也是新闻里的主角。她说有个老师她特别讨厌，就会经常在他的课上站起来说要上厕所，实际是去操场闲逛。有一次还说有一个老师冤枉她、批评她，她不回嘴，就使劲咬着自己的下嘴唇，把下嘴唇咬出了血，直接震住了老师。她面带微笑让我看她下唇内侧的血痂。

我觉得这未免有些过了，但是珍珍已经不是随便听我劝说的人了。她好像积蓄着很多暗暗的狠劲。那个夏天经常出现暴雨，乌云密布时我匆忙找油布遮盖天棚下的餐桌厨具，而她伏在二楼自己的房间门口，带着淡淡的微笑看着，好像很欢迎这样的天气。

初三早出晚归的日子里，我跟涛子的接触渐渐变多。这个男孩在我没太注意的时候已经长高了不少，不过依旧是一张黑红的圆脸，很皮实很能挨打的样子。叔叔阿姨经常瞪着他说："好好跟吴浩然学着，在学校老老实实地听课，不准瞎混，有事多问问吴浩然！"涛子点头答应着。他的班级跟我的只隔着一个楼梯口，晚自习结束后他总是飞快地跑去取了车，在大门口等着我。路上他不停和我说着班里的各样事情，我渐渐发现他心态很温和，很少有尖刻的想法。这和我之前对他的印象不太一样。我妈也这样认为，她跟我说："你发现没有，虽然涛子看着蛮蛮的，其实比珍珍更厚道。我们搬家的那天，涛子前前后后不停地帮我们搬东西，一直催我歇一会儿，说他劲大，他来帮我搬。珍珍反而没怎么帮忙，就在旁边看着。"

不过我妈也说："都说珍珍爸妈不算偏心，实际上怎么会呢。虽然吃的用的没什么差别，给了她一个单独的房间，但你看珍珍上的什么初中，涛子上的什么初中。她中午回来还要洗一大盆衣裳，午觉也睡不了。她那细胳膊哪有力气漂得干净？换作我是不忍心的。"

我也感觉到了。我毕竟跟珍珍交情深厚，对珍珍的身世仍然抱有同情。我想珍珍也进入青春期了，青春期或许就是这样的，会让人变得混乱，我自己也曾混乱过。但我开始有意避开珍珍的锋芒，跟涛子的交道渐渐变多。对此珍珍不能接受。有时涛子请我去他的房间给他讲题，珍珍会忽然进来，找个理由拿走弟弟的某样东西。涛子急了，跟她争夺起来，让我评评理。我不好直接说什么，但其实心里是偏向涛子的。我对珍珍说："你先去你房间待一下吧，等我把这两道题讲完。"珍珍总是梗着脖子，冷冷地站在原地说："我不管，这就应该是我的。"涛子就向外大声求援："妈！你看珍珍！"大人们过来劝解一下，但是没有什么用，珍珍铆足了劲要对付弟弟。就算给她两下凿栗，逼她走开了，下一次依然是这样。

也有三个人还能一起玩的时候，但往往是因为珍珍向弟弟发脾气，或者是她说了一些阴阳怪气的话，让我感觉氛围一下子变了味，心里不舒服起来。

她跟爸妈也会吵架，近乎失态地叫嚷着，尖利的嗓音听着让人心颤。她爸妈比我想象中要大度一些，骂她的时候不多。他们可能是觉得，一两年后，等她混个初中毕业就会离开家的，所以，算了。

在短短的几个月里，珍珍的脾气越来越暴躁，越来越难以相处。她一发怒就暴起，尤其是对弟弟，一句话不投机，不管跟前有没有别人，拿起手边的东西就猛地一摔，让人咋舌。她在客厅里看电视，弟弟要是也走过来看，她就立刻拔插头。她蹲在水池边搓着衣服，会忽然把弟弟的衣服拣出来摔在地上，嘴里骂道："也配让我洗？"几乎每晚楼上都会出现姐弟俩争吵的声响。我在楼下默默地听着，此时搬来珍珍家不过几个月，我已经有些后悔了。

时间快到年底，天气渐冷。妈妈每天早晨把饭菜做好，自己带一半去单位，另一半我中午回来热一热吃。有一天中午，叔叔阿姨也出去了，只有我们三个初中生在屋里。那是个挺好的初冬天气，涛子喊我带上饭菜到他们家厨房一起吃。原本我们围着一张小桌正常吃着，快吃完的时候，好像是珍珍不准涛子拿一个什么餐具——细节我怎么也回忆不起来了，可能是之后的场景太过震惊，完全覆盖了前因——姐弟俩在厨房锅台旁发生了激烈的矛盾，你推我搡，几乎扭打起来。因为确实是珍珍不讲理，我压抑很久的是非心终于涌上来了，我走过去指责珍珍："你为什么要这样？"珍珍不睬我。我说："你把这个给他！凭什么他就不能拿？"珍珍脸都扭曲了，吼道："就不让他拿！"把东西捉得更紧。我从两人之间伸进胳膊想把他们分开，她推了我一把，但是我有所防备，立刻把她挡了回去。她猛然暴怒了，不再管弟弟，和我撕扯起来。珍珍的脸在我面前很近的地方剧烈晃动着，黄中带红、愤怒到变了形，像噩梦里才会见到的情景。她咆哮道："你滚啊！你滚啊！"涛子一手把她往他那边拉，一手推着我说："你快走！"我便放弃了，转身走出厨房。还没有出门，一个东西哐当摔到了我旁边的墙上。我微微偏头看了一下，是一把切菜刀。我后背悚然，但是脸上还勉强保持着镇定，快步走回天棚下，扶着我家的桌子，心里怦怦跳。

珍珍紧跟着从厨房里走出来，脸色红涨，喘着粗气。她大步走到客厅门口，转过身，指着我，开始骂我。稀里哗啦的话语从她嘴里冒出来，激烈、混乱，夹杂着很多脏话，大部分我都没有听懂。我一声不吭地盯着她，我只能一声不吭地盯着她。

涛子也赶出来，跑到我身边着急地跺脚大叫："珍珍，你又疯掉了！你干吗骂吴浩然！"珍珍不睬他，继续骂着。邻居们都惊动了，围到大门口来，乱糟糟地追问怎么回事。涛子一边慌忙地跟邻居解释，一边对我大喊道："走吧，我们到学校去吧！"我没有看他，盯着珍珍，无法移开目光。

过了不知道多久，珍珍已经接近力竭，差不多骂完了。最后她拿起廊檐下离她很近的一柄簸箕，用力向我砸过来。因为我已经退到了尽量离她远一点的地方，簸箕在空中转了三百六十度，砸在我俩之间的地上。在一声爆炸般的巨大声响中，木头手柄摔成了两段。然后珍珍推上她的自行车，一脚踹开脚撑，径直分开众人出去了。

　　这骇人的一幕被邻居们尽收眼底。他们一边感叹着、指责着珍珍过分的举动，一边来安慰我，说会告诉珍珍爸妈的，肯定要教训她的，叫我不要怕她。我确实不怕她，但我心里的滋味远比害怕复杂得多。我掉了几滴眼泪，收拾东西，骑车上学去了。

　　当日上完晚自习，我回到家，珍珍爸妈还没回来，只有楼上珍珍的房间灯亮着。我妈已经知道了中午的事，问我什么情况，我简单说了几句。她说："你没有跟珍珍对骂是对的，让她爸妈处理吧。"我应了一声，开始在书桌前做剩下的作业。过了大约半小时，珍珍爸妈回来了，估计是在院门外面就听邻居告了状，他们一进院子便咚咚咚上楼，冲进珍珍的房间，两个人把珍珍结结实实地打了一顿，我在楼下听到了沉闷的撞击声。很漫长的一刻。珍珍一声也没哭。

　　次日清早，我们照常上学。涛子和我在院门口还在做准备工作，珍珍已经先我们一步推上自行车出去。她目不旁视，面色如常，好像嘴里还哼着歌。我们一前一后骑下门口的土坡，拐弯，上大路，我和涛子去我们的学校，她往另一个方向。

六

　　那件事之后，我和珍珍没再说过一句话。我谈不上多难受，因为人人都向着我，尤其是珍珍妈妈和涛子，更加热心地哄着我。珍珍本来对我和对别人不一样，现在我在她那里归入普通人了而已。这栋房子里的每个人都在照常生活，但气氛就像那个摔断的簸箕，放在走廊的拐角里，没有人用，也没有人扔掉它。到了寒假，我家就搬回了大院。

　　搬回大院是我的提议。我跟爸妈说，环城路已经修好，我也长大了，骑车不再那么费劲。而且往来郊区的出租车日渐增多，嫌累的话可以偶尔打车。最主要的是，这么多年来我终归是住在大院里心情最愉快，为了每天能回到让自己安心的环境，我乐意忍受早晚赶路的那一点辛苦。叔叔阿姨很唏嘘，觉得有我在家里，涛子学习挺认真，我这一走，不知道他会不会开始犯浑。但我是顾不得那么多了。

此趟回来，院子更加安静了，常居人口除了我和妈妈，只剩下一对老人，他们把能开辟的荒地都种上了菜，以田园气息补充着生活气息。经常有野猫野狗来到院子里短暂居留，我会挑一两只顺眼的引到家里养一阵子，但过了一段时间，它们最终还是会离开。

不仅人口骤减，院子面积也缩小了很多。珍珍家原来所住的那一片下坡因为地势明显低于环城路路基，已经被大面积填埋了。原址上将会建一条新的公路与环城路交错，原来大院铁门所在的位置以后将是一个十字路口。上下坡之间的树林只剩下了一小片，林中用碎砖铺了一条简陋的小路，每天我就从这小路里推着自行车进进出出。

初三下学期十分忙碌。周末珍贵的空闲里，妈妈会催我出去晒晒太阳，我就到观测场、小树林那边去逛逛。我搬回院子，为的就是这些时刻。我记得那个春天回暖很早，水泥小径很多地方碎裂了，一簇一簇伸出春天的花朵。蛋壳池塘还在那里，白杨树也在。但不知地下水位发生了什么变化，池塘已经彻底干涸，塘底积满了陈年的落叶，还有一些不知哪里来的塑料垃圾。不过我对于院子的变化已经没有初一时的敏感，我总觉得我随时会再次告别这里，就像老房子随时可能要被拆除，告别过去的时代。

涛子偶尔会在周末骑车来院子里看我。他一见我就滔滔不绝地聊起天来。偶尔我也问问他珍珍的近况，他回答了，我听了，过后又忘了。珍珍跟我的决裂没有怎么伤害到我，不过我也不愿再踏入她家。仿佛我们之间的关系注定就是应该如此，要么亲密无间，要么彻底不相往来。

2004年6月，中考来临，我考上了市一中。一中在老城区，离家很远，不可能再走读，于是那个暑假我家在一中附近租了房子，又一次搬出了大院。

七

当我再次跨入珍珍的家，已经是四年后了。2008年初，大一寒假，我和妈妈回大院小住了几天（因为妈妈还在大院上班，始终有一部分生活用品在这里)。珍珍妈妈不知怎么知道了,打电话来邀我们去串门。之前几年他们也曾邀约,但都被我找理由拒绝了。这一次我没有再推脱,因为那个冬天我刚度过十八岁生日,特别想做个成年人。我想,我已经开始见世面了,大学都上了半年,难道还要纠结小时候的事吗?

于是跟妈妈一起,择了一个傍晚,吃完晚饭后出门,散步到他们家里。叔叔有点见老,阿姨还是老样子,说话中气十足,脊背挺得直直的。两人热情地在大餐桌上摆满各种茶水点心,和我妈围坐谈天。涛子此时已经是毛坦厂中学本部高二的学生,长得牛高马大,不过性格还是老样子,不停地向我描述学校里的各种事情。阿姨向他严厉地说:"好不容易吴浩然姐姐来了,好好请教一下高考的事情,跟她好好学着!"涛子也像往年一样,点头答应着。

我和他坐在客厅的电视旁边,一边看电视一边聊天。到这时我还没有看到珍珍。我问他:"珍珍呢?"他说她晚上有事出去了,等一下回来。我问珍珍知道我要来吗。他说知道,"她说是应该叫吴浩然来家里玩玩。"我问他珍珍现在在做什么,还在念书吗?他说珍珍初中毕业后就没上学了,学了一点计算机,现在在市里一家酒店做前台。我想象着她的小身板穿着制服坐在柜台后的样子,心想,她能应付南来北往的客人吗?以她的火暴脾气,会跟同事吵架吗?她在我所不熟悉的方向上,已经走得更远了。

过了片刻,我听到院门口传来铁门开阖的声响。餐桌边的几位长辈向外看了一看,我妈说:"噢,珍珍回来了。"我有点儿紧张地望向客厅门口。一个穿着暗红色羽绒服但依旧瘦削的身影快步进来,一边走一边大声说:"阿姨你来啦!阿姨新年好呀!"又偏过脸向我这边看了一眼,满脸笑容,飞快地说:"吴浩然你来啦!"我也笑着应了一声。客厅太大了,餐桌和电视间隔着相当的距离。我远远看着她在餐桌周围稍作停留,就出去了,之后整晚都没有在我面前再出现。我甚至没有看清她的面容,是否比五年前成熟了些?

这是我和她见过的最后一面。之后,珍珍就从我的生活里彻底消失了。不过因为我妈单位的电话一直没有换过,她家人始终可以和我父母联系上。时光奔流中,也曾零零散散听到了她家的一些消息。例如涛子高考成绩还可以,考上了本省一所口碑不错的医科院校。他们那所自建房后来拆迁了,分了三套房，经济越来越好了。涛子的爸爸身体不好，逐渐失去劳动能力，妈妈开了一家小餐馆，每天忙前忙后地张罗，始终充满干劲。她真像是一个铁打的女人。

　　大约是2014年前后，妈妈忽然给了我一个手机号，说是涛子的，让我可以和他聊聊天。此时我家已经因为种种原因搬到了另一个城市。我正在读研，没有想起他们一家已经很久了。但我没有犹豫，回到自己的房间，很快拨打了这个号码。那头传来的男声和记忆里有一点偏差，不过确实是涛子。他向我介绍他的近况，语调平淡，长话短说，完全没有了小时候要与我分享一切的迫不及待。这一点我有所预料，毕竟涛子都二十多岁了。我又问他，珍珍现在呢？还在酒店做？他说珍珍已经结婚了。我问那男的是什么样的人。涛子语焉不详，只说他家里条件不好，爸妈并不满意，但她坚持一定要结婚，只好随她去了。

　　挂了电话，我出了一会儿神，心情难以形容。

八

　　大院一直到2018年还存在着。因为观测场有很多水文仪器安在地下深处，迁址耗资巨大。但是多年来，四周一直有各种拆改建项目，一点点蚕食大院所有的空地，到最后，大院只剩下观测场及上坡的两排老房子，附近工地上的巨大塔吊就垂在宿舍区顶上方，出门望向天空，宛如时代在折叠。到了2019年，整个大院终于搬迁了，原址彻底拆除，荡然无存。单位建了新办公楼，就在附近转过一两个路口的地方，妈妈向我描述多次，但我毫无概念。对于大院及其四周，我记忆里的地图总还是90年代的那一张。

　　在浩如烟海的记忆碎片里，我尚能翻检出的最后一条关于珍珍的消息，是她婚后生了两个孩子。至于生活如何，工作如何，全不知道了。涛子也结婚了，2021年，他的女儿出世，比我的孩子只小几个月。他还在微信上请我帮他想想女儿的名字，我太久没见他，没有灵感，只好婉拒。之后我们基本没有再联系过。

　　涛子的朋友圈全是女儿。如今已经是一个号称人人都想要女儿的时代，无论事实上是否如此，至少名义上女孩不会再那么被嫌弃。我也是过了很多年以后，大约二十五岁的一个夜晚，将睡未睡时，忽然想起珍珍，开始梳理她的人生。我闭着眼睛，往事不停搅动，历历在目。我想到她当初那么热切地追随在我身后，又在失望中把我推开。她敏感的身体里纠缠过多少心事。身边每一个人都说"你过得挺好的了""你爸妈对你算好的了""你脾气这么坏，叫大人怎么能喜欢你"，从来没有人跟她说：你无从选择，承担了不该小孩子承担的烦恼，这不是你的错。在那个年代所有被遗弃的女孩子中，有几个人聆听过生活的致歉？那个晚上我哭了，我感到一种强烈的、迟到的难过，但这些眼泪对她、对我已经没有实际意义。

那段时间我时常想起珍珍，因而连续做了几个类似的梦。每个梦里我都回到大院，站在那个蛋壳水塘边。水塘在最初的梦里只有一点水，接着每次梦到水都深一些，在最后的梦里变成满满一塘清水，里面游动着各种鱼虾龟鳖，五光十色，像绘本里呈现的妙境。实际上，那个水塘在现实中从来没有什么像样的生物，只有一些"水上漂"荡来荡去。

后来，我又慢慢遗忘了她，直到今日。

而我为什么忽然想写下这一篇文章，记录我和珍珍的往事呢？我又不记得了。在结束的时候，我已经忘记了初衷。所余下的只有过程，无论是友谊发生的过程，遗忘的过程，还是回忆的过程，只有那些过程切切实实影响过我们，不断捕获我们。

祝她幸福。

选自《上海文学》2024年第3期

生命之树

/丁小龙

一

在我的好几部中短篇小说里，村庄里都有一棵守护我们的神树——没有人知道它的年龄，而它以超越时间的姿态聆听我们的祈祷与福佑，聆听我们的失落与希望。这棵神树见证了历史，又超越了历史；见证了生死，又超越了生死。这棵神树在村庄的时间之外，又在我们的生命之内。于是，我们常常向神树祈祷，因为它比人类更接近神灵。在长篇小说《世上的光》中，这棵神树突然死了，而传说中的凤凰带走了村里所有的鸟儿。于是，在村长的带领下，"我们"瓜分了这棵神树。在我虚构的村庄里，神树是寓言般的存在，是沟通天地人神的存在，是收获时间又播撒时间的存在。

是的，我常常梦见这棵神树。我把自己的恐惧与愿望都说给了这棵神树。在一个梦中，洪水突然涌向了村庄，而神树化为方舟，载着我们逃离了危险，驶向了传说中的应许之地。在一个梦中，我梦见自己变成了这棵神树，我知道了整个村庄的秘密，我通晓了所有人的隐情，然而除了聆听以外，我什么也做不了，因为我厌倦了永恒之幻象。于是，我渴望成为人，哪怕只做一天人也好。在另一个梦中，我爬上了神树，站在了云巅之上，于是看见了新天新地。之后，神树消失了，而我也开始了自己的云游生活。

我记住了这些与树有关的梦，似乎也明白这梦背后的深层寓意以及我的精神图景。但我不解梦，也不寻求精神分析。我把这些梦化为光，撒进作品的暗黑角落，撒到人物的出神时刻，撒向结构的断裂之际。无论是电影、小说，还是绘画、诗歌，我喜欢有梦特质的艺术作品。这些作品不仅书写梦，其本身就是梦——在读完第一流作品后，我们恍然，我们领悟，我们失落，我们出航，仿佛经历了一场白日之焰火，冬日之谜光。这梦也是时间的镜子，我们在其中看清了自己的神情。或许因为这个缘由，在黑泽明的电影序列中，我对他的《梦》情有独钟。我常常在别人的梦中醒来，而别人在我的梦中游荡。在梦中，我即他人，他人即我。梦，是对身份的消解，是对界限的抹除。

我梦见那棵神树。我虚构那棵神树。然而，在我的村庄里，并没有这样一棵神树。是的，我的村庄里有好几棵大树，悠然生长于大地，见证了人情的往来，见证了岁月循环。这些树并不是我想象中的神树，而是与我们共生共存的人间奇迹。是的，每一棵树，都是一场奇迹。我喜欢看树。特别是遇见那些大树时，我会长久地仰望它们，偶尔也会把自己的心事说给它们。更多的时候，则是以沉默对峙。有时候，我也渴望成为一棵树。是的，我完全理解《素食者》中，那个渴望成为树的主人公。我也理解她的那些梦，因为我也曾经做过类似的梦。梦，是我们人类共同的精神居所。没有梦特质的文艺作品，就如同没有树守护的眼泪之地。

二

在泰伦斯·马力克的电影中，我尤为喜爱《生命之树》，几乎每一年都会重看一遍。并不是从头到尾去看，而是从中间的某个场景开始，到另外一个场景结束：他把电影做成了有多个入口的时间迷宫，并将其铸造为多重视角的现代艺术装置。即便对这个电影的故事情节相当熟悉，但我还是一次又一次地在这镜子般的迷宫中流连忘返：我看见了某种无法言说的启示，我听见了某种无以名状的召唤。于是，我不得不在重返故地中巡游自己的心镜。像其他迷人的电影一样，《生命之树》拥有语言无法抵达的氛围之美。更为重要的原因是，我喜欢这部作品的名字，无论是中文，还是英文，仿佛会在默念中领受到某种神谕。如同旅人遇见荒野之树，这部作品也需要在仰望中获得时间的美意。

对和树有关的作品，我有种天生的亲近感。当姐姐让我给外甥起名字时，首先浮在我眼前的便是生命之树。于是，我给他起名周嘉树。因而，我和树又多了份亲情上的牵绊。如今看见树，我都会想到自己的外甥，而在外甥的神色中，我瞥见了过去的自己。是的，我们太像了。当姐姐把孩子带回村庄时，他们都说周嘉树就是小时候的我。小时候的我们，并没有留下多少照片。如今在我的手机里，有一个相册专属于他，里面有上百张照片。没有照片为我的童年与少年时代见证；于是，我只能通过写作重返过去的岁月，通过写作来重新创造自己的人生。记忆的真实、照片的真实与写作的真实，是三条通往未来之岛的航线。为了抵达未来，我们首先要创造自己的过去。

生命树也是外婆尤为崇拜的象征。有好几次，她说自己在梦中看见了那棵通晓天地的生命树。当然，这与她的信仰有着直接的关系。《启示录》有言："在河这边与那边有生命树，结十二样果子，每月都结果子，树上的叶子乃为医治万民。"在《启示录》中，同样有外婆推崇的另外一句话："我又看见一个新天新地，因为先前的天地已经过去了，海也不再有了。"在好几年前的某个仲夏午后，我为外婆诵读了一遍《启示录》。在随后的沉默中，我们想象那棵立在天地之间的生命之树。后来的好几个梦里，我看见了那棵生命之树。梦醒后，眼前的黑暗如同新天新地。

于是，我喜欢收集关于树的照片，并且记住树的名字。小学三年级的时候，我终于学会了一项技能：爬树。每次有心事时，我会爬上树，坐在树枝上，看着眼前的世界，便很快忘记了烦心之事。有时候，我也会和伙伴们进行爬树比赛，却从来不是最迅速的赛手。我们会坐在同一棵树上，谈论着各自的梦想。那时候，我们都想离开这座村庄，而后来，我们又以各自的方式回到了这块净地。这些树见证了我们的生活。也许，在树的目光中，我们人类也不过是行走在大地上的树罢了。

三

我有一个画家梦，但我从小就意识到自己没有绘画的天赋。那天，姐姐和我坐在院子中间，开始画眼前的柿子树。我找不到结构，找不到色彩，也找不韵律——我的心中是一幅画，笔下则是另外一幅画。眼前的画，让我尤其惭愧。拿着水彩笔时，我的心是笃定的，眼是迷离的，而手则是游弋的。看着姐姐的画，我当场宣称姐姐将成为真正的画家。姐姐是有这方面的天赋的，即便她后来的工作与艺术无关，但她一直抱有对绘画的热情。我在这方面是没有天赋的，但我却喜欢看画，看画家传记，看艺术展览。音乐塑造了我的写作，而绘画影响了我的写作——我的每一个作品，既可以视为纸上的音乐，也可以看作心间的绘画。是的，在还没有完成某个作品前，我已经听见了它，我已经看见了它。

我喜欢看凡·高的画，特别是他所画的生命之树。在他所画的众多树中，尤为喜爱的是橄榄树。在这些橄榄树中，我看见了生命热情之所在，也看见了精神寄托之所在。在这些树中，我看见了一位画家的心灵肖像。画作，是画家的心境，而我们观者会在其中瞥见自我的生命意志。吴冠中所画的树，同样让我着迷。无论是黄桷树，还是椰树；无论是白桦树，还是榕树。不同的树，在他绘画的沃野中野蛮生长，而我们观者会在其中聆听到风的低吟，山的回音以及人的祈祷。面对凡·高的树，如同面对心中的神灵；面对吴冠中的树，仿佛面对世间的幻象。看画，终究是为了看清自己后，忘记自己，以此来抵达无我之境。

近两年来，我常常梦见一些奇崛景象。于是，我又重新写起了诗歌，但我几乎不把这些诗歌拿出去发表，而是藏在文档中，守护着在夜色中游荡的心灵。与小说写作不同的是，在写诗之前，我并不知道自己要写什么，却被一种创作热情所笼罩、所附体。于是，面对眼前空荡荡的文档，我的心在幻夜中迷茫，在密林中寻觅，在镜像中凝神。面对着眼前的海，我静观心中的潮汐图。等热情涌出我的体内时，我写下了第一个字，第一句话，第一个篇章，接下来便是整首诗歌的诞生。写诗时，恍若神灵远游。这也是为什么当我回头看那些诗歌时，是如此熟悉，却也因此变得格外陌生。也许，绘画与写诗有着类似的心灵体验。也正是因为如此，我将自己的每一首诗看作一幅画。我的绘画梦想，在写诗中得到了部分满足。

然而，我并没有对自己的人生设限。也许某一天，我会重新拿起画笔，在画布上开始创作真正的绘画。在好几个梦里，我画出了心中的意象与信念。我也开始尝试以绘画的视角来重新观看这个世界。比如此刻，我在写作，不远处便是秦岭，而房间里循环播放着德彪西的二十四首《前奏曲》。

这便是一幅未动笔却已完成的画作，名为"永恒的幻象"。

四

我们家有三亩多地的果园，大部分是梨树，还有二十几棵苹果树和两棵葡萄树。在收获之季，这个果园是我们的乐园；在劳动之时，这个果园是我的炼狱。我不爱体力劳动，或者说，我不擅长体力活。父亲不让姐姐和我干活，但母亲却坚持带我们来果园劳动，说这样做是为了让我们体验务农的艰辛，也让我们由此来铭记大地的恩惠。是的，母亲总会给我们的生活赋予一些意义，而我也深受其益。于是，母亲带着我们去拔草，去授粉，去采摘，去捡柴。在这体力劳动中，我听见了来自天地之间的召唤。是的，我听见了这无言的召唤。是的，此刻的我，以召唤为道路，找到了过去的我，拥抱了未来的我。过去、现在与未来，我的三位一体之镜像，之存在，之迷宫，之光亮。

除了西瓜之外，果园算是我们村的重要收入来源。是否卖个好价钱，是否结出好果子，直接关系着我们村下半年的整体情绪。特别是到了收获季节，你能体会到那份焦灼的等待，那份战栗的热情。哪一家把梨订出了，哪一家把梨拉走了，哪一家把梨贱卖了，这些消息牵动着整个村庄的神经。如果今年收获颇丰，你会看见他们得意表情，而接下来的日子，你会看见他们会为家里置办些大的家当，比如电视，比如冰箱，比如车子。更为庄重的事情，则是拆掉了老房子，盖上了新房子。新房子起来后，他们会在门前种上树，以此作为福佑。在村庄，最多的树还属泡桐。夜静之时，你可以听见树的耳语。你甚至可以看见树的梦。

在我上小学三年级的时候，那年的梨子香味溢满了整个村庄。然而，瓜果商没有来到我们村庄。或者说，他们来了，却开出了很低的价格。没有人愿意把梨子卖出去，于是，他们又离开了村庄。很多人家把梨子都存在地窖里，等待着新的时机。还有少部分人，把梨子拉出了村庄，拉到了西安或者更远的地方。我们家便属于后一种情况。那是父亲的第一次远游，他和同村的叔叔把梨子拉到了福建。自从他离开家后，我们便在家里祈祷，祈祷梨子可以卖个好价格。后来，我们的愿望就是梨子可以卖出去。再后来，我们的愿望变成了父亲可以平安归来。那时候，村里没有通电话。有好多天，我们都没有父亲的消息。在一个梦里，我失去了父亲，我从泪水中醒过来。我没有把这个梦告诉家人，但从祖母和母亲的神色中，我看见了她们在夜里的祈祷。

日子一天天被我们翻过页。在等待中，我体验到了煎熬的滋味。我还无法想象没有父亲的生活。那些日子，沉默是我的嘴，吞下了食物，吞下了痛苦。在夜里，我为母亲和姐姐朗读《金刚经》。我似乎明白了其中的一些话。在好几个夜里，我们听见了母亲的哭泣。那些日子，我的心智迅速成熟。或者说，我老了。在很小的时候，我就体验到了自我的衰老，村庄的衰老，以及岁月的衰老。

某个下午，父亲回来了。那些被拉出去的酥梨卖出去了，并没有卖个好价钱，大致上只够成本价，但我们已经很满足了。父亲能够平安回来，就是我们家最大的福报。连着好几天，父亲给我们讲述这次远游的见闻。我听得尤为入神。我第一次在父亲身上看见了光。他特别提到了大海。那是他第一次看见海。他在海边驻留了整整十分钟，却仿佛失神了半个世纪。他承诺以后带姐姐和我一起去看海，我们信以为真，等待着生命的远航。然而，直到我们成年后，父亲都没有履行自己的诺言。那是他生平第一次远游，或许也是最后一次漫游。我曾许诺带他和母亲去外地游玩，但他总是以各种理由为推脱。有一次，他说自己已经没有气力去远游了。那个瞬间，我看见了父亲的苍老与浮云的苍老。

五

我家院子里有两棵祖母亲自栽植的树：一棵是柿子树，另一棵是枣树。在我出生以前，这两棵树就长在院子里，守护着我们的家。两棵树都是祖母亲自栽种的，也是她照管的。祖母是爱草木的。在我小时候，祖母就带我认识了很多植物。后来，她为我们家建造了花园。她熟知村子里的植物，给我讲解每一种植物的习性。她尤其喜爱树，喜欢仰望树，并把心中的祈愿讲给树。我问她有哪些祈愿，祖母笑道："讲出来就不灵验了。"树，在她心中类似于神灵的角色。我对树的崇尚，或许正是源于祖母的影响。

祖母把这两棵树视为家里的成员。有好几次，我看见祖母对着树祈祷，嘴里念念有词。也许，乡村的生活太苦了，而她需要一个聆听者。她几乎不把心中的苦涩说给家人，而是说给了树，说给了风，甚至说给了黑暗。我曾经问她想不想祖父。她沉默了半晌，说："都过了大半辈子了，把话都说完了。"又过了半会儿，她又补充道："这些年老是梦见死了的人，就是没梦见过你祖父，再过几年，我们天上会见的。"与祖母不同的是，我总是梦见祖父，梦见他带我离开了森林，带我去看真正的大海，然而等到灰色的海水变蓝时，祖父便从眼前消失了。我从泪水中游回到现实的岸。我坐在岸边，体验到了终极意义上的失落感。至今，这种失落感回荡在我的命运山谷。

　　柿子熟了，之后枣也熟了。这在我们家算是两个节日。祖母和母亲把这些柿子做成柿子饼，如此可以更长久地保藏。我们把做好的柿子饼分给邻里亲戚一些，剩下的足够我们吃好长一段日子。与柿子不同，这些枣储藏的时间较短，于是我们会把大部分枣去核，然后倒进大锅里，熬制成枣沫糊。当枣沫糊熟了的时候，整个村庄仿佛染上了枣红色的果实香味。在果实成熟的那些夜晚，连我们的梦都是香甜的。

　　每一年的果实成熟，都是一个时间轮回。后来，我们家拆掉了旧房子，盖起了新房子。他们砍掉了柿子树，砍掉了枣树。后来，祖母也离开了人世间。以前的院子，只空留了一小块土地，剩下的全都铺成了水泥。我们在那一小块土地上种上了月季花。院子里再也没有树了，也没有了祖母的祈福。自此之后，我再也没有吃过家里做的柿子饼，熬的枣沫糊。每次回到家里，我的心中会升起更为浓烈的乡愁。没有了祖父祖母的家，连时间也变得苍老与徒劳。于是，我走出了家，走向了旷野。在那棵神树之下，我说出了自己的祈愿。

选自《西安晚报》2024年4月8日

声 音

光与线

/韩江

2023年1月,在即将搬家之前整理我的储藏室时,我发现了一个旧鞋盒。我打开盒子,发现了几本可以追溯到我童年的日记。在一摞日记中有一本小册子,正面用铅笔写着"一本诗集"的字样。这本小册子很薄:五张粗糙的A5纸对折,用订书钉装订。我在标题下添加了两条曲折的线条,一条从左边向上移动六级,另一行向右倾斜七级。这是封面插图吗?或者只是涂鸦?年份——1979年——和我的名字被写在小册子的背面,总共八首诗用与封面和封底相同的工整的铅笔题写在内页。八个不同的日期按时间顺序标记在每页的底部。八岁的自己写下的诗句恰如其分地天真无邪,未经修饰,但四月的一首诗引起了我的注意。它以如下字节开始:

爱在哪里?
它在我怦怦怦跳动的胸膛里。
什么是爱?
它是连接我们心灵的金线。

转眼间,我被带回了四十年前,那个下午整理小册子的回忆又回到了我的脑海中。我那支短而粗的铅笔和它的圆顶延长器、橡皮擦、我从父亲房间里偷偷拿出来的大金属订书机。记得在得知我们全家将搬到首尔后，我有一种冲动，想把自己写在纸条上、笔记本和练习册的空白处、日记之间写的诗收集起来，并将它们收集成一卷。我还记得那种莫名其妙的感觉，一旦我的"诗集"完成，我就不想给任何人看。

在将日记和小册子放回原处并盖上盖子之前，我用手机拍了那首诗的照片。我这样做是因为我觉得我当时写的一些文字和现在的我之间存在着连续性。在我的胸膛里，在我跳动的心脏里。在我们的心之间。连接在一起的金线——散发光芒的线。

十四年后，随着我的第一首诗和第二年我的第一篇短篇小说的发表，我成了一名作家。再过五年，我将出版我的第一部长篇小说，这是我在大约三年的时间里写成的。我过去和现在都对写诗和短篇小说的过程很感兴趣，但写小说对我有特殊的吸引力。我的书花去我一年到七年的时间才能完成，为此我交换了我个人生活的很大一部分。这就是吸引我从事这项工作的原因，我可以深入研究和沉浸其中的方式，我认为势在必行和紧迫的问题，以至于我决定接受这种权衡。

每次写小说时，我都会忍受这些问题，我生活在其中。当我到达这些问题的结尾时——这与我找到答案时不同——就是我到达写作过程的终点。到那时，我不再是开始时的样子，从那个改变的状态中，我重新开始。接下来的问题，就像链条中的环节，或者像多米诺骨牌一样，重叠、连接和继续，我被感动而去写一些新的东西。

从2003年到2005年，在写我的第三部小说《素食者》时，我一直在思考一些痛苦的问题：

　　一个人能完全无辜吗？
　　我们可以在多大程度上拒绝暴力？
　　拒绝属于被称为人类的物种的人会怎样？

为了拒绝暴力而选择不吃肉，最终因为相信自己已经变成了植物而拒绝了除水以外的所有食物和饮料，素食主义者的主人公英惠发现自己处于一种讽刺的境地，为了拯救自己，她加速走向死亡。英惠和她的姐姐仁惠实际上是共同主角，他们在毁灭性的噩梦和破裂中无声地尖叫，但最终还是在一起了。我将最后一幕设定在救护车上，因为我希望英惠能活在这个故事的世界中。汽车在炽热的绿叶下冲下山路，警觉的姐姐紧紧地注视着窗外。也许是在等待回应，也许是为了抗议。整部小说都处于一种质疑的状态——凝视和挑衅，等待响应。

《素食者》之后的小说《起风了》延续了这些问题。为了拒绝暴力而拒绝生命和世界是不可能的。毕竟，我们不能变成植物。那么我们如何继续呢？在这部悬疑小说中，正体和斜体类型的句子相互碰撞和冲突，因为长期与死亡的阴影搏斗的主角冒着生命危险证明她朋友的突然死亡不可能是自杀。当我写下结尾的场景时，当我描述她拖着自己穿过地板，从死亡和毁灭中爬出来时，我在问自己这些问题：我们最终不能活下来吗？我们的生活难道不应该见证什么是真实的吗？

在我的第五部小说《失语者》中，我更进一步。如果我们必须在这个世界上继续生活，哪些时刻使这成为可能？一个失去语言的女人和一个失去视力的男人，当他们孤独的道路相交时，他们正在寂静和黑暗中行走。我想关注这个故事中的触觉时刻。小说以自己的缓慢速度前进，穿过静止和黑暗，直到女人伸出手在男人的手心上写下几句话。在那个延伸到永恒的光辉瞬间，这两个角色揭示了他们自己柔软的部分。我想在这里问的问题是：有没有可能，通过关注人性最柔软的一面，通过抚摸那里无可辩驳的温暖，我们最终可以继续生活在这个短暂而暴力的世界中？

到了这个问题的结尾，我开始考虑我的下一本书。那是在2012年春天，《失语者》出版后不久。我告诉自己，我会写一部小说，向着光明和温暖又迈进了一步。我会用明亮、透明的感觉来填充这件拥抱生活和世界的作品。我很快就找到了一个标题，初稿写了二十页，这时我被迫停下来。

我意识到内心的某些东西阻止了我写这本小说。

在那之前，我从来没有考虑过写关于光州的文章。

1980年1月，全家离开光州时，我九岁，大约在大屠杀开始前四个月。几年后，当我在书架上偶然看到《光州影像》的倒置书脊，在没有大人的情况下翻阅它时，我才十二岁。这本书包含光州居民和学生在抵抗策划政变的新军事力量时被棍棒、刺刀和枪支杀害的照片。这本书由幸存者和死者家属秘密出版和分发，在真相被严格的媒体管制歪曲的时候，它见证了真相。小时候，我没有理解这些图像的政治意义，那些饱受蹂躏的面孔在我的脑海中成为关于人类的基本问题：这是一个人对另一个人的行为吗？然后，看到一张大学医院外排着无休止的排队等待献血的人的照片：这是一个人对另一个人的行为吗？这两个问题相互冲突，似乎不可调和，它们的不相容性是我无法解开的结。

因此，在2012年的某个春天，当我尝试写一部光彩照人、肯定生命的小说时，我再次面临这个未解决的问题。我早就失去了对人类根深蒂固的信任感。那么，我该如何拥抱这个世界呢？我意识到，如果我想要向前迈进，我就必须面对这个不可能的难题。我明白写作是我度过和克服它的唯一途径。

那一年的大部分时间里，我都在勾勒我的小说，想象着1980年5月在光州的那一幕会成为这本书的一个层面。12月，我参观了望月洞的墓地。已经过了中午，前一天还下了一场大雪。后来，随着光线变暗，我走出了冰冷的墓地，手捂着胸口，贴近心脏。我告诉自己，下一部小说将正视光州，而不是将其归结为单一层次。我获得了一本包含九百多名见证者的书，在一个月的时间里，我每天花九个小时阅读那里收集的每一篇报道。我不仅阅读了光州，还阅读了其他国家暴力案件。然后，我把目光放得更远，回到过去，读到人类在全世界和历史上一再犯下的大规模杀戮。

在研究小说的这段时间里，我脑海中经常有两个问题。在我二十多岁的时候，我在每本新日记的第一页上都写下了这些话：

现在能帮助过去吗？生者能拯救死者吗？

当我继续阅读时，很明显这些是不可能的问题。通过与人性最黯淡的一面的持续相遇，我感到我长期以来对人性的信念的残余完全粉碎。我几乎放弃了这本小说。然后我读了一位年轻的夜校教育家的日记。朴勇俊是一个害羞、安静的年轻人，他参加了1980年5月在光州成立的为期十天的起义中形成的自治公民"绝对社区"。他在省政府总部附近的大楼中被枪杀，尽管他知道士兵会在凌晨返回，但他选择留下来。在昨晚，他在日记中写道："上帝啊，为什么我必须有这样一个让我感到刺痛和痛苦的良心呢？我想活下去。

读到这些句子，我以闪电般的清晰度知道小说必须走向何方。我的两个问题必须颠倒过来。

过去能帮助现在吗？死者能拯救生者吗？

后来，当我写后来成为《少年来了》的东西时，我在某些时刻感觉到过去确实在帮助现在，死者正在拯救生者。我会时不时地重访墓地，不知何故，天气总是晴朗的。我会闭上眼睛，阳光的橙色光线会充满我的眼睑。我感觉到它是生命自己的光。我感到光线和空气将我包裹在难以形容的温暖中。

在我看到那本摄影集之后很长一段时间内，我一直在思考的问题是：人类怎么会如此暴力？然而，他们怎么能同时站在如此压倒性的暴力面前呢？属于被称为人类的物种意味着什么？为了在人类恐怖和人类尊严的这两个悬崖之间的空隙中寻找一条不可能的道路，我需要死者的帮助。就像在这部小说《少年来了》中一样，孩子东浩拉着他妈妈的手，哄她走向太阳。

当然，我无法撤销对死者、丧亲者或幸存者所做的一切。我所能做的就是把我自己身体里的感觉、情感和生命借给他们。为了在小说的开头和结尾点燃蜡烛，我将开场场景设置在市体育馆，那里存放着死者的遗体并举行了葬礼。在那里，我们目睹了十五岁的东浩在尸体上铺上白色床单并点燃蜡烛。凝视着每团火焰的淡蓝色心脏。

这本小说的韩文标题是 Sonyeon-ionda。最后一个词 'onda' 是动词 'oda' 的现在时，意为来。当 sonyeon，这个男孩，以第二人称称呼你时，无论是亲密的还是不那么亲密的你，他都会在昏暗的灯光中醒来，走向现在。他的脚步是灵的脚步。他越来越近，成为现在。当人类的残酷和尊严极其平行的时间和地点被称为光州时，这个名字就不再是一个城市独有的专有名词，而是成为一个普通名词，正如我在写这本书时所学到的那样。它一次又一次地穿越时空来到我们身边，而且总是以现在时态出现。即使是现在。

当这本书最终在2014年春天完成并出版时，我对读者承认在阅读时所感受到的痛苦感到惊讶。我不得不花一些时间来思考我在整个写作过程中所感受到的痛苦和我的读者向我表达的痛苦是如何相互关联的。这种痛苦的背后可能是什么？是不是我们想把我们的信仰放在人性上，当这种信仰动摇时，我们感觉自己的自我似乎正在被摧毁？是不是我们想爱人类，这就是当这种爱被粉碎时我们所感受到的痛苦吗？爱会带来痛苦吗，一些痛苦是爱的证据吗？

同年6月，我做了一个梦。在那个梦中，我走在一片广阔的平原上，稀疏的雪正在飘落。成千上万的黑色树桩点缀着平原，每一个树桩后面都有一个坟冢。不知何时，我踏入水中，当我回头看时，我看到海洋从平原的边缘冲进来，我误以为是地平线。为什么在这样的地方有坟墓？我想知道。靠近大海的低矮土堆里的骨头不是都被冲走了吗？我难道不应该至少现在就把骨头搬到上层的土堆里，以免为时已晚吗？但是怎么做呢？我甚至没有铲子。水已经没到我的脚踝了。我醒来，当我凝视着仍然黑暗的窗户时，我感觉这个梦在告诉我一些重要的事情。在我把这个梦写下来后，我记得我想这可能是我下一部小说的开始。

然而，我并不清楚它会通向何方，我发现自己开始并废弃了我想象中可能从那个梦想中衍生出来的几个潜在故事的开始。最后，在2017年12月，我在济州岛租了一个房间，在接下来的两年左右的时间里，我在济州岛和首尔之间度过了我的时光。走在森林里，沿着大海，走在乡村的道路上，感受着济州岛每时每刻的强烈天气——风与光、雪与雨——我感觉到小说的轮廓成为焦点。与《少年来了》一样，我阅读了大屠杀幸存者的证词，仔细研究了材料，然后，我以尽可能克制的方式，不把视线从那些几乎无法用语言表达的残酷细节上移开，写下了后来的《不做告别》。这本书是在我梦到那些黑色的树桩，那片汹涌的大海后将近七年出版的。

在我写那本书时保存的笔记本上，我做了这些笔记：

生命寻求生活。生活是温暖的。

死就是变得冷淡。让雪落在脸上而不是融化。

杀戮就是制造冷淡。

历史上的人类和宇宙中的人类。

风和洋流。水和空气的循环流动,连接着整个世界。我们是相互联系的。我祈祷我们是相连的。

小说由三个部分组成。如果说第一部分是一段横向的旅程,跟随叙述者庆荷从首尔穿过大雪到她朋友仁善在济州高地的家,直到她被委托拯救的宠物鸟,那么第二部分则沿着一条垂直路径,将庆荷和仁善带到人类最黑暗的夜晚之一——1948年冬天,济州岛的平民被屠杀——并进入海洋深处。在第三部分也是最后一部分,两人在海底点燃了一根蜡烛。

虽然小说是由两个朋友推动的,但就在她们轮流拿着蜡烛时,它真正的主角和与庆荷和仁善有联系的人是仁善的母亲正心。她在济州岛的大屠杀中幸存下来,她努力找回了她所爱的人的骨头碎片,以便她能够举行一场体面的葬礼。拒绝停止哀悼的她。她忍受痛苦,反对被遗忘,一个不说告别的人。在关注她长期以来一直充满了痛苦和同等密度的热爱的生活时,我要问的问题是:我们能爱到什么程度?我们的极限在哪里?我们必须爱到什么程度才能将人性保持到底?

韩国版《不做告别》出版三年后,我还没有完成我的下一部小说。而我想象中的下一本书已经等了我很久了。这是一部与《白》正式相关的小说,我写这本书是出于一个愿望,将我的生命短暂地借给我的姐姐,她在出生后仅两个小时就离开了这个世界,也是为了窥视我们无论如何都坚不可摧的部分。与往常一样,无法预测何时会完成任何事情,但我会继续写作,无论多么缓慢。我将跳过我已经写的书,继续前进。直到我转过一个拐角,发现他们已经不在我的视线范围内了。在我的生活允许的范围内,尽可能地远。

当我离开它们时,我的书将继续独立于我而生活,并根据自己的命运旅行。那两姐妹也将如此,她们永远一起在那辆救护车里,看着挡风玻璃外的绿色火焰燃烧。女人也会这样，她很快就恢复了自己的语言能力，在寂静中，在黑暗中用手指在男人的手心里写字。我的姐姐在这个世界上只过了两个小时就去世了，我年轻的母亲恳求她的孩子，"不要死，请不要死"，直到最后一刻。那些灵魂会走多远——那些在我闭着的眼睑后面汇聚成深橙色光芒的灵魂，那些将我笼罩在那难以言喻的温暖光芒中的灵魂？蜡烛会走多远——在每一次杀戮现场点燃的蜡烛，在每一个被深不可测的暴力所浪费的时间和地点，那些发誓永不告别的人们所持有的蜡烛？他们会在金线上从一个灯芯到另一个灯芯，从心到心吗？

去年1月，在旧鞋盒里发现的小册子里，过去的我自己，写于1979年4月，她问自己：

爱在哪里？
什么是爱？

然而，直到2021年秋天，当《不做告别》出版时，我一直认为这两个问题是我的核心问题：

为什么世界如此暴力和痛苦？
然而，世界怎么会如此美丽呢？

很长一段时间，我都认为这些句子之间的张力和内心的挣扎是我写作的原动力。从我的第一部小说到最近的一部，我心中的问题不断变化和展开，这是仅有的两个保持不变的问题。但两三年前，我开始产生怀疑。我真的是在2014年春天出版《少年来了》之后才开始问自己关于爱——关于将我们联系在一起的痛苦吗？从我最早的小说到我最新的小说，我最深的探究不都是针对爱的吗？难道爱实际上是我生命中最古老、最基本的底色吗？

爱位于一个叫作"我的心"的私人地方，这个孩子在1979年4月写道。它在我怦怦怦的跳动的胸膛里。至于爱是什么，这是她的回答。（它是连接我们心灵的金线。)

当我写作时，我用的是我的身体。我使用所有的感官细节，如看、听、闻、尝，体验温柔、温暖、寒冷和痛苦，注意到我的心跳加速，我的身体需要食物和水，走路和跑步，感受风雨雪打在我的皮肤上，手牵手。我尝试将我作为一个凡人所感受到的那些生动的感觉注入我的句子中，血液在她的身体中流淌，就像我在发出电流一样。

当我感觉到这股电流被传递给读者时，我感到惊讶和感动。在这些时刻，我再次体验到将我们联系在一起的语言线索，我的问题如何通过那个充满生命力的东西与读者产生共鸣。我想向所有通过该线程与我建立联系的人以及所有可能来的人表示最深切的感谢。

本文由 GPT 根据瑞典学院官方发布的英文版（e. yaewon 与 Paige Aniyah Morris 译）转译，参考了韩文原文，由荒岛读书会校对。

选自"荒岛读书会"公众号 2024 年 12 月 9 日

声 明

本套"2024·北岳·中国文学主题年选"收录了本年度众多优秀文学作品。在编选过程中,我们及各选本主编已尽力与大多数作者取得了联系,但仍有个别作者因故未能取得联系。见此声明,烦请来电,以便奉送样书。

联系人:高海霞

电　话:0351—5628715